U0918997

陕西师范大学中国语言文学“世界一流学科建设”成果

“世界一流
学科建设”
成果

陕西师范大学中国语言文学

侠文化在
中国古代小说中的嬗变

冯媛媛 著

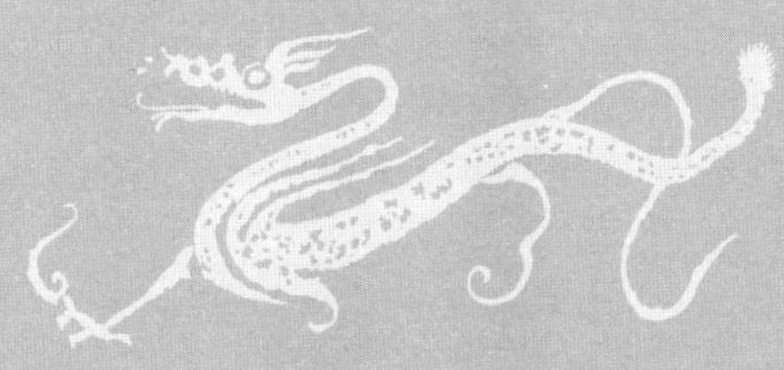

中華書局

图书在版编目(CIP)数据

侠文化在中国古代小说中的嬗变/冯媛媛著. —北京：中华书局,2020.5
(陕西师范大学中国语言文学“世界一流学科建设”成果)
ISBN 978-7-101-14470-3

Ⅰ.侠… Ⅱ.冯… Ⅲ.侠义小说-小说研究-中国-古代
Ⅳ.I207.419

中国版本图书馆 CIP 数据核字(2020)第 051026 号

书　　名　侠文化在中国古代小说中的嬗变
著　　者　冯媛媛
丛 书 名　陕西师范大学中国语言文学“世界一流学科建设”成果
责任编辑　葛洪春
出版发行　中华书局
(北京市丰台区太平桥西里 38 号　100073)
http://www.zhbc.com.cn
E-mail:zhbc@zhbc.com.cn
印　　刷　北京市白帆印务有限公司
版　　次　2020 年 5 月北京第 1 版
2020 年 5 月北京第 1 次印刷
规　　格　开本/920×1250 毫米　1/32
印张 12　插页 2　字数 300 千字
国际书号　ISBN 978-7-101-14470-3
定　　价　68.00 元

总　序

陕西师范大学中国语言文学学科至今已经走过了70多年的发展历程。数代学人培桃育李、滋兰树蕙，在学科建设、人才培养、科学研究以及社会服务等方面取得了令人瞩目的成就，涌现出了一批蜚声海内外的硕学鸿儒，形成了“守正创新、严谨求实、尊重个性、兼容并包”的学术传统和“重基础训练、重理论素质、重学术规范、重人文教养、重社会实践、重能力提高”的人才培养特色，铸就了“扬葩振藻、绣虎雕龙”的学院精神。数十年来，全体师生筚路蓝缕、弦歌不辍，获得中国语言文学一级学科博士授予权、中国语言文学一级学科博士后科研流动站，中国古代文学学科也跻身于国家重点学科；建成“国家文科（中文）基础学科人才培养和科学研究基地”，教育部、国家外国专家局“长安与丝路文化传播学科创新引智基地”，教育部“2019年全国普通高校中华优秀传统文化传承基地”，“陕西师范大学语言资源开发研究中心”，“陕西文化资源开发协同创新中心”等多个省部级科学研究平台；汉语言文学专业为教育部特色建设专业、陕西省名牌专业，入选陕西省“一流专业”建设项目，秘书学专业和汉语国际教育专业也入选陕西省“一流专业”培育项目；形成了从本科、硕士、博士到博士后完整的人才培养和科学研究体系，中国语言文学学科走上了稳健、持续发展的道路。

2017年，中国语言文学学科被教育部列入“世界一流学科”建设学科，迎来了难得的发展机遇。中国语言文学学科全体师生深知“一流学科”建设不仅决定着我校中国语言文学学科能否在新时代开创新局面、取得新成就、达到新高度，更关乎陕西师范大学的整体发展。在学校的正确领导下，各有关部门同心协力，兄弟院校及合作机构鼎力支持，文学院同仁更是呕心沥血、发愤图强，学科建设取得了显著成效。为了及时汇总建设成果，展示学术力量，扩大学术影响，更为了请益于大方之家，与学界同仁加强交流，实现自我提高，我们汇集本学科师生的学术著作（译作）、教材等，策划出版“陕西师范大学中国语言文学‘世界一流学科建设’成果”丛书和“长安与丝路文化研究”丛书，从不同的方面体现我们的研究特色。

丛书的出版得到了陕西师范大学学科建设处、社会科学处以及有关出版机构的大力支持，在此一并致谢！

作为陆路丝绸之路的起点与丝路文化中心城市高校，我们既承载着历史文化的传统与重托，又承担着新时代的使命与责任。作为新时代的中国语言文学学科，既古老又年轻，既传统又现代，包容广博，涵盖古今中外的语言与文学之学。即使是传统的学术学科，也是一个当下命题，始终要融入时代的内涵。用一种人人参与、人人分享的形式，借助于具体可感的学术载体，传播中华优秀传统文化，发扬中华优秀传统文化，彰显中华现代文明，这是新时代人文社会科学工作者的重要使命。“士不可以不弘毅，任重而道远。”“一流学科”建设永远在路上，中华优秀文化的发扬光大永远在路上。我们将不忘初心，不辱使命，努力前行！

陕西师范大学文学院院长　张新科

2019年10月30日

目　录

绪　论

从韩非子开始对“侠”的关注，到太史公首次为“游侠”立传，从历代文人对侠的赞颂——“纵死犹闻侠骨香”，到社会对侠的渴盼——“乱世天教重侠游”，自古迄今，“侠”已经不仅仅是作为一个实实在在的个人或群体而存在，更多的是作为一种“文化符号”而存在。它在中国的传统文化中以其特有的魅力吸引了无数的目光，竟连儒学名士也经常以“侠”自比。从“抚剑独行游”的五柳先生，到“豪气一洗儒生酸”的东坡居士，每一代文人尽管不一定都有“书剑飘零”的经历，却有“书文化”与“剑文化”相合的追求，从而构成了中国文化史上独特的“千古文人侠客梦”①。

然而，在中国源远流长的传统文化中，侠文化却不是作为一种大传统文化而存在的，而是从韩非子为它定性——“侠以武犯禁”——开始，就受到正统文化的排摒，尤其到秦汉大一统政权建立之后，随着侠之活动空间的转移，侠文化更多地受到下层民众的推崇而带有民间文化的特性。换言之，它通行的主要渠道在民间的小传统文化中。侠之“行虽不轨于正义，然其言必信，其行必果，已诺必诚，不爱其躯，赴士之厄困”②的行为，已成为“人间正

①陈平原：《千古文人侠客梦》，新世界出版社，2002 年版。

②（汉）司马迁：《史记·游侠列传》，中华书局，1982 年第 2 版，第 3181 页。

义”的代表和诚信人格的化身而获致人们的私许，表达了他们在“政治腐败时期的法外认同”①。在侠文化的流传过程中，由于部分文人的介入，又把大传统文化中的一些与之相关的因素纳入其中，提升了侠的境界，建构出一种独特的“侠伦理”与“侠精神”。如儒家文化中的“忠”、“义”观，后来演变成了侠文化中“为国为民”的行为及人格气节；道家追求的“逍遥”境界，“自由自在”的个性及对“本真”存在的维护等等，成就了侠之独往独来、不贪图名利的精神气质和人格特征；佛陀悲天悯人、救苦救难的慈怀宏愿，与侠有着相通之处，佛的普度众生，与侠的拯救众生，更有内在的同一性。如此等等，在侠的身上，综合了多种文化元素和文化符号，从而构成侠之多元的文化面相。可以说，侠文化的发展是大传统文化与小传统文化不断碰撞、交流、影响和融合的过程。

历史上的“游侠”出现于战国晚期。第一次为游侠“立传”的是司马迁的《史记》，由此奠定了侠的风貌与特征。但因“游侠”一直是政府打击的目标，不可避免地成为主流文化所排斥的对象，故自班固《汉书》以后，历代史家已经不再为游侠立传了。也就是说，自汉代之后“游侠”就消失在正统史家的视线之中，其活动也已不见载于正史，虽有笔记逸史的不少记载，但已很难纳入大传统文化的视野。从这一角度来说，尽管“游侠”退出了史家的历史舞台，但他们并未就此消失，而是以另一种姿态在文学创作中得以保存和延续。这一由历史记载向文学创作的转化，导致了“侠文学”的出现。此后的魏晋南北朝以至清代的诗歌、唐宋传奇、宋

①张火庆：《从自我的抒解到人间的关怀》，刘岱总主编：《中国文化新论·文学篇(二)·意象的流变》，生活·读书·新知三联书店，1992 年版，第 496 页。

元话本和明清戏曲小说中都有侠的形象，表现侠的任务由史家转移到文学家肩上，“侠”的观念也越来越脱离其初创阶段的历史具体性，其主观色彩也愈来愈浓，遂逐渐演变成一种富有魅力的精神风度及行为方式。每一代作家都依据自己所处的历史背景及生活感受，不断调整着“侠”的观念，寄托着自己关于“侠”的理想，反映不同时代对“侠”的理解，以各种方式传承着侠文化。正是在这种历史与现状、想象与客观的相互交融和相互作用下，文学作品中“侠”的形象才呈现出一个繁复多端的发展演变过程，“侠”的精神内涵也才不断地被拓展和提升。侠文化就这样伴随着不同时代的政治文化和价值诉求，走着一条不断整合和建构的道路。

早在魏晋时期，曹植就在《白马篇》中歌颂过“捐躯赴国难，视死忽如归”的“幽并游侠儿”，甚至以隐逸居世而内心却儒道并存的陶潜，也曾以游侠的面孔出现：“少时壮且厉，抚剑独行游。”（《拟古九首》之八）其对荆轲的仰慕，在“其人虽已没，千载有余情”（《咏荆轲》）的诗句中，表露无遗。至南北朝，众多的咏侠诗篇，更构成诗歌史上的一大奇观。对后世影响至深的唐代大诗人李白，自幼便以“游侠儿”自居：“十步杀一人，千里不留行。事了拂衣去，深藏身与名。”李白和元稹等人的诗篇《侠客行》，更成为金庸小说的书名。唐代的边塞诗，也从游侠身上找到了共鸣，他们对游侠的仰慕，从其所表达的驰骋塞外、建功立业的集体志向中，充分见出。在唐传奇中，侠客的塑造更是当时的一大主题，《太平广记》卷四专列“豪侠”一目，而且出现“女侠”形象，为后世小说创作提供了众多依傍和仿效的素材。

最晚至宋代，“‘侠’的观念已逐渐与‘武’分家了”，此时的“侠”，“已抽象化而专指一种精神气概了”，“任何人具有此种精神气概，无论他的社会身份是什么，都可以叫做‘侠’”①，以至三教九流，无所不包。进而发展，出现“儒”与“侠”的合流，尤其降至晚明，“儒而侠”的人物大量涌现，乃至形成汤显祖如此的认识：“人之大致，惟侠与儒”②而已矣。甚至出现耿定向如此评价何心隐的说法：“其学学孔，其行类侠。”③为人生设立目标，为社会指引方向。这不能不说是在儒释道三教之外，另创的一条实现人生价值的途径，更符合中国文化的本土特点，尤值得我们高度关注。所谓“儒侠合一”，在伦理道德观念上，即“忠义双全”。此即《水浒传》所预设的人格价值取向。

我们且不说正史《儒林》、《文苑》、《忠义》等传中“任侠”的命名及“侠义”“侠节”“侠气”等等概念的使用，即使小说戏曲抑或人物传记中，也把不会武功，但有刚烈之性格和果敢之行为的人，统统称作“侠”。著名的如《杜十娘怒沉百宝箱》中的杜十娘就被冯梦龙直接称作“千古女侠”；《李姬传》云：“李姬者，名香。母曰贞丽。贞丽有侠气，……姬为其养女，亦侠而慧，略知书，能辨别士大夫贤否。”④陈寅恪先生《柳如是别传》在《缘起》中引诗赞美柳如是“帐内如花真侠客”，并自谦云：“秉鲁钝之资，挟鄙陋之学，而

①余英时：《侠与中国文化》，氏著：《现代儒学的回顾与展望》，生活·读书·新知三联书店，2004年版，第373、374、375页。

②（明）汤显祖：《蕲水朱康侯行义记》，徐朔方笺校：《汤显祖全集》（二），北京古籍出版社，1999年版，第1168页。

③参见余英时：《侠与中国文化》，氏著：《现代儒学的回顾与展望》，生活·读书·新知三联书店，2004年版，第385页。

④（清）侯方域：《李姬传》，（清）张潮：《虞初新志》，上海古籍出版社，2012年版，第162页。又见（清）余怀《板桥杂记》：“李贞丽者，李香之假母，有豪侠气，……香年十三，亦侠而慧。”上海古籍出版社，2000年版，第69页。

欲尚论女侠名姝文宗国士于三百年之前，诚太不自量矣。”①由此可见，陈先生是把柳如是看作“女侠”与“名姝”二合一的人物。《聊斋志异》中不但专门有以《侠女》命名的篇目，而且把不会武功却有刚烈之气的女性，也以“侠女”塑造之，乃至在当时人的点评中，“女侠”“侠女”之评，随处可见。李贽云：“呜呼！侠之一字，岂易言哉！自古忠臣孝子，义夫节妇，同一侠耳。”②这或许就是当时在“侠”之概念不断扩大，并逐渐挣脱“武功”限制的背景下提出来的吧！

至近代，龚自珍“一箫一剑平生意，负尽狂名十五年”（《漫感》）的自我表白，谭嗣同“拔剑欲高歌，有几根侠骨”（《望海潮·自题小影》）的“任侠”气度与“烈士”精神，都是侠风的继承与延续，尤其晚清的一代志士，在推翻清廷的政治目标和时代风气的激荡下，大都具有谭嗣同式的任侠心态和游侠作风，被陈平原看作是“大侠永远隐入历史深处前的回光返照”③。最后尚须提及的是，甚至历代的文弱书生，也动辄以“书剑飘零”为尚，如果说作为符号的“书”是他们身份的象征，那么作为符号的“剑”，则代表他们的侠格认同。“侠格”实可成为“儒格”的一种补充。侠气可以济儒，侠风复可振儒。故而儒侠并举，几乎是“狂狷”之士共有的特点：“狂者进取，狷者有所不为也。”④正因“狂者”志向高远，

①陈寅恪：《柳如是别传》（上），生活·读书·新知三联书店，2015 年第 3 版，第 3—4 页。

②（明）李贽：《杂述·昆仑奴》，氏著：《焚书·续焚书》，中华书局，2009 年第 2 版，第 194 页。

③陈平原：《中国当代学术之建立——以章太炎、胡适之为中心》，北京大学出版社，1998 年版，第 312 页。

④《论语·子路》，（宋）朱熹：《四书章句集注》，中华书局，1983 年版，第 147 页。

"狷者"洁身自好，故而连孔子也愿意与之交往。时至二十世纪三十年代，王度庐(1909—1977)还对此心向往之，他在《鹤惊昆仑》中借李凤杰之口，向江小鹤言道："江兄，你别看我是念书人出身，但是生平最钦佩你这样豪爽之人。据我说，无论武艺多么高强，但是性情若不豪爽，仍然算不得真正侠客。我们看太史公的游侠列传，以及唐朝人所说虬髯客等人，莫不是激昂慷慨，豪侠爽快。"(第九回)其所塑造的李凤杰即是一介书生兼豪侠之士，平日书剑漫游，"到处题文赋诗，任侠好义"①。另在《宝剑金钗》一书中，其借德啸峰之口，赞扬李慕白云："李兄你竟是个文武全材，真可当儒侠二字无愧了。"(第八回)②李慕白自幼便"学书学剑"，是一个儒侠并举的饱学之士。

如果说，咏侠诗更适合于藉此表达诗人特立独行的精神向度和人格追求，那么，在众多文人的笔记杂俎中，上承司马迁"缓急人之所时有"的社会关怀而来的对侠之拯济功能的赞颂，更是触目可见，清张潮《幽梦影》中的一段话，道出了他们共同的心声："胸中小不平，可以酒消之；世间大不平，非剑不能消。"③但是，作为正统文学的诗文，毕竟属于上层文化，更多的代表着文人的理想，与民间大众存在着传播与交流的隔阂，况且由于文体的限制，无法真正展开对侠行的描写和叙述，只是侠之风范的意象再现和侠之精神的抽象概括而已。这一任务自然应当由以叙事为主的小说和戏曲来承担，只有它们，才能把侠客的行径具象化、故事化。

---

①王度庐：《鹤惊昆仑》，吉林文史出版社，1987年版，第283—284页。

②王度庐：《宝剑金钗》，群众出版社，2000年版，第101页。

③(清)张潮撰，王峰评注：《幽梦影》，中华书局，2008年版，第134页。

就戏曲而言,仅从分类上就可以窥见,“豪侠”是杂剧、传奇的重要表现对象。元人夏庭芝在《青楼集志》中,首对杂剧作出如下分类:“有驾头、闺怨、鸨儿、花旦、披秉、破衫儿、绿林、公吏、神仙道化、家长里短之类。”①其中的“绿林杂剧”,写的应当是豪侠的故事。至元末明初,朱权的《太和正音谱》,又将杂剧分为十二科:“一曰神仙道化,二曰隐居乐道(又曰林泉丘壑),三曰披袍秉笏(即君臣杂剧),四曰忠臣烈士,五曰孝义廉节,六曰叱奸骂谗,七曰逐臣孤子,八曰钹刀赶棒(即脱膊杂剧),九曰风花雪月,十曰悲欢离合,十一曰烟花粉黛(即花旦杂剧),十二曰神头鬼面(即神佛杂剧)。”②虽然分类较杂,多有重合,但“钹刀赶棒”一类,应当主要写的是豪侠故事,在说话的“小说科”中,就有“朴刀杆棒”的内容。明代吕天成的《曲品》将传奇分为六门:“一曰忠孝,一曰节义,一曰风情,一曰豪侠,一曰功名,一曰仙佛。”③其中“豪侠”一门,已独立单列(即使“忠孝”“节义”门中,侠风义概,也时时可见,因为它们是相通的)。可见,侠已成为戏曲的重要题材之一。而小说,则更是侠的主要载体。

侠义小说从唐代开始兴盛。自唐迄清,侠义小说已成为小说史上的一个重要类型,一直延续至今。在被历代“经典化”的小说中,几乎大部分都涉及到侠或内在精神里深含侠义的内容。这从《三国志演义》和《水浒传》被合刻为《英雄谱》的类型设定中,从

① 中国戏曲研究院编:《中国古典戏曲论著集成》(二),中国戏剧出版社,1959年版,第7页。

② 中国戏曲研究院编:《中国古典戏曲论著集成》(三),中国戏剧出版社,1959年版,第24页。

③ 中国戏曲研究院编:《中国古典戏曲论著集成》(六),中国戏剧出版社,1959年版,第223页。

“三言”、“二拍”到《聊斋志异》的侠类短篇小说中，可以充分窥见；就《西游记》而言，虽为正宗的神魔小说，但谁说孙悟空的斩妖除魔不是行侠仗义？即使沿世情小说一路而来的才子佳人小说，也大量存在侠义的内容，《好逑传》的另一书名，就叫《侠义风月传》。甚至《儒林外史》和《红楼梦》中，亦不无侠的面影；至于公案小说，从它的诞生之日起，就和侠纠结在一起，其他的真正被划归到侠义类的小说，就更多不胜数。梁启超在《小说丛话》中，曾将中国小说分为三大类，神怪、英雄、儿女：“吾以为人类于重英雄、爱男女之外，尚有一附属性焉，曰畏鬼神。以此三者，可以赅尽中国之小说矣。”①其中的“英雄”类，不言而喻，就包含有侠或与侠有关的小说，这从清末《儿女英雄传》的命名上，即可窥见大略；就神怪与儿女类言之，也不无与侠有关的内容。从清末历经民国到现代，从侠义小说发展而来的新旧武侠小说，至今仍是影视改编的主要题材之一，深受大众的欢迎，亦屡屡获奖。

在侠义小说发展史上，“侠义精神”虽然随着时代的演变而呈现出不同的特征，但侠客们惩恶扶弱、济困扶危、重义守诺、除暴安良、见义勇为、不惜其躯等“非常之行”，却一直保留了下来。尤其经唐代李德裕将“义”输入“侠”——“义非侠不立，侠非义不成”——之后②，“行侠仗义”便成了一个有着正面意义与文化价值的词语，“侠”也就成为“社会正义”的集中体现，其“替天行道”的行为，更成为一种“王法”的必要补充，因而受到下层民众的拥

①梁启超著，夏晓红辑：《〈饮冰室合集〉集外文》，北京大学出版社，2005 年版，第 149 页。

②李德裕：《豪侠论》，见（清）董诰等编：《全唐文》卷七〇九，中华书局，1983 年版，第 7276—7277 页。

戴，富有鲜明的“民间性”特征。此正如陈平原教授所说：“侠不一定擅长剑术，也不一定杀人报仇。更重要的是游侠的行侠出于公心，于乱世中拯危济弱主持公道。”①开一代新武侠小说风气的梁羽生，对侠行的概括更为简明：“对大多数人有利的正义的行为。”集新武侠小说之大成的金庸，直接提出“为国为民，侠之大者”的观点。这一对侠的“法外认同”，最大地满足了下层民众伸张正义的政治诉求和善恶有报的社会期盼。因此侠义小说中的“侠”便一变而为“英雄”（这从《水浒传》的回目中即可看出），他们的快意恩仇，也便一变而为“仗义执言”，“暴力”演化为“正义”，“打家劫舍”变为“替天行道”。这一个个“准童话”式的故事，凝聚着广大民众的理想和心愿。对此，近人江子厚的概括最为精炼：“世何以重游侠？世无公道。民抑无所告诉，乃归之侠也。侠者以其抑强扶弱之风，倾动天下。”②

至此，我们可以大胆地推测，在中国文化的漫长发展建构过程中，除儒、释、道三教之外，应当还有一个侠的传统。前三者主要流行于大传统文化中（但不可忘记，三者的融合虽未间断，而排斥释、老二氏的斗争也从未间断），而后者则主要盛行于小传统文化中。但大小传统不是隔绝的，而是互相渗透、互相影响的，故大传统文化中不无小传统的因子，而小传统文化中亦不无大传统的元素。因此在侠的性格结构中，交织着多种文化因素，并构成其多元化的文化面相。正因为侠属于小传统文化，且有“以武犯禁”之嫌，所以历来不被大传统文化所重视，自《史记》、《汉书》之后，

①陈平原：《千古文人侠客梦》，新世界出版社，2002年版，第89页。

②江子厚：《陈公义师徒》，见《武侠丛谈》，上海书店影印本，1989年版，第185页。

史不明载，受到冷落，不得已退处边缘，主要流行于民间。

这一侠文化传统，从司马迁为游侠立传的初衷和态度上，亦可窥见。在司马迁看来，“侠”之重要，一者可以解决王法不及的社会矛盾，为弱者寻求生存的机会；二者在于为中华文化注入活力，增强血性，以弥补儒墨之不足、道家之无为。所以他才对“儒墨皆排摈不载”的历史现状，深感遗憾。前者是从社会学的角度立论的，后者则是从文化层面着想的。这虽然有臆测的成分，但谁又能保证说他没有此意呢？此处，不妨引一段林聪舜先生的论述，以见大概：

> 《游侠列传》则是太史公为受儒墨排摈、受世俗取笑的游侠抱不平，显扬他们的存在价值之作品。在传统的专制高压之下，游侠“其言必信，其行必果，……（略）”的行径，实在是走投无路的人要求人间正义的最后一丝希望。因为“缓急，人之所时有也”，有道仁人犹不可免，“况以中材而涉乱世之末流乎！其遇害何可胜道哉！”既然没有足以与非理性的政治势力相对抗的力量作为救济，那么，能使“士穷窘而得委命”的游侠，就变成主持人间正义的贤豪了。史迁此传一面显扬了游侠的地位；一面也显露了他在非理性的政治势力之外，要求有多元的社会势力以保障人生价值的闳识孤怀。而他以郁积悲凄之情，抒写这番沉痛深刻的感受，更使全文显得气盛情深，精神突出。①

在这一“闳识孤怀”中，就隐含着文化多元化的追求。

正因为“侠”已退处边缘，故而才有了与之相应的属于自己的

① 林聪舜：《智与美的融合》，刘岱总主编：《中国文化新论·文学篇·抒情的境界》，生活·读书·新知三联书店，1992年版，第383页。

活动空间，有自己的一套行动规范和价值准则，从而构成一个在主流社会之外的“第二社会”；一个在大传统文化之外的“亚文化”。虽然这种文化中夹杂着儒释道三教的元素，但它毕竟有别于此三教。王学泰先生对游民和江湖的研究，就被李慎之先生称作“发现另一个中国”①。王学泰指出：“游民的‘江湖’与隐士的‘江湖’是迥然有别的。如果我们不从游民和游民文化的角度考察这些问题，就会把武侠小说看作是无中生有，看作完全是作家头脑中想象的产物，与现实生活毫无关系。实际上自宋代以后，由于人口的激增，游民群体的形成，游民的生活空间自然而然构成了一个与主流社会相抗衡的隐性社会。在这个社会中，也逐渐形成了它所特有的运作规则与行为方式，并且它也与主流社会存在着互动关系，对中国近千年的历史发展有着深远的影响（这个影响在历史界也缺少深入的研究）。如果我们不从游民特性以及他们的生活实际，去考察自《水浒传》到当今的武侠小说中所描写的‘江湖’生活，那么就不能正确认识游民阶层的生活是为这些文学作品提供了素材的，而且也不能恰如其分地评价武侠小说的认识作用。”②我们的研究就是要把这一被经典文化所遮蔽的“侠统”发掘出来，把这一另类世界复原出来，把被权力话语压抑的民间话语彰显出来。

冯友兰先生指出：“如果用传统所说的儒、释、道三教来区分，道教讲‘长生’，佛教讲‘无生’，儒教讲‘乐生’。‘长生’、‘无生’和

①此系李慎之为王学泰《游民文化与中国社会》一书所写之序言：《发现另一个中国》，见《游民文化与中国社会》，山西人民出版社，2014年版。

②王学泰：《游民文化与中国社会》，山西人民出版社，2014年版，第12页。

‘乐生’这六个字可以分别概括儒、释、道三教的特点。”①倘若将“生”转换成“身”，那么，儒教讲“修身”，道教讲“养身”，佛教讲“无身”，而侠道则讲“舍身”。所谓“舍身”者，即司马迁所谓“不爱其躯”之谓也。自唐代“侠”和“义”结合之后，所谓“舍身”，就成了孟子所谓“舍生（身）取义”之谓也。

一如前述，侠的精神在中国古代小说史上有一个不断扩充、整合与建构的嬗变过程，这与不同时代的社会政治和文化思想有着紧密的关系，后者是前者发展演变的重要场域和文化机制，任何文学文本的生产和传播，皆受此影响和制约。因此考察侠文化的小说史嬗变就显得尤为重要，这不仅能够帮助我们理解侠文化在小说文本中的传承情况与具体的演变过程，同时亦可反过来借此观照不同时代的政治文化、社会心态与人情世道。另外，厘清侠文化在中国古代小说发展史上不同题材中的流变线索，也十分必要，可使其内在交叉混沌的现象逐渐清晰起来，或可补充此类小说研究中的某些空白。

古代自侠义小说问世以来，就不断引发人们的好奇之心，随之而来的热议和评点，不绝如缕。远的不说，仅就 20 世纪以降，一批大师级的人物如章太炎、梁启超、胡适、鲁迅、顾颉刚、闻一多、冯友兰、钱穆、刘永济、陶希圣等先生，都参与到“侠”的讨论中。旅居海外的刘若愚、马幼垣、田毓英、杨联陞、余英时诸先生，也对“侠”作过程度不同的探讨。这些均为以后侠的研究奠定了坚实的基础。

其中尤值得关注的是刘永济先生《论古代任侠之风》一文，此文初刊于浙江大学 1941 年创刊的《思想与时代》杂志第 12 期上。

①冯友兰：《中国哲学史新编》（下），人民出版社，2007 年第 2 版，第 131 页。

可能由于该杂志难以寻觅的原因吧(此刊于 1949 年迁往台湾),此文一直受到冷落。在文中,刘先生不但简要勾勒出侠的发展史,而且对侠的各种名称也一一作了梳理和解释,如何谓“游侠”“豪侠”“气侠”“节侠”“伉侠”“轻侠”等等,并以“五德”归纳侠的品格及行为:“轻财尚俭”;“急难好义”;“轻死重气”;“崇信用”;“厚交谊”等,可大致见出侠的特点。此文还寻根探源云:“大抵游侠之所为,乃由古人厚重质朴,富于热烈之感情,又激于不平之事故,自然而发。其言行皆根于天真,未尝染以丝毫求名好利之心。盖同情心极度发展之作用,实人类精神卓异之表见也。”从人之性情入手,可谓立论平实,要言不烦。下来对侠之辨析,不但上寻到孔子,而且对游侠之风为何特盛于战国之世,作了分析;对侠之非为“一家之学”,作了论述,特别指出:“游侠但可名为一种风尚,而不可称为一家学术”,廓清了在侠之起源和传承上的诸种说法。但又同时指出,就侠之大体而言,“仍不可谓非受儒墨之影响”,司马迁之所以对“儒墨皆排摈不载”颇有微词,是因为游侠之行有合于儒墨之道者,宜为儒墨所许,但遗憾的是却受到儒墨摈弃。真可谓一言解惑,深得司马迁之心。该文以公允之心,既指出“游侠非无流弊”,有“任情触法”的一面,又与孔子、孟子所极力抨击的“乡原”作对比,从正面肯定了侠之存在的价值。更可贵的是,不但指出侠“可救末世学术人心之弊”,而且“实于世俗有振衰起弊之功”,只要“用之得宜,有拨乱扶倾,成功立业之效”。这显然是根据当时国难当头的社会现实而发的,所以该文的归趋是,游侠之士,“可为今日之用,可济今世之变”。其中,特别提到游侠之气节云:“气节莫要于不为汉奸,不做奴隶,充游侠尚气节之心,则人人知耻有勇以报国矣”。并在“时用”方面进一步指出:“今人多竞进,而游侠主谦退。今日多贪婪,而游侠重廉洁。今人多诡随,而游侠喜特立。今人多颓放,而游侠务振奋。今人多凉薄,而游侠富热情。然则游侠之风,为今世对症之良药,有益于时用明矣。”①

此处之所以不厌其烦地介绍刘永济先生的大文,其目的是要证明“侠”在中国文化中的重要地位和所发挥的重大作用。即使从“社会性别”的角度来看,“侠风”不但在塑造“男性气概”方面有着无与伦比的作用,即使在“女性气质”的塑造上,也发挥着不可轻忽的作用。桑德拉·李·巴特基(Sandra Lee Bartky)指出:“我们生为男性或者女性,但我们并非生下来就有男性气质或女性气质。女性气质是一种策略和一种人为形成的东西”,接着引朱迪斯·巴特勒的话说:“是一个‘扮演和再扮演那种被主体接受了的性别规范的模式,而性别规范以多种多样的身体风格表现出来’。”②女性的身体气质,一般被设定为弱不禁风;而精神气质,一般被设定为夫唱妇随。但女性一旦受到侠风的浸染和熏陶,便会一变而为“侠骨柔肠”,在女侠柔弱的身体之中,输入了“侠气”或“侠概”,使其变为一个富有“侠肝义胆”的女性。

在当下的影视作品中,我们经常听到的一句话,就是“你还是个男人吗?”此话用滥之后,即使在不需要的情境中,也盲目套用,明显有跟风之嫌。此话让男性听起来,有所惊悚,有所反思;而让女性听起来,反觉得有低人一等之感,很不是滋味。更要命的是让男性反思的结果,于无形中加强了男性的霸权地位和暴力倾

①刘永济:《论古代任侠之风》,段怀清编:《传统与现代性:〈思想与时代〉文选》,浙江大学出版社,2007 年版,第 103—108 页。

②桑德拉·李·巴特基:《福柯、女性气质和父权制力量的现代化》,佩吉·麦克拉肯主编,艾晓明、何倩婷副主编:《女权主义理论读本》,广西师范大学出版社,2007 年版,第 289 页。

向;让女性听后,更不敢有反抗之念,处处顺从男性的好恶,做好人妇——妇者“服”也。当然,其中不无“重振雄风”之意,也不无弘扬传统文化之心,但在这种“雄风”中却隐含着一种大男子主义,深藏着一种性别立场和性别歧视。因为在编导心目中,男性就应该富于阳刚之气,而女性就应该富于阴柔之性。殊不知,“阳刚”和“阴柔”是性别规范所塑造出来的性别特征,“是一种社会控制的策略”①。换言之,是文化对性别身体的再造。这恰如苏珊·波尔多所说,“身体”不仅“是文化的文本”,也是“社会控制实际的、直接的中心所在。用布尔迪厄的话说,是文化‘制造了身体’”②。所以,中国之侠文化中,对女侠的塑造,其中就含有对女性性别规范的颠覆,揭示出隐藏在女性身上的“刚烈”的一面。而“儿女之情”和“英雄气概”的结合,则又把男性身上被遮蔽的“阴柔多情”的一面,绽露了出来,并改写了主流文化对性别规范的认识。这也是侠文化研究中应当关注的重要面相。

在侠的研究中,还有一种否定的倾向,不容忽视。如瞿秋白先生1932年发表在《文学月报》第一期上的《大众文艺的问题》一文认为,“青天大老爷的崇拜,武侠和剑侠的梦想”,“无形之中对于革命的阶级意识的生长,发生极顽固的抵抗力”。郑振铎、茅盾诸先生,也站出来呼应,基本否定了武侠小说存在的价值和意

①苏珊·波尔多:《身体与女性气质的再造》,佩吉·麦克拉肯主编,艾晓明、何倩婷副主编:《女权主义理论读本》,广西师范大学出版社,2007年版,第243页。

②苏珊·波尔多:《身体与女性气质的再造》,佩吉·麦克拉肯主编,艾晓明、何倩婷副主编:《女权主义理论读本》,广西师范大学出版社,2007年版,第241页。

义①。另如鸳鸯蝴蝶派作家张恨水认为,武侠小说虽为下层社会的民众提供了一个抒发其不平之气的场所,替下层社会敷上了一层模糊的英雄主义色彩,值得称道;但其教导民众的斗争方法,常有错误,托诸幻想,不切实际,那些除暴安良的侠客,往往投靠在"清官"的麾下,变成了吾皇万岁的奴才:"这样的武侠小说,教训了读者,反贪污只有去当强盗。说强盗又不能不写他杀人放火,反而成了社会罪人,只好写出一批侠客来消灭反贪污的强盗。而这些侠客呢?他们并非社会的朱家郭解,都是投入衙门去当捕快,充当走狗。"(1945年11月《前线周刊》第二期)②

直到20世纪80年代以降,此种观点仍屡见不鲜,例如鄢烈山先生在《拒绝金庸》一文中说:"从历史认知的角度讲,武侠对于中国社会的发展无足轻重";"从价值取向的角度讲,无论把武侠的武德描绘得多么超凡入圣,总改变不了他们'以武犯禁'的反社会本质。……武侠迷信的是个人或团伙的武功,鄙弃的也是社会的秩序和运作程序。在追求法治和社会正义的现代社会里,这绝对不是一种应该继承的'优秀传统文化'";"而武侠小说呢,从根本上说有如鸦片,使人在兴奋中滑向孱弱"③。此处之所以引用此类观点,旨在说明,"侠文化"的研究是一个颇为复杂烦难的课题。但话说回来,正因为其复杂,所以才会引发人们的研究兴趣,才会有所创新。

20世纪80年代迄今,国内出现了侠研究的热潮,大量侠研究

①参见严家炎:《金庸小说论稿》,北京大学出版社,1999年版,第18—19页。

②参见龚鹏程:《侠的精神文化史论》,山东画报出版社,2008年版,第209—210页。

③《南方周末》,1994年12月2日。

的论著，如武侠史、武侠小说史、武侠活动史、武侠文化史、侠与公案小说史等等，大量涌现。与之相联系的，关于“江湖文化”的研究，也出现大盛。著名的如王学泰先生的大著《游民文化与中国社会》，在学界影响颇大。后来，王学泰又将“游民”改称“江湖人”。为什么呢？且听他的解释：“第一，因为游民史很长，从先秦就开始有游民，但游民群体的形成是在宋代，我论述游民意识也是从宋代开始的。为什么我认为宋代才形成游民群体？跟政治现实、城市制度变化等一系列的原因有关。我论述游民思想时是着眼于群体化了的游民的思想。而游民的群体化是闯荡江湖完成的，因此宋代以后较为成熟、生存能力特强的游民群体不妨称之为‘江湖人’。第二，游民所组成的‘江湖’也首见于宋代，我所分析的一系列的游民意识与游民文化也是宋代江湖艺人首次展布的。通过江湖艺人中说话人所演播的‘朴刀杆棒’、‘发迹变泰’的故事，我们才知道原来还有这么一套与主流社会大相径庭的价值与思想。”①有人将此书的“游民文化”，与余英时的“士文化”、吴思的“潜规则”，一并誉为“中国当代人文学科的三大发现”。

其实，窃以为余英时的《侠与中国文化》更当受到重视。这是一篇对中国侠文化作出全面梳理的大文，无论文献勾稽之精当，抑或观点论述之深刻，均有超迈前人和今人之处，对我们认识侠文化，助莫大焉。

在众多的侠研究论著中，陈平原先生的《千古文人侠客梦》，影响颇大。此书初版于 1992 年 3 月，由人民文学出版社出版；台

---

①王学泰：《中国历史上有独特的江湖文化》，见李怀宇采写，葛兆光、吴思等口述：《与天下共醒：当代中国二十位知识人谈话录》，中华书局，2016 年版，第 143 页。

湾麦田出版公司 1995 年 4 月推出繁体字版，1997 年 12 月第二次印刷；河北人民出版社将此书收入《陈平原小说史论集》，于 1997 年 8 月出版；新世界出版社 2002 年 9 月出版了该书的新版，2003 年 2 月已第 2 次印刷。2010 年北京大学出版社再次出版。仅从这一出版过程，就可看到该书受欢迎的程度。此书写法独特，好评如潮，其深广的文化视野和独到的理论分析，“开创了中国学术界类型学研究的先例”①。李零评其书曰：“‘梦’在中国可不是好词，可平原对‘侠梦’却独有深爱，‘明知不过是夏日里的一场春梦’，仍然‘欣赏其斑斓的色彩与光圈’。”②此可谓知音之言。该书所重点剖析的就是文学现象中的“侠梦”。以“梦”命名，正点出了后世文学尤其是小说对侠的行为重构与精神再造，凸显了侠文学的本质。

此外，龚鹏程的《侠的精神文化史论》，也值得我们关注。书中澄清了学界许多对“侠”的模糊认识，对“侠”的复杂性面相，多有论述，对我们全面认识“侠”，有着正本清源之作用。他和林保淳合编的《廿四史侠客资料汇编》③，为研究者省去了翻检之劳，功莫大焉。其所作之《序》，也值得一读。

以上侠的研究，为我们提供了观照的视角，指明了方向。但这并不意味着侠的世界，已无话可说了。冯友兰先生曾以“照着讲”和“接着讲”，区别研究类型的不同④。我们的研究就是“承接”先贤及今人的说法，“接着讲”而非“照着讲”。

---

①吴晓东：《文化视野中的小说类型学》，《文学遗产》，1993 年第 6 期。

②李零：《侠与武士遗风》，《读书》，1993 年第 1 期。

③台湾学生书局，1995 年版。

④冯友兰：《新理学·绪论》，生活·读书·新知三联书店，2007 年版，第 1 页。

与此相应，在诠释学上，也有一个从“照原样理解”及“照原意理解”向“较好地理解”和“不同地理解”的发展趋势。“诠释理解不是向着过去，而是针对当下并指向未来的开放发展。这种联结过去、现在与未来的取向不见得保证成功，但是理解诠释活动本身就只是一项预期的、对于某种‘完美性的前把握’而已。易言之，这既然只是一种‘在前’的把握，因而不能排除再加审议修订的未来可能性向度，亦即一种保持着诠释对话的开放之态度。唯有透过诠释者与经典书册的对话，透过诠释者与不同诠释者之间的对话甚至争执，经典世界才能为我们活用，一方面理解过去已有的思考与实践的成果，另方面让新的诠释发明永远有继续发生的可能。”①

拙著是在众多侠研究的基础之上，对“侠文化”在中国古代小说中的嬗变，作出勾勒与描述。

余英时先生在谈到王国维的治学路子时说到：“现代‘国学’与传统考证之间的一大区别即在‘概念化’（conceptualization）之有无或强弱。‘概念化’是达到‘纲举目张’的不二法门，系统的知识由此而建立。王国维虽然后来完全放弃了哲学，但早年反复阅读康德与叔本华使他在‘概念化’方面高出同辈的考证学家，似乎是很难否认的。”②这是治学的经验之谈和理论总结。吾辈虽不能至，却心向往之。

本书首先提出“文化之侠”的概念，并企图以之统辖全书。众

---

①张鼎国：《“较好地”还是“不同地”理解：从诠释学论争看经典注疏中的诠释定位与取向》，黄俊杰编：《中国经典诠释传统（一）：通论篇》，华东师范大学出版社，2008年版，第37页。

②余英时：《原“序”：中国书写文化的一个特色》，氏著：《中国文化史通释》，生活·读书·新知三联书店，2011年版，第143页。

所周知，“侠”走的是一个由“历史之侠”到“文学之侠”的路子，尽管在“历史之侠”的叙事中不无叙述者的材料取舍和价值判断，但我们还得相信史书的记载，否则所有研究将无从进行。但“文学之侠”，则是作者根据自己的观念和好恶，为配合社会的需求或处理现实的矛盾而“创造”或“虚构”出来的，其中既有“社会学”的内涵，也有“人学”的指向，尽管在“虚构”中不无历史的真实，但已和“历史之侠”有所不同。为了区别“历史之侠”与“文学之侠”，特意将文学作品中的“侠”，归结为“文化之侠”。“文化”的提法，一在突出其中累积性的“建构”过程，二在突出它的“嬗变”过程。因为任何“文化”都经历过这样两个过程。简言之，所谓“文化之侠”，是指深含于侠行之中的文化向度和人格精神，是一种“文化的建构”和“观念的具象”。如果说，史籍中的“历史之侠”的叙事遵循的是一种“实录”原则，那么，文学中的“文化之侠”遵循的则是一种“寓言”原则。这一概念尽管有不尽周全之处，也显得过于宽泛，因为史书对“侠”的叙事，也是一种文化观念和时代观念的反映，也是一种“建构”①。但“历史”和“文学”毕竟是两种不同的文体，各自遵循着自己的写作规范和叙事逻辑，不能混为一谈。此用金圣叹的话说，前者是“以文运事”，后者则是“因文生事”。正

① 其实，“实录”也是一个值得怀疑的概念，因为“实录”中深含着一种主观“建构”和价值评判。按照福柯的观点，所谓历史的“真实”，是符合了某个时代的共识，所以大家都承认它是真实的，于是，它就成了“真实”。这种共识就是一种“权力”，它确定什么是“真”，什么是“假”。参见葛兆光:《思想史研究课堂讲录·初编:视野·角度与方法》(增订本)，生活·读书·新知三联书店，2019 年版，第 86 页。

因为是“因文生事”，所以不受限制，“削高补低都由我”①。

其次，本书认为，侠在中国小说史上有两条发展线索。一条是侠与政治文化的结合，另一条则是侠与情文化的结合。对此的梳理与建构，可望使侠义小说在发展演变中的交织混沌之状，变得清晰起来，让它们以自己的面孔呈现于世，从而把研究推进到一个新的层面。关于这两条线索的划分，虽有挂一漏万、以偏概全之嫌，但可大体窥探出侠义小说的发展路径。这两条线索虽在某些学者的研究中已有提及，但尚未做出谱系学的探究和清理。故而不揣谫陋，以古人的论述为基点，作前后勾连，将掩藏于其中的两条发展隐线，彰显出来，并就此向时贤请教。

概括而言，“侠”与政治文化的结合，最终产生出“为国为民”的“侠之大者”；“侠”与情文化的结合，最终产生出“侠骨柔情”的“英雄儿女”。这两大文化谱系，对后世影响深远，至金庸，这两条线索才真正出现合流。

侠与政治文化的结合，其实在魏晋以至唐代出现的大量的“咏侠诗”中已开其端，是谓侠格的外拓。中经《水浒传》等明代侠义小说到清代的《绿牡丹》，再至《三侠五义》系列小说，其发展线索清晰可见。这是对侠格的重构，是对侠义的规训。这一侠与政治的结合，也即“侠义”向“忠义”的转变，既是“江湖伦理”和“政治伦理”的结合，也是“大传统文化”对“小传统文化”的改造。依此而观，侠义公案的合流，实则是侠文化史上，“江湖文化”与“庙堂文化”的容受。为说明问题，本书还重点对“义”与“忠”的概念及其伦理内涵作了分疏。“义”的内涵在不断地扩大中，已含有强烈

---

①金圣叹：《读第五才子书法》，《第五才子书施耐庵水浒传》（上），中州古籍出版社，1985年版，第18页。

的民间性格;而"忠"的演变却由普遍的"社会伦理"走向了特殊的"政治伦理"。这种结合不是简单的相加或拼凑,而是"忠"中有"义","义"中见"忠"。如果把"忠"和"义"分别视作一种价值符号的话,那么在忠的"能指"中含有义的"所指",而在义的"能指"中含有忠的"所指"。

侠与情的结合,远没有侠与政治的结合来得明晰。侠在男女关系上,经历了一个由"断爱"到"有情"、从"无情"到"情深"的发展演化过程。这一转化大约产生于明清之际。是冯梦龙首次明确提出"情侠"的概念,将"情"与"侠"连成一词。这一转化,打通了"侠义"与"风月"的障壁,沟通了"儿女"与"英雄"的联系,颠覆了"儿女情长,英雄气短"传统观念。《好逑传》在这方面有开创之功。《好逑传》亦称《侠义风月传》,仅从这一命名中,即可窥见"侠义"与"风月"(即"儿女之情")的结合趋向。它在理路上是上承"君子好逑"的传统而来的,但在文化谱系上已将"君子好逑"转换成了"义侠好逑",所以该作品又名《义侠好逑传》,并以"婚姻"的形式,宣告二者结合的成立。"婚姻"在这里有明显的象征寓意:不单代表男女之婚姻,也代表侠义精神与儿女之情的联姻。

《聊斋志异》中的爱情故事,大抵也是循"君子好逑"理路而来,但又将此作了性别的置换,于是"君子好逑"一变而为"女子好逑",在情的刻画上更觉充分,在义的展示上更加多样。清中叶出现的《绿牡丹》,在侠义小说史上,有着重要的意义,它是以儿女之情,写忠义之事,有将两线合流的趋势。《儿女英雄传》更是有意识地把"儿女心肠"与"英雄肝胆"结合起来的作品。"二凤"(何玉凤和张金凤)实际是一身二分的两个女子,双方身上都隐藏着对方的另一重自我。从明末到近代,情侠女子走过的是一条从"外出”到“回家”的路。

在具体的研究中，为避免使侠义小说的嬗变成为无源之水，本书首先以“侠文化溯源”为题，分别对“历史之侠”和“文化之侠”作了较为详细的梳理，然后在征引众家之说的基础之上，提出侠文化的“多元构成”观，试图从思维方法的转变上，重新厘定侠文化的内在结构。

自宋以后，中国古代小说分为“文言”和“白话”两种语体向前发展，因传播媒介的差异、接受群体的不同而导致侠义小说在这两种语言形式中的表现情状并不一致，所以为使论述清晰起见，分别就“文言侠义小说”和“白话侠义小说”单独列章，作出论述。在论述中，将它们置于不同时代的政治文化思想背景下，遵循各自的表现形态和发展路径，以分期的方法，辨析侠的不同面相，重在探讨侠义精神的演变轨迹。概而言之，古代的文言侠义小说经历了一个由萌芽——成熟——发展——繁荣的历程，至《聊斋志异》而达至顶峰；侠义精神也随之而经过了一个不断扩展、重构的过程，逐渐由不问是非走向善恶分明，由意气用事转为理性考量，并呈现出文化上的多元合流之势。其中，唐代尤其是中唐时期，是侠精神演变的一大转捩点。在其发展中，虽不无向社会靠拢、关注民生的现实主义趋势，但其传奇志怪的文体特征和尚奇崇异的审美情趣，却易代而同，伴随始终，即使“一书而兼二体”的《聊斋志异》亦不例外。

白话侠义小说又有短篇和长篇之分，其起始期，按通常的说法，确定在宋代。宋代既是中国小说发展史上的变迁期（鲁迅），也是侠文化的变迁期。于是，“侠义”遂一变而为“忠义”。这当然与有宋一代民族矛盾上升、内忧外患不绝的时代氛围和理学兴盛、气节昌隆的思想史背景以及精忠报国、以天下为己任的主流意识有直接的关系。换言之，是这一时代场域和文化场域的产物。历经宋元的发展、完善，这一忠义两全、二者兼至的人格塑造，终于在《水浒传》中得到完整的体现，将历史上的“侠格”抬升到了一个新的境地，“豪侠”一变而为“英雄”。清代是侠义小说的鼎盛期。自清中叶以降，侠义小说的创作，蔚为大观，作为一种类型的侠义小说，至此才真正完型。同时，侠义小说和公案小说也出现合流。因此，清代的白话侠义小说无论在侠义精神的建构上，侠客形象的塑造上，抑或武功套路的细化上，均发生了新的变化，并将侠义小说的创作推向了高潮，直接开启了民国旧武侠小说的创作之门，影响所及，直至当代的新武侠小说。其中堪称代表作的是《三侠五义》。对此，鲁迅先生曾从“时势屡更”的时代变迁和“人情日异”的审美求新两个方面，做出解释，可谓言简意赅，深中肯綮。由侠义与公案的合流而导致的侠士与官府的结合，是在反思《水浒传》之“忠义”观的基础上，对侠格的进一步规训与整合，侠客经由清官的导引而真正走上护国守法之路。这种理想的“清官”与“侠客”的结合模式，也在一定程度上反映了下层民众最希望看到的政治结构：清官廉明刚正，侠客匡扶正义，二者的结合，足可保障国家太平，政治清明，百姓安宁。

概而言之，不论文言侠义小说抑或白话侠义小说，在其发展史上，可大致窥见侠客走的是一条由“不轨于正义”向“轨于正义”，由“以武犯禁”向“以武护法”转变的道路，经历的都是一条“化血气为德性，转鄙俚为菁华”①的侠格整合之路。

---

①（明）大涤余人：《刻忠义水浒传缘起》，见朱一玄编，朱天吉校：《明清小说资料选编》，南开大学出版社，2006 年版，第 280 页。

《三侠五义》作为“中国侠义典型的最后完成”①，其代表性不容忽视，有必要对它及其续书所构成的“系列小说”，做个案分析，列专章讨论。本章主要围绕《三侠五义》及其系列小说的忠义内涵、“报”的行为取向、人物塑造及叙事特点等方面展开，发掘深含于侠义行为中的“报”之交往理性和人情法则；对习见的某些否定性评论，作了辨析；特别对其形象刻画和文体形式中内含的理论资源，作了阐释与现代意义的转换。

其一，先对“忠义”的“理想形态”和“应然模型”做出概括，然后以此窥探《三侠五义》系列小说是如何在《水浒传》的基础上，作出重构的。

其二，“报”在中国人的行为取向中，是一个涉及面十分广泛的观念，是构成中国社会关系的一个“重要基础”。这种行为的“交互性原则”，尤其体现在侠的传统中。其中“报恩”与“复仇”，是两种重要的表现形式，是指导侠之行为的价值取向和人情法则，从而构成侠义小说的内在理路和文化文法。《三侠五义》中侠客对清官的“依附”，就来自于这种源远流长的“报恩”传统。这一“报恩”传统是以“士为知己者死”为其表现形式的，从而使得侠客们在投靠官府后仍能保持自己的独立人格而不沦为朝廷鹰犬。

其三，在人物塑造的分析上，重点抓住被胡适高度赞扬的——“既不是你我，必须将你之为你，我之为我，俱各撇开，应是他之为他。既是他之为他，他之中决不可有你，也不可有我”②——的写

① 张火庆：《从自我的抒解到人间的关怀》，刘岱总主编：《中国文化新论·文学篇(二)·意象的流变》，生活·读书·新知三联书店，1992 年版，第 496 页。

② 胡适：《〈三侠五义〉序》，氏著：《中国章回小说考证》，安徽教育出版社，2006 年第 2 版，第 301—302 页。

人之法，重作现代意义的转换，力求发掘其中隐含的“他者性原则”。这无疑可为当前“主体性”的反思提供一个重要的本土资源。

其四，在文体特征的分析上，转换视角，另辟蹊径，重在窥探它的叙述立场和趣味设定，发掘它对艺术“区隔”的颠覆，对文化规范的挑战，对话语权力的消解，对审美原则的冲决，还其说话的本来面目和民间性特点。另外指出，在这种“平话”式叙事中深藏着一种“叙述的民主化”倾向。这里所谓的“民主化”，并非一个政治概念，而是就其内在的文化立场、文化身份和文化精神而言的，是与“贵族化”或“雅正观”相对成词的。就“平话”使用的“平常口语”和其固有的“平易”文风来看，在文化精神上，正是一种“平民”立场的体现。这种平民立场，使它在叙述形态上，不是“专制主义”的，而是“民主协商”的。

最后，有必要一提本书的研究方法。在具体的阐释中，本书遵循的是加达默尔“诠释学的循环”原则：“必须从个别来理解整体，而又必须从整体来理解个别。”①将历史描述与文本研究结合起来，力争做到既有整全式的观照，又有钩玄式的细部探微，力避架空立论。在众多的小说文本中，从类型学的角度，选取最具代表性的重点小说，作穿插论述，重点剖析，力争做到宏观勾勒与微观分析相互结合、相互发明。

对问题的观照，以古人的观点和论述为切入口，以古代概念的现代转换为突破口，努力探寻文本背后由政治场域和文化场域所交织而成的网络结构和复杂因素对文本生产的影响和制约，力戒任意拔高或随意贬低。

---

①汉斯-格奥尔格·加达默尔著，洪汉鼎译：《真理与方法》，上海译文出版社，1999年版，第373页。

注重作品的深度诠释与意义重构，采用多重视角、多种途径进入文本，并广泛借鉴一切可资利用的理论资源，以拓展研究的思路，力求在理论上有所突破，在方法上有所更新。在处理某些争议性较大的问题时，改变动辄批评古人的大批判立场，以同情心理解的态度，将焦点集中在“一个陈述是怎样被做出来”的“话语分析”上，也即窥探这种特定的话语是怎样被生产出来的，而不是凭先入之见，骤下结论。

刘勰曾云：“原始以表末，释名以彰义，选文以定篇，敷理以举统。”本书对侠之流变的勾勒，对重要概念的厘定，对典型作品的选取，对侠义精神的梳理，正是以此为准而进行的，以做到“振叶以寻根，观澜而索解”①。

①(南朝梁)刘勰撰，周振甫注：《文心雕龙注释・序志第五十》，人民文学出版社，1981年版，第535页。

第一章　侠文化溯源

第一节　历史之侠

"侠"在中国历史上出现很早，随着时代的发展又呈现出不同的面相。正因为如此，对"侠"的起源与界定，颇显复杂。就目前所见，学界关于"侠"的论述可谓多矣，且繁简不一。据陈平原先生大略统计，刘若愚最早在《中国的侠》(1967)一书中列举了"侠"的八种特征；其后，侯健在《武侠小说论》(1983)中总结了"侠"的十种特征；田毓英在《西班牙骑士与中国侠》(1983)一书中列举了"侠"的十一种特征；崔奉源在《中国古典短篇侠义小说研究》(1986)一书中列举了"侠"的八种特征(详后)①。再加上刘永济先生的"五德"之论(见前《绪论》)，对"侠"的认定和解释，很难划一。

其实，所有的论述，皆本自司马迁《史记·游侠列传》对侠的定义，其影响所至，直到现当代的新武侠小说，后文将要不断引到，此处不赘。仔细分辨上述诸说，因各家赖以观察的角度不同，故其辨析有异，这一现象也说明，"侠"的概念，是随着时代的变迁而变迁。换言之，是时代的需求附加给"侠"不同的内涵和面相。

---

①陈平原：《千古文人侠客梦》，新世界出版社，2002年版，第2页。

所以,“侠之所为”也非一成不变,不能也不容“一言以蔽之”,必须“通过探源和溯流的研究方式,我们才能比较准确地划定‘侠’在整个文化系统中的位置”①。

一、侠的起源

历史上的“侠”,从今存文献来考察,大致盛于战国时期,是从古代“士”阶层中逐步演变而来的。这已成为学界的共识。荀悦曾将“游侠”“游说”“游行”三者,称作“德之贼也”。并指出:“凡此三游之作,生于季世,周秦之末,尤甚焉。上不明,下不正,制度不立,纲纪废弛,以毁誉为荣辱,不核其真;以爱憎为利害,不论其实;以喜怒为赏罚,不察其理。”②不但将“三游”视作“制度不立,纲纪废弛”之“季世”的产物,而且对三游滋生的人心变异,“文化”淆乱,也有所指斥。

众所周知,春秋以前,西周的国家与社会力量基本上是以宗法氏族组织结合为一体的。“宗法氏族以血缘为结合条件,这种预设的结合(prescriptive),是团体成员与生俱来的资格,……氏族以宗法与封建的双重关系相结合,于是每一个群体有所归属,社会上也别无游离的人群。”③而到了春秋战国时期,原有的宗法与封建等级制度已无法继续维持,社会的转型带来的是原有社会阶层与集团的纷纷松动和个人的沉浮,这也就是后世

①余英时:《侠与中国文化》,氏著:《现代儒学的回顾与展望》,生活·读书·新知三联书店,2004年版,第320页。

②(汉)荀悦撰,张烈点校:《汉纪》卷十《孝武皇帝纪一》,中华书局,2002年版,第158页。

③许倬云:《任侠——国家权威与民间秩序的激荡》,刘绍铭、陈永明编:《武侠小说论卷》,香港明河社出版有限公司,1998年版,第178页。

所谓"礼崩乐坏"的时代。"礼崩"恰恰指的是这种社会稳定性的瓦解和社会性质的巨大变革。"士"正是在这样的社会大背景下,逐渐发生着分化组合。故近人张亮采在《中国风俗史》中所判定的"游侠之风,倡自春秋,盛于战国"①的论断,有其充分的根据。

在商、周时期,"士"大致是文武兼资的,他们拥有一定数量的田地,接受过"礼、乐、射、御、书、数"等"六艺"的教育,介于贵族和平民之间,"大抵皆有职之人"②。这从"士"的字义上即可看出:《白虎通义·爵》:"士者,事也。任事之称也。"《白虎通义疏证》在其下引到多种典籍来解释"士"字:如引《诗经》中《褰裳》之"岂无他士",《祈父》之"予王之爪士"曰:"《传》并云:'士,事也。'"引《繁露·察名号篇》云:"士者,事也。"引《说文》云:"士,事也。数始于一,终于十,从一从十。"孔子曰:"推十合一为士。"③等等。可见,在先秦封建时代,"士"是国家行政管理之"事"的承担者,是一个稳定的社会阶层。春秋时期,随着社会的结构变动,他们逐渐失去了固定的田产、职业与地位,成为社会的游离分子,其成员自然也就产生了分化与重组。具有不同专长的"士"逐渐出现了文/武的分化,有长于诗书礼乐的,也有长于射御攻占和技艺的,至战国时代,文士与武士已经各自形成两个截然不同的社会集团了,"文

①张亮采:《中国风俗史》,东方出版社,1996 年版,第 33 页。

②(清)顾炎武撰,黄汝成集释,栾保群、吕宗力校点:《日知录集释》卷七,上海古籍出版社,2006 年版,第 440 页。

③(汉)班固撰,陈立疏证,吴则虞点校:《白虎通义疏证》,中华书局,1994 年版,第 18 页。

者为儒，武者为侠”①。对此，顾颉刚先生在《武士与文士之蜕化》中有更加详细的论述：

> 然战国者，攻伐最剧烈之时代也，不但不能废武事，其慷慨赴死之精神且有甚于春秋，故士之好武者正复不少。彼辈自成一集团，不与文士溷。以两集团之对立而有新名词出焉：文者谓之“儒”，武者谓之“侠”。儒重名誉，侠重意气。……古代文武兼包之士至是分歧为二，惮用力者归“儒”，好用力者为“侠”，所业既专，则文者益文，武者益武，各作极端之表现耳。②

持这一观点的学者不在少数，如冯友兰先生在《原儒墨》和《原儒墨补》二文中认为，士早先为贵族所专用，其后流落民间，以出卖技艺为生，其中“文专家”或文士为儒，“武专家”或武士为侠③。田毓英也认为游侠由“士”演变而来，后来文武分开，武人就变成了侠，而文人则变成了后来的士④。吕思勉先生同样指出“好文者为游士，尚武者为游侠”⑤。除了“士”内部的分化，“士”的队伍也在不断扩大，正如前文所说，春秋战国时期封建等级制度的瓦解造成了原先较为稳定的社会阶层的变动，不仅一些高层的贵族下降为“士”，更有不少社会低层的平民也上升为“士”，因此由“士”分化而来的“侠”自然也包括了不少来自民间的布衣，他们脱

---

①（清）顾炎武撰，黄汝成集释，栾保群、吕宗力校点：《日知录集释》卷七，上海古籍出版社，2006 年版，第 440 页。

②《责善半月刊》，1940 年 1 卷 7 期。另见顾颉刚《史林杂识》初编，香港中华书局，1963 年版，第 88—89 页。

③冯友兰：《三松堂学术文集》，北京大学出版社，1984 年版，第 320 页。

④田毓英：《西班牙骑士与中国侠》，台湾商务印书馆，1986 年版，第 73 页。

⑤吕思勉：《秦汉史》，上海古籍出版社，1983 年版，第 517 页。

离农耕，自由流动。所以，后世不少论者认为“侠”来自民间①。

可见，“侠”起源于武士，与“武”天然相亲。但并不是凡武士都可称为“侠”，这在“侠”日后的发展演变中即可见出。其次，“侠”的出现背景就注定了其“游”的特质，因为除了上文所述，其身份来自于春秋战国社会变革时期的游离分子之外，当时所谓的“邦无定交，士无定主”②的社会政治现状，也决定了“侠”的游动性。而陶希圣先生则更加明确地指出“侠”出自于游民：“自封建束缚解体之后，社会上出现了一批不生产的政治的及社会的活动分子——游闲分子。”他们“轻视劳动，……又集中于都市，……尤多旧来武士阶级破落下来的成分，这些分子仍具有好勇斗狠，野心向上，组织活动及首领的能力”，所以“明白了古代游民的性质及其活动方式，则我们对战国时代游侠的行径便不难了解”③。正因如此，史籍上最早记载的“侠”，一般称为“游侠”。

二、史书记载之侠

冯友兰先生在《原儒墨补》一文中曾指出：“侠之一字则在晚

①冯友兰在《中国哲学史补》的《原儒墨》与《原儒墨补》二文中指出，“原业农工之下层失业之流民，多成为侠士”；劳榦在《论汉代的游侠》一文中也认为，游侠是一些把游侠当成职业的平民；陶希圣虽不认为游侠全来自民间，但也肯定游侠中的一部分来自社会低层。杨联陞也认为：“往日的封建秩序已经崩溃，许多世袭武士失去了地位、头衔。一些低层人物中的冒尖的后代，加入他们的对伍，他们勇敢、正直，分散于各地，为任何能够雇用他们的人服务（甚至献身），并以此为生。”见刘若愚著，周清霖、唐发饶译：《中国之侠》，上海三联书店，1991年版，第2页。

②（清）顾炎武撰，黄汝成集释，栾保群、吕宗力校点：《日知录集释》卷十三，上海古籍出版社，2006年版，第749页。

③陶希圣：《辩士与游侠》，商务印书馆，1930年版，第74页。

周较晚的书中，方始见。”①他的论断已得到大部分学者的肯定，因为直至战国中期，尚未见典籍中有“侠”的专门名词出现。那时的“侠”往往还是与其他各类武士混称为“国之豪士”（《管子·问》）、“豪杰之士”（《孟子·滕文公上》）、“剑士”（《庄子·说剑》）、“死士”（《墨子·备梯》）等等，从中亦可见“侠”由“士”而来的轨迹。在先秦典籍中，最早提及“侠”之名，并加以论断的，是战国时法家学派的韩非子。其《五蠹》篇云：

> 儒以文乱法，侠以武犯禁，而人主兼礼之，此所以乱也。夫离法者罪，而诸先王以文学取；犯禁者诛，而群侠以私剑养。

可见，“侠”带有“私剑”的性质。除此之外，韩非子还将“游侠”/“私剑”并称，且互为指称：

> 废敬上畏法之民，而养游侠私剑之属。

并指出“带剑者”的特征是：

> 其带剑者，聚徒属，立节操，以显其名，而犯五官之禁。②

其《八奸》云：

> 为人臣者，聚带剑之客，养必死之士以彰其威，明为己者必利，不为己者必死，以恐其群臣百姓而行其私，此之谓“威强”。③

可见“侠”是“养士”之风盛行的产物，为“人臣者”对“游侠”以礼相待，结以恩义，他们则感于恩义而不惜以死相报。这正如齐思和

---

①冯友兰：《三松堂学术文集》，北京大学出版社，1984年版，第354页。

②（清）王先谦撰，钟哲点校：《韩非子集注》，中华书局，1998年版，第449、450、456页。

③（清）王先谦撰，钟哲点校：《韩非子集注》，中华书局，1998年版，第53页。

先生在《战国制度考》一文中所描述的那样：

平民既成为战斗之主力，于是尚武好勇之风遂传播于平民，而游侠之风兴焉。慷慨赴义，尽忠效死，本为封建时代武力之特殊精神。……至战国则举国皆兵，游侠好勇之风，遂下被于平民。于是抱关击柝，屠狗椎埋之流，莫不激昂慷慨，好勇任侠，以国士自许。而当时之王公大人，或用之以复仇，或资之为爪牙，往往卑礼厚币，倾心结纳。严仲子以万乘之卿相，而下交于聂政；信陵君以强国之公子，而屈礼于侯生。此种泯除贵贱之态度，实封建时代所未有。而侠客亦遂激于宠礼，慷慨图报；一剑酬恩，九死无悔。①

关于“游侠”的论断还存在于《韩非子》一书的其他篇章中：

弃官宠交谓之有侠。(《八说》)

人臣肆意陈欲曰侠。(《八说》)②

私剑之士安得无离于私勇而疾距敌。(《人主》)③

行剑攻杀，暴憿之民也，而世尊之曰“磏勇之士”。活贼匿奸，当死之民也，而世尊之曰“任誉之士”。(《六反》)④

纵观《韩非子》中对“侠”的描述，我们可以大致归纳出“侠”基本上具有五个特点：

---

①齐思和：《战国制度考》，《燕京学报》第二十四期(1938年12月)，第194页。

②(清)王先谦撰，钟哲点校：《韩非子集注》，中华书局，1998年版，第423、430页。近人梁启雄在《韩非子浅解》中注曰：“有”“游”古今音皆近，“有”或本作“游”。“有侠”即为“游侠”。

③(清)王先谦撰，钟哲点校：《韩非子集注》，中华书局，1998年版，第470—471页。

④(清)王先谦撰，钟哲点校：《韩非子集注》，中华书局，1998年版，第415—416页。

(1)拥有足以违抗君权的私人武力；

(2)以个人的节操树立名声，吸引徒众；

(3)行为偏激，将私人交谊置于国家安危之上；

(4)以暴力手段解决问题；

(5)以“私剑”自任，以“私勇”著称。

日本学者增渊龙夫就指出：“我们理解的战国时代的侠，应是指以私剑武勇立威于乡曲，聚集和自己有私交的徒党，若遇侵害宗党知友者，则以剑报之，是所在州里之雄，而且由于结成私交及经常注意节操，所以即使触犯法禁，却在民间中享有声望的那些人。”①可见“游侠”重义节、轻生死的行径尽管可以显扬其名，但有时不顾君臣大义，好逞私勇，任情触法，则直接构成对君权的威胁，而且这种蓄养私人武力以号召群众的行为，也扰乱了既定的社会秩序，自然为法家观念所不容。因此《韩非子》一书基于法家的立场，从维护君权、法制及国家秩序的角度，对“侠”予以严厉的抨击。但后世关于“侠”的观念也于此露出端倪。

另外，我们也可以从文字学的角度，对“侠”字进行训诂学的考证，从其字源学的意义上，与史书记载之“侠”互相印证。在今所见的商周甲骨与金文中，尚未有“侠”字，而只有“夹”字，其形状是中间有一个“大”字，两边各有一小“人”字以示挟持。《说文解字》曰：

> 夹，持也，从大，侠二人。②

段注：

---

①增渊龙夫：《汉代民间秩序的构成和任侠习俗》，《日本学者研究中国史论著选译》第三卷，孔繁敏译，中华书局，1993 年版，第 534 页。

②(汉)许慎撰，(宋)徐铉校定：《说文解字》，中华书局，1963 年影印版，第 213 页。

> 按侠之言夹也。夹者，持也。经传所假侠为夹，凡夹皆为侠。

《汉书·季布栾布田叔传第七》记载云："季布，楚人也，为任侠有名。"颜师古注"任侠"曰：

> 任谓任使其气力。侠之言挟也，以权力侠辅人也。①

可见，古代"夹、挟、侠"三字相通，"侠"是挟持、挟辅的意思。它的原义有扶持大人物而供其役使之意。这与韩非所谓"为人臣者，聚带剑之客，养必死之士以彰其威"（《八奸》）中的"私剑"之属一致，而此"权力"一词，或可用司马迁《游侠列传》中的"比权量力"一词来解释②。亦可理解为韩非子所谓的"行剑攻杀"（《六反》）的私人武力。

至于"侠"，《说文解字》释曰：

> 侠，俜也。从人，夹声。
>
> 俜，侠也。从人，甹声。③

段注：

> 荀悦曰："立气齐，作威福，结私交，以立强于世者，谓之游侠。"如淳曰："相与信为任，同是非为侠，所谓权行州里，力折公侯是也。"或曰："任，气力也。侠，甹也。"④

---

①（汉）班固撰，（唐）颜师古注：《汉书》，中华书局，1962年版，第1975—1976页。

②司马迁的原文是："诚使乡曲之侠，予季次、原宪比权量力，效功于当世，不同日而论矣。要以功见言信，侠客之义又曷可少哉！"《史记》，中华书局，1982年第2版，第3183页。

③（汉）许慎撰，（宋）徐铉校定：《说文解字》，中华书局，1963年影印版，第164页。

④（汉）许慎撰，（清）段玉裁注：《说文解字注》，上海古籍出版社，1981年版，第373页。

至于“甹”，《说文解字》云：

甹，亟词也，从丂，从由。或由甹，侠也；三辅轻财者为甹。

徐铉注：

由，用也，任侠用气也。①

段注：

甹与俜音义相同。……今人谓轻生为甹命，即此甹字。

由于许慎“重复古”，所著《说文解字》又以小篆为主，合以古籀，“欲人由近古以考古也”②，再加之段玉裁等注者的解释，可见“侠”这一专门称呼在先秦时期，可能转音于汉代称之为“三辅”的陕西中部一带的俗语方言。那里的居民把社会上已普遍出现的一类“轻财”“轻生”“重交”的武士称为“甹”，后逐渐变音假借为“侠”。这也可与韩非所谓“弃官宠交”“肆意陈欲”等侠的特征相印证。而人有所挟持（威胁、掠夺），必有害于他人，这是“法制”社会所不容许的，所以《韩非子》才会说“侠以武犯禁”。

继韩非子之后，对游侠做出更明确定义的是汉代的司马迁，他在《史记》中第一次为之作传，游侠也是至此方首次进入主流史家的视野。不同于韩非子的君权立场，司马迁没有局限于“侠”的本义，而是着重于“侠”的个人品行和人格，对“游侠”做出新的界定，至此“侠”的基本特征与形象才被较为精细地勾勒出来。《史记·游侠列传》云：

今游侠，其行虽不轨于正义；然其言必信，其行必果，已

①（汉）许慎撰，（宋）徐铉校定：《说文解字》，中华书局，1963 年影印版，第 101 页。

②（汉）许慎撰，（清）段玉裁注：《说文解字注》，上海古籍出版社，1981 年版，第 763 页。

> 诺必诚，不爱其躯，赴士之厄困，既已存亡死生矣，而不矜其能，羞伐其德，盖亦有足多者焉。
>
> 而布衣之徒，设取予然诺，千里诵义，为死不顾世，此亦有所长，非苟而已也。故士穷窘而得委命，此岂非人之所谓贤豪间者邪？①

另，《太史公自序》又云：

> （游侠）救人于厄，振人不赡，仁者有乎；不既信，不倍言，义者有取焉。②

司马迁是历史上第一个正面肯定“游侠”并表彰其行为的史学家。从《游侠列传》中的“盖亦有足多者”一语，即可看出其揄扬之意。司马氏论“侠”主要是从侠与他人，尤其是那些弱势者、苦难者的关系出发，表扬其信守诺言、急人之难、救人困厄而不惜牺牲自己利益乃至生命的胆力和勇气，他特别赞扬朱家曰：

> 振人不赡，先从贫贱始。家无余财，衣不完采，食不重味，乘不过𬨎牛。专趋人之急，甚己之私。既阴脱季布将军之厄，及布尊贵，终身不见也。自关以东，莫不延颈愿交焉。③

这种舍己为人、不求回报的精神，也是一种以弱势者为本位的“无我利他”伦理。这非但是司马迁据以作《游侠列传》的初衷，是他建构的侠客伦理，也是他撰写《史记》的叙事伦理。而且这一侠义观更为后世侠义文学尤其是侠义小说所继承，成为后世侠文化传统中占主流地位的核心观念，成为表彰侠义者所遵循的圭臬，影响极其深远，以致后世论侠，莫不以此为本。

---

①（汉）司马迁：《史记》，中华书局，1982 年第 2 版，第 3181、3182—3183 页。

②（汉）司马迁：《史记》，中华书局，1982 年第 2 版，第 3318 页。

③（汉）司马迁：《史记》，中华书局，1982 年第 2 版，第 3184 页。

司马迁对“游侠”的溢美之词充盈于字里行间，展现了一个异乎时人的新的诠释角度与观点，究其原因，除了其卓绝的历史眼光和“成一家之言”的著述目的之外，与其自身的性格遭际也不无关系。司马迁为人“尚气好侠，有战国豪杰之余风，故其书叙用兵、气节、豪侠之事特详”①。其次，诚如历代学者分析的那样，司马迁之所以称道“游侠”，是由于他“遭李陵之难，交游莫救，深受法困，故感游侠之义，其词多激”（董份语）②，“彼实有见而发，而激而云耳”③。南宋晁公武、明人柯维骐、归有光、近代李慈铭、蒋智由等人也都有类似的说法，强调“李陵之难”对司马迁写作《游侠列传》的潜在影响④。结合《游侠列传》来看，这些论断，不无道理。

尽管由于韩非与司马迁所持立场以及个人背景不同，导致了对“侠”的抨击与赞美两种截然不同的态度，但我们仍可从司马氏之论述中看出二人的传承关系。司马迁所说“游侠”之“行不轨于正义”，“时扞当世之文罔”（《索隐》曰：“扞即捍也。违扞当代之法网，谓犯于法禁也。”），正是韩非所谓“聚徒属，立节操，以显其名，而犯五官之禁”（《韩非子·五蠹》），至于韩非称“弃官宠交谓之有侠”（《韩非子·八说》），从某种意义上也道出了游侠重义气、不以

---

①（宋）张耒：《司马迁论》（下），张耒撰，傅信、孙通海、李逸安点校：《张耒集》，中华书局，1990年版，第664页。

②（明）凌稚隆、李光缙：《史记评林》卷一二四，天津古籍出版社，1998年版，第766页。

③（宋）秦观：《司马迁论》，秦观撰，徐培均笺注：《淮海集》，上海古籍出版社，1994年版，第700页。

④分别参见晁公武《郡斋读书志》卷二上、柯维骐《史记考要》、归有光《文集》二之《夏怀竹字说序》、李慈铭《史记札记》和蒋智由《〈中国之武士道〉序》。

私利萦怀的特征,正与司马氏所论相契合。可见司马迁为游侠作传尽管有着“借他人酒杯,浇胸中之块垒”的可能性,但“有激而作”并非任意泄愤,“其文直,其事核,不虚美,不隐恶”的“实录”原则(《汉书·司马迁传赞》)①,同样贯穿其中,因此在对游侠赞美之先,司马迁仍不忘点出其“不轨于正义”的行为特征,从中可读出史家的身份使他具有的不同于文学家的客观立场。

司马迁在《游侠列传》中还对“游侠”的构成作了如下的划分:

> 古布衣之侠,靡得而闻已。近世延陵、孟尝、春申、平原、信陵之徒,皆因王者亲属,藉于有土卿相之富厚,招天下贤者,显名诸侯,不可谓不贤者矣。比如顺风而呼,声非加疾,其势激也。至如闾巷之侠,修行砥名,声施于天下,莫不称贤,是为难耳。然儒、墨皆排摈不载。自秦以前,匹夫之侠,湮灭不见,余甚恨之。以余所闻,汉兴有朱家、田仲、王公、剧孟、郭解之徒,虽时扞当世之文罔,然其私义廉絜退让,有足称者。名不虚立,士不虚附。至如朋党宗强比周,设财役贫,豪暴侵凌孤弱,恣欲自快,游侠亦丑之。余悲世俗不察其意,而猥以朱家、郭解等令与暴豪之徒同类而共笑之也。②

按照曾国藩的说法,司马迁在《游侠列传》中实际上将游侠分为三类:“布衣闾巷之侠,一也;有土卿相之富,二也;暴豪恣欲之徒,三也。”③而在这三种侠中,司马迁最为激赏的是“布衣闾巷之侠”。他不仅对“布衣之徒,设取予然诺,千里诵义,为死不顾世”之长

---

①(汉)班固撰,(唐)颜师古注:《汉书》,中华书局,1962 年版,第 2738 页。

②(汉)司马迁:《史记》,中华书局,1982 年第 2 版,第 3183 页。

③(清)曾国藩:《足本曾文正公全集》第六册《求阙斋读书录》卷三,东方文学社发行,1935 年版,第 37 页。

处，大加赞扬，花费大幅篇章来叙述朱家、郭解等人的事迹，认为他们“虽时扞当世之文罔，然其私义廉絜退让，有足称者”。更因“古布衣之侠，靡得而闻已”，“匹夫之侠，湮灭不见”也，“儒、墨皆排摈而不载”也，故而心“甚恨之”。这不正是司马公作《游侠列传》以传布他们的用意吗？而其在传中描画的“侠”的基本特征“其言必信，其行必果……”云云，正是其所赞扬的“布衣闾巷之侠”的行为准则和人格特征。

除此之外，司马迁还对世人误将布衣之侠与“侵凌孤弱，恣欲自快”的“暴豪”混为一谈表示了极大惋惜。但也由此可见，汉代游侠的构成已不仅仅是春秋战国时期“以武犯禁”的“带剑者”，它的范围在不断地扩大，除了“救人于厄，赈人不赡”“声施于天下”的“贤者”，还包括欺凌弱小、横行乡里的“暴豪”。司马迁认为：区分游侠与暴豪之徒的标志，就在于对待弱者的态度及其行为的目的。游侠以一己之力，锄强扶弱，除暴安良，廉洁退让，不求报答，因而“名不虚立，士不虚附”；暴豪之徒结党营私，利用财富和权力，奴役穷人，侵凌孤弱，以满足他们自身的欲望，因而是可耻的。显然司马迁并不同意将这些地方豪强划入游侠的范围，认为他们是“盗跖而居民间者”，“游侠亦丑之”。但我们从中仍可窥探出汉代“侠”真实而复杂的面貌。司马迁也正是感觉到了侠的这种分化与演变的现实，才对侠之构成作了划分，以期人们了解真正的“游侠”与“豪暴”的区别。而这些史实在之后的《汉书》、《后汉书》等史籍的记载中，亦可看到。可见历史之侠的复杂性从汉代已开始显现，而这一点也常常是后世论“侠”时所忽略的。这也提醒我们在面对复杂的历史时，应该努力使自己“不虚美，不隐恶”，避免为我所用的挑拣式引用或断章取义的论断方式。

在此之后，班固承袭司马迁，为《汉书》作《游侠传》，传中除了增列时代后于司马迁的万章、楼护、陈遵、原涉诸“侠”外,连词句皆大体相同,只不过叙事的观点已有所变化,他从维护大一统皇权的角度出发,认为司马迁“序游侠则退处士而近奸雄”,实为“大蔽”,在出发点上与韩非有相通之处。其《游侠传》云:

> 布衣游侠剧孟、郭解之徒驰骛于闾阎,权行州域,力折公侯。众庶荣其名迹,觊而慕之。虽其陷于刑辟,自与杀身成名,若季路、仇牧,死而不悔也。

又云:

> 况于郭解之伦,以匹夫之细,窃杀生之权,其罪已不容于诛矣。观其温良泛爱,振穷周急,谦退不伐,亦皆有绝异之姿。惜乎不入于道德,苟放纵于末流,杀身亡宗,非不幸也!①

由于这些效忠于非官方“私门”的武装力量多“不入于道德”,“以匹夫之细,窃杀生之权”,“权行州域,力折公侯”,对大一统的社会秩序具有破坏作用,因此班固对游侠的行径深为不满。但是,他对“游侠”也并非一概抹杀,仍能肯定其“温良泛爱,振穷周急”的行为和“谦退不伐,亦皆有绝异之姿”的品格,这正与司马迁对游侠“救人于厄,赈人不赡”,“不矜其能,羞伐其德”的夸赞相合。尽管为了维护大一统政权的需要,班固对游侠持批判态度,但“恶之而不没其善”的实录原则与“惜乎不入于道德,苟放纵于末流,杀身亡宗,非不幸也”的惋惜之情,仍将他对游侠的几许同情,表露笔端。

班固在《游侠传》中除了朱家、剧孟、郭解等人的记载承袭《史记·游侠列传》之外,也指出:“自是(郭解)之后,侠者极众,而无

①(汉)班固撰,(唐)颜师古注:《汉书》,中华书局,1962年版,第3698、3699页。

足数者。”①其后记载的万章、楼护、陈遵、原涉等均是称霸一方的地方豪强。如果说汉初的地方豪强还能行侠仗义，有战国遗风，那么自西汉中期以后，游侠已经进一步豪强化了。据史书记载，汉代豪侠之风大兴，“长安炽盛，街闾各有豪侠”②，京师重地，居然被“北道姚氏，西道诸杜，南道仇景，东道赵他、羽公子，南阳赵调之徒”③划分了势力范围。至于“郡国豪桀，处处各有”④。他们往往出身于大家族，依仗家族的势力广招宾客，结成死党，纵横乡里，作威作福，成为地方上举足轻重的人物。不仅如此，豪侠也“结党联群”，扩展自己的势力，有时甚至连地方官府亦“莫能禽制”⑤，即所谓“权行州域，力折公侯”者是也。全祖望在《经史答问》卷十中云：

> 游侠至宣、元以后，日衰日陋。及巨君时，楼护、原涉之徒无足称矣。⑥

全氏论汉代游侠的衰变过程，学者一般认定大致符合史实。自汉武帝至王莽（巨君），游侠传中的人物已逐渐失去早期的光彩，后世称道的游侠典范也始终是汉初的朱家、郭解等人。之后的豪侠

---

①（汉）班固撰，（唐）颜师古注：《汉书》，中华书局，1962 年版，第 3705 页。

②（汉）班固撰，（唐）颜师古注：《汉书·游侠传》，中华书局，1962 年版，第 3705 页。

③（汉）司马迁：《史记·游侠列传》，中华书局，1982 年第 2 版，第 3189 页。

④（汉）班固撰，（唐）颜师古注：《汉书·游侠传》，中华书局，1962 年版，第 3699 页。

⑤（汉）班固撰，（唐）颜师古注：《汉书·赵尹韩张两王传》，中华书局，1962 年版，第 3200 页。

⑥（清）全祖望撰，朱铸禹汇校集注：《全祖望集汇校集注》，上海古籍出版社，2000 年版，第 2032 页。

尽管沿用了“游侠”的旧称，但是与先秦的“游侠”及司马迁所颂扬的游侠精神已相去甚远，这也反映了“侠”的社会性质的转化。余英时先生指出：“‘游侠’与‘游士’一样，在汉代进入了一个新的阶段。‘游士’已和乡土、宗族结合了起来，不再‘游’了。‘游侠’也是如此。《史记》、《汉书》沿用了‘游侠’的旧称，其实汉代的‘侠’应称‘豪侠’；这是西汉中晚期已出现的名词。……‘侠’之称‘豪’，由‘豪杰’一词而来。‘侠’是社会上人给予某些‘言必信，行必果，诺必诚’的‘豪杰’的一种美号。”①同时，“豪侠”势力的不断扩大不但破坏了地方秩序，甚至对大一统的政权也构成了极大的威胁，所以自汉武帝以来，豪侠势力一直是朝廷打击的主要对象②。荀悦更是承接班固之说，将游侠称为“德之贼”，认为其“伤道害德，败法惑世，夫先王之所慎也”。

荀悦对“游侠”的界说如下：

> 立气势，作威福，结私交，以立强于世者，谓之游侠。

尽管荀悦仍沿用“游侠”旧称，但强调的则是“立强于世”。“强”即“豪强”，这也充分印证了汉代部分“游侠”向“豪强”的转变。尽管如此，荀悦同样对于真正的游侠精神给予了肯定：

> 游侠之本，生于武毅，不挠久要，不忘平生之言，见危授命，以救时难，而济同类。以正行之者，谓之武毅，其失之甚者，至于为盗贼也。③

---

①余英时：《侠与中国文化》，氏著：《现代儒学的回顾与展望》，生活·读书·新知三联书店，2004年版，第338页。

②陈山：《中国武侠史》，上海三联书店，1992年版，第81—101页。

③此处所引荀悦《汉纪》之文，转引自龚鹏程、林保淳编：《廿四史侠客资料汇编》，台湾学生书局，1995年版，第53页。

可见，他与司马迁一样，认为“游侠”转变为“豪侠”是丧失了原有的“武毅”精神，而流于盗贼之属。

这里值得注意的是，荀氏评价游侠之言，主要出自《论语》：“子路问成人。子曰：‘若臧武仲之知，公绰之不欲，卞庄子之勇，冉求之艺，文之以礼乐，亦可为成人矣。’”但孔子又觉得这一要求过高，接着说：

> 今之成人者何必然？见利思义，见危授命，久要不忘平生之言，亦可以为成人矣。①

由此可见，荀悦在这里引述孔子之言，对游侠的正面价值是有所肯定的。但在总体上，他又持否定的态度，与班固相仿佛，视“游侠”为危险分子，对大一统专制帝国构成威胁，因此在文中将“游侠”与“游说”“游行”三者并举，作了否定性的评价：

> 是以君子犯礼，小人犯法，奔走驰骋，越职僭度，饰华废实，竞趋时利。简父兄之尊，而崇宾客之礼；薄骨肉之恩，而笃朋友之爱；忘修身之道，而求众人之誉；割衣食之业，以供飨宴之好。苞苴盈于门庭，聘问交于道路，书记繁于公文，私务众于官事。于是流俗成矣，而正道坏矣！②

游侠“奔走驰骋，越职僭度”的种种行为，正与韩非子所谓“以武犯禁”“弃官宠交”“肆意陈欲”，班固所谓“不入于道德”，乃至“放纵于末流”之论相合。荀悦站在正统皇权的立场上，自然认为“游侠”不遵守礼仪纲常和等级制度，在国家君主法令之外另行一套“权力”，因此是稳定社会的一股离心力量，也是大一统专制社会

---

①杨伯峻译注：《论语译注·宪政篇第十四》，中华书局，1980 年版，第 149 页。

②龚鹏程、林保淳编：《廿四史侠客资料汇编》，台湾学生书局，1995 年版，第 52—53 页。

所必须摧毁的势力。在他看来,“三游”之所以盛行,盖在于“大道”不行的缘故,“故大道之行,则三游(游侠、游说、游行)废矣”①。

从中,我们亦可大致窥见,历史上对任何人物和事件的评价,都会受到政治观念和社会舆情的影响,都深藏着一个“话语”和“权力”的关系②。

至此,我们对历史之侠的基本形象以及“游侠”的历史变迁已有了一个大致的把握。从《韩非子》所言的“以武犯禁”及《说文解字》对“侠”字的解释为出发点,归结出“侠”的原义,乃是重义节、轻生死、好逞私勇、犯上作乱的“私剑”之属,之后司马迁在《史记》中对“游侠”的道德人格给予较为肯定的称赞,并企图将之与当时“侵凌孤弱,恣欲自快”的“豪强”有所区分。但司马迁对“游侠”的正面肯定并未完全被后人所接受,如东汉班固就给出“序游侠则退处士而进奸雄”的批评,认为游侠的言行有违“民服事其上,而下无觊觎”③的伦理,“其罪已不容于诛矣”。不过,由于受到司马迁刻意表彰游侠的影响,班固多少也对游侠的个人道德有清醒的认识,因此并未完全将之一笔抹杀。然而不可否认的是,由于“游侠”一直是专制政权打击的目标,所以不可避免地成为了主流文化所排斥的对象,故自班固《汉书》以后,历代史家已经不再为游侠作传了,如顾颉刚先生所言:

儒侠对立,若分泾渭,自战国以迄西汉殆历五百

①龚鹏程、林保淳编:《廿四史侠客资料汇编》,台湾学生书局,1995年版,第53页。

②参见葛兆光:《思想史研究课堂讲录(初编):视野·角度和方法》,生活·读书·新知三联书店,2019年版,第49页以下。

③(汉)班固撰,(唐)颜师古注:《汉书·游侠传》,中华书局,1962年版,第3697页。

年。……范晔作史，不传游侠，知东汉而后遂无闻矣。①

孙铁钢先生也论道：

二十五史中只有《史记》与《汉书》有《游侠传》，自《后汉书》迄《明史》都无游侠列传，这正可看出自东汉以后游侠已经没落，不再为史家所重视。②

这也就是说自汉代之后"游侠"就消失在了正统史家的视野之中，其活动也已不再见载于正史。但汉代之后的游侠就像古代的布衣之侠一样，虽湮没于史书，却并未销声匿迹，其精神气质一直延续至后世。余英时先生曾以第一手资料详加考证道："'侠'自东汉起便已开始成为一种超越精神，突破了'武'的领域，并首先进入了儒生文士的道德意识之中。"③从汉末到隋唐之际，正史上颇不乏"豪侠""义侠""任侠"之风骨气节的记载，唐宋以后，仍可从正史中发现古代游侠的遗风。而且更重要的是，"侠"之一字已成为品评人物、凸现气节的重要概念，成为一个汉语中不可或缺的词汇。

第二节　文化之侠

如上所述，自《汉书》以后，中国正史上再没有"游侠"这一范畴了。"侠"已演变为一种"文化精神"和"人格理想"而融入中国文化之中了。所以，"贵侠"之风，虽时盛时衰，但一直不绝如缕。

---

①顾颉刚：《武士与文士之转换》，《责善半月刊》，1940 年 1 卷 7 期。

②孙铁刚：《秦汉时士和侠的式微》，《台湾大学历史学系学报》，1975 年第 2 期。

③余英时：《侠与中国文化》，氏著：《现代儒学的回顾与展望》，生活·读书·新知三联书店，2004 年版，第 379 页。

今天我们所说的"侠",更多是以其文化精神和人格价值而为人所称道,故而追溯历史渊源的研究方法固然必要,但若仅以"历史存在之侠"来直接比对"文化精神之侠"的做法,显然无助于理解作为"侠"的文化精神和存在价值,更无视于在漫长的社会发展中,"侠"的精神演变。那么以今人的眼光来看,究竟何谓"侠"呢?

根据辞典的解释,"侠"是指见义勇为,肯舍己助人者,是指除暴安良、济弱锄强的行为或性格气质。刘永济曾以"五德"归纳之:一曰轻财尚俭,一曰急难好义,一曰轻死重气,一曰崇信用,一曰厚交谊。已见前述①。刘若愚《中国之侠》一书列举了"侠"的八项特征:

> 助人为乐、济贫扶困、不求施报,重"义"。
>
> 主持正义、路见不平、拔刀相助。
>
> 放荡不羁、不喜约束、不拘小节、人格独立。
>
> 忠于知己、或士为知己者死。
>
> 勇敢坚强、视死如归。
>
> 重然诺、守信实。
>
> 爱惜名誉、即司马迁所谓"修行砥名、声施天下"。
>
> 慷慨轻财、挥金如土。②

---

①刘永济:《论古代任侠之风》,段怀清编:《传统与现代性:〈思想与时代〉文选》,浙江大学出版社,2007 年版,第 104 页。

②刘若愚著,周清霖、唐发饶译:《中国之侠》,上海三联书店,1991 年版,第 4—6 页。另田毓英在《西班牙骑士与中国侠》第八章论侠之美德,所归纳者与刘氏大同小异:守信用,已诺必践,所行必果,牺牲自我,济困扶危,羞于赞美自己的德行,自己规定取舍予夺的标准,重视信诺的规则,声名远播,但并不自己寻找名声,不为他人的批评担心,却为义而自我牺牲,致力于修德行善,设法改善他们的行为与美名。台湾商务印书馆,1986 年版,第 94 页。

五德和八特征，都涉及的是“侠”的道德品质与人格精神。刘永济更将之提高和扩展到“人类精神”的高度来看待，视之为“人类精神卓异之表见”，并指出：“苟能培养此种精神，扩而充之，引之入于大道，杜绝其流弊，使之郁成风气，于今日实有裨益。”①

这些已无关乎“侠”的特殊身份了，“侠”的观念已被抽象化为一种“精神气概”②，并进而向“忠义”靠拢，与“儒”合一，成为一种文化精神和人格典范的象征词汇而进入正史和文学领域，成为史书品评人物不可缺少的“人格话语”和文学的“叙事话语”。

既然“侠”是出于政治需求（从正史的《儒林》、《文苑》、《忠义》等传中可以见出）、社会需求（侠行）和精神需求（侠格，即侠之人格）而被“建构”出的一种人格符号和价值符号，那么，它因此而进入各种文献（包括文学）记载就毫不足怪了。这种人格符号和价值符号无疑已由实存而蜕变为一种文化的建构物，而且是作为对传统的“儒、释、道”三教的补充而存在和流传的。

对此，我们无以名之，暂且以“文化之侠”来概括它。如此概括，一者在于拓展它的内涵，二者在于和“历史之侠”作出区分。虽然文学叙事不全是空穴来风，有充分的历史和现实根据（尤其中国的小说观，基本来自历史叙事，更讲究“真实”或于史有据，再加之“羽翼正史”的创作观念起着指导作用，更讲究“真实”），但它作为一种文化和价值的“建构”物，势必要加以虚构。所以，“文化之侠”概念的建立，更切合文学创作的实际。

---

①刘永济：《论古代任侠之风》，段怀清编：《传统与现代性·〈思想与时代〉文选》，浙江大学出版社，2007年版，第107页。

②余英时：《侠与中国文化》，氏著：《现代儒学的回顾与展望》，生活·读书·新知三联书店，2004年版，第374页。

如稍作分疏，所谓“历史之侠”，是直接由“武士”阶层衍化出来的有固定职业和身份的人，是“武士中最有典型性并将武士道德发展至最高水平的人”①。自东汉以后，“侠”已不成其为一种职业了，“侠”的观念也在无限扩大，不但与“武”不必有关，而且也脱离了任何社会基础，影响及于各阶层、各行业的人，连禅、道、乞丐甚至医者，也深染侠风。这种情况愈到后来愈益明显，乃至三教九流、男女老幼，无所不包，任何人具有此种精神气概，无论社会身份和职业是什么，都可以叫做“侠”②。这是余英时先生从大量史籍的排比考释中得出的结论。至于文学创作中的“侠”，虽也有历史的影子，但已不能与历史上真实的“侠”相提并论，同日而语。正是有鉴于此，本书才提出“文化之侠”的概念。

所谓“文化之侠”，是指深含于侠行之中的文化向度和人格精神。它虽与“历史之侠”有着千丝万缕的联系，但已演变为一种“文化的建构”和“多元的产物”。这是文化融合的结果，是一种“观念的具象”，而非“历史的存在”。其中蕴藏着建构者的社会政治愿景和人格理想，这尤其表现在文学创作中。如果说，史籍中的“历史之侠”的叙事遵循的是一种“实录”③原则，那么，文学中的“文化之侠”遵循的则是一种“寓言”原则，是直接上承庄子的“寓言”传统而来的。如果说，《庄子》的所寓之“言”，是他的哲学

---

①余英时：《侠与中国文化》，氏著：《现代儒学的回顾与展望》，生活·读书·新知三联书店，2004年版，第321页。

②参见余英时：《侠与中国文化》，氏著：《现代儒学的回顾与展望》，生活·读书·新知三联书店，2004年版，第371—377页。

③《汉书·司马迁传》赞曰：“其文直，其事核，不虚美，不隐恶，故谓之实录。”这是史家对“实录”的最好解释。“实录”虽然已遭到质疑（前已述及），但为了尊重古人的观念，我们在此处仍将继续沿用，以免表述产生歧义或混乱。

观念，那么，“文化之侠”的所寓之言，则是建构者的理想人格和审美趣味①。故虽无历史的“真实性”，却有其文化的“合理性”。换言之，重在表现的是他们的“文化习性”，而并非关心他们是否存在或能否存在。

其次，就“侠”的活动空间——“江湖”——而言，已不再仅仅指代一种“地理位置”，而是“一种由地理与社会空间高度组合、经时间洗礼而形成的文化概念”②。“江湖”的文化内涵虽然十分宽泛，但有一个至为明显的特点，那就是与“庙堂”相对。庙堂强调礼法秩序，江湖则偏于恣情任性。庙堂文化代表了一种正统精神和主流意识形态；江湖文化则代表着一种位处边缘的草根精神和民间意识。“江湖”的魅力，正在于它可以弥补那些正统文化所缺失的东西。因此“江湖”是一种相对于“朝堂”或“廊庙”的“文化场域”，而非历史上真实的地理空间。同时，这一远离朝廷、不受王

---

①韦政通在《传统中国理想人格的分析》一文中对“理想人格”作了如下的界定：理想人格“与人类学家和社会学家探究的代表人格(representative personality)有些相似。布鲁姆(L. Broom)把各家对代表人格的解释归纳为三种：Ⅰ.‘代表’可能指统计上的次数。行为中任何一个项目，出现于社会内大多数人民，即是该社会‘代表人格’的一部分。Ⅱ.‘代表’所指者，也许是人格中某些共同特质，不因外显行为(overt behavior)之差异而丧失其存在。因此其注意重点不在可观察的行为和反应在小节细目上，而在于基本取向(orientation)以及人生观(outlook)。Ⅲ.‘代表人格’有时候是指能表现文化精神或精华的人格。如此说来，则代表人格仅能为少数人所共有。此种人格最容易与主要社会制度相整合”。他并且声明，其中的第三种解释，正乃他所探讨的“理想人格”。本书所采用的“理想人格”一词，大致取自于第二和第三种解释。见李亦园、杨国枢主编：《中国人的性格》，江苏教育出版社，2006 年版，第 1—2 页。

②万方：《“江湖”漫议》，《寻根》，2004 年第 4 期。

法约束的法外世界，也寄托了人们在“天下无道”的情况下，对于公道和正义的期盼；而“江湖”中的侠客不受礼法约束、独立不羁的生活方式，则暗合了人们挣脱束缚、向往自由的追求。试想，如果没有江湖文化的勃勃生气与倔强峥嵘，只追求温文尔雅、和平中庸，那么，这样的文化体系肯定是苍白的和片面的。尤其儒家文化愈往后发展，就愈显现出它烂极而靡、熟极而颓的特征，需要其他刚健的文化作为补充，这样才能重新唤起它的生命力。“侠文化”正有此功能和效果。

此外，所谓“文化之侠”，也是对各类侠行的总称，是“历史之侠”的主体特征的再现和重构，而不专指历史上的某一类“侠”。刘永济先生指出：侠之异称尚多，亦各取其一义而已。“以其好交游，则称游侠”；“以其豪纵，则称豪侠”；“以其重气节，则称气侠，或节侠”；“以其伉直，则称伉侠”；“以其轻侻，则称轻侠”①，如此等等。所谓“文化之侠”，即是对其多名的一种共相的概括，是对“游侠”“豪侠”“气侠”“节侠”“伉侠”“轻侠”之文化性格的范畴性总括。因此，相比较而言，“历史之侠”的面相十分复杂，其中既有“以救时难”的刚毅之士，复有“权行州郡”的豪暴之徒。而“文化之侠”的面相则既有历史之侠的传统面影，又有时代的重塑，是经过加工整合之后而形成的。换言之，其人格内涵，有一个随着时代的演进而不断累加和型塑的过程，因而是一个多元的复合体。

最后，就其叙述话语而言，遵循的乃是儒家的历史叙述逻辑（小说本就来自于史传）。黄俊杰先生指出，儒家从事“历史叙述”时，所“依循的思考逻辑是一种属于‘应然’世界的逻辑”。他们深

①刘永济：《论古代任侠之风》，段怀清编：《传统与现代性·〈思想与时代〉文选》，浙江大学出版社，2007年版，第104页。

厚的历史意识常常表现在对“三代”的向往上，“三代”是他们构想的“黄金时代”，具有强烈的“非事实性”，古代思想家常运用这个概念，“注入他们想注入的意义内涵，企图以这种赋‘历史’以新意的方式，使历史经验对‘现在’产生撞击并指引‘未来’”。他举孟子为例道：“他是把历史经验当作一种可以被后人注入意义(meaning)的‘符号’。换句话说，过去的历史经验不是与读史者疏离的‘客观的存在’，它与读史者构成‘互为主体性’的关系。因此，在孟子的论述里，阅读历史是一种意义创造的活动。”①这种思维方式，也直接影响到后世历史题材的文学创作，尤其表现在侠的塑造中。“侠”已变为一种可以被注入意义的“符号”；“侠世界”也就成为一种“应然”世界，而不再是真的发生在历史上的“实然”世界，其中尽管含有历史的影子(典型的如《水浒传》、《三侠五义》等)。这也正如“在儒家的历史学里，历史叙述的目的在于建构儒家道德学”②，而后世对侠的历史叙述，其目的也在于建构侠的道德学，根除他们“不轨于正义”(《史记·游侠列传》)、“不入于道德”(《汉书·游侠传》)的行径与习气，并逐渐扩充其文化内涵和政治事功。

这里尚需说明的是，“文化之侠”是一个范围较大、外延广泛的概念，本书重点探讨的是“文学之侠”中的“侠义小说”，因为它们最能体现“文化之侠”的内涵。而“文化之侠”和“文学之侠”又是一对前者含摄后者、互相联系的概念，相较而言，前者是大概

① 黄俊杰：《儒家论述中的历史叙述与普遍理则》，黄俊杰编：《中国经典诠释传统(一)：通论篇》，华东师范大学出版社，2008年版，第306、302、305页。

② 黄俊杰：《儒家论述中的历史叙述与普遍理则》，黄俊杰编：《中国经典诠释传统(一)：通论篇》，华东师范大学出版社，2008年版，第304页。

念，后者是小概念；而“侠义小说”，则是一个文类概念。如此称名和分类，是为了将问题的讨论限定在一定范围之内，并使这一范围有明确的界定，而不致混淆或产生歧义。

第三节 侠之文化性格的多元构成

为探寻“侠”的思想根蒂与文化构成，从“辨章学术，考镜流别”的角度，对此作一番勾勒与描述，很有必要。

关于“侠”的文化思想源流，已有许多学者作过精深的考论，下面，将对具有代表性的观点，提出讨论，以见大概。

近代以降，就“侠”的思想渊源而言，学者们至少先后提出过三种看法：

第一种观点认为侠出于儒。以章太炎、梁启超等为代表。章太炎《检论・儒侠》篇云：

> 漆雕氏之儒，“不色挠，不目逃，行曲则违于臧获，行直则怒于诸侯”（《韩非・显学篇》）。其学废，而闾里游侠兴。侠者无书，不得附九流。然天下有亟事，非侠士无足属。
>
> 世有大儒，固举侠士而并包之。徒以感慨奋厉，矜一节以自雄，其称名有异于儒焉耳。①

韩非子将孔子弟子漆雕开为代表的“漆雕氏之儒”列入“儒家八派”②之一，称：“漆雕之议，不色挠，不目逃，行曲则违于藏获，行

①章太炎：《章太炎全集》（三），上海人民出版社，1984年版，第438、439页。

②儒家“八派”之说，始见于《韩非子・显学》篇：“自孔子之死也，有子张之儒，有子思之儒，有颜氏之儒，有孟氏之儒，有漆雕氏之儒，有仲良氏之儒，有孙氏之儒，有乐正氏之儒。”

直则怒于诸侯，世主以为廉而礼之。”①漆雕开不愿做官，任侠好勇。章太炎据此认为“漆雕氏之儒”即是古代的侠，属于孔门弟子中任侠的一派，其学既废才有“侠”的继起，因此侠本出于儒，章氏的这篇《检论》是近代第一篇指出侠与儒之关系的文献。继此之后，梁启超在《中国之武士道》一书中，把孔子作为中国武士道的第一人，并以孔子在外交场合不惧强齐，勇敢坚定地维护并争取鲁国的国家利益为证，认为天下的大勇，没有超过孔子的，而孔子也一贯提倡尚武精神。梁启超说：

> 《韩非子·显学》称孔子卒后，儒分为八，漆雕氏之儒，不色挠不目逃，行曲则违于臧获，行直则怒于诸侯。按此正后世游侠之祖也，孔门必有此一派，然后漆雕氏乃得衍其传。②

此说正与章太炎儒侠之说相同。而章、梁二人也都将侠界定为死国事、申大义的人物，认为侠跟专制统一政权不相容。

第二种观点认为侠出于墨，以闻一多、鲁迅等为代表。闻一多在《关于儒、道、土匪》一文中指出，墨家的本意是要实现一个以平均为原则的秩序，但是“墨家失败了，一气愤，自由行动起来，产生所谓的游侠了”③。侯外庐在研究中国古代思想史时，也认为“墨子死后，他的弟子主要分成两派，一派注重明辨的研究，是为墨辩；另一派注重游侠的社会运动，是为墨侠”④。鲁迅先生在《流氓的变迁》一文中，更详细地指出：

---

①（清）王先谦撰，钟哲点校：《韩非子集注·显学》，中华书局，1998年版，第458页。

②梁启超：《中国之武士道》，中国档案出版社，2006年版，第3页。

③闻一多：《闻一多全集》(2)，湖北人民出版社，1993年版，第379页。

④侯外庐、赵纪彬、杜国庠：《中国思想史》(第一卷)，人民出版社1957年版，第472页。

> 孔子之徒为儒，墨者之徒为侠。‘儒者，柔也’，当然不会危险的。惟侠老实，所以墨者的末流，至于以“死”为终极目的。到后来，真老实的逐渐死完，止留下取巧的侠，汉的大侠，就已和公侯权贵相馈赠，以备危急时来作护符之用了。①

鲁迅先生此处不仅指出了侠出于墨子之徒，更看到了汉代“游侠”向“豪侠”转变的历史现实。

第三种观点认为侠与黄老道家有关。劳榦先生在《论汉代的游侠》中指出，汉初的游侠似与黄老有关涉，如郑当时、汲黯诸人一方面喜“任侠”，另一方面又好黄老之言，他还进一步指出：

> 《史记·游侠传》序称：“儒墨皆排摈不载”，可见游侠既非儒亦非墨。亦即是游侠的行动不要任何学术或思想做基础。所谓或以为韩非言“儒以文乱法，侠以武犯禁”，而认为墨出于侠，是并无根据的。不过侠虽与道家并无思想上相承之序，却有若干思想上沟通之处。因为游侠本是一种传奇式的行动，出发点是任情适性，而不是在清规下的严肃生活，所以与儒墨俱不类，只有在道家之中可以适合。②

在以上三种观点之中，尤以侠出自墨子之徒的说法最为流行。

但是细细分辨，却发现似乎哪种观点都有可取之处，但又与侠的某些特征有所抵牾，亦无法完全概括侠之属性。因此与其强为侠寻找学派上的渊源，不如说侠的精神传统经过漫长的历史整合与诠释，吸收了中国古代思想流派中的诸多因子，早已不能为

---

①鲁迅：《三闲集》，《鲁迅全集》第四卷，人民文学出版社，1981年版，第155页。

②劳榦：《劳榦学术论文集》（甲编），下册，台北艺花印书馆，1976年版，第1025页。

一门一派所概括，也早已非历史之侠的原始样貌了。

刘永济先生指出：

> 游侠之风虽盛于秦汉之际，而游侠之士，固未尝著书立说，成一家之学。……且就汉世名臣中以任侠闻者观之，其平生行义，虽若大体相同，其学术则未尝一致。如史称张良居下邳，为任侠，而良尝学礼淮阳（《史记·留侯世家》）。汲黯好学游侠，任气节，而黯学黄老之言，治官理民，好清静（《史记·汲黯传》）。郑庄以任侠自喜，脱张羽于厄，而庄亦好黄老之言（《史记·郑当时传》）。朱云少时通轻侠，而从博士白子友受易，又事前将军萧望之受论语，皆能传其业（《汉书·朱云传》）。故知游侠但可名为一种风尚，而不可称为一家学术。

但他又同时指出："虽然，游侠固非为一家之学，游侠固各有其所学，然就其行义之大体论之，仍不可谓非受儒墨之影响。"盖因"儒墨为当世显学，游侠皆蒙其影响，则亦非尽不学无术，纯任感情者可以比拟矣。太史公病儒墨皆排摈游侠不载，殆亦以其行义有合于儒墨之道者，宜为儒墨所许，而皆不载，故怪之也。至其自序作游侠传意，直以游侠之行，近于仁义，乃王厚齐正史记之误，犹援引郑氏之说，深讥之，岂得为知古人著书之旨者哉"①。

此论最为公允。尤其对司马迁"儒墨皆排摈不载"的解释，合情合理。既指出"侠"不可称为一家学术，又指出其不免受到儒墨的影响。后来，余英时先生也断言，中国的"侠"，"并非源于任何一派思想，也没有发展出一套系统的思想，更没有和任何学派合

①刘永济：《论古代任侠之风》，段怀清编：《传统与现代性·〈思想与时代〉文选》，浙江大学出版社，2007 年版，第 105—106 页。

流”①。此与刘氏观点，不谋而合。

当然，就前述各家之论而言，他们的论断都有其时代的特殊性和发论的针对性，同时这种为侠寻找思想渊源的研究方法，也主要是为了给“侠”确定一个具有普遍性的“内涵意”，因为历史之侠的面貌过于复杂，使我们对侠之精神传统的阐释面临一定的困难，因此追溯思想渊源的做法，也实属进路之一。另外，正如前文所说，除了纯粹严谨的历史学的探源和研究之外，我们今日对侠所做的大部分研究，已经是将之看做中国传统文化的一部分而加以解读的。

说到底，我们今天对侠的认识，与儒、墨、道三家的思想学说都有关联，这里不妨逐一对之进行简单地辨析，以期对侠的文化精神与伦理规范有更深一层的理解，并对其文化性格的多元构成，有一个多层面的把握。

一、侠与儒家

在先秦儒家的典籍之中，并没有关于侠的直接记载，但根据当时儒家中有好武者的情况来看，后人推测儒家中也存在着侠士，不为无据，例如子路，就是一个典型的例子。据《史记·仲尼弟子列传》记载：

> 子路性鄙，好勇力，志伉直，冠雄鸡，佩豭豚，陵暴孔子。孔子设礼稍诱子路，子路后儒服委质，因门人请为弟子。②

《史记·集解》曰：“冠以雄鸡，配以豭豚。二物皆勇，子路好勇，故

①余英时：《侠与中国文化》，氏著：《现代儒学的回顾与展望》，生活·读书·新知三联书店，2004年版，第329页。

②（汉）司马迁：《史记》，中华书局，1982年第2版，第2191页。

冠带之。”所谓“委质”者,《史记·索隐》按曰:“服虔注《左氏》云:‘古者始仕,必先书其名于策,委死之质于君,然后为臣,示必死节于其君也。’”①由上可见,子路的行为表现,与司马迁所言之“游侠”的特点有相合之处,应该属于“伉侠”一类人物。而孔子收子路为弟子,可以说给后世提供了一个“侠”之进入正途的典范。

另据《论语·公冶长》记载:

> 颜渊季路侍。子曰:“盍各言而志?”子路曰:“愿车马以轻(按,杨伯峻随文注曰:轻字当删)裘与朋友共敝之而无憾。”②

所谓“愿车马”云云,按照杨伯峻先生的翻译,说的是:“愿意把我的车马衣服同朋友共同使用坏了也没有什么不满。”这也和游侠之重交情的行为,有相同之处。后来,子路做了卫国大夫孔悝的家宰,为救主人慷慨赴死。金克木先生就认为“子路的言行不像书生而像侠客”③。

又如孔子的大弟子曾参,也颇有侠风。《论语·泰伯》云:“曾子曰:‘可以托六尺之孤,可以寄百里之命,临大节而不可夺也——君子人与?君子人也。’”④杨伯峻注曰:“古代尺短,六尺约合今日一百三十八厘米,市尺四尺四寸。身长六尺的人还是小孩,一般指十五岁以下的人。”可以托孤,可以寄命,可以死节,这不正是司马迁、班固、荀悦所说的“游侠”吗?在此,我们完全可以将之视作“侠”的先驱。

---

①(汉)司马迁:《史记》,中华书局,1982年第2版,第2191页。
②杨伯峻:《论语译注》,中华书局,1980年第2版,第52页。
③金克木:《从孔夫子到孔乙己》,《读书》,1992年第1期。
④杨伯峻:《论语译注》,中华书局,1980年第2版,第80页。

除此之外，儒家的一些思想主张也与侠的观念相近。首先，儒家提倡“义”，而“义”也是后世“侠”所尊奉的最高准则，乃至于常以“侠义”二字并举。其中“重义轻利”“舍生取义”是儒与侠共同遵奉的原则，但儒家文化中的义与侠所尊奉的义却又并不全然相同，以至于儒与侠最终的行为标准也有所差别。《中庸》说：“义者，宜也。”①朱熹注《论语·里仁》“君子喻于义，小人喻于利”曰：“义者，天理之所宜。利者，人情之所欲。”②依此来看，儒家的“义”更多的是一种“理”，它“不取立场，是客观的、通性的、理智的”③。所以孔子认为人须依义而行，即人的行为须合乎当然的准则：“君子之于天下也，无适也，无莫也，义之与比。”(《论语·里仁》)④但对于侠而言，是不讲客观理则的，更多的是“以个体的情感原则和行为准则为义”⑤。若究其内涵，无非是司马迁所概括的“其言必信，其行必果，已诺必诚，不爱其躯，赴士之厄困，既已存亡死生矣，而不矜其能，羞伐其德”。可见侠之“义”更多地凸显的是情感上的是非判断，具有超道德的普遍性质，甚至常常情感压倒理智，因此侠往往“千里诵义，为死不顾世”。当然这其中也带有儒家“舍生取义”的意味，而侠义行径中的最高境界——“舍己为人”也与儒家伦理中的核心概念“仁”和“己欲立而立人，己欲达而达人”的“忠道”原则，有其一致性，即均是以他人为最

①(宋)朱熹：《四书章句集注》，中华书局，1983年版，第28页。

②(宋)朱熹：《四书章句集注》，中华书局，1983年版，第73页。

③田毓英：《西班牙骑士与中国侠》，台湾商务印书馆，1986年版，第170页。

④(宋)朱熹：《四书章句集注》，中华书局，1983年版，第71页。

⑤汪涌豪、陈广宏：《侠的人格与世界》，复旦大学出版社，2005年版，第131页。

终指向的①。

一言以蔽之,“侠”之“义”中,深含着“气”,以“气”当头,自会以情感为主导,而理智退后。即在组词上,也常常是“义气”相连。最典型的莫过于《史记》季布传开篇即云:“季布者,楚人也。为气任侠,有名于楚。”②

其次,儒、侠均讲“信”。“信”是侠与他人交往坚守的原则,也是侠最基本的人格特征与行为方式。在战国秦汉史籍中常常提及的“任侠”一词,《史记》集解引孟康曰:“信交道曰任。”引如淳曰:“相与信为任,同是非为侠。”③刘劭更是将侠的首要特征归结为“贵交尚信”④。司马迁在界定游侠时,所指出的第一条即是“其言必信,其行必果,已诺必诚”,这三个“必”字充分说明“信”在侠之行为准则中的重要性。以至于“楚人谚曰:‘得黄金百(斤),不如得季布一诺。’”⑤此可为侠者重“信”之典范。在儒家的交往理性中,重“信”是最起码的道德标准,曾子曾曰:“吾日三省吾身;为人谋而不忠乎?与朋友交而不信乎?传不习乎?”⑥此处将为人诚信作为每日自我反省的三大内容之一。孟子更是将“信”确立为五伦中专门处理朋友关系的基本准则。但是,儒家同样认为

①田毓英:《西班牙骑士与中国侠》,台湾商务印书馆,1986 年版,第 164—170 页。

②(汉)司马迁:《史记·季布栾布列传》,中华书局,1982 年第 2 版,第 2729 页。

③(汉)司马迁:《史记·季布栾布列传》,中华书局,1982 年第 2 版,第 2730 页。

④(魏)刘劭:《赵都赋》,见(宋)李昉等编:《太平御览》,第三册,中华书局,1960 年版,第 2172 页。

⑤(汉)司马迁:《史记·季布栾布列传》,中华书局,1982 年第 2 版,第 2731 页。

⑥《论语·学而》,(宋)朱熹:《四书章句集注》,中华书局,1983 年版,第 48 页。

“君子贞而不谅”①，也就是说，君子坚守正义，是基于是非曲直的，在合乎理的事情上守信固然可嘉，但在违背理的事情上守信，就是愚了。因此“信近于义，始可行也”②。孟子于此表述得更为明确：“大人者，言不必信，行不必果，惟义所在。”③很明显，儒家的“信”是有前提的，而对于侠来说，尚信则是彻底的、极端的和无条件的，是一种类似于宗教般的虔诚，这显然在儒家之“信”的基础上将其发展到极致。

再者，儒家也提倡“勇”，并将之视为君子的人格理想之一。孔子把义与勇联系起来，指出勇就是要敢作敢为，果毅不怯，如“见义不为，无勇也”④，这一点与侠一致。《孟子·公孙丑上》有一段对话是论勇的，孟子先把北宫黝与孟施舍对举而言曰：

> 北宫黝之养勇也：不肤挠，不目逃，思以一豪挫于人，若挞之于市朝；不受于褐宽博，亦不受于万乘之君；视刺万乘之君，若刺褐夫；无严（朱熹注：严，畏惮也）诸侯，恶声至，必反之。⑤

此段话的意思是：北宫黝的培养勇气，肌肤被刺，毫不颤动；眼睛被戳，都不眨一眨。他以为受一点点挫折，就好像在稠人广众之中挨了鞭打一样。既不能忍受卑贱的人的侮辱，也不能忍受大国君主的侮辱，把刺杀大国的君主看成刺杀卑贱的人一样。对各国

①《论语·卫灵公上》，（宋）朱熹：《四书章句集注》，中华书局，1983年版，第168页。

②《论语·学而》，（宋）朱熹：《四书章句集注》，中华书局，1983年版，第52页。

③《孟子·离娄下》，（宋）朱熹：《四书章句集注》，中华书局，1983年版，第292页。

④《论语·为政》，（宋）朱熹：《四书章句集注》，中华书局，1983年版，第60页。

⑤杨伯峻：《孟子译注》，中华书局，1960年版，第61页。

的君主毫不畏惧，挨了骂一定回击①。将此段话改变主语，移至于"侠"的身上，完全适合。

然后，孟子又说到孟施舍曰：

> 孟施舍之所养勇也，曰："视不胜犹胜也；量敌而后进，虑胜而后会，是畏三军者也。舍岂能为必胜哉？能无惧而已矣。"②

孟施舍的大意谓，在强敌面前，不能先有胜败的考量，否则遇事就会畏缩不前。我凭借的全是一股无所畏惧的勇气而已。以之来评价"侠"，完全适用。

孟子还进一步将孟施舍比作曾子，把北宫黝比作子夏，举曾子之言曰：

> 昔者曾子谓子襄曰："子好勇乎？吾尝闻大勇于夫子矣：自反而不缩，虽褐宽博，吾不惴焉；自反而缩，虽千万人，吾往矣。"③

意谓，关于"大勇"谓何？我曾经受教于孔夫子：反躬自问，正义不在我，对方纵是卑贱的人，我不去恐吓他；反躬自问，正义确在我，对方纵是千军万马，我也勇往直前④。

所以孟子的判断是"孟施舍的守气，又不如曾子之守约也"。朱熹注曰："言孟施舍虽似曾子，然其所守乃一身之气，又不如曾子之反身循理，所守尤得其要也。"⑤可见，孟子更看重的是是非曲直的判断，而不仅仅是血气之勇。

---

①此据杨伯峻的翻译，见《孟子译注》，中华书局，1960 年版，第 64 页。

②杨伯峻：《孟子译注》，中华书局，1960 年版，第 61 页。

③杨伯峻：《孟子译注》，中华书局，1960 年版，第 61 页。

④参见杨伯峻《孟子译注》的翻译，中华书局，1960 年版，第 64—65 页。

⑤（宋）朱熹：《四书章句集注》，中华书局，1983 年版，第 230 页。

我们有理由说，后世对“侠”之文化精神的改造与重塑，基本遵循的就是上述曾子之言。

孔子重“礼”，曾用“礼”来规范“勇”：“勇而无礼则乱。”①并在告诫学生的“君子三戒”之中，就有“及其壮也，血气方刚，戒之在斗”②一条。孟子重“义”，即使在解释“我善养吾浩然之气”时，也是以“义”相配：

> 其为气也，至大至刚，以直养而无害，则塞于天地之间。其为气也，配义与德；无是，馁也。是集义所生者，非义袭而取之也。行有不慊于心，则馁矣。③

大意是说，“气”必须要配以“义”和“德”，方才能达致至大至刚。“气”是集“义”而产生的，非偶然的“义”行所能取得的。只要做一件有愧于心的事，“气”就疲软了。

我们可以大胆地说，后世对“侠”的精神重塑，就是以之为路径的。

这里仍需引到的是《庄子·秋水》篇中的一段话。为了使意思完整，不妨照录，以见全貌，并选择加入陈鼓应先生的注释。其文曰：

> 孔子游于匡（卫国地名，在今河北长垣县西南），卫人围之数帀（帀音咂，周），而弦歌不惙（同辍）。子路入见，曰：“何夫子之娱也？”
>
> 孔子曰：“来！吾语女。我讳穷（道行不能通达）久矣，而不免，命也；求通久矣，而不得，时也。当尧舜之时而天下无穷人（不得志的人），非知得也；当桀纣之时而天下无通人，非

---

①《论语·泰伯》，（宋）朱熹：《四书章句集注》，中华书局，1983年版，第103页。

②《论语·季氏》，（宋）朱熹：《四书章句集注》，中华书局，1983年版，第172页。

③杨伯峻：《孟子译注》，中华书局，1960年版，第62页。

知失也；时势适然。夫水行不避蛟龙者，渔父之勇也；陆行不避兕虎者，猎夫之勇也；白刃交于前，视死若生者，烈士之勇也；知穷之有命，知通之有时，临大难而不惧者，圣人之勇也。由处（安息）矣，吾命有所制矣（意谓：仲由，你憩憩吧，我的命运受到了限定的）。”

无几何，将甲者进，辞曰：“以为阳虎也，故围之。今非也，请辞而退。”①

其中的“烈士之勇”，恰好等于“侠士之勇”。“白刃交于前”而“视死若生”，也成为后世写“侠”经常使用的叙述语。张灏先生就将谭嗣同的“浪漫型性格”和“侠气纵横”的精神概括为“烈士精神”②。

或许正因如此，章太炎先生论道：“且儒者之义，有过于杀身成仁者乎？儒者之用，有过于除国之大害，扞国之大患者乎？夫平原君，僭上者也，荀卿以为‘辅’；信陵君，矫节者也，荀卿以为‘弼’（见《荀子·臣道篇》）。世有大儒，固举侠士而并包之。徒以感慨奋厉，矜一节以自雄，其称名有异于儒焉耳。”所以，他认为：“漆雕氏之儒废，而闾里有游侠。侠者无书，不得附九流，岂惟儒家摈之，八家亦摈之。然天下有亟事，非侠士无足属。”他甚至视盗跖为侠士，因“春秋贵族之世，无侠名，而蔑以为‘盗’”。并发感慨云：“昔太史公次《游侠列传》，自朱家、剧孟、郭解之徒，素无学术，犹举以加汉廷经术名卿上，而况荦荦如跖者乎！”③

---

①陈鼓应：《庄子今注今译》，中华书局，1983年版，第432—433页。

②张灏：《烈士精神与批判意识——谭嗣同思想的分析》，广西师范大学出版社，2004年版。

③以上见章太炎：《检论·儒侠》，《章太炎全集》（三），上海人民出版社，1984年版，第438—441页。

刘永济先生也指出："子长恨秦以前匹夫之侠，湮灭不见。今征之论语，知孔子之世，已有此一流。论语记孔子病时无中行之士，思得狂狷之人而与之。又称古之狂也肆，今之狂也荡。其所谓狂，颇近于侠。……又答子路问成人之德，谓今之成人，见利思义，见危授命，久要不忘平生之言。此三德也，实游侠之徒所同具。是则孔子所谓之士之成人，为尔时游侠之流，殆无可疑者也。"①

当然，除了上述的三个方面，儒与侠还有其他相冲突的地方，例如儒尚中庸，侠走极端；儒倡恕让，侠好复仇；儒重秩序，侠不拘礼等等②，所以儒家最终的理想人格是"君子"而非"侠"③。但是这种侠与儒既有交集，又有区别的复杂态势，也为后世儒家文人改造侠奠定了基础和依据。

二、侠与墨家

墨家同儒家一样，也重"义"，墨子认为"万事莫贵于义"④。但不同于儒家，墨家的"义"是建立在"兼相爱，交相利"⑤的基础

---

①刘永济：《论古代任侠之风》，段怀清编：《传统与现代性·〈思想与时代〉文选》，浙江大学出版社，2007年版，第105页。

②刘若愚著，周清霖、唐发饶译：《中国之侠》，上海三联书店，1991年版，第7—9页。

③田毓英据此来区别中国之侠与西方的骑士，认为西方的骑士制度发展出了西方现代社会的理想人格——"绅士"，而中国之侠并未发展成中国的理想人格，中国的理想人格乃是儒家的"君子"。参见田毓英：《西班牙骑士与中国侠》，台湾商务印书馆，1986年版，第175—191页。

④《墨子·贵义》，上海古籍出版社影印清光绪初浙江书局辑刊《二十二子》本，上海古籍出版社，1986年版，第265页。

⑤《墨子·兼爱中》，上海古籍出版社影印清光绪初浙江书局辑刊《二十二子》本，上海古籍出版社，1986年版，第236页。

之上的，这是一种不分等差的、普遍的、平等的爱。墨家还要求以这种爱来推己及人，“视人之国若视其国，视人之家若视其家，视人之身若视其身”①。此正所谓“墨翟之徒，世谓之热腹”②。这种尚平等、爱他人的思想主张与侠之古道热肠、舍己为人的作风，在出发点上是相一致的。

墨家还据此提出了“任”的观念，这也是中国历史上，最早和“侠”有关的概念。《墨子》曰：“任，士损己而益所为也。”毕沅校本注曰：“谓任侠。”③“损己而益所为”，也就是损己利人，为了挽救他人而不惜牺牲自己，墨子对“任”的概括，恰是历史上“任侠”的精神实质和内核。在《墨子·经说上》中，墨子进一步阐述了“任”的实践方式：“任，为身之所恶以成人之所急。”④这句话就是说要不顾一切哪怕做自己所厌恶的事也要来解救他人的急难。这正是侠的行为准则，与司马迁所谓“专趋人之急，甚己之私”、“不爱其躯，赴士之厄困”相一致。可以说，“任”是侠道伦理中的核心概念之一，也是侠义人格中最为重要的部分之一。以至于后世常常以“任侠”来指称侠士的行为特点。

不仅如此，墨家还常常站在弱小者的一方，不但“专替被攻者之弱小国家打仗”⑤，而且推崇平等，“强者不劫弱，贵者不傲贱，

①《墨子·兼爱中》，上海古籍出版社影印清光绪初浙江书局辑刊《二十二子》本，上海古籍出版社，1986年版，第236页。

②《颜氏家训·省事》，张霭堂译注：《颜之推全集》，齐鲁书社，2004年版，第175页。

③《墨子·经上》，上海古籍出版社影印清光绪初浙江书局辑刊《二十二子》本，上海古籍出版社，1986年版，第256页。

④《墨子》卷十，上海古籍出版社影印清光绪初浙江书局辑刊《二十二子》本，上海古籍出版社，1986年版，第257页。

⑤冯友兰：《原儒墨》，《三松堂学术文集》，北京大学出版社，1984年版，第325页。

多诈者不欺愚”①，提倡“有力者疾以助人，有财者勉以分人，有道者劝以教人”②。墨子还提出在助人的过程中，不能沽名钓誉，若只是为博得好名声而行事，那就与盗贼无异。侠正是墨家上述观念的有力施行者，侠士济弱扶贫、仗义疏财，并且“不矜其能，羞伐其德”的行为与品质，正乃墨家之德。

认为侠出于墨家最主要的原因，还在于墨家徒众大多具有“必先万民之身，后为其身”③的胸怀，不惜“杀己以存天下”④。他们能为自己的主张和理想而慷慨赴死，正如《淮南子·泰族训》所说：“墨子服役百八十人，皆可使赴火蹈刃，死不还踵。”⑤这种为道义献身的精神与侠在践行自我价值时那种坚决与彻底的风格一致。墨子本人就是一个“摩顶放踵，利天下”、讲“兼爱”⑥的典范。又如墨者孟胜，据《吕氏春秋·上德》篇记载，孟胜受楚国阳城君委托，替之守国。“毁璜以为符，约曰：‘符合听之。’”后来阳城君被指有罪，出走于外：

> 荆收其国。孟胜曰：“受人之国，与之有符。今不见符，

①《墨子·天志上》，上海古籍出版社影印清光绪初浙江书局辑刊《二十二子》本，上海古籍出版社，1986年版，第245页。

②《墨子·尚贤下》，上海古籍出版社影印清光绪初浙江书局辑刊《二十二子》本，上海古籍出版社，1986年版，第231页。

③《墨子·兼爱下》，上海古籍出版社影印清光绪初浙江书局辑刊《二十二子》本，上海古籍出版社，1986年版，第237页。

④《墨子·大取》，上海古籍出版社影印清光绪初浙江书局辑刊《二十二子》本，上海古籍出版社，1986年版，第262页。

⑤《淮南子》卷二十，上海古籍出版社影印清光绪初浙江书局辑刊《二十二子》本，上海古籍出版社，1986年版，第1303页。

⑥《孟子·尽心上》，（宋）朱熹：《四书章句集注》，中华书局，1983年版，第357页。

> 而力不能禁，不能死，不可。”其弟子徐弱谏孟胜曰：“死而有益阳城君，死之可矣。无益也，而绝墨者于世，不可。”孟胜曰：“不然，吾于阳城君也，非师则友也；非友则臣也。不死，自今以来，求严师，必不于墨者矣；求贤友，必不于墨者矣；求良臣，必不于墨者矣。死之所以行墨者之义，而继其业者也。”

孟胜死后，“弟子死之者百八十三人”①。这里，孟胜及徒众用自己的一死来实践墨家“受人之托、忠人之事”的承诺。这种舍生取义的行为，不就是一种“殉道主义”的表现吗？

此处套用马克斯·韦伯的概念来说，这是一种受“价值理性”导引的“价值合理性行动”，而不是受“工具理性”导引的“工具合理性行动”，因而它不是一种利用和被利用的关系。此外，从行事方式看，它更带有“情感性”的特征，一如前述。这种受情感支配的行为，又与“气”有绝大的关系，或者说，是“气”的别一表现形式或表征。这也是此种舍生取义行为之所以感动人心的原因所在。乍看，这似乎是一种缺少理性考量的情感冲动，但按照韦伯的观点，“价值合理性行动”恰恰与“情感行动”存在着“亲和关系”②。因此是一种带有情感性特征的“价值合理性行动”。这与侠之“士为知己者死”的价值取向，同出一辙。故清儒

---

①《吕氏春秋》卷十九，上海古籍出版社影印清光绪初浙江书局辑刊《二十二子》本，上海古籍出版社，1986 年版，第 699 页。

②苏国勋：《理性化及其限制——韦伯思想引论》，上海人民出版社，1988 年版，第 91 页。另，关于“情感性关系”与“工具性关系”的讨论，参见黄光国：《人情与面子：中国人的权力游戏》，见杨国枢主编：《中国人的心理》，江苏教育出版社，2006 年版，第 230—232 页。另见黄光国：《儒家关系主义——文化反思与典范重建》，北京大学出版社，2006 年版。

陈澧《东塾读书记》曰：

> 墨子之学，以死为能事，战国侠烈之风，盖出于此。①

清末康有为、谭嗣同等人也正是看到了侠的这一特征，才将之上升到为国家和民族的利益不惜殒身的高度来赞扬。蒋智由在为梁启超《中国之武士道》作序时，就指出了墨/侠的这一共性特点：

> 如墨家者流，欲以任侠敢死，变厉国风，而以此为救天下之一道也。……此真侠之至大，纯而无私，公而不偏，而可为千古任侠者之楷模焉。②

此外，墨家是一个有组织、有领导的集团，而墨子本人及禽滑厘、孟胜、田襄子等人，都曾是集团的首领，称为巨子。"巨子"是这个团体至高无上的领袖，庄子指出，墨家"以巨子为圣人，皆愿为之尸"③。不仅如此，墨家还有极其严格的纪律，《吕氏春秋·去私》篇记载：

> 墨者有钜子腹䵍，居秦，其子杀人，秦惠王曰："先生之年长矣，非有它子也，寡人已令吏弗诛矣，先生之以此听寡人也。"腹䵍对曰："墨者之法曰：'杀人者死，伤人者刑。'此所以禁杀伤人也。夫禁杀伤人者，天下之大义也。王虽为之赐，而令吏弗诛，腹䵍不可不行墨子之法。"不许惠王，而遂杀之。④

---

①（清）陈澧：《东塾读书记（外一种）》，生活·读书·新知三联书店，1998年版，第244页。

②梁启超：《中国之武士道》，中国档案出版社，2006年版，第17页。

③《庄子·天下》，上海古籍出版社影印清光绪初浙江书局辑刊《二十二子》本，上海古籍出版社，1986年版，第85页。

④《吕氏春秋·卷一》，上海古籍出版社影印清光绪初浙江书局辑刊《二十二子》本，上海古籍出版社，1986年版，第631页。

这说明了墨家纪律的森严和执法的无私。后世侠文化中的“江湖文化”，即深受墨家的影响，在江湖行走的侠客们必须遵守严格的江湖规矩，如若犯之，不仅受到江湖人士的鄙夷，甚至会招来杀身之祸，此即所谓“人人得而诛之”。同时江湖之中也出现不少帮派或团体，其领袖一般拥有绝对的权威，同时他们也有共同遵奉的原则及规矩，所谓“国有国法，帮有帮规”是也。例如清末的青帮和洪帮，即有自己严格的帮规和一套奖惩的细则，这与墨家严密的组织纪律性不无关系。

除此之外，墨家在立身行事的原则上，也提倡“言必信，行必果”，并要求“使言行之合，犹合符节”①。司马迁赞侠之“言必信，行必果”，即来自于此。同时，墨子在其“兼爱”的基础上，提倡一种双向的互惠互利，即在加惠于人之前，通常承认有一个“报”的前提，“投我以桃，报之以李”②，这些方面与侠的行为准则是完全一致的，尤其是“受恩必报”一条，更成为了侠所遵循的最基本的道德准则。

当然，墨家与侠也有不同之处，例如墨家生活俭朴，“多以裘褐为衣，以跂蹻为服，日夜不休，以自苦为极”③，但是侠者往往挥金如土，虽装扮不同，但嗜酒吃肉，追求的是自由自在的生活。还有墨家尽管为弱小者而战，但在本质上却是提倡“非攻”，反对以武力解决问题。说到最后，就思想而言，墨家所讲的一切均是以

---

①《墨子・兼爱下》，上海古籍出版社影印清光绪初浙江书局辑刊《二十二子》本，上海古籍出版社，1986 年版，第 237 页。

②《墨子・兼爱下》，上海古籍出版社影印清光绪初浙江书局辑刊《二十二子》本，上海古籍出版社，1986 年版，第 238 页。

③《庄子・天下》，上海古籍出版社影印清光绪初浙江书局辑刊《二十二子》本，上海古籍出版社，1986 年版，第 85 页。

治国之道为基础，属政治学范畴；但就侠来说，济困扶危才是目的，更具有社会学的意义。

三、侠与道家

如果说儒、墨两家对"侠"的影响，体现在"侠"的形成过程中，那么，道家对侠的影响，则是体现在"侠"之观念的发展演变上，这尤其表现在文学作品中。

在先秦道家的典籍中，除了《庄子·说剑》中有关于剑士的少数记载之外，很难再找到道家与侠有明确联系的例子。但是到了西汉初年，却出现不少黄老之学与任侠之风相结合的记载。这显然是受到当时政治气候的影响而被加进去的，或者说是对"侠"之品格的时代建构。如叙汲黯之"为人性倨，少礼，面折，不能容人之过。合己者善待之，不合己者不能忍见，士亦以此不附焉。然好学，游侠，任气节，内行修絜，好直谏"①云云，其性格和行为，无一不具有"侠"的特征。但同时又说他"学黄老之言，治官理民，好清静"②。可见，黄老与任侠，二者可以并行不悖。同传中，记载郑当时，亦复如此。郑当时，字庄，"以任侠自喜，脱张羽于厄，声闻梁、楚之间"。但同时，此人又"好黄老之言"③。又如田叔，"好剑，学黄老术于乐巨公(颜师古注曰：姓乐，名巨也。公者，老人之称也)。为人廉直，喜任侠"④。

---

①(汉)司马迁：《史记·汲郑列传》，中华书局，1982年第2版，第3106页。

②(汉)司马迁：《史记·汲郑列传》，中华书局，1982年第2版，第3105页。

③(汉)司马迁：《史记·汲郑列传》，中华书局，1982年第2版，第3112页。

④(汉)班固撰，(唐)颜师古注：《汉书·季布栾布田叔传》，中华书局，1962年版，第1981页。

可见任侠之士也深受黄老影响，其中必有相联系的地方。我们在汉代游侠的相关记载中，发现了大量"任侠"的记载，除了前文墨家对"任"的解释之外，颜师古在《汉书》季布传"为任侠有名"下注曰："任谓任使其气力。"①陈平原认为，所谓"任使其气力"，"除了使用气力这一主要含义外，似乎还涉及使用气力者的心态及使用的程度，那就是放纵意气，不加约束"②。

《史记·季布栾布列传》对季布的记载是"为气任侠"③。加一"气"字，一如前述，更能说明"侠"的性格、行为和"气"的相辅相成关系。"为气"近乎"任气""使气"，都是强调"侠"之恣逞意气、放纵不羁、以力挟人等特征。《汉书·游侠传》中加诸游侠身上的"放纵不拘"，"放意自恣，浮湛俗间"，有背"常道"（陈遵）的行径④，正与此相合。后世在记载到侠时，也是往往"任侠"与"使气"或"为气"并举。尤其在诗歌及小说创作中，这种"意气"更被文人们所重视，成为侠之形象的一个特殊表象。如"握君手，执杯酒，意气相倾死何有"（鲍照《代雉朝飞》）；"少年负胆气，好勇复知机"（崔颢《游侠篇》）等等，即是显例。唐代豪侠小说如沈亚之《冯

①（汉）班固撰，（唐）颜师古注：《汉书·季布栾布田叔传》，中华书局，1962年版，第1975页。

②陈平原：《千古文人侠客梦》，新世界出版社，2002年版，第187页。

③（汉）司马迁：《史记·季布栾布列传》，中华书局，1982年第2版，第2729页。

④（汉）班固撰，（唐）颜师古注：《汉书·游侠传》，中华书局，1962年版，第3709、3713页。按：陈遵曾谓张竦曰："足下讽诵经书，苦身自约，不敢差跌，而我放意自恣，浮湛俗间（师古曰：湛读曰沉），官爵功名，不减于子，而差独乐，顾不优邪（师古曰：顾，念也）！"竦曰："人各有性，长短自裁。子欲为我亦不能，吾而效子亦败矣。虽然，学我者易持，效子者难将，吾常道也。"（上揭书，第3713页）可见为"侠"者，常常以违背"常道"而自居。换成今天的话说，"侠"者常常是惟"感性"是遵，有悖于"理性"。

燕传》中,称“真古豪矣”的冯燕,“少以意气任专”;李公佐《南柯太守传》中“吴楚游侠之士”淳于棼,“嗜酒使气,不守细行”等。这些记载,随处可见。这种不守规则、豪放不羁、任意作为的风格说到底,恐怕就是受到道家的影响所致。

众所周知,道家率性而为、任情而作、摆脱一切约束的精神主张和自由个性,为侠行注入了一种别样的生气与活力。而道家反体制、非法律的观点和讲究顺其自然、反对人为的态度,也与侠的气质不谋而合。老子曾说:

> 天下多忌讳(禁令教诫),而民弥贫;……法令滋彰,盗贼多有。故圣人云:“我无为而民自化,我好静而民自正,我无事而民自富,我无欲而民自朴。”①

庄子也有类似的表达:

> 绝圣弃知,大盗乃止;擿玉毁珠,小盗不起;焚符破玺,而民朴鄙;掊斗折衡,而民不争。②

更重要的是如徐复观所分析的那样:庄子思想的出发点及其归宿,是由老子想求得精神安宁,发展为要求得到精神的自由解放,以建立精神的自由王国。他特别指出:“在庄子以前,精字神字,已很流行。但把精字神字,连在一起而成立‘精神’一词,则起于庄子。这一名词之出现,是文化史上的一件大事。精神一词明,而庄学之特性更显。”③庄子对精神自由的祈向,首先表现于

①《老子·五十七章》,上海古籍出版社影印清光绪初浙江书局辑刊《二十二子》本,上海古籍出版社,1986年版,第7页。

②《庄子·胠箧》,上海古籍出版社影印清光绪初浙江书局辑刊《二十二子》本,上海古籍出版社,1986年版,第36页。

③徐复观:《中国人性论史·先秦篇》,上海三联书店,2001年版,第345页。

《逍遥游》，此篇可以说是《庄子》一书的总论。徐复观先生引证道："陆德明《音义》谓'义取闲放不拘，怡适自得'。《释文》'逍亦作消；遥亦作摇'；郭庆藩《庄子集释》：'逍遥二字，《说文》未收，作消摇者，是也。'按：消者消释而无执滞，乃对理而言。摇者随顺而无抵触，乃对人而言。游者，象征无所拘碍之自得自由的状态。总括言之，即形容精神自由解放而得到自由活动的情形。"①这种精神自由的追求与豪放不羁的作风，显然也是"侠"的精神祈向，因而"犯禁"之举在他们看来，亦如常事，在与朝廷法制的对抗中，反而更能突显自我鲜明的个性和体现自我存在的尊严和价值。而"游侠"之"游"，若用庄子思想作一解读，亦可读出更深一层的含义："游"是侠的生活样态，这种负剑远游、特立独行的气质与行状，接近于庄子的"逍遥游"。

除了侠本身的气质受道家思想影响外，后世侠文学中，道家对侠义小说的影响也至深至远，以至于从唐代开始，即有"剑侠"小说(《聂隐娘》、《红线》等)，直至清末民初，仍绵延不绝(《七剑十三侠》、《蜀山剑侠传》等)。这类小说中，"剑侠"(或"剑仙")无不是道家中人，他们练内丹，吞吐剑丸，懂得神仙幻术，并且隐居于山林之中。到了当代，金庸的新武侠小说不仅吸取了道教的武功，如武当派、全真教系武功内家正宗；"空明拳""太极拳"等讲究"以柔克刚"；《九阴真经》开篇即云："天之道，损有余而补不足，是故虚胜实，不足胜有余。"更是直接采用了老子《道德经》中的原话。凡此诸多武功，均是以道家思想和内在修为为核心或准的的。除此之外，金庸小说中的人物也有明显的道家特质，如令狐冲之放浪形骸、周伯通(本系教中人物)之天真烂漫、石破天之无

①徐复观：《中国人性论史・先秦篇》，上海三联书店，2001年版，第350页。

智无识等特点，均是深受道家思想的影响而成型的。

概而言之，侠行中所体现的立身行事的态度与原则，或与崇尚仁义、讲究“重信守诺”、“见义勇为”之大丈夫气节的儒家相通；或与宣扬“成人所急”，“受恩必报”，不惜以死实践个人价值的墨家相同；或与讲究来去自由，蔑视规矩，任性而为的道家相合。中国古代的思想恰恰具有这种圆融的特性：不同的思想观点不仅并存于同一社会环境中，也可以并存于同一个人的世界观中，因此中国古代早就有儒释道三者合流或同一人不同时期具有不同思想倾向的现象。由此观之，“侠”与“侠文化”经过漫长的传承与演变，经过大传统文化与小传统文化的互相整合，也已经具有了一种内在的兼容性与并包性，其中不仅体现了诸多派别的古代思想，更为难能可贵的是将这些不同派别的思想融会贯通于同一形象之中，而毫无冲突之感，反而丰富了侠之面相。这也正是“侠文化”作为中国文化的重要组成部分的原因所在。

也正因为侠在“基本取向”上汲纳了儒、墨、道各家的思想精华，所以，自然也就成为中国“理想人格”结构中一个重要的组成部分或元素，这尤其表现在“英雄”人格的塑造上。这一“侠格”虽在正统经典或大传统文化中尚未被有意识地彰显出来，或者故作隐晦处理，但就《礼记・儒行》所载之十六目而言，“儒行”与“侠行”多有相通之处。如儒之特立：“见利不亏其义”，“见死不更其守”①；儒之刚毅：“可亲而不可劫也，可近而不可迫也，可杀而不可辱也”，“其过失可微辨而不可面数”②等等，与侠大致相合。其他如“守义”“忧思”“交友”等项，均与侠行类似，或可借来作为部

①王文锦译解：《礼记译解》，中华书局，2001年版，第888页。

②王文锦译解：《礼记译解》，中华书局，2001年版，第888页。

分侠行特征的概括。也许后世对“侠行”的塑造本就是受此影响而来的。至明代,汤显祖甚至将“儒”与“侠”,视为人格结构的两端(见前引),有大力提倡推扬之意。

此外,“侠”虽产生于春秋战国时期,但他并没有像诸子百家一样,形成自己的学派,也无立论言说。后世关于“侠”之形象与人格的塑造除了秦汉时期的少量史籍之外,主要是经由历代文人和民间诉求两方面的互相影响而逐渐形成的,并成为理想人格的载体。当然尽管历史学家与文学家眼中的“侠”往往不同,但是在史书之侠湮没之后,文学便责无旁贷地承担起了传承侠文化的任务。换言之,“游侠”退出史家的历史舞台以后,便以另一种姿态在文学创作中得以保存和延续。而这一由历史记载向文学创作的转化,使得“侠”渐渐超越了历史上客观存在的实体,掺杂进时代的意识,成为一种历史记载与文学想象的融合体。考察这种“融合”的过程,似乎比给出一个确凿的“侠”之定义更为关键。

在对“文学”中的侠进行阐释的时候,在方法论上所要面临的两大关键问题是:一、必须厘清历史记载与文学想象二者之间的界线,过分求证于史,无助于理解文学中被典型化、理想化了的侠之形象;二、必须跟随时代的变迁来研究历史不同时期“侠之所为”,因为每个时代的文人作家都会依据自己所处时代的历史背景及生活感受,调整“侠”的观念。所以“侠”是随着时代的发展而在不停地演变,非静止不变的形象。

以上论述,旨在说明“侠文化”的多元构成和复杂性。但这里尚须强调的一点是,“侠”虽然受到儒、墨、道诸家思想的影响,但仔细分辨,我们还是认同刘永济先生的观点,对其影响最大的还是“儒”和“墨”,所以司马迁才对“儒墨皆排摈不载”的现象,有所不满。墨学在当时的影响,从孟子下列一段话中即可充分见出:

“圣王不作，诸侯放恣，处士横议，杨朱、墨翟之言盈天下。天下之言，不归杨，则归墨。”①韩非子亦云：“世之显学，儒墨也。”②这正是“侠”之出现的时代环境和文化氛围。相对而言，道家对“侠”的影响，比起儒、墨来说，显然要小一些，更多的可能是后人根据《汉书》中有的侠客“好黄老之言”而附加上去的。

第四节　从历史走向文学

这里之所以设此一节，一者是为了使下一章的论述，更显集中；二者是起过渡的作用。

“侠义小说”是“侠文学”的一种。如果说，“文学”是“文化之侠”的重要载体，那么，“侠义小说”又是最能体现侠义精神的专门文学种类。至于写侠之诗文，由于其篇幅短小，容量有限，表现的只是侠的单一面相，更兼之诗文作为正统文学，更多的代表着文人墨客的理想，与民间和大众存在传播与交流的隔阂。只有随着叙事文学——“小说”——的出现及其兴盛发达，侠客们的行径才被具象化、故事化，侠客的形象也才变得清晰饱满起来。

众所周知，侠义小说中的人物、情节，已由纪实转向了半虚构或虚构，作家想象的成分居多，其中的侠之形象，也带上了创作时代的鲜明印记，但“游侠”的精神传统却始终贯穿其中。不难看出，从历史走向文学，是侠之形象发展史上的一大转捩点。侠义

①《孟子·滕文公下》，（宋）朱熹：《四书章句集注》，中华书局，1983 年版，第 272 页。

②《韩非子·显学》，上海古籍出版社影印清光绪初浙江书局辑刊《二十二子》本，上海古籍出版社，1986 年版，第 1185 页。

小说中的“侠”已不同于历史上的“侠”，他们之所以行侠，并非为了谋生，而仅仅是受侠义精神的内在驱使而已，其行为也成了一种“不容已”的自然而然的自觉行动。

在古人的概念中，并未有“侠义小说”这一称谓。目前学术界研究古代与侠有关的小说作品时，称谓也是五花八门，如“侠义小说”“豪侠小说”“武侠小说”“英雄侠义小说”“侠客小说”“公案侠义小说”等等，不一而足。同时界定的标准也非常宽泛，只要涉及侠、武艺、剑术、道术的古代小说均可列入其中。如果我们承认这类小说也像历史演义、英雄传奇、神魔小说、世情小说一样，是中国小说发展史上一种特殊类型的话，那么从类型学的角度考察这类小说的基本特征和演变趋势，或许可以有助于世人对侠义小说的理解。当然能否将中国古代写侠的小说归为一个类型，至今尚有争议。这主要源于“侠”之概念的复杂性，也与研究者常常将历史之侠与文学之侠混同有关，所以在前面辨明了历史之侠与文化之侠的区别之后，可以更有助于我们理解作为“文化之侠”中的“文学之侠”，是如何在古代的小说中发展演变的。

就侠的存在状态而言，尽管在正史的人物传或其他笔记史料中，也间有对侠行的记载，如下文将要介绍的宋代吴淑的《江淮异人录》，《四库全书总目》称“尚为事之所有”，“亦未尽凿空也”；但后世之侠主要是通过文学而得以表现和流传的，著者分明对此作了文学的加工，故《四库全书总目》将之列入“小说家类”。可见文学中的“侠义小说”，才是后世“侠”的主要流传管道。

研究类型小说，常见的方法是追根溯源，然后探究、评述类型发展过程中各个时期的代表作品及其在文学史中的地位，这也是目前所见的大部分侠义类小说史的研究方法。这种从文学史角度切入的方法，固然将各个历史时期的侠义类小说做了一个比较全面的总结，但由于体裁的缘故，多数仍限于史的勾勒，难以对此类型小说的基本特征以及文化内涵作深入探究。其次，作为一种类型小说，它势必有区别其他类型的独特的叙事语法，这也是类型小说划分的重要依据。尽管研究侠义小说的著作都在试图归纳此类小说一些共有或共通的因素和模式，但不可否认的是，部分仍停留在现象的描述层面上，缺乏对其所以如是的深层探讨。

陈平原教授指出，在类型小说的研究中，“开掘某一小说类型基本叙事语法的文学及文化意义，才是类型研究的中心任务”①。这也从一个侧面指出了当前侠义小说类型学研究的缺陷。另一方面，类型小说中的基本叙事语法也随着时间的推移在不断地演进，如韦勒克·沃伦所言：“优秀的作家在一定程度上遵守已有的类型，而在一定程度上又扩张它。”②所谓文学创新并非完全背离类型常规，而往往是在常规的变异中求生存。因此除了研究侠义小说作为一个类型所具备的基本叙事语法以及内含的文化意义之外，同时也需要注意这些基本的叙事语法受到各种外力（如政治场域）的影响，而在不停地改变着小说的结构、内涵，甚至是整体面貌。所以从某种角度说，“找出某一小说类型的基本叙事语法固然十分重要，但研究这一基本叙事语法在不同时期的各种变体及演进的趋向，或许更有意义”③。因此，一方面采用兼顾历史眼光和文化内涵的研究方法，另一方面则要注重小说流变中的趋势和面貌的改变。这种历时性与共时性结合的方式，恐怕才是侠

①陈平原：《千古文人侠客梦》，新世界出版社，2002年版，第203页。

②韦勒克·沃伦著，刘象愚等译：《文学理论》，生活·读书·新知三联书店，1984年版，第268页。

③陈平原：《千古文人侠客梦》，新世界出版社，2002年版，第203页。

义小说研究时所应具备的思路。

中国古代小说，分为“文言”和“白话”两种语体。文言小说大别为“笔记小说”和“传奇小说”两大类；白话小说大别为“话本小说”和“章回小说”两大类。大致而言，“中国古代文言小说的概念大大超过现代文类学意义上的‘小说’（也就是说，在现代人看来，许多文言小说不是‘小说’）；而中国古代白话小说的概念则小于现代文类学意义上的‘小说’（宋代说话四家，‘小说’只居其一）”①。

为论述清晰起见，本书将按“文言”和“白话”两种语体，分章论之。在宋代出现白话小说之前，本书所谓的“侠义小说”一律指的是文言小说。

①陈平原：《小说史：理论与实践》，北京大学出版社，1993年版，第183页。

第二章　侠文化在古代文言侠义小说中的嬗变

第一节　古代侠义小说的萌芽期

——唐前的文言侠义小说

“侠义小说”到底起源于何时，至今仍有争议，大体而言，有三种说法：

（一）先秦两汉说

其首倡者是美国学者刘若愚，他在《中国之侠》一书中指出：“把历史上的游侠写进小说，最早大概要数《燕丹子》，有人认为这部小说是公元前3世纪的真品，由太子丹的门客编写，另一些人认为是公元6世纪的伪作。即使我们接受后一种说法，它也比其他许多侠客小说要早。”①另外有学者认为，《庄子·说剑》篇提供

---

①刘若愚著，周清霖、唐发饶译：《中国之侠》，上海三联书店，1991年版，第85页。

了不少原始武侠的风貌①。王海林先生则在他的《中国武侠小说史略》一书中认为，汉代司马迁《史记·游侠列传》中的“郭解事迹”和《吴越春秋》中的“越女试剑”（有人又把它定名为《老人化猿》），已经“可以视为武侠小说”了②。当然此处作者是以“武/侠”作为界定标准的，但是根据作者的论据与分析，将之归入侠义小说类，也无大碍。

（二）六朝说

持此观点的是崔奉源先生。他在《中国古典短篇侠义小说研究》一书中云，中国小说“始于魏晋志怪”，而它们当中其实已有“很标准的侠义小说”③。除此之外，曹亦冰先生在其所著之《侠义公案小说史》中，也指出魏晋南北朝时期是侠义小说的萌芽期，在志人、志怪类小说中均出现了侠义小说④。

（三）唐代说

这是目前为止大部分学者所持的观点。叶洪生在《武侠小说

---

①崔奉源：《中国古典短篇侠义小说研究》，台北联经出版事业公司，1986年版，第56页。徐斯年：《侠的踪迹——中国武侠小说史论》，人民文学出版社，1995年版，第19—22页。

②王海林：《中国武侠小说史略》，北岳文艺出版社，1988年版，第6—7页。按，作者又认为“真正艺术性的”的武侠小说，要“到了唐代”方始出现，见该书第13页。

③崔奉源：《中国古典短篇侠义小说研究》，台北联经出版事业公司，1986年版，第53—62页。但是书中列为研究对象的，均为魏晋以后的作品。作者又认为，“诸位学者以为侠义小说的正式成立始于唐传奇，并不是过分”的，见该书第63页。

④曹亦冰：《侠义公案小说史》，浙江古籍出版社，1998年版，第11—19页。

谈艺录——叶洪生论剑》一书中指出:“从唐人传奇在文学史上领一代之风骚起,武侠小说即开始萌芽。”①陈平原也持同样的观点:“侠客在中国小说史上的第一个投影,自然只能到唐传奇中来寻找。”②另有张赣生,他在研究武侠小说时,结合唐代的文言传奇指出:“武侠小说的早期形态是文言短篇武侠传奇,它标志着中国武侠小说已正式形成。”③至于其他认为在唐前就有侠义小说萌芽的学者也均不否认,从唐代开始,侠义小说才进入真正的成熟期和创作高潮。因此,这种说法也是目前学术界较能达成一致的共识。

要探讨侠义小说到底起源于何时这一问题,我们不得不从“小说”这个概念入手,而这也是上述三种说法存在分歧的最终原因所在。

在现存古籍中,“小说”一词最早出现于《庄子·外物》。庄子曰:“夫揭竿累(细绳),趣灌渎,守鲵鲋(小鱼),其于得大鱼难矣。饰小说以干县令,其于大达亦远矣。”④“县”乃古“悬”字,高也;“令”通“名”;“干”,追求之意。这段话的意思是说,举着小的钓竿钓绳,奔走于灌溉用的沟渠之间,只能钓到泥鳅之类的小鱼,而想获得大鱼可就难了。靠修饰琐屑的言论以求高名美誉,那和玄妙的大道相比,可就差得远了。

春秋战国时期,学派林立,百家争鸣,许多学人策士为了说服

---

①叶洪生:《武侠小说谈艺录——叶洪生论剑》,台北联经出版事业公司,1994年版,第14页。

②陈平原:《千古文人侠客梦》,新世界出版社,2002年版,第24页。

③张赣生:《民国通俗小说论稿》,重庆出版社,1991年版,第342页。

④陈鼓应:《庄子今注今译》,中华书局,1983年版,第707页。

诸侯接受其思想学说，往往设譬取喻，征引史事，巧借神话，多用寓言，以便修饰言说以增强效果。庄子认为此皆微不足道，故谓之"小说"，也就是琐屑浅薄的言论与小道理之意。所以鲁迅先生在《中国小说史略》中说它"乃谓琐屑之言，非道术所在，与后来所谓小说者固不同"①。也就是说，此处所谓"小说"的概念，和今天作为文体概念的"小说"，显然不是一回事。

但如果将之视为"小"与"说"的组合词，是相对于"大说"而言的，那么，它的本意就明确了："小说"传达的是"小道"，而"大说"则传达的是"大道"。故而，非文体意义上的"小说"一词，恰好道出了"小说"文体的本质特征。也因此，"小说"一直位处边缘，难登大雅之堂。

班固的《汉书·艺文志》说得十分清楚：

> 小说家者流，盖出于稗官，街谈巷语，道听途说者之所造也。孔子曰："虽小道，必有可观者焉，致远恐泥，是以君子弗为也。"然亦弗灭也。闾里小知者之所及，亦使缀而不忘。如或一言可采，此亦刍荛狂夫之议也。②

桓谭《新论》中也有对小说家的分析，他说：

> 若其小说家，合丛残小语，近取譬论，以作短书，治身理家，有可观之辞。③

可见，"小说"是一种由稗官采集的上达给天子的民情报告，用以

①鲁迅：《中国小说史略》，《鲁迅全集》第九卷，人民文学出版社，1981年版，第5页。

②（汉）班固撰，（唐）颜师古注：《汉书·艺文志》，中华书局，1962年版，第1745页。

③《文选》卷三十一江文通杂体诗《李都尉从军》注引，（梁）萧统编，（唐）李善注：《文选》（三），上海古籍出版社，1985年版，第1453页。

考察民情风俗而已，用刘知几的话说，即“语皆琐碎，事必丛残”① 的民间叙事。虽然“治身理家，有可观之辞”，但毕竟不可与经典同日而语。其特征正如鲁迅先生所言：“托人者似子而浅薄，记事者近史而悠缪。”②

直到魏晋南北朝，才集中出现了一批专谈神异灵怪与人物佚事的作品，这类作品被后世称为“志怪小说”和“志人小说”。其中“志怪小说”虽然具有奇幻怪诞的特征，但当时人的写作却是抱着“实录”的态度，并非有意虚构。如干宝《搜神记·序》称：“今之所集，设有承于前载者，则非余之罪也。若使采访近世之事，苟有虚错，愿与先贤前儒分其讥谤。”③又如萧绮《拾遗记·序》云：“推详往迹，则影彻经史；考验真怪，则叶附图籍。”④他们反复声明的就是这些作品“言匪浮诡，事弗空诬”⑤，而创作的目的是为了“发明神道之不诬也”⑥。因此鲁迅先生总结道：“盖当时以为幽明殊途，而人鬼乃皆实有，故其叙述异事，与记载人间常事，自视固无

---

①（唐）刘知几撰，（清）浦起龙释：《史通通释·杂述》，上海古籍出版社，1978 年版，第 277 页。

②鲁迅：《中国小说史略》，《鲁迅全集》第九卷，人民文学出版社，1981 年版，第 7 页。

③（晋）干宝：《搜神记·序》，《汉魏六朝笔记小说大观》，上海古籍出版社，1999 年版，第 277 页。

④（南朝梁）萧绮：《拾遗记·序》，见（前秦）王嘉撰，（南朝梁）萧绮录：《拾遗记》，《汉魏六朝笔记小说大观》，上海古籍出版社，1999 年版，第 492 页。

⑤（南朝梁）萧绮：《拾遗记·序》，见（前秦）王嘉撰，（南朝梁）萧绮录：《拾遗记》，《汉魏六朝笔记小说大观》，上海古籍出版社，1999 年版，第 492 页。

⑥（晋）干宝：《搜神记·序》，《汉魏六朝笔记小说大观》，上海古籍出版社，1999 年版，第 277 页。

诚妄之别矣。"①

所谓"志人小说"是相对于"志怪小说"而言的。因为是记人，所以更以求真为其创作宗旨，只不过它是"将史传文学的'真实'与诸子散文的'写意'融会贯通在一起"②罢了。

"小说"真正从"史"中分离出来并作为独立的文学体裁存在，始于唐代。鲁迅先生对此有经典性的论述，此不赘引。此用陈平原的话说，即："唐以前的神话传说、志怪志人，在叙事技巧及故事题材方面对后世小说发展影响甚大。但作家或求实录，或为'发明神道之不诬'，不若唐人之'作意好奇'、'尽幻设语'。如果以由'实录'走向'幻设'代表中国小说之脱离史部，成为独立的文类，则汉魏六朝只能作为中国小说的酝酿期，真正意义上的小说，唐代才正式登台亮相。"③

如果说，"小说"这一文体至唐代方始独立，那么就小说文体的类别而言，"侠义小说"的真正开端也应从唐代算起。

一般把小说的"祖庭"，追溯到司马迁的《史记》。可见在古人心目中，"小说"不但来自于史传，而且与史传相通。钱钟书先生指出：

> 明、清评点章回小说者，动以盲左、腐迁笔法相许，学士哂之。哂之诚是也，因其欲增稗史声价而攀援正史也。然其颇悟正史稗史之意匠经营，同贯共规，泯町畦而通骑驿，

①鲁迅：《中国小说史略》，《鲁迅全集》第九卷，人民文学出版社，1981年版，第43页。

②范伯群、孔庆东主编：《通俗文学十五讲》，北京大学出版社，2003年版，第20页。

③陈平原：《小说史：理论与实践》，北京大学出版社，1993年版，第185页。

> 则亦何可厚非哉。史家追叙真人实事,每须遥体人情,悬想事势,设身局中,潜心腔内,忖之度之,以揣以摩,庶几入情合理。盖与小说、院本之臆造人物,虚构境地,不尽同而可相通。①

钱先生眼光独到,一针见血地指出小说与史书“不尽同而可相通”的本质。此与二十世纪的新历史主义观点,可谓不谋而合。按照新历史主义的观点,所谓历史叙事,是一个对事件的“解码和重新编码的过程”②,那么小说叙事不也是一个对历史事件和现实生活的“解码和重新编码过程”吗?所谓“解码”,是一个“破译”的过程;所谓“重新编码”,是一个“重构”的过程。海登·怀特指出:“人们过去区别虚构与历史的作法是把虚构看成是想象力的表述,把历史当作事实的表述。但是这种看法必须得到改变,我们只能把事实与想象相对立或者观察二者的相似性才能了解事实。历史叙事是复杂的结构,经验世界以两种模式存在:一个编码为‘真实’,另一个在叙事过程中被揭示为‘虚幻’。历史学家把不同的事件组合成事件发展的开头、中间和结尾,这并不是‘实在’或‘真实’,历史学家也不是仅仅由始至终地记录了‘到底发生了什么’。所有开头与结尾都无一例外地是诗歌构筑,依靠使其和谐的比喻语言。所有的叙事不只是简单地记录事件在转化过程中‘发生了什么’,而是重新描写事件系列,解构最初语言模式中编码的结构以便在结尾时把事件在另一模式中重新编码,这才构成

①钱钟书:《管锥编》(一),中华书局,1986 年第 2 版,第 166 页。

②海登·怀特:《作为虚构的历史文本》,张京媛主编:《新历史主义与文学批评》,北京大学出版社,1993 年版,第 176 页。

了所有叙事里的‘中间’。”①

我们尽管可以不去认同新历史主义的观点，亦可对之说三道四，但小说与历史（尤其是人物传）在叙事上的相似性，则是不争的事实。古人之聪明，就在于看到二者之间的血脉关系，所以才把小说与史书拉上关系，并建立起二者之间的文化谱系，称小说为“稗史”“野史”“史余”等等。尽管其中不无藉此提升“小说”地位的初衷，但能看到二者的“家族相似性”，实属难能可贵。因此，“历史之侠”虽然主要来自史实，但不可排除以揣以摩的悬想；“文学之侠”虽则主要出自虚构，但依然有着充分的历史根据。

承上而言，唐以前尽管已有不少涉及“侠”的作品，但是它们并未形成气候，因此，我们不妨采用目前学术界较为流行的说法，将唐代之前算作“侠义小说”的萌芽或滥觞时期。而其中涉及到“侠”的作品，我们在此也将之作为“侠义小说”发展演变中的初级形态而作一简单的勾勒。

《燕丹子》

《燕丹子》被明人胡应麟称为“古今小说杂传之祖”，刘若愚先生认为这是我国第一篇把侠写入小说的作品。关于它的成书年代至今仍有争议。清孙星衍认为它是先秦作品：“其书长于叙事，娴于辞令，审是先秦古书，亦略与《左氏》、《国策》相似。学在纵横、小说两家之间。”②明胡应麟则认定其为汉末人所作：“余读之，其文采诚有足观，而词气颇与东京类，盖汉末文士因太史《庆

①海登·怀特：《作为虚构的历史文本》，张京媛主编：《新历史主义与文学批评》，北京大学出版社，1993 年版，第 177—178 页。

②（清）孙星衍：《燕丹子叙》，见无名氏撰，程毅中点校：《燕丹子》，中华书局，1985 年版，第 1 页。

卿传》增益怪诞为此书，正如《越绝》等篇缀拾前人遗帙而托于子胥、子贡云尔。”并在此段话后，有小字注曰：“《汉志》有《荆轲传》五篇，《燕丹》必据此增损成书者。”①《四库全书总目》曰：“至《隋书·经籍志》始著录于小说家，唐李善注《文选》，始援引其文。是其书在唐以前……应劭、王充后。”此书“明初尚存。然其文实割裂诸书燕丹、荆轲事，杂缀而成，其可信者，已见《史记》，其他多鄙诞不可信，殊无足采”②。清人李慈铭也认为此篇应是“宋、齐以前高手所为”③。

《燕丹子》所叙之事与《史记·刺客列传》中的荆轲之事大体相同，同时又加入了虚构的成分，使得作品情节更加丰富曲折。例如一开头就在《史记》“秦王之遇太子丹不善，故丹怨而亡归”④的基础上加入了三个情节：一是“秦王遇之无礼，不得意，欲求归。秦王不听，谬言曰：令乌白头、马生角，乃可许耳。丹仰天叹，乌即白头，马生角，秦王不得已而遣之”；二是“（秦王）为机发之桥，欲陷丹。丹过之，桥为不发”；三是“（丹）夜到关，关门未开。丹为鸡鸣，众鸡皆鸣，遂得逃归”⑤。又如《史记》载有荆轲在田光的举荐下去见太子丹一节，《燕丹子》在此增加了两个情节：一是“太子自

①（明）胡应麟：《少室山房笔丛》卷二十三《四部正讹》（下），上海书店出版社，2009 年版，第 316、317 页。

②四库全书研究所整理：《钦定四库全书总目》（整理本·下），中华书局，1997 年版，第 1887 页。

③（清）李慈铭：《孟学斋日记》，李慈铭撰，由云龙辑：《越缦堂读书记》，中华书局，2006 年版，第 923 页。

④（汉）司马迁：《史记·刺客列传》，中华书局，1982 年第 2 版，第 2528 页。

⑤无名氏撰，程毅中点校：《燕丹子》，中华书局，1985 年版，第 3 页。

御,虚左,轲援绥不让”①;另一为燕太子丹“置酒请轲”,席间燕国卿士夏扶以“乡曲之誉”为题向荆轲发难,荆轲一番宏论,令在场之人称赞佩服。这个情节酷似《三国志演义》中诸葛亮舌战群儒的场景。再如太子丹厚遇荆轲之事,《史记》只有短短数语:“异物间进,车骑美女恣荆轲所欲,以顺适其意。”②而《燕丹子》中则加入了用金投龟、杀马进肝、断美人手三个情节,以显示太子丹礼贤下士之诚意,大大加强了作品的故事性。之后的进宫行刺一节,更是按照作者自己的意愿来增饰情节,不同于《史记》所记之功败垂成:荆轲劫住了秦王,并历数其罪责,大有伸张正义、弥补史缺的意味。只在最后为了不过于有悖历史,加入了如下情节:秦王“乞听琴声而死”,荆轲不解其音,使得秦王躲到屏风后,拔剑复出,斩杀了荆轲。

这部作品不仅具有小说所应有的丰富的想象和虚构的成分,同时书中也塑造了燕太子丹和荆轲两个富有传奇色彩的人物形象。尤其通过细节渲染,更加突出了荆轲形象的悲剧性和崇高感。在《游侠列传》中寥寥几笔交代的田光,也在《燕丹子》中有了更多的描写,他具有卓越的分析能力与眼光,最后以死相报,也给读者以壮烈之感。此书与《史记·刺客列传》相比,更带有“小说”的味道和特色,情节的刻画,引人入胜,对人物侠行和豪情的描写和凸显,也为后世侠义小说的创作开了先河。从这一角度看,刘若愚先生的看法颇有见地,有为之专写一笔的意义和价值。

《越女》

《越女》出自东汉赵晔的《吴越春秋》。刘若愚先生认为此书

①无名氏撰,程毅中点校:《燕丹子》,中华书局,1985年版,第10页。

②(汉)司马迁:《史记·刺客列传》,中华书局,1982年第2版,第2531页。

“看似史书，其实它的虚构成分大于历史成分”①。这里记载的“越女试剑”，显然取材自民间传说。故事叙述越王向范蠡询问战术，范蠡便向越王推荐越女曰：

> “今闻越有处女，出于南林，国人称善。愿王请之，立可见。”越乃使使聘之，问以剑戟之术。
>
> 处女将北见于王，道逢一翁，自称曰“袁公”，问于处女曰：“吾闻子善剑，愿一见之。”女曰：“妾不敢有所隐，惟公试之。”于是袁公即杖箖箊（竹名）竹，竹枝上颉桥（向上劲挑），未堕地（“未”应作“末”，竹梢折而跌落），女即捷末（“捷”应作“接”，接住竹梢）。袁公则飞上树，变为白猿，遂别去。
>
> 见越王。越王问曰：“夫剑之道如之何？”女曰：“妾生深林之中，长于无人之野，无道不习，不达诸侯，窃好击之道，诵之不休。妾非受于人也，而忽自有之。”越王曰：“其道如何？”女曰：“其道甚微而易，其意甚幽而深。道有门户，亦有阴阳。开门闭户，阴衰阳兴。凡手战之道，内实精神，外示安仪。见之似好妇，夺之似惧虎。布形候气，与神俱往。杳之若日，偏如腾兔，追形逐影，光若仿佛，呼吸往来，不及法禁，纵横逆顺，直复不闻。斯道者，一人当百，百人当万。王欲试之，其验即见。”越王即加女号，号曰“越女”。乃命五板之堕（“堕”应作“队”）高习之教军士，当世莫能胜越女之剑。②

---

①刘若愚著，周清霖、唐发饶译：《中国之侠》，上海三联书店，1991 年版，第 88 页。

②《吴越春秋·勾践阴谋外传第九》，见《四部丛刊》初编·史部《吴越春秋》，上海商务印书馆缩印明邝璠刻本，1922 年版，第 65—66 页。

这则故事可谓中国最早的女侠先例，所记叙的越女论剑术之言，也大概是最早的有关武术的理论了。这段文字多被后世转述和改写，如唐欧阳询主编《艺文类聚》引用时改为："公即挽林内之竹似枯槁，末折堕地。女接取其末。袁公操其本而刺处女。处女应，即入之。三入，因举杖击袁公。袁公则飞上树，化为白猿。"重在描述处女对猿猴以末应本的过程，旨在昭示中国武术以静制动、以弱胜强的要旨，其中有了击刺的过程描写。明王世贞编《剑侠传》则改为："袁公即挽林杪之竹似桔槔，末折地，女接其末。公操其本而刺女。女因举杖击之，公即上树，化为白猿。""桔槔"大概是井上滑车，从《吴越春秋》中"颉桥"而来，形容袁公使动竹枝时的灵动和巧劲，更能衬托越女的技高一筹。《东周列国志》第八十一回则描写为："老翁即挽林内之竹，如摘腐草，欲以刺处女。竹折，末堕于地。处女即接取竹末，还刺老翁。老翁忽飞上树，化为白猿，长啸一声而去。"

这则故事虽几经演绎，但其中有关越女论剑的精彩段落，始终未动。同时，这则故事也成为历代文人笔下常用的典故。如庾信《宇文盛墓志》云："授图黄石，不无师表之心，学剑白猿，遂得风云之志。"杜牧也有："授图黄石老，学剑白猿翁。"（《题李西平宅》）①只不过或以为白猿学剑，或以为学剑于白猿。而当代新武侠小说巨匠金庸先生更是据此编写成短篇小说《越女剑》。以此来看，此则故事的影响非常深远，对后世武侠小说武功的描写有很大的启示作用和范本意义。

---

①参见金庸：《侠客行·卅三剑客图》（下），广州出版社、花城出版社，2002年版，第634—635页。

志人志怪小说中的侠之形象

魏晋南北朝时期，“志人”小说以玄韵为宗，而“志怪”小说则以神道为宗。这些作品内容庞杂，仙界鬼域，人间世态，无所不包，其中涉及侠的作品散见于干宝的《搜神记》、王嘉的《拾遗记》，以及刘义庆的《世说新语》等书中。

《三王墓》是《搜神记》中一篇写侠客的作品，也是一则在民间广为流传的复仇故事。为概览全貌，不妨全文引录如下：

> 楚干将、莫邪为楚王作剑，三年乃成。王怒，欲杀之。剑有雌雄。其妻重身当产，夫语妻曰：“吾为王作剑，三年乃成。王怒，往必杀我。汝若生子是男，大，告之曰：‘出户望南山，松生石上，剑在其背。’”于是即将雌剑往见楚王。王大怒，使相之：“剑有二，一雄一雌。雌来，雄不来。”王怒，即杀之。
>
> 莫邪子名赤比，后壮，乃问其母曰：“吾父所在？”母曰：“汝父为楚王作剑，三年乃成。王怒杀之。去时嘱我：‘语汝子：出户望南山，松生石上，剑在其背。’”于是子出户南望，不见有山，但睹堂前松柱下，石低之上，即以斧破其背，得剑。日夜思欲报楚王。
>
> 王梦见一儿，眉间广尺，言欲报仇。王即购之千金。儿闻之，亡去，入山行歌。客有逢者，谓：“子年少，何哭之甚悲耶？”曰：“吾干将、莫邪子也。楚王杀吾父，吾欲报之。”客曰：“闻王购子头千金，将子头与剑来，为子报之。”儿曰：“幸甚！”即自刎，两手捧头及剑奉之，立僵。客曰：“不负子也。”于是尸乃仆。
>
> 客持头往见楚王，王大喜。客曰：“此乃勇士头也。当于汤镬煮之。”王如其言。煮头三日三夕，不烂。头踔出汤中，

瞋目大怒。客曰："此儿头不烂，愿王自往临视之，是必烂也。"王即临之。客以剑拟王，王头随堕汤中。客亦自拟己头，头复堕汤中。三首俱烂，不可识别。乃分其汤肉葬之。故通名"三王墓"。今在汝南北宜春县界。①

这则故事刻画了一个无名剑客的形象，他与赤比并不相识，只是了解了赤比的遭遇和为父报仇的心愿，便慷慨允诺，为之赴死报仇。"客"之所为，比之荆轲为报太子丹的知遇之恩而替之复仇，更具侠道所谓"已诺必诚，不爱其躯"的精神。虽然小说中并未称之为"侠"，而是称之为"客"，但"客"中却暗含着"游"和"侠"之义。"侠"的"其言必信，其行必果"以及"专趋人之急，甚己之私"的诚信和义气，在"客"的身上同时出现。这大概就是司马迁所说的"靡得而闻"的"布衣之侠"吧！还有一个值得注意的关键之处便是，干将（夫）、莫邪（妻）、赤比（子）都有名，而作为行动主角的"客"却是无名英雄。这也从一个侧面突出了这位侠客见义勇为并非为了徒留虚名，而只是受侠义精神驱使而已，所以即使做出如此惊天动地的大事，依然不留姓名，合乎司马迁所谓"不矜其能，羞伐其德"的品格。由此可以窥见，作者之叙事，颇合春秋笔法。后世侠客施恩不望报，行侠不留名，与之不无继承关系。

《李寄》，可视为《搜神记》中另一篇较为突出的侠义类作品：

东越闽中有庸岭，高数十里。其西北隙中有大蛇，长七八丈，大十余围，土俗常惧。东治都尉及属城长吏多有死者。祭以牛羊，故不得祸。或与人梦，或下谕巫祝，欲得啖童女年十二三者。都尉令长，并共患之。然气厉不息。共请求人家

---

①（晋）干宝：《搜神记》卷十一《三王墓》，《汉魏六朝笔记小说大观》，上海古籍出版社，1999年版，第358页。

生婢子，兼有罪家女养之。至八月朝祭，送蛇穴口，蛇出吞啮之。累年如此，已用九女。

尔时预复募索，未得其女。将乐县李诞家，有六女，无男。其小女名寄，应募欲行，父母不听。寄曰："父母无相，惟生六女，无有一男，虽有如无。女无缇萦济父母之功，既不能供养，徒费衣食，生无所益，不如早死。卖寄之身，可得少钱，以供父母，岂不善耶？"父母慈怜，终不听去。寄自潜行，不可禁止。

寄乃告请好剑及咋蛇犬。至八月朝，便诣庙中坐。怀剑将犬。先将数石米糍，用蜜麨灌之，以置穴口。蛇便出，头大如囷，目如二尺镜。闻糍香气，先啖食之。寄便放犬，犬就啮咋，寄从后斫得数创。疮痛急，蛇因踊出，至庭而死。寄入视穴，得其九女髑髅，悉举出，咤言曰："汝曹怯弱，为蛇所食，甚可哀愍！"于是寄女缓步而归。

越王闻之，聘寄女为后，拜其父为将乐令，母及姊皆有赏赐。自是东治无复妖邪之物。其歌谣至今存焉。①

这是魏晋时期少有的写少女英雄的作品。李寄主动请缨为民除害、计斩大蛇的故事，既无神鬼怪诞之说，人物亦无离奇神秘之处，整篇作品所凸显的是这位女侠堪比男儿的豪气和勇敢，带有"侠"的无私品德和无畏精神。同时计斩大蛇的细节也烘托出她聪颖无比的智慧与沉着冷静的性格。此与《吴越春秋》中的越女相比，似乎更接近侠义小说的范畴。《李寄》与《三王墓》作为侠义小说萌芽时期的代表作品，无疑对后世侠义小说的创作，产生

①（晋）干宝：《搜神记》卷十一《李寄》，《汉魏六朝笔记小说大观》，上海古籍出版社，1999年版，第425页。

了不小的影响。

与“志怪小说”相同，“志人小说”也注意到了侠士的风貌和言行，因而某些有关侠的故事也被收入其中。《世说新语》中的《周处》与《戴渊》两篇颇有典型性①。

周处年少时，凶强侠气，为乡里所患。又义兴水中有蛟，山中有邅迹（刘孝标注曰：一作白额）虎，并皆暴犯百姓，义兴人谓为“三横”，而（周）处尤剧。或说处杀虎斩蛟，实冀三横唯余其一。处即刺杀虎，又入水击蛟，蛟或浮或没，行数十里，处与之俱，经三日三夜，乡里皆谓已死，更相庆。竟杀蛟而出。闻里人相庆，始知为人情所患，有自改意。乃自吴寻二陆，平原不在，正见清河，具以情告，并云：“欲自修改而年已蹉跎，终无所成。”清河曰：“古人贵朝闻夕死，况君前途尚可，且人患志之不立，亦何忧令名不彰邪？”处遂改励，终为忠臣孝子。②

戴渊少时游侠，不治行检，尝在江淮间攻掠商旅。陆机赴假还洛，辎重甚盛，渊使少年掠劫。渊在岸上，据胡床指麾左右，皆得其宜。渊既神姿峰颖，虽处鄙事，神气犹异。机于船屋上遥谓之曰：“卿才如此，亦复作劫邪？”渊便泣涕，投剑归机。辞厉（徐震堮校笺曰：《御览》四〇九作“辞属”，是。

①按，此两篇皆出自《世说新语·自新第十五》，为了便于表述，此处按照惯例，以开篇的人名作为篇名。

②（南朝宋）刘义庆：《世说新语·自新》，徐震堮校笺：《世说新语校笺》（下），中华书局，1984年版，第343页。按，此文后，刘孝标注引《晋阳秋》曰：“（周）处仕晋为御史中丞，多所弹纠。氐人齐万年反，乃令（周）处距万年。伏波孙秀欲表处母老，处曰：‘忠孝之道，何当得两全！’乃进战，斩首万计，弦绝矢尽，左右劝退。处曰：‘此是吾授命之日。’遂战而没。”

属，谓吐属）非常。机弥重之，定交，作笔荐焉。过江，仕至征西将军。①

首先，此两篇中，明确地使用到“侠”之一字，有为二人定性的作用。虽然《周处》中“凶强侠气”中的“侠”字，《御览》三八六作“使气”（见徐震堮校笺），但“使气”正是“侠气”的体现。

其次，此两篇被归入《自新》题下，为后世“侠”之由“私义”向“公义”、由“权行州郡”向“忠义报国”的行为转变和人格自新，提供了一条具有合理性的正道，起到引领示范作用，不可小觑。后世如《水浒传》、《三侠五义》、《儿女英雄传》等等小说中，均有这一“自新”的过程，虽然表现形式有所区别，但精神实质却无二致。

复次，此二篇与历史事实有所背谬，如《周处》篇中“乃自吴寻二陆”一事，徐震堮校笺引李详曰：“劳格《读书杂识·晋书校勘记》云：‘以（周）处传及《陆机传》覈之，知系小说妄传，非实事也。’”下来所加之按语，从二人年龄上推算云：“处弱冠之年，陆机尚未生也。此云入吴寻二陆，未免近诬。”另据《陆机传》，还考出其他有误之处，并下结论曰：“以此推之，知《世说》所云，尽属谬妄。”②

但这恰好说明，带有“小说”性质的笔记，或曰带有史料性质的“小说”（非文体意义上）③，都经过作者一系列的重构和改塑。

①（南朝宋）刘义庆：《世说新语·自新》，徐震堮校笺：《世说新语校笺》（下），中华书局，1984 年版，第 345 页。

②详徐震堮校笺：《世说新语校笺》（下），中华书局，1984 年版，第 344 页。

③按，此处所谓“小说”，不是指文体学上的“小说”，而是把“新语”视作非文体意义上的“小说”的代名词来看待的。据徐震堮先生考证，《世说新语》又名《世说新书》，唐初二名并行，孰先孰后，因文献不足，只好存疑。但从宋初起，《世说新语》的名字已经通行了（详徐震堮《世说新语校笺·前言》，中华书局，1984 年版）。这一通行之状，亦可说明小说文体的大盛。

查人物之行状，于史有征；考人物之踪迹，间杂臆测。其追寻"二陆"（陆机、陆云），虽于史无征，却给后世侠客跟随一位名臣走上正道的故事设计，提供了一个范例。

最后，此二篇的价值还在于它们间接写出了"侠"与"武"的关系。周处被称为"三横"，人皆厌之；戴渊劫掠商旅，人皆惧之。可见二人都属于司马迁所说之"侵凌孤弱，姿欲自快"的"豪暴"之徒①，当其踏上"改厉""自新"之路后，周处一变而为人所称赞的"忠臣孝子"，戴渊官拜"征西将军"。所以真正的侠士重在以义行侠，而非以武立强，"侠"才是重心，"武"只是行侠的辅助手段而已。

综上所述，汉魏六朝时期在中国侠义小说史上的地位，不仅仅是为我们提供了几篇侠义作品和可供后世挖掘的故事素材，还在于它对"奇""幻"的追求和丰富的想象以及描写人物的方式，为唐传奇中侠义小说的产生做了基础性的铺垫，尤其《世说新语·自新》的两篇作品，对后世侠之形象的塑造，树立一个"典范"，具有侠义小说史的意义和价值。唐代侠义小说中的"搜奇记逸"，明显受到六朝志怪志人小说的影响，而在叙事手法上，则又"与六朝之粗陈梗概者较，演进之迹甚明"②。

第二节　古代侠义小说的成熟期
——唐代的文言侠义小说

之所以将唐代认定为中国古代侠义小说的成熟期，原因

①（汉）司马迁：《史记·刺客列传》，中华书局，1982 年第 2 版，第 3183 页。

②鲁迅：《中国小说史略》，《鲁迅全集》第九卷，人民文学出版社，1981 年版，第 70 页。

有三：

首先，唐代出现了严格意义上的小说——传奇，前文已有述及，这里需要说明的是“传奇”之名，最早是由元稹的小说篇名来的，他所写的莺莺故事，本名即为《传奇》，但作为“体裁”的名称，应该到宋朝才有①。

其次，唐传奇中出现了专门有意识地叙写侠客的篇章，而且有独立完整的人物和故事情节。如段成式《酉阳杂俎》卷九就明确列有“盗侠”部，纪事九则。又如宋初李昉等编的《太平广记》，专门立有“豪侠”类，收录作品二十五篇。据汪聚应考证，其中《李亭》一篇出自《西京杂记》，为晋人作品；《荆十三娘》、《许寂》、《丁秀才》三篇出自《北梦琐言》，为五代孙光宪作品；《胡证》、《宣慈寺门子》两篇，出自《唐摭言》，作者为五代王定保。故真正意义上的唐代作品为十九篇②。但唐末五代，是一个连续时期，按汪聚应的观点，也当把五代时期的作品纳入广义的唐代豪侠类作品来考察和分析。至近代，日本人盐谷温所著《中国小说史略》，将唐传奇分为别传、剑侠、艳情、神怪四类。谭正璧所著《中国小说发达史》，将唐传奇分为神怪、恋爱、豪侠三类③；李剑国归纳唐代小说有十大主题，第六类为英雄主题，并进一步按情节将“豪侠”再细分为八大类型：蜀妇人型、冯燕型、红线型、义侠型、古押衙型、田膨郎型、虬须客（即虬髯客）型和侯彝型④。卞孝萱也将唐传奇分

①参见周绍良：《唐传奇笺证》，人民文学出版社，2000年版，第5—8页。

②汪聚应辑校：《唐人豪侠小说集·前言》，中华书局，2011年版，第8页注（八）。

③参见韩云波：《中国侠文化：积淀与传承》，重庆出版社，2005年版，第139页。

④李剑国：《唐五代志怪传奇叙录》（上册），南开大学出版社，1993年版，第64—71页。

为五类：一为指名道姓、攻击对方，二为影射时事、寄托感慨，三为借题发挥、控诉不平，四为以古喻今、开悟皇帝，五为歌颂侠义、向往和平①。尽管还有其他不同名称的类型，但无一例外地将“侠义”作品作为唐传奇中重要的题材类型来看待。可见至唐代，侠义小说方始成为一种类型小说。

第三，唐代创作侠义小说的作家及作品数量甚多，远远超过前代，并成为一时的风气。尤其是中晚唐的创作，对后世之侠义小说产生了深远的影响，其中以段成式、袁郊、裴铏、康骈、杜光庭、皇甫氏等人的成就最为突出。唐代侠义类小说因分类殊异，着眼有别，各个研究者的统计数据不一。对其用力至勤者，当推汪聚应，他所辑录的《唐人豪侠小说集》②，共收此类作品一百三十四篇，为我们研究唐代豪侠小说，提供了极大的方便。

作为小说中主角的侠客并非一开始就出现在唐传奇的舞台上，而是经历了一个过程。唐代初期的小说，多以神怪为主，这是受到六朝志怪的直接影响所致；到了盛唐、中唐时期，随着唐传奇自身的发展和社会现状的改变，这时的作品多表现男女爱情和社会轶事；最后，到了中晚唐时期，才轮到打抱不平的侠客登台，这也与当时社会的动荡和战乱有一定的关系。当然侠客的出场并非有如此明确的时间界限，这里只是就大多数作品而言。在中唐时期的传奇作品中，已出现侠客的影子，如黄衫客（见蒋防《霍小玉传》）、古押衙（见薛调《无双传》）、许虞侯（见许尧佐《柳氏传》）等，但他们还只是穿插性的人物而已，真正的主角仍是热恋中的青年男女，他们充当的是为青年男女排解爱情危机的助力，而并

①卞孝萱：《〈红线〉、〈聂隐娘〉新探》，《扬州大学学报》，1997 年第 2 期。

②汪聚应辑校：《唐人豪侠小说集》，中华书局，2011 年版。

非故事的主角。从晚唐(九世纪下半叶)开始,传奇描写之重心方逐渐由闺阁情转为侠客行,上述作品正是在这一过渡时期出现的。至此,侠客才真正作为小说的主角登台亮相,而行侠也才真正成为小说主要的叙写内容,其中可以段成式、袁郊、裴铏等人的作品为代表。然而,由于当时的作家并没有明确的侠义小说之类型概念,因此,我们今天在回顾唐传奇中的侠义类小说时,视野也要扩大,有必要将类似上述侠客插手排解青年男女爱情之事的篇目也一并纳入研究范围。

下面将主要根据《太平广记·豪侠》类,并旁及其余门类中所涉及"侠"之作品,从类型学的角度,试作描述和分析,重在从唐人侠义小说中的内容及主题等方面出发,藉以窥探唐代侠义精神的嬗变。所分之类,在表现内容上可能互有穿插,并非界限分明,但如此分类也只是为了表述上的方便而已①。

(一)"义""侠"相属——见义勇为,惩恶扬善。

在进入作品分析之前,这里首先要辨明的是,"唐以前之侠及侠义精神,与唐以后的侠及侠义精神",有其重大不同。龚鹏程先生在谈到此点时,特别强调,"唐以前文化与唐以后的文化,大体上是我国文化的两大类型,唐代位居中间承递变化的关键期,地位自然格外重要"。他引叶燮之言曰:"贞元元和,为古今诗坛关键。后人论诗,胸无成识,谓为中唐,不知此'中'也者,乃古今百代之'中',而非有唐之所独。后此千百年,莫不从是以为断。"

①按,所选作品除单独注明外,一律出自(宋)李昉等编:《太平广记》,中华书局,1961年版。此外,参考了汪聚应辑校:《唐人豪侠小说集》,中华书局,2011年版。以下如无需要,不再一一注出。

(《三代唐诗序》)①

职此,唐代李德裕的《豪侠论》就有了重要的意义。是他第一次把“义”加诸“侠”的身上。首先表明的是“气”和“义”的关系:

士之任气而不知义者,皆可谓之盗矣。

复主张以“义”为本:

夫侠者,盖非常人也。虽然以诺许人,必以节义为本。义非侠不立,侠非义不成,难兼之矣。②

此一“义”字,正乃对侠客行为的伦理规范,并使中国传统的“义”落实到了“侠”的身上,并逐渐成为“侠”的专用名词。自此以后,“侠义”并举,就成了“侠”之行为的伦理准则。我们不妨称之为“侠伦理”。也因此而与历史之侠有了重大区别,由“不轨于正义”走向“正义”。这是对“侠”之人格的建构和重塑——“理气合一,儒侠兼备”。龚鹏程不无讽刺地称之为“多么完美的人格典型啊!”③这说明此类“侠”只存在于理想之中,而非现实中。

细按唐之侠义小说,“侠”正有如此转变的迹象。但要真正达至完全理想化的形态,还要等到宋以后的白话小说。

承上所述,这部分作品的题材之一,就是前面提到的“侠助爱情”类。此类作品值得我们关注的是,它们已扩大了侠的行动范围,使之进入了爱情领域(当然这也是唐代文化开放性的表现之一)。其代表作为《霍小玉传》、《无双传》、《柳氏传》、《昆仑奴》等。

---

①龚鹏程:《侠的精神文化史论》,山东画报出版社,2008年版,第59页。

②(清)董诰等编:《全唐文》卷七〇九,中华书局,1983年版,第7276页。

③龚鹏程:《廿四史侠客资料汇编·序》,龚鹏程、林保淳编:《廿四史侠客资料汇编》,台湾学生书局,1995年版。另可参见龚鹏程:《侠的精神文化史论》,山东画报出版社,2008年版,第59页。

这些作品除《昆仑奴》外，余皆不在《豪侠》类中，但由于其中均有“侠助爱情”的内容，故特为提出。另一方面，从这些作品的发展轨迹中可以看出，侠客最初由爱情小说中的辅助角色（许俊、黄衫客、古押衙等）最后发展至小说中重点描写的人物（昆仑奴）。男女爱情在这里成了表现侠客之行的重要媒介。

除了涉足助爱之外，还有一部分是描写侠客惩恶扬善、敢作敢为及仗义疏财、豪气干云的作品，如《韦自东》、《郭元振》，堪称代表之作。前者介绍韦自东曰“义烈之士也”，以“壮勇”而闻名。当听到山上有夜叉吃人之事，便自告奋勇，单独上山，勇除男女夜叉二人。段将军为此而赞曰：“真周处之俦也！”此可与前述《世说新语·自新》之《周处》篇对读，可以见出二者一脉相承的关系。韦又为道士击杀巨虺（毒蛇），并能识破妖精所幻化的美女。后者情节虽然简单，但谁又能说《西游记》中的白骨精形象不是受此影响而来的呢？结尾虽然不无神话色彩，但正面肯定“侠”之价值的指向，却十分明显。

《郭元振》短短数行，却能于尺幅之内生出波澜。写郭姓男子元振十六岁上学期间，听人一言求告，便将家中所寄四十万钱买的口粮，毫不犹豫地全部送于陌生人之手，“亦不问姓氏”，而自己“其年粮绝，竟不成举”。后来《水浒传》中的及时雨宋江仿佛如此，但出手无此阔绰，无此豪爽。从表面看，郭某人似乎轻信人言，不够成熟，但作者赞扬的正是这种出自天性的助人为乐精神。何谓“侠”？这就是“侠”！

《宣慈寺门子》与《胡证》两篇，写的是惩戒恶徒的故事。宣慈寺门子虽属无名之人，但“酌其人，义侠徒也”。此处已用“义”来为“侠”定性。他不畏强权，不惧险境，将“骄悖”之徒，痛殴一顿。后来，《水浒传》中鲁达痛打镇关西，与此不无关系。《胡证》写胡证“臂力绝人”，为救裴度，甘历险地，以豪饮压服众恶徒。其酒量之大，与《水浒传》中的武松、鲁达，堪有一比。酒在这里，正是豪侠之“豪”的表征，后世小说写侠客都好酒者，与此不无关系。

另如《义侠》和《李龟寿》二篇，大致属于同一类型，前者写的是一贼曹官（司法参军），私释了一名罪犯。后相遇于异地，此犯已做到县令，不但不思报恩，反而听其妻之言，欲害死恩人。贼曹官听闻后，连夜逃走。县令便遣一“剑客”追杀，当在床底听悉真相后，这名自称为“义士”的杀手不但私下放走奉命所杀之人，而且“持剑出门如飞”，回去杀了忘恩负义之县令，持首级来见。事毕后，“剑客辞诀，不知所止”。后者写的是受人厚赂的刺客李龟寿，藏身屋梁间，欲行刺中书令晋国公（一说王铎，一说白敏中①），后因“感公之德，复为花鹊所惊”，于是再拜而愿以“余生事公”。第二天，李妻便携子找上门来。公死后，“龟寿尽室亡去”，不知所终。从中可见，侠客的行为已不受主子或私恩的主使，一切以“义”为衡量是非的标准。就《义侠》篇名而言，“义”与“侠”已并举连词，具有画龙点睛之妙，用以宣示全篇的主题和赞誉的对象。李龟寿篇幅虽短，但刺客的深明大义，却从寥寥数语的对话中脱然而出。

陈平原将《李龟寿》和罗大经的《秀州刺客》放在一起分析道：此二篇的刺客，“与古刺客之不讲是非但问恩仇又自不同。也就是说，在唐宋传奇中，‘游侠’与‘刺客’形象互相影响互相转化。这一转化的原动力是如何使‘侠客’（包括古游侠与古刺客）的行为更具合理性，更富有崇高色彩。至于强调报恩的观念而使后世

---

①详参汪聚应辑校：《唐人豪侠小说集·李龟寿》校注（一），中华书局，2011年版，第425—426页。

的侠客丧失个人意志，甚至堕落为当权者的奴才或鹰犬，这可能是唐代小说家所始料未及的”①。一言以蔽之，这种“游侠”与“刺客”的融合与转化，关键在于一个“义”字上。

这两篇是就侠客的内在品质立意的，重点展示坚守正义是他们行事的原则，在此原则下，知错即改；在此原则下，甘为任使。

此外，女性也循《越女》、《李寄》之例，一跃成为此类作品的主角。典型的如《红线》篇中的红线。红线女不但是阮咸高手，技艺惊人，而且能辨析出羯鼓之音中的深微之意，可谓度曲行家、识音高手；更难能可贵的是“又通经史”，并能善察主人之意。主人潞州节度使薛嵩称其为“异人”。更有“异”者，能于危难之中，解救主人之难，一夜往返七百里，于神不知鬼不觉中，突破重重城隘门锁，盗得魏博节度使田承嗣的金盒，无杀伤一人，消弭了薛、田两家一触即发的战争。这一义行，既是出自“报恩”心理——如红线所言：“昨往魏邦，以是报恩。”同时也出于为国为民之意，如红线所言：“今两地保其城池，万人全其性命，使乱臣知惧，烈士谋安。”更可贵的是，竟拒绝谢金，“伪醉离去，遂亡所在”。此篇作品殊为有名，红线身负绝技，来去如风，是一个文武兼备的奇女子。本来应该属于“侠客”中的“女侠”无疑，但小说中却称之为“异人”，这大概是为了突出其有异于常人的绝技吧。

（二）突出武功：以武行侠，仗技赢人。

陈平原指出：“到唐代作家创作‘豪侠小说’时，行侠必须有武力辅助的观念大致已经定型，是侠客总多少有点武功。”②换言

①陈平原：《千古文人侠客梦》，新世界出版社，2002年版，第29页。

②陈平原：《千古文人侠客梦》，新世界出版社，2002年版，第31页。

之,中国侠义小说中历来被人称赞的奇妙武功,是唐代才出现的。此前尽管也有,如前举《越女》、《世说新语·自新》等例子,但真正突出侠客武功,并将之作为侠客必备条件的,则自唐传奇始。上述之红线女即是一个轻功高超、步行如飞、武技出众、神出鬼没的女侠。其他如《懒残》(袁郊),《昆仑奴》、《韦自东》(裴铏),《义侠》(皇甫氏),《郭元振》(牛僧儒)等等中的人物,亦皆如此。

让我们以"剑术"为例来加以说明。

古代,"游"是一种常态,龚鹏程将之称作"行旅文化"。"行旅"一词出自《文选》的类别划分:在赋体底下有"纪行",在诗类底下有"行旅"①。书生之游的装束,常常是"一书一剑"。佩剑除过防身之外,和书一样,也是一种文化符号和身份象征。侠客更不用说了。龚鹏程指出:"凡侠都可以说是游的,侠,就是游侠。"②游侠带剑出行,更是常态。陈平原指出:"'宝剑'的意象既代表'武功',更包含'侠情'。"③

在唐传奇中,写剑侠最为精彩的篇章当属裴铏的《聂隐娘》。聂隐娘从幼时被一神秘女尼盗走学艺开始,就生活在一个异于常人的剑侠世界,这从其艺成回家后的自述中可以看出:

> 隐娘初被尼挈,不知行几里。及明,至大石穴之嵌空,数十步寂无居人,猿狖极多,松萝益邃。已有二女,亦各十岁。皆聪明婉丽,不食,能于峭壁上飞走,若捷猱登木,无有蹶失。尼与我药一粒,兼令长执宝剑一口,长二尺许,锋利吹毛,令剸逐二女攀缘,渐觉身轻如风。一年后,刺猿狖,百无一失;

①龚鹏程:《游的精神文化史论》,河北教育出版社,2001年版,第185页。

②龚鹏程:《游的精神文化史论》,河北教育出版社,2001年版,第128页。

③陈平原:《千古文人侠客梦》,新世界出版社,2002年版,第209页。

后刺虎豹，皆决其首而归。三年后，能飞，使刺鹰隼，无不中。剑之刃渐减五寸，飞禽遇之，不知其来也。至四年，留二女守穴，挈我于都市，不知何处也。指其人者，一一数其过，曰："为我刺其首来，无使知觉。定其胆，若飞鸟之容易也。"受以羊角匕首，刀广三寸，遂白日刺其人于都市，人莫能见。以首入囊，返主人舍，以药化之为水。

这里除了展现剑侠世界中奇幻莫测的武技之外，竟连藏剑之处，亦颇怪异：老尼谓隐娘曰："吾为汝开脑后，藏匕首而无所伤，用即抽之。"还涉及到关于"仙丹""秘药"等方术。更值得关注的是，剑侠杀人也并非任意而为，同样遵循侠义原则：惩恶除奸。如除了聂隐娘与其师女尼之外，传中还刻画了精精儿、妙手空空儿两个剑客，描写聂隐娘与他们斗法的过程可谓惊心动魄，不过这已是纯粹的道术，而非武艺了：

是夜明烛，半宵之后，果有二幡子一红一白，飘飘然如相击于床四隅。良久，见一人自空而踣，身首异处。隐娘亦出曰："精精儿已毙。"拽出于堂之下，以药化为水，毛发不存矣。隐娘曰："后夜当使妙手空空儿继至。空空儿之神术，人莫能窥其用，鬼莫能蹑其踪，能从空虚而入冥，善无形而灭影。隐娘之艺，故不能造其境。此即系仆射之福耳。但以于阗玉周其颈，拥以衾，隐娘当化为蠛蠓，潜入仆射肠中听伺，其余无逃避处。"刘如言。至三更，瞑目未熟，果闻颈上铿然，声甚厉。隐娘自刘口中跃出，贺曰："仆射无患矣！此人如俊鹘，一搏不中，即翩然远逝，耻其不中，才未逾一更，已千里矣。"后视其玉，果有匕首划处，痕逾数分。

这段文字中，对空空儿的描写虽只有寥寥数笔，但一位神秘卓绝的剑客却跃然纸上。他不仅道术高强，而且性格孤傲，一击不中即翩然远逝，这恐怕正是当代武侠小说中许多世外高人的原型。而“妙手空空”更是成为后世侠义小说中一个专用名词而延续至今，足见其影响力之大。

《兰陵老人》中兰陵老人的剑术亦不遑多让。他为京兆尹黎干献技时，小说作了如下描写：

> （兰陵老人）紫衣朱鬟，拥剑长短七口，舞于中庭。迭跃挥霍，挽光电激。或横若掣帛，旋若规火。有短剑二尺余，时时及黎之衽，黎叩头股慄。食顷，掷剑于地，如北斗状。……黎归，气色如病，临镜，方觉须剃落寸余。翌日复往，室已空矣。

剑术如此，那么其他的绝技呢？且看《僧侠》中的描写：士人韦生善于弹弓打人。路遇一僧，邀其进寺食饮。日已昏，犹未到。韦生知其盗也，“乃密于靴中取张（一作弓）卸弹，怀铜丸十余”，趁僧前行之际，乃弹之，僧正中其脑。僧初若不觉，凡五发中之，僧始扪中处，徐曰：“郎君莫恶作剧。”韦知无可奈何，亦不复弹。……至一庄墅，……僧前执韦生手曰：“贫道，盗也。本无好意，不知郎君艺若此，非贫道亦不支也。今日固无他，幸不疑耳，适来贫道所中郎君弹悉在。”乃举手搦脑后，五丸坠焉。……食毕，僧曰：“贫道久为此业，今向迟暮，欲改前非。不幸有一子技过老僧，欲请郎君为老僧断之。”

> 乃呼飞飞出恭（一作参）郎君。飞飞年才十六七，碧衣长袖，皮肉如腊。僧曰：“向后堂侍郎君。”僧乃授韦一剑及五丸，且曰：“乞郎君尽艺杀之，无为老僧累也。”引韦入一堂中，乃反锁之。堂中四隅，明灯而已。
>
> 飞飞当堂执一短鞭，韦引弹，意必中，丸已敲落。不觉跃在梁上，循壁虚蹑，捷若猱玃。弹丸尽，不复中。韦乃运剑逐

> 之，飞飞倏忽逗闪，去韦身不尺。韦断其鞭数节，竟不能伤。
>
> 僧久乃开门，问韦："与老僧除得害乎？"韦具言之，僧怅然。顾飞飞曰："郎君证成汝为贼也，知复如何。"僧终夕与韦论剑及弧矢之事。天将晓，僧送韦路口，赠绢百匹，垂泣而别。

其中，韦生善于打弹弓，也善于使剑，然天外有天，这位僧侠武功卓绝，其子飞飞更胜一筹。此篇从头至尾，没有写到老僧与其子行侠仗义之事，反而自称为盗。但从题名来看，又作《僧侠》，可见盗中也有侠，这从其礼待韦生，并善待其家眷上，即可见出：此盗非一般之"盗"，乃是"侠盗"。从整篇结构来看，其所写全在炫技上，而非行侠。将之列入"豪侠"类，而非"异僧"类，是有考量的，其目的或许就是为了突出侠客的武功，这在前代小说中尚不多见。

《车中女子》展现的则是罕见的轻功。故事写的是吴郡的一位举人入京求取功名时的奇遇。不料其所遇之人原来是一伙盗党，所谓车中女子即是其中的首领。小说写她坐车而来："年可十七八，容色甚佳，花梳满髻，衣则纨素。"跟从之人皆为后生，有十余人之多。先是请吴郡举人表演壁上行走的绝技，但只行得数步而已。女子曰：

> "亦大难事。"乃回顾坐中诸后生，各令呈技。俱起设拜。有于壁上行者，亦有手撮椽子行者。轻捷之戏，各呈数般，状如飞鸟。

后数日，复见这伙人中接洽他的两人，向他借马。第二天，宫中便失盗，唯抓到驮赃物之马，这马就是吴郡人的，遂把他收狱中，倒推入数丈深坑中。吴郡人——

> 仰望屋顶七八丈，唯见一孔，才开尺余。自旦入至食时，

见一绳缒一器食下，此人饥急，取食之。食毕，绳又引去。深夜，此人忿甚，悲惋何诉！仰望，忽见一物如鸟飞下，觉至身边，乃人也。以手抚生，谓曰："计甚惊怕，然某在无虑也。"听其声，则向所遇女子也。云："共君出矣。"以绢重系此人胸膊讫，绢一头系女人身。女人耸身腾上，飞出宫城，去门数十里乃下。云："君且便归江淮，求仕之计，望俟他日。"此人大喜，徒步潜窜，乞食寄宿，得达吴地。后竟不敢求名西上矣。

金庸分析此故事云："所描写的这个盗党，很有现代味道。首领是一个武功高强的美丽少女，下属都是衣着华丽的少年。这情形一般武侠小说都没有写过。盗党居然大偷皇宫的财宝，可见厉害。盗党为什么要找上这个举人，很引发人的想象。似乎这个苏州举人年少英俊，又有壁上行走的轻功，为盗党所知，女首领便想邀他入伙，但一试他的功夫，却又平平无奇，于是打消了初意。向他借一匹马，只不过是故意陷害，让他先给官府提去，再救他出来，他变成了越狱的犯人，就永远无法向官府告密了。"①这一推测，颇合乎小说故事的内在逻辑。但我们要注意的是，这篇小说的运笔重心似乎在如何引诱吴郡举人上，在车中女子如何搭救书生的高超技艺上。这分明是以炫技为创作目的，而不在这伙人是否是盗贼上。他们的引诱，也是事先经过调查、经过密谋的。即这伙盗党而言，所盗是皇宫的财物，而非打劫平民，所以将之收入"豪侠"类，职此之故，亦可将此篇仿照《僧侠》、《义侠》之名，命其为《盗侠》，可能更合适，它为后世的盗侠题材提供了一个范本。再说，"侠"本身并不能完全用道德观念来衡量，其做事，本就有出

① 金庸：《侠客行·三十三剑客图》(下)，广州出版社、花城出版社，2002年版，第649页。

人意料之处。对这位书生,不论是栽赃陷害,抑或是出于脱身之计,总之,救其于缧绁之中,也算对得起他了。“侠”之做事,往往如此。

诸如此类的武功描写,使“侠”的行为有了凭借,也丰富和扩大了“侠”的勇武形象和不凡气概,满足了读者对侠的审美诉求,成为武侠小说美学趣味和鉴赏价值的重要组成部分,以至于当代新武侠小说中,相当大的篇幅都是关于各种各样武功的展现,如失去了这一部分,便失去了小说的趣味。这也是新派武侠小说(如梁羽生、金庸)高于旧派武侠小说(如王度庐)之处。这些武功的刻画,追根溯源,正是受到唐传奇的影响所致。

(三)“报”的交往理性:“报恩”与“报仇”。

“士为知己者死”,是中国人最为崇尚的交友之道;“来而不往,非礼也”,是中国人一贯奉行的交往原则。这对“侠”而言,更是如此。他们可以为朋友两肋插刀,不计生死;亦可因一言不合,而拔刀相向;更可为报仇而无所不及,废弃一切。当然,这种重义轻死、千里寻仇的行为,不是无缘无故、不分对象的一时冲动,而是“侠客”们“为气任侠”的血性表现,深含着一个中国文化最为讲究、最为流行的“报”字。我们不妨将“报”,视为“侠”的交往理性(后面还要详细论到)。

“报”,从大的层面看,可划分为“报仇”与“报恩”两种类型。

就报仇而言,有仇不报,妄生人世;君子报仇,十年不晚云云,是其最简单最通俗的表述。这种思想,在唐代豪侠小说中体现得最为明显。其代表性作品有《谢小娥传》(李公佐)、《贾人妻》(薛用弱)和《崔慎思》(皇甫氏)等篇。

《谢小娥传》收入《太平广记》的《杂传类》,而非《豪侠》类。但其中的复仇情节和复仇精神，却对后世的侠义小说影响巨大。汪聚应将之收入《唐人豪侠小说集》，并对其流传情况作了详细的考释，其中特别提到此篇作品“类实”，《全唐文》卷七二五收录，《新唐书》卷二〇五据此将谢小娥采入《列女传》①。

故事写谢小娥八岁丧母，后嫁侠士段居贞。“居贞负气重义，交游豪俊”。小娥之父经常与居贞同舟行商，在小娥十四岁时，父与夫俱为盗所杀，跟随数十人，悉沉江底，“小娥亦伤胸折足，漂流水中”，被他船救获，后托身于妙果寺。父亲死时曾托梦于小娥曰：“杀我者，车中猴，门东草。”又数日，复梦其夫曰：“杀我者，禾中走，一日夫。”但苦于无法得解。后偶遇此文作者李公佐，李仔细审详，断出话中所隐之姓名：所谓“車中猴”者，“車”字去上下各一画，是“申”字。又申属猴，故曰“車中猴”。“草”下有“門”，“門”中有“東”，乃“蘭”字。又“禾中走”，是穿田过，亦是“申”字。“一日夫”者，“夫”上更一画，下有“日”，是“春”字。杀汝父的是申蘭，杀汝夫的是申春。小娥获知仇人姓名后，便女扮男装，遍访仇人踪迹，恰好行至浔阳地界，被申蘭招聘为佣人。申蘭与申春为同宗兄弟，来往密切，等二人相聚喝得大醉时，小娥抽佩刀先断申蘭之首，将申春反锁于房内，喊来众人，抓获申春。浔阳太守为其上旌表，乃得免死。后出家为尼，仍号小娥，以示“不忘本也”。

谢小娥非“侠”，而是一良家女子，但她的复仇行为和刚烈性格，却与“侠”之精神若合符节。前已引述到余英时先生的观点：自唐宋以降，“侠”的观念已逐渐和“武”分家了，“‘侠’已抽象化为

① 参见汪聚应：《唐人豪侠小说集》，中华书局，2011年版，第59—62页。

一种精神气概了”①。谁说谢小娥身上没有这种“侠”的精神气概呢？我们且听李公佐的评断：

> 君子曰：誓志不舍，复父夫之仇，节也；佣保杂处，不知女人，贞也。女子之行，唯贞与节，能终始全之而已，如小娥，足以儆天下逆道乱常之心，足以观天下贞夫孝妇之节。余备详前事，发明隐文，暗与冥会，符于人心。知善不录，非《春秋》之义也，故作传以旌美之。

李氏所言之“节”和“贞”，是从儒家伦理道德的角度立论的，但道德的刚性特征，恰与“侠”的节烈与信守，若合符节。所以后世称某人有侠风、侠气、侠节等等，大都与他们的道德伦理观念相合，二者很难区分。换句话说，唐代“侠风”之流行，对培养刚烈节义之人格，助莫大焉。

下面，说到《贾人妻》、《崔慎思》和《义激》。此三篇作品，内容接近，几无大的差别。前者是为夫复仇，后二者是为父复仇。

《贾人妻》写的是一妇人千里寻仇，来到长安。偶遇落魄县尉王立，邀至其家，一年后，生有一个儿子。一日夜归，意态遑遑，谓王立曰：“妾有冤仇，痛缠肌骨，为日深矣。伺便复仇，今乃得志，便须离京，公其努力。此居处，五百缗自置，契书在屏风中，室内资储，一以相奉。婴儿不能将去，亦公之子也，公其念之。”言讫，收泪而别，手提装有人头的革囊，“逾垣而去，身如飞鸟”。顷之，又返身而回，曰：“更乳婴儿，以豁离恨。”俄尔复去，“挥手而已”。等王立回到卧室，“小儿身首已离矣”。

《崔慎思》情节与此相类，严格地说，应该称作《崔慎思妾》较

---

①余英时：《侠与中国文化》，氏著：《现代儒学的回顾与展望》，生活·读书·新知三联书店，2004年版，第373、374页。

为合适。小说写道:“时月胧明,忽见其妇自屋而下,以白练缠身,其右手持匕首,左手携一人头。言其父昔枉为郡守所杀,入城求报,已数年矣,未得。今既克矣,不可久留,请从此辞。”遂手提革囊,“逾墙越舍而去”。去后复返,趁给孩子喂奶之际,杀之。作者在篇末代为解释曰:“杀其子者,以绝其念也。古之侠莫能过焉。”

《义激》与上两篇相仿佛。写的是一妇人来长安打工,与人不交流,莫知其身份。但“其色庄,其气颛,庄颛之声四驰,虽里中男子狂而少壮者,无敢侮”。居有一年,与同里人结婚,生有一子。这位妇人“忽有所如往,宵漏半而去,未辨色来归,于再于三”。一夜归来——

> 色甚喜,若有得者。及诘之,乃举先置人首于囊者,撤其囊,面如生。其夫大恐,恚且走。妇人即卑下辞气,和貌怡色,言且前曰:“我生于蜀,长于蜀,父为蜀小吏,有罪,非死罪也,法当笞。遇在位而酷者,阴以非法绳之,卒弃市。当幼,力不任其心,未果杀。今长矣,果杀之,力符其心者也。愿无骇。”又执其子曰:“尔渐长,人心渐贱尔,曰其母杀人,其子必无状。既生之,使其贱之,非勇也,不如杀而绝。”遂杀其子。……既出户,望其疾如翼而飞云。

作者于文末加按语曰:

> 蜀妇人求复父仇有年矣,卒如心,又杀其子,捐其夫,子不得为恩,夫不得为累。推之于孝斯孝已,推之于义斯义已。孝且义已,孝妇人也。……前以陇西李端言始异之作传,传备,博陵崔蠡(按,即作者)又作文,目其题曰《义激》,将与端言共激诸义而感激者,蜀妇人在长安凡三年,来于贞元二十年,嫁于二十一年,去于元和初。

据作者之言,此篇属实,确有为父复仇之蜀妇人。之所以命篇曰《义激》，一者在于人物是为义所激而采取的极端手段，二者在于作者为义所激而作是篇也。

关于“杀子”行为，后面还要在有关的论述中提到，此不复赘。就女主人为“复仇”而隐身埋名、不惜下嫁他人、又亲手杀掉孩子而言，三篇可以合起来看，互补有无。它一方面说明唐代社会之开放程度，不以失节为人生瑕疵，不以随意嫁人而有所非议，这在宋代不可想象；另一方面说明，“侠”之异于常人的刚烈与果决。手刃仇人的快活，仅从《义激》中的“色甚喜”三字可以见出。大仇一报，便飘身远去，毫无顾念。因为“复仇”是她们的终身大事，其他皆可放弃。

至于“报恩”的主题，所在多见。仅从前面所论之《红线》中，可略窥一斑。

红线为报潞州节度使薛嵩的优养，不惜犯险，独自一人身入险境，毫无惧怕之意，反以此为快。我们且听她的叙述：

> （盗盒成功后）出魏城西门，将行二百里，见铜台高揭，漳水东流；晨鸡动野，斜月在林。忿往喜还，顿忘于行役；感知酧德，聊副于依归。所以当夜漏三时，往返七百里，入危邦一道，经过五六城。冀减主忧，敢言其苦！

更重要的是，事成之后，这些侠客往往只身离去。因为“不矜其能，羞伐其德”，本就是他们的品行。

《昆仑奴》一篇也颇具典型性。该篇写的是崔生爱上一品大员家的歌姬红绡，分手时，红绡“立三指，又反掌者三，然后指胸前小镜子云：‘记取。’余更无言”。崔生不解其意，“语减容沮，恍然凝思”。昆仑奴磨勒告曰：“心中有何事，如此抱恨不已，何不报老奴？”并追问道：“但言，当为郎君释解，远近必能成之。”崔告知红绡的隐语，磨勒立即回云：“立三指者，一品宅中有十院歌姬，此乃第三院耳。返掌三者，数十五指，以应十五日之数。胸前小镜子，十五夜月圆如镜，令郎来耶。”磨勒先是孤身去一品之宅，击毙猛犬。其犬“其警如神，其猛如虎”，如磨勒所言：“世间非老奴不能毙此犬耳，今夕当为郎君挝杀之。”三更去，食顷而回，曰：“犬已毙讫，固无障塞耳。”当夜三更时分，磨勒身负公子，“逾十重垣，乃入歌妓院内，止第三门”，二人始得相见。磨勒先为红绡负其行李，“如此三复”，然后背起二人，“飞出峻垣十余重。一品之家守御，无有警者”。两年后事发，一品官——

遂命甲士五十人，严持兵仗围崔生院，使擒磨勒。磨勒遂持匕首，飞出高垣，瞥若翅翎，疾同鹰隼。攒矢如雨，莫能中之，顷刻之间，不知所向。……后十余年，崔家有人见磨勒卖药于洛阳市，容颜如旧耳。

关于“昆仑奴”的种族，金庸引郑振铎《中国文学史》曰近人大都认为他是非洲黑人，“但我忽发奇想，这昆仑奴名叫磨勒，说不定是印度人，磨勒就是摩罗。香港人不是叫印度人为摩罗差吗？唐代和印度有交通，玄奘就曾到印度留学取经，来几个摩罗人也不稀奇。印度人来中国，须越昆仑山，称为昆仑奴，很说得通。如果是非洲黑人，相隔未免太远了。武侠小说谈到武术，总是推崇少林。少林寺的祖师达摩老祖是印度人，一般武侠小说认为他是中国武术的创始人之一(但历史上无根据)。磨勒后来在洛阳市上卖药。卖药的生活方式，也似乎更和印度人相近，非洲黑人恐怕不懂药性。《旧唐书·南蛮传》云：‘自林邑以南，皆拳发黑身，通号为昆仑。’有些学者则认为是指马来人而言。”①汪聚应就认为，昆仑种族系今东南亚

①金庸：《侠客行·三十三剑客图》(下)，广州出版社、花城出版社，2002年版，第676—677页。

的马来西亚、爪哇等地土著，唐代豪门贵族多买其为家奴①。从文中看，这位土著的汉化程度已经很高了，竟然能不假思索，一语道破隐语中深藏的意思。更有奇者，武功高强，能飞檐走壁，疾如鹰隼一般。

这和上述作品一样，写轻功，爱用的是"飞"字。他们把报恩或复仇，看作本分之事，而且一旦事完，便功成身退，不留踪迹，隐姓埋名，不知所终。

三鬟女子亦是这样的人。此出于《潘将军》，写的是潘将军突然丢失了一僧人所赠之玉念珠一串，没有任何踪影。这串珠子曾保佑其富贵，视若性命一般。偶与王超言及此失窃之事，王超便心中留意，结识了一名三鬟女子，年可十七八，与母同居，以针纫为业，因熟识之故，遂与王超以甥舅称之。往来一年，王乘隙求她，三鬟女子曰："每感重恩，恨无所答，苦力可施，必能赴汤蹈火。"王便告以其事，女子答应明日在慈恩寺塔院相候还珠。第二天，两人到后，女子谓王曰：

> "少顷仰观塔上，当有所见。"语讫而走，疾若飞鸟。忽于相轮上举手示(王)超，歘然携念珠而下，曰："便可将还，勿以财帛为意。"

后拟赠礼以答谢，"明日访之，已空室矣"。其结局也和其他同类作品相仿。从三鬟女子的口气判断，失盗一事，似乎有惩戒潘将军之意：人生在世，不要只以财物为念。

(四)女侠形象的涌现：女性进入作家的视野。

唐传奇的另一显著特征是塑造了一大批女侠形象。著名的

①汪聚应：《唐人豪侠小说集》，中华书局，2011年版，第228页。

如聂隐娘（裴铏《聂隐娘》）、红线（袁郊《红线》）、谢小娥（李公佐《谢小娥传》）、崔慎思妾（皇甫氏《崔慎思》）、贾人妻（薛用弱《贾人妻》）、车中女子（皇甫氏《车中女子》）、三鬟女子（康骈《潘将军》）、红拂（杜光庭《虬髯客传》）等等。她们有的艺高胆大，富有豪迈之气；有的为报家仇，百折不挠，其心如铁；有的道术高明，神秘莫测。这种种女侠形象已改变了传统观念赋予女性的"性别特征"，相较于后世男侠为主的侠客世界，唐代的女侠可谓独树一帜，大放异彩，丝毫不逊于男性。这种特殊的景观，在文学的性别研究中，具有重要的意义和价值。

为了更清楚地了解该类作品的人物特点和结构形式，特选其中流传较广的篇目和人物，以表示之：

唐代小说中女侠分析表

女侠	身份	人物描写	游侠行为	特殊本领	结局	出处
聂隐娘	魏博大将聂锋之女。本为魏帅刺客。	无静态描写。	奉魏帅之命刺杀陈许节度使刘昌裔，服刘神算，反为其效命。报恩杀魏府杀手精精儿，又以幻术计退空空儿。	飞天之术（轻功）、神行术、幻术及善用化尸药水，是为方技一类。	辞别刘昌裔，渐不知所之。及刘薨，预测刘子有灾难，告知预防。自此无复有人见之。	裴铏《聂隐娘》
红线	潞州节度使薛嵩之婢女	“善弹阮，又通经史。”“梳乌蛮髻，攒金凤钗，衣紫绣短袍，系青丝轻履。胸前佩龙文匕首，额上书太乙神名。”	夜潜魏博节度使田承嗣寝帐盗其金盒，往返七百里。以是报主恩。保两地藩镇免于战火，使乱臣贼子知惧而退。	有神行术，善以簪珥刺人于昏睡。	薛嵩知其不可留，乃以歌为其饯别。红线伪醉离席，遂亡所在。	袁郊《红线》
红拂	司空杨素家之歌姬	“十八九佳丽人也，素面画衣”；“其肌肤、仪状、言词、气性，真天人也”；“以天人之姿，蕴不世之艺”。	慧眼识英才，投靠李靖，与虬髯客结为兄妹。	蕴不世之艺，善识豪杰。	与李靖结为夫妇，匡扶大业，遂为豪家。	杜光庭《虬髯客传》

续表

女侠	身份	人物描写	游侠行为	特殊本领	结局	出处
蜀妇人	以傭人身份居长安里中。	“其色庄，其气颛。”	其父被有司枉杀。为报父仇，寻仇至京，后大仇得报，杀子而去。	宵漏半而去，未辨色来归。取仇人首级置于囊。离别后，疾如翼而飞去。	杀其子，谢其夫，悄然远遁。	崔蠡《义激》
崔慎思之妾	崔慎思妾	“年三十余，亦有容色。”	父昔枉为郡守所杀，入京隐姓埋名，伺机报仇。后手刃仇人，杀子远遁。	以白练缠身，自屋顶而下。走时逾垣而去，身如飞鸟。	言讫而别，遂逾墙越舍而去。又返身杀其子以绝其念。	皇甫氏《崔慎思》
贾人妻	贾人之妻，打理生意。	“美妇人”，有姿色。	为报夫仇，隐姓埋名于京城，假婚姻以藏身，后取仇人之首，杀子远遁。	取仇人首级，挈囊逾垣而去，身如飞鸟。	远遁后，不知其音间。	薛用弱《贾人妻》

续表

女侠	身份	人物描写	游侠行为	特殊本领	结局	出处
三鬟女子	不知来历	“年十七八，衣装蓝缕，穿木屐。”	为报恩，愿“赴汤蹈火”。	疾若飞鸟，至慈恩寺塔上，取珠歘然而下。	事毕后访之，已空室矣。	康骈《潘将军》
车中女子	盗党贼首	“年可十七八，容色甚佳，花梳满髻，衣则纨素。”	谋略超群，敢于入宫盗宝。	盗宝牵连吴郡举人，车中女子夜入禁宫，救其飞出宫城。	不知所终。	皇甫氏《车中女子》
谢小娥	估客之女，侠士段居贞之妻。	“貌厚深辞，聪敏端特。”	父与夫皆为盗所杀，小娥受父与夫之托梦，得知仇人姓名，女扮男装为父夫报仇。	气节贞烈，忍辱负重。	矢志不嫁，出家为尼，仍以小娥为法名。	李公佐《谢小娥传》

唐传奇中的侠义小说不独内容精彩丰富，其作品的艺术性，较之汉魏六朝“志人志怪”之“粗陈梗概”者，已不可同日而语。宋人赵彦卫《云麓漫钞》卷八云：“唐世举人，先籍当世显人，以姓名达之主司。然后以所业投献，逾数日又投，谓之‘温卷’，如《幽怪录》、《传奇》等皆是也。盖此等文备众体，可见史才、诗笔、议论。”①可见，唐传奇与诗歌、散文一样，均为上层文人和上层社会的产物。陈寅恪先生指出：“唐代贞元元和间之小说，乃一种新文体，不独流行当时，复更辗转为后来所则效，本与唐代古文同一原起及体制也。唐代举人之以备具众体之小说之文求知于主司，即与以古文诗什投献者无异。”而唐代小说与诗歌之关系“为一不可分离之共同机构”②。对此，周绍良先生有所辨析，据他的考证，赵彦卫之说，并不完全符合事实，一些流传至今的传奇，其写作年代并不是在作者应试之前，所以笼统地把传奇都认为是“行卷”“温卷”之作，有悖实际③。但不论何种情形，“文备众体”，则是唐传奇的一大创造，也是其对小说发展的一大贡献，从此中国才有了真正意义上的“小说”文体。

综上所述，唐代的侠义小说由于创作者的学养及地位，决定了其文化品位之雅，艺术水准之高。因此可以说唐传奇中的侠义类小说既是中国古代文言侠义小说的开端，同时也将其推向了成熟阶段。此外，唐代的侠义小说对后世侠义小说的发展影响也至为巨大，作为侠义小说基本元素的行侠主题、行侠手段以及侠客

①（宋）赵彦卫撰，张国星校点：《云麓漫钞》，辽宁教育出版社，1998 年版，第 8283 页。

②陈寅恪：《元白诗笺证稿》，上海古籍出版社，1978 年版，第 4 页。

③周绍良：《唐传奇笺证》，人民文学出版社，2000 年版，第 7—8 页。

形象,在唐代小说家笔下已具规模。这些都直接激发了后世创作者的灵感,并为之提供了再想象的空间与再创作的原型。

最后,有必要再多说几句。余英时先生从历史的角度指出:“我们有理由相信‘豪侠’传奇在一定程度上反映了唐代的社会实况。”①我们是否可以这样来表述:唐代文化之所以活力四射,富于阳刚之气,“侠文化”在其间起到某种重大作用。唐代的边塞诗之所以大盛,也与当时流行的侠风不无关系。对此,宋初李昉等人的感受最为深切,在所编《太平广记》中以“豪侠”来命名此类侠义作品,除过承接汉代之名外,“豪”之一字,也正好是对唐代文化阔大豪放之气的概括,从中足以让人感受到唐代文化受侠风影响的程度。至宋代以降,随着新儒家的兴盛,道德规范愈来愈严酷,影响所及,“侠”的雄豪之气,逐渐有所收敛,遂向“英雄”迈进。化用李德裕的话说,“英雄非侠不立,侠非英雄不成”。侠与英雄的结合,成为由宋迄清的时代主旋律。于是随着中国文化之愈益烂熟,侠风侠气也慢慢消失殆尽。至晚清,人们对侠的呼唤,正说明侠的生命已经走到尽头了。

第三节　古代侠义小说的发展期

——宋明时期的文言侠义小说

至宋开始,侠义小说的发展沿着文言与白话两种语言形式向前推进,但其趋势和结果却迥然不同。本节只对宋明时期的文言侠义小说作一简单勾勒。

---

①余英时:《侠与中国文化》,氏著:《现代儒学的回顾与展望》,生活·读书·新知三联书店,2004年版,第369页。

自从唐传奇树立了文言侠义小说的典范之后，至宋并无大的发展，反而有衰落之势。较之唐人的“作意好奇”，宋代的文言小说较少自我的创新与突破，作品显露出的才华与气魄，也有所不足。但“侠义类”作为一个小说类型的观念在宋人心目中已成形，宋太宗太平兴国年间李昉奉敕监修的《太平广记》，被《四库全书总目》称为“小说家之渊海”①，其中就设有“豪侠类”，前已述及。同时，也出现了侠义类小说的专书，如吴淑的《江淮异人录》。

吴淑为《太平广记》的参编者之一，所著《江淮异人录》，《四库全书总目》云：“是编所记，多道流、侠客、术士之事，凡唐代二人，南唐二十三人。……淑书所记，则《周礼》所谓‘怪民’，《史记》所谓‘方士’，前史往往载之，尚为事之所有。……《宋史》淑本传载是书三卷，而陈振孙《书录解题》作二卷，《宋史·艺文志》亦同。则列传以二为三，由字误矣。是书久无传本，今从《永乐大典》中掇拾编次，适得二十五人之数，首尾全备，仍为完书。”②其中的羽道术士之流，实与侠有相通之处，有的已为侠之一种。将他们集为一编，说明这些人在“异行”上并无大的区别。由此也可见，宋人的类型意识已非常强烈。鲁迅先生评论该书曰：

> 《江淮异人录》三卷，今有从《永乐大典》辑成本，凡二十五人，皆传当时侠客术士及道流，行事大率诡怪。唐段成式作《酉阳杂俎》，已有《盗侠》一篇，叙怪民奇异事，然仅九人，至荟萃诸诡幻人物，著为专书者，实始于吴淑，明人钞《广记》

①四库全书研究所整理：《钦定四库全书总目》（整理本·下），中华书局，1997年版，第1882页。

②四库全书研究所整理：《钦定四库全书总目》（整理本·下），中华书局，1997年版，第1881—1882页。

> 伪作《剑侠传》又扬其波，而乘空飞剑之说日炽；至今尚不衰。①

这种类型学的编纂方式，也直接启发了后世专门辑录侠客的文言小说集的产生。明清两代的《剑侠传》（明王世贞）、《续剑侠传》（清郑官应）等就是直接承此而来的，其命名也更加明确。罗立群先生据此论道："《江淮异人录》其中较著名的武侠小说有《张训妻》、《洪州书生》、《潘扆》等篇，皆收入明代小说集《剑侠传》。这部小说集直接导致了明代《剑侠传》的产生，并为民国初年的奇幻派剑侠小说张了本。"②若从这一角度来看，《江淮异人录》自有其小说史意义，其中的《洪州书生》、《张训妻》、《聂师道》、《李胜》、《潘扆》、《江处士》等篇俱为侠义小说的代表作，在后世流传甚广。

除了专门的侠义小说集外，宋代的其他文言侠义小说还散见于宋人的各类笔记集中。例如孙光宪的《北梦琐言》一书，记载唐五代时期的政治史闻、士大夫言行和风土人情，其中的《荆十三娘》、《许寂》、《丁秀才》等，是较为优秀的侠义小说，而这三篇也被选入《太平广记》"豪侠"类。另有南宋刘斧的《青琐高议》一书，多记宋时怪异故事及诸杂传记，其中《李诞女》、《王寂传》、《任愿》、《王实传》等，均记有侠客之事。《青琐高议》虽然未设侠义小说门，但按其篇章卷目安排，将《王寂传》、《王实传》、《任愿》等三篇小说编为一卷，可以推测，刘斧也具有较明确的侠义小说的文类意识。

另有洪迈的《夷坚志》，影响颇大。《四库全书总目》云："是书

---

①鲁迅：《中国小说史略》，《鲁迅全集》第九卷，人民文学出版社，1981年版，第100页。

②罗立群：《中国武侠小说史》，辽宁人民出版社，1990年版，第81页。

所记，皆神怪之说，故以《列子》‘夷坚’事为名。”①其中《花月新闻》、《侠妇人》、《解洵娶妇》、《郭伦观灯》、《霍将军》等篇，皆为侠义小说，此外《阆州通判子》、《八段锦》两篇虽属志怪，但亦有武侠因素。其中《义妇复仇》的杀子行为，与唐传奇《贾人妻》、《崔慎思》、《义激》等，有其相类之处，很可能是受前者影响而来的，不失为“杀子”情节的又一典型文本。尽管此位“义妇”看起来不会武功，但仅凭她的侠烈之气和刚强性格，将之置于“侠”的行列，不但毫无愧色，反而为“侠”增光不少。好在此故事不长，不妨全文照录：

宋福州赵某作江夏簿，任满，寓邑寺。日久，僧厌之。簿每旦诣殿炷香，僧伪信与其妻，置炉下。簿见诘，妻不能明，讼离之。僧受杖归俗为商。簿赴临安知录。妻与婢寓鄂州，卖酒自给。僧托媒问姻，越数年，生二子矣。值中秋对月饮乐，僧偶言故，妻伺其醉，并二子杀之，赴官首焉。官义之，免其罪。时簿再任和州知录，闻其事，复合焉。时理宗朝淳祐戊申年也。②

《聊斋志异·细侯》中也有一个细侯“杀抱中儿”的行为，何守奇在评点时称之为“女侠”。我们也仿此，将此篇当作侠义小说来读。恰好与上述唐传奇的杀子情节，构成一个“杀子”系列。

上承唐传奇之“义”而来的，还有《郭伦观灯》：

京师人郭伦，元夕携家观灯，归差晚，过委巷，值恶少年

---

①四库全书研究所整理：《钦定四库全书总目》（整理本·下），中华书局，1997年版，第1884页。

②（宋）洪迈撰，何卓点校：《夷坚志·夷坚志再补》，中华书局，2006年第2版，第1797页。

> 十辈，行歌而前，联袂喧笑，睢盱窥伺，将遮侮之。伦度力不能胜，窘甚，忽有青衣角巾道人来，责众曰：“彼家眷夜归，若辈那得无礼！”众怒曰：“我辈作戏，何预尔狂道事！”哄起攻之。妇女得乘间引去，伦独留，道人勃然曰：“果欲肆狂暴邪？吾今治汝矣！”挥臂纵击，如搏婴儿。顷之，皆颠仆哀叫，相率而遁。道人徐徐行，伦追步拜谢曰：“与先生素昧平生，忽蒙救护，脱妻子于危难，先生异人乎！不胜感戴之私，念有以报德，敢问何所欲？”曰：“吾本无心，偶见不平事，义不容已，吾于世了无所欲，岂望报哉！能为一醉足矣。”伦喜，邀至家，买酒痛饮（明钞本多“几百杯”三字）。辞去，伦曰：“先生何之？”曰：“吾乃剑侠，非世人也。”掷杯长揖，出门数步，耳中铿然有声，一剑跃出（明钞本多“叱之”二字）坠地，蹑之腾空而去。（上二句明钞本作“足蹑而起，掩冉腾空而去”。）①

这简直就是对司马迁《游侠列传》的事实例证和故事注解。其中“义不容已”四字，是对侠之所以为侠的最好解释；其嗜酒如命，是对侠之所以为侠的行为注解。后世写侠（尤其是白话小说），基本就是循此例而来，诚如金圣叹评鲁智深所言：“遇酒便吃，遇事便做，遇弱便扶，遇硬便打，如是而已矣。”②

另有《秀州刺客》一篇，更是对“侠”之人格境界的提升。该篇指名道姓，很可能于史有征，但它与唐传奇《李龟寿》在故事情节上，却有相类之处。陈平原认为二者“与古刺客之不讲是非但问

---

①（宋）洪迈撰，何卓点校：《夷坚志》，中华书局，2006 年第 2 版，第 1676—1677 页。

②（清）金圣叹评点：《第五才子书施耐庵水浒传》（上），中州古籍出版社，1985 年版，第 104 页。

恩仇又自不同”，前已引到。但二者演进的痕迹，却非常清楚。李龟寿是被晋国公的人格魅力所征服，复被花鹊识破，此即所谓“感公之德，复为花鹊所惊，形不能匿”，才作出如此决定——“公若舍龟寿罪，愿以余生事公。”颇有“良士择主而事”的性质（聂隐娘亦复如此），带几分“私剑”的成分。《秀州刺客》却有所有区别：首先，张魏公在秀州是因为当时苗、刘作乱，他是来“议举勤王之事”的，其任务关乎国家大事，非同寻常。其次，不杀张的原因，主要出自刺客对大是大非的分辨——

> （张魏公）一夕独坐，从者皆寝，忽一人持刃立烛后。公知为刺客，徐问曰：“岂非苗傅、刘正彦遣汝来杀我乎？”曰：“然。”公曰：“若是，则取吾首以去可也。”曰：“我亦知书，宁肯为贼用？况公忠义如此，岂忍加害！恐公防闲不严，有继至者，故来相告尔。”公问：“欲金帛乎？”笑曰：“杀公何患无财！”“然则留事我乎？”曰：“我有老母在河北，未可留也。”问其姓名，俛而不答，摄衣跃而登屋，屋瓦无声。时方月明，去如飞。①

为了坐实刺客所言不假，下面还特别交代了一句：“夜来获奸细。”篇末，作者不但认为他要“贤于鉏麑（按，鉏麑是春秋晋灵公时的力士，灵公无道，赵盾数谏，灵公患之，使鉏麑往杀之。因赵盾之贤，感动了鉏麑，不忍下手，又无以报命，乃触庭槐自杀）”，而且赞曰：“孰谓世间无奇男子乎？殆是唐剑客之流也。”从此篇可大致窥测出，至宋，在侠客的塑造上，已由唐代的“义”向“忠义”转换。另外，其不愿意留于张魏公麾下，是因为老母在堂。这又显示出他是个孝子。由“孝”见“忠”，正是古代人惯用的推理逻辑和

①（宋）罗大经撰，王瑞来点校：《鹤林玉露》，中华书局，1983年版，第45页。

演绎方式。

除了孙光宪、吴淑、刘斧、洪迈等代表作家的作品外，宋代的其他各类笔记中，也有一些较零散的文言侠义小说作品，如张齐贤的《白万州遇剑客》(《洛阳搢绅旧闻记》)、沈括的《定远弓箭手》(《梦溪笔谈》)、王铚的《韦洵美》(《补侍儿小名录》，一名《崔素娥》)、费衮的《盗智》(《梁溪漫志》)、沈俶的《我来也》(《谐史》)、周密的《汤某》(《癸辛杂识》，一名《王小官人》)、佚名的《虬须叟》(《北窗记异》)、张师正的《张乖崖》(《倦游杂录》)等等。

明代的文言侠义小说与宋代状况大体相同，并无太大发展，除了继承《江淮异人录》而来的专门的侠义小说集之外，其他的均散见于各类笔记中。

王世贞伪托段成式所编的《剑侠传》四卷，是继吴淑《江淮异人录》之后，明确地以“剑侠”命名的侠义小说专集。《四库全书总目》列入子部“小说家类存目”，判定其系“明人剿袭《广记》之文，伪题此名也”①。而余嘉锡先生在《四库提要辨证》中，对此考证颇详，而且对我们理解“侠”也有其重要意义，故不妨录之如次：

> 案王世贞《弇州山人四部稿》卷七十一录文十六首，皆其自著书之序，有《剑侠传小序》曰：“凡剑侠，经训所不载，其大要出庄周氏、《越绝》、《吴越春秋》，(小字注：谓《庄子》有《说剑篇》，《越绝书》、《吴越春秋》皆有宝剑事也。)或以为寓言之雄耳。至于太史公之论庆卿也，曰：‘惜哉，其不讲于刺剑之术也！’则意以为真有之。不然，以项王之武，喑呜叱咤，千人皆废，而乃曰无成哉！(小字注：谓《项羽本纪》言其学剑不成

①四库全书研究所整理：《钦定四库全书总目》(整理本・下)，中华书局，1997年版，第1907页。

也。)夫习剑者,先王之僇民也。然而城狐遗伏之奸,天下所不能请之于司败,而一夫乃得志焉。如专、聂者流,仅其粗耳,斯亦乌可尽废其说。然欲快天下之志,司败不能请,而请之一夫,亦可以观世矣。余家所蓄杂说剑客身夥,间有慨于衷,荟撮成卷。时一展之以摅愉其郁。若乃好事者流,务神其说,谓得此术不试,可立致冲举,此非余所敢信也。"世贞以其父忬为严嵩父子所害,而己不能报,恨当时之为司寇者,怵于嵩之威权,不敢治其误国之罪,坐令流毒四海。因思此时若有古之剑侠其人者出,闻人诉其不平,必将投袂而起,操方寸之刃,直入权相之卧内,斩其首以去,则天下之人心当为之大快。故曰:"欲快天下之志,司败不能请,而请之一夫"云云。则世贞著书之意,岂不大彰明较著也哉。所谓时一展之,以摅愉其郁者,盖世贞著此书时,嵩父子尚未败,以己有杀父之仇,终天之恨,而无所投诉,故常郁郁于心,聊复为此以快意云尔。若世贞者,可谓发愤而著书,其志可悲,故其书足以自传,(小字注:世贞著书时,《太平广记》尚未刻行,《夷坚志》更无人见。)原未依托古人。①

话说得极为清楚,此为王世贞所辑,殆无疑义,甚至连他撰著的心理也呈示无遗,对"侠"的作用和功能,也一并作了交代,可视为善窥古人之心的一篇重要的论侠之作。

《剑侠传》共辑录剑侠故事三十三则,从篇目及分卷来看,共收录东汉作品一篇,唐五代作品十六篇,宋人作品十六篇。其中十九篇与《太平广记》"豪侠"类的类别相同。为了了解该传的内容,特列其目录如下:

---

①余嘉锡:《四库提要辨证》(三),中华书局,2007 年第 2 版,第 1173—1174 页。

卷一:《老人化猿》(赵晔《吴越春秋》);
《扶余国王》(杜光庭《虬髯客传》);
《嘉兴绳技》(皇甫氏《原化记》);
《车中女子》(皇甫氏《原化记》);
《僧侠》(段成式《酉阳杂俎》);
《京西店老人》(段成式《酉阳杂俎》);
《兰陵老人》(段成式《酉阳杂俎》);
卷二:《卢生》(段成式《酉阳杂俎》);
《聂隐娘》(裴铏《传奇》);
《荆十三娘》(孙光宪《北梦琐言》);
《红线》(袁郊《甘泽谣》);
《田膨郎》(康骈《剧谈录》);
卷三:《昆仑奴》(裴铏《传奇》);
《许寂》(孙光宪《北梦琐言》);
《丁秀才》(孙光宪《北梦琐言》);
《潘将军》(康骈《剧谈录》);
《宣慈寺门子》(王定保《唐摭言》);
《李龟寿》(皇甫枚《三水小牍》);
《贾人妻》(薛用弱《集异记》);
《虬须叟》(佚名氏《北窗记异》);
《韦洵美》(王铚《补侍儿小名录》);
《李胜》(吴淑《江淮异人录》);
《乖崖剑术》(何薳《春渚纪闻》);
卷四:《秀州刺客》(罗大经《鹤林玉露》);
《张训妻》(吴淑《江淮异人录》);
《潘扆》(吴淑《江淮异人录》);

《洪州书生》(吴淑《江淮异人录》);

《义侠》(皇甫氏《原化记》);

《任愿》(刘斧《青琐高议》);

《花月新闻》(洪迈《夷坚志》);

《侠妇人》(洪迈《夷坚志》);

《解洵娶妇》(洪迈《夷坚志》);

《郭伦观灯》(洪迈《夷坚志》)。

从上可见,所选多属脍炙人口之作,而且在汇集时也作了一些程度不同的改写。其内容较广,或赞扬侠客扶危济困,或描写侠客报恩复仇,或描绘剑术的神奇莫测,或寄托作者的家国理想,总之是中国古代剑侠小说精粹的选本,对侠的流传,厥功至伟;对后世的创作,影响至大。这从当时凌濛初“二拍”的多处提及中,从当代武侠小说大师金庸对之翻译、评说上,亦可略窥一斑。

继《剑侠传》之后,又有徐广编纂《三侠传》二十卷,采摘历代正史与说部中男女侠烈人物而成,其中十二卷记男侠七十人,八卷记女侠一百〇八人。万历四十年(1612),又有一刻本题《二侠传》,收录人物较多,但有许多并非侠义之士,因此此书还算不上典型的侠义小说集。

此外,王世贞编辑,汤显祖作叙的《艳异编》、《艳异续编》中,分别单列“义侠部”。《艳异编》“义侠部”计收《乐昌公主》、《虬髯客传》、《柳氏传》、《无双传》、《红线传》、《昆仑奴传》、《车中女子》、《聂隐娘传》、《花月新闻》,凡九篇。《艳异续编》“义侠部”计收《剑客》、《虬须叟》、《申屠氏》、《碧线传》,凡四篇。这十三篇多数被《剑侠传》所收。

此外,明人各类笔记小说集中的文言侠义小说较为可观的还有:《秦士录》(宋濂),《青城舞剑录》(李祯《剪灯余话》),《刘东山》、《朱丐儿》、《侠客》(宋懋澄《九籥别集》),《张二郎》(李绍闻《云间杂志》),《青丘子》(钱希言《獪园》),《毛生》(《乐宫谱》)等篇。

宋明的文言侠义小说中的侠客形象,大多承袭唐人的创造,但更加走向搜奇记异之途,这从《四库全书总目》提要的介绍中,亦可窥其大概。然也不可否认,其行为有更加自觉的一面,较著名者如路见不平、拔刀相助的侠客洪州书生(《洪州书生》)、韦洵美(《韦洵美》)、虬须叟(《虬须叟》)、荆十三娘(《荆十三娘》)、角巾道人(《郭伦观灯》)、青巾者(《任愿》)、汪十四(《汪十四》)等人的侠行,大都如前引洪迈《郭伦观灯》中的角巾道人自称的那样:"吾本无心,偶见不平事,义不容已。"将侠客见义勇为、锄强惩恶的侠行上升到一种"不容已"的心理高度和自觉自为的程度之上,并将之统摄在"义"的范畴之内,分明是上承唐代侠义小说而来的;其不望回报的精神,则是直接上承司马迁《游侠列传》而来的。其对"侠"的改造,在创新中有传承,在传承中有创新。

这里还须提及的是宋明文言侠义小说中对"异"的强调。其实唐代的"豪侠"小说就爱使用"异人"来代替侠客或刺客,如潞州节度使薛嵩直接称红线曰:"我知汝是异人。"(《红线》)又如聂隐娘之父死后,魏帅"稍知其异,遂以金帛署为左右吏",如此等等,前已举到。这些侠客的一大特点便是多为充满神秘色彩的"异人",所行之事也大多是神不可测的"异行"。"异"似乎成了他(她)们之为人与行侠的专用名词。这从《江淮异人录》、《夷坚志》、《续夷坚志》(金元好问撰)、《广夷坚志》(旧题明杨慎撰)、《剑侠传》、《闲窗括异志》(宋鲁应龙撰)、《峡山神异记》(宋黄辅撰)、《逸史搜奇》(明汪云程编)等等笔记小说集的命名中,亦可窥见。这些异人行事诡异,往往拥有高超的道术或剑法,有的甚至就是道流或仙佛。这一点在唐代文言侠义小说的基础上表现得更加充分。前面提及的洪州书生(《洪州书生》)、虬须叟(《虬须叟》)、荆十三娘(《荆十三娘》)、角巾道人(《郭伦观灯》)等人,都是神秘的剑侠,他们行侠所凭借的就是超凡的本领。洪州书生自称方外之士,来去形如鬼魅,并有化尸粉之类的秘药;角巾道人自称:"吾乃剑侠,非世人矣。"这是由于在茫茫人海之中,时有强梁横行,芸芸众生的生命无从保障,所以才寄希望于"非世人"式的"剑侠"来惩奸除恶,于是便赋予他们奇异的本领。金圣叹在《读第五才子书法》中对此有极为深刻的论述:

> 大凡读书,先要晓得作书之人,是何心胸。如《史记》须是太史公一肚皮宿怨发挥出来,所以他于《游侠》、《货殖》传,特地着精神,乃至其余诸记传中,凡遇挥金杀人之事,他便啧啧赏叹不置。一部《史记》,只是"缓急人所时有"六个字,是他一生著书旨意。①

"缓急人所时有"一句,正出自《史记》中的《游侠列传》,这是从社会学的角度作出的分析。另从人物塑造的角度看,"异人""异行",相对的是"常人""常行",这是对侠客特殊性格与特殊行为的高度概括。后世侠义小说的创作,大都是从这两个方面着笔的。金庸小说中的"四大恶人",虽然有的行事偏激,有的行为乖张,但其行为和性格均可用"异"之一字来概括。这些描写,不能不说是受此影响而来的,只是善恶有别而已。

除此之外,宋明文言侠义小说还刻画了一批纯粹展示剑术或方术的侠客,例如《丁秀才奇术致物》、《许寂》、《江处士》、《潘扆》、

---

①(清)金圣叹评点:《第五才子书施耐庵水浒传》,中州古籍出版社,1985年版,第17页。

《李胜》、《汤某》、《青城舞剑录》等即是。它们或为剑侠之剑术的展示，或为纯粹炫耀奇幻的道术。如：

潘扆者，大理评事潘鹏之子也。少居于和州，樵采鸡笼山以供养其亲。尝过江至金陵，泊舟秦淮口。有一老父求同载过江，扆敬其老，许之。时大雪，扆市酒与同载者饮。及江中流，酒已尽，扆甚恨其少，不得醉。老父曰："吾亦有酒。"乃解巾，于髻中取一小葫芦子倾之，极饮不竭。及岸，谓扆曰："子事亲孝，复有道气，可教也。"乃授以道术。扆自是所为绝异，世号曰"潘仙人"。尝至人家，见池沼中落叶甚多，谓主人曰："此可以为戏。"令以物漉之，取置之于地，随叶大小，皆为鱼。更弃于水，叶复如故。有蒯亳者，请扆为术，以娱坐宾。扆顾见门前有铁店，请其砧以为戏。既至，扆乃出一小刀子，细细切之至尽。坐客惊愕。既而曰："假人物，不可坏也。"乃合聚之，砧复如故。又尝于袖中出一幅旧方巾，谓人曰："勿轻此。非人有急，不可从余假之，他人固不能得也。"乃举以蔽面，退行数步，则不复见。能背本诵所未尝见书，或卷而封之，置之于前，首举一字，则诵之终卷。其间点注涂乙，悉能知之。所为此类，亦不复尽记。后亦以病卒。①

又，《北梦琐言》记载曰：

朗州道士罗少微，顷在茅山紫阳观寄泊。有丁秀才者，亦同寓于观中，举动风味，无异常人。然不汲汲于仕进，盘桓数年，观主亦善遇之。冬之夜，霰雪方甚，二三道士围炉，有肥羜美酝之羡。丁曰："致之何难？"时以为戏，俄见开户奋袂

①（宋）吴淑：《江淮异人录·潘扆》，《宋元笔记小说大观》，上海古籍出版社，2007年版，第251页。

而去。至夜分，蒙雪而回，提一银榼酒，熟羊一足，云浙帅厨中物。由是惊讶欢笑，掷剑而舞，腾跃而去，莫知所往，唯银榼存焉。观主以状闻于县官。诗僧贯休《侠客诗》云："黄昏风雨黑如磐，别我不知何处去？"得非江淮间曾聆此事而构思也？（小字注曰：《广记》一百九十六。）①

这些作品中的剑侠异士并无多少侠义行径，只不过是拥有过人的本领和出人意料之"异"而已。对"异"的关注，是有传统的。明代胡应麟云：

幼尝戏辑诸小说为《百家异苑》，今录其序云：自汉人驾名东方朔作《神异经》，而魏文《列异传》继之，六朝、唐、宋凡小说以"异"名者甚众，考《太平御览》、《广记》及曾氏、陶氏诸编，有《述异记》二卷、《甄异录》三卷、《广异记》一卷、《旌异记》十五卷、《古异传》三卷、《近异录》二卷、《独异志》十卷、《纂异记》一卷、《灵异记》十卷、《乘异记》三卷、《祥异记》一卷、《续异记》一卷、《集异记》三卷、《博异志》三卷、《括异志》一卷、《纪异录》一卷、《祖异记》一卷、《采异记》一卷、《摭异记》一卷、《贤异录》一卷，此外如异苑、异闻、异述、异诚诸集，大概近六十家，而李翱《卓异记》、陶毂《清异录》之类弗与焉。今世有刻本者，仅《神异》、《述异》数家，余俱不行，乃其事大半具诸类书，郑渔仲所谓名亡实存者也。……昔苏子瞻好语

①按，上海古籍出版社将孙光宪所撰之《北梦琐言》收入《唐五代笔记小说大观》；又在1981年将之纳入"宋元笔记丛书"，出版单行本，标明孙光宪为宋人。孙氏生年不详，卒于宋开宝元年（968），系横跨唐、宋之间的人。《太平广记》卷一九六将本篇收入《豪侠》类，题曰《丁秀才》。上海古籍出版社编《唐五代笔记小说大观》题曰《丁秀才奇术致物》，见《唐五代笔记小说大观》，上海古籍出版社，2000年版，第1975页。

怪,客不能则使妄言之,庄周曰:“余故以妄言之而汝故妄听之。”知庄氏之旨则知苏氏之旨矣。①

由此可见,记“异”的传统,源远流长,但宋明时期文言笔记小说在记“异”上,既没有了六朝时期对待鬼神的虔诚态度,也没有了唐人的“作意好奇”,兼之“宋人所记乃多有近实者,而文采无足观”,而明朝“新、余等话本出名流,以皆幻设而时益以俚俗”②。我们则只好听从庄子之言来对待之:“余故以妄言之而汝故妄听之。”

同样是面对这类神秘莫测的剑技与方术,宋人与唐人的态度也有较大的差别。陈平原教授敏锐地指出:“唐代小说家对侠客是满腔热情地欢迎,宋代小说家则是敬而远之。同样是认为侠客了不起,充满崇拜之情,唐代小说家恨不能投身门下,而宋代小说家则拒之门外。……这只能归之于其时的整个时代氛围,大概文人自信有可能走正轨入仕途,没必要仰慕江湖侠客或术士。另外还有一点,宋传奇中的道德教诲比唐传奇浓多了。”③这一勾勒,划出了唐、宋侠义小说的重大区别,对我们启发良多。

鲁迅先生指出:“宋一代文人之为志怪,既平实而乏文彩;其传奇,又多托往事而避近闻。拟古且远不逮,更无独创之可言矣。”④又云:“其文平实简率,既失六朝志怪之古质,复无唐人传

①(明)胡应麟:《少室山房笔丛·二酉缀遗中》,上海书店出版社,2009年版,第363—364页。

②(明)胡应麟:《少室山房笔丛·二酉缀遗中》,上海书店出版社,2009年版,第371页。

③陈平原:《千古文人侠客梦》,新世界出版社,2002年版,第37—38页。

④鲁迅:《中国小说史略》,《鲁迅全集》第九卷,人民文学出版社,1981年版,第110页。

奇之缠绵。"①这显然是根据胡应麟的观点而来的。胡应麟云："小说，唐人以前纪述多虚而藻绘可观，宋人以后论次多实而彩艳殊乏。盖唐以前出文人才士之手，而宋以后率俚儒野老之谈故也。"②另外，宋代文言小说的文风与思想也与其时代的史学趣味与理学观念有密切关系，读来别有一番滋味，但从文言侠义小说发展的角度来看，确实较少创新与突破。明代的文言侠义小说似乎注意到这一教训，看重"作意好奇"的传奇体，其内容也不若宋人之多托古事，往往多采集近闻。如著名的文言小说"三灯丛话"——《剪灯新话》、《剪灯余话》、《觅灯因话》，即是传奇体，有"文题意境，并抚唐人"③的痕迹。又如《青城舞剑录》便颇有上追唐人之意，叙事曲折，且多有"诗笔"，只是从总体上缺乏唐人传奇之神韵与华彩。明末大量编纂辑录之书的刊行也启发了后代对"传奇"的重视，以致清代出现了文言小说的巅峰之作——"用传奇法而以志怪"的《聊斋志异》。

还需特别指出的是，在明代，侠的范围甚广，侠之所及，已进入"情"域。明末冯梦龙编辑的《情史》，设有"情侠类"，共收作品三十六篇，所记载多为情爱上各种各样的侠义之举。有为真爱敢于违抗父母之命而与所爱之人私奔的大胆直率之女，如《卓文君》、《红拂妓》等；有为解救心爱之人而忍辱负重之妇，如《沈小霞妾》、《邵金宝》等；还有路见不平、慷慨出手，以成全他人之爱情

①鲁迅：《中国小说史略》，《鲁迅全集》第九卷，人民文学出版社，1981年版，第100页。

②（明）胡应麟：《少室山房笔丛·九流绪论》下，上海书店出版社，2009年版，第283页。

③程毅中：《〈剪灯新话〉与明代古体小说》，氏著：《明代小说丛稿》，人民文学出版社，2006年版，第3页。

者,如《许俊》、《古押衙》、《昆仑奴》、《荆十三娘》等。这些作品虽多来自前代,却倾注着编辑者自己的思想,透露出晚明的时代气息。这在观念上,是继唐传奇中"侠助爱情"模式之后,第一次将"侠"与"情"作了联系,并创造了"情侠"的概念。后文将作专章论述。

综上所述,从宋迄明,文言小说的成就,虽不及唐代,也无其情致风韵,但其数量却大大增长,内容也无所不包①。就其中的侠义小说而言,在侠义小说史上更应占有一席之地。其对"异人""奇行"的描写和武技的展示,进一步明确了"侠客行"的特点,也是对文言小说"尚异"或"尚奇"传统的发展。其对"侠格"的规范,提升了侠的文化内涵,拓展了侠的社会功能。宋代以降,传奇小说的观念开始下移,这是俗化的开端②;至明代,整个文言小说已贴近了现实,传奇创作出现兴盛。这对侠义小说的创作方向,起到了导引的作用,值得关注。从宋到明,总集和专集的编辑,在侠义小说的流布上,功不可没,"侠义小说"的类型意识也更加明确。故而宋明时期,可称为文言侠义小说的发展期。

第四节　古代侠义小说的繁荣期

——清代的文言侠义小说

众所周知,清代是古代文学的总结期,各类文体的文学创作

---

①据袁行霈、侯忠义编《中国文言小说书目》统计,唐有 184 种,宋有 361 种,明有 694 种,清有 549 种。

②石昌渝:《中国小说源流论》,生活・读书・新知三联书店,1994 年版,第 192 页。

都呈繁荣中兴之势，文言小说也不例外。自清初张潮所编《虞初新志》刊行以后，“传奇”作为文类，再度崛起。尤其是清代中叶以后，文人雅士纷纷以撰写笔记小说为雅，从而提升了文言小说的艺术水准和欣赏趣味。另外其体式也出现新变，“志怪”“传奇”，交互间杂，一篇之内，两者并存，以至出现“一书兼二体”的《聊斋志异》，其“用传奇法，而以志怪”叙事方法和文体创新，将文言小说的创作推向顶峰；同时，也因此而引发了纪昀的质疑，并以回归传统体式的方式，创作了《阅微草堂笔记》，与之抗衡。这种争论，无疑是文言小说创作繁荣的表征，自可促进文言小说的进一步发展和完善。随之而来的，这些文言小说中之侠义小说的质量较前代也大大提高，同时出现了专门以侠客为主角、行侠为主题的长篇白话侠义小说。于是，经过中国古代漫长的积累、发展和演进，侠义小说至清代才真正作为一种小说类型而定型。故从综合的角度将清代视为“侠义小说”的繁荣期，恐不致有大的失误。中国古代的文言侠义小说也至此走完了一个由萌芽——成熟——发展——繁荣的历程。

清代的文言侠义小说除了单篇之外，大都收在各类笔记小说集或传奇小说集中，如张潮《虞初新志》、李渔《笠翁一家言》、王士祯《池北偶谈》、蒲松龄《聊斋志异》、纪昀《阅微草堂笔记》、袁枚《子不语》、《新齐谐》、钱泳《履园丛话》、钮琇《觚賸》、乐钧《耳食录》、浩歌子《萤窗异草》、宣鼎《夜雨秋灯录》、采蘅子《虫鸣漫录》、吴炽昌《客窗闲话》、刘献廷《广阳杂记》、沈起凤《谐铎》、朱翊清《埋忧集》、毛祥麟《墨余录》、杨复言《梦阑琐笔》、清凉道人《听雨轩笔记》、俞樾《荟蕞编》、郑澍若《虞初续志》、黄承增《广虞初新志》、王韬《遁窟谰言》、李伯元《南亭笔记》、佚名《江湖异闻》等等。另外，也收在《清朝野史大观》、《清稗类钞》、《武侠丛画》、《清代笔记小说大观》、《清代笔记小说丛刊》等大型丛书或类书中。其所收之时代，直至近代。除了小说创作之外，还包括真人真事，如甘凤池、吕四娘、大刀王五、霍元甲、石达开等等在当时社会上声名煊赫的侠士。从中可以窥见，侠之观念深入人心、普及社会的盛况。

相比较而言，清代侠义类文言小说的专集较前代为少，只有郑官应仿《剑侠传》而辑录的《续剑侠传》，收前代及当代的文言侠义作品共三十九篇。其所辑人物之杂，所传事件之奇，仅从篇名上即可窥见大概，故特列目如下：

《李鉴夫》、《青丘子》、《顶缸和尚》、《李福达》、《门客》、《大铁椎传》、《高髻女尼》、《伟男子》、《琵琶瞽女》、《燕赤霞》、《侠女》、《佟客》、《毛生》、《葛衣人》、《了奴姊妹》、《游客铁丸》、《水先生》、《逆旅少年》、《末座客》、《柳生》、《卫女》、《袁客》、《王姓客》、《空空儿》、《珠儿》、《黄瘦生》、《周栎园姬》、《道人》、《童之杰》、《河海客》、《余客》、《侠女子》、《柳南》、《老僧》、《相士》、《飞剑将军》、《张青奴》、《朱振玉》、《奚成章》。

这三十九篇文言侠义作品，一如小说集名那样，多收录神秘莫测的剑侠异士的故事，如李鉴夫"剑出眉间，烁烁如电"(《李鉴夫》)，青丘子"剑藏脑后臂间"(《青丘子》)，顶缸和尚会"分身隐形"(《顶缸和尚》)，道人能"口中吐火"(《道人》)，李福达会"分身散影"(《李福达》)等等。这类剑仙异人自唐传奇以迄清代，绵延不绝。除此之外，如《末座客》、《黄瘦生》、《侠女子》等篇，却近乎写实，不涉玄妙。

清代文言侠义小说的主题不脱前代侠义小说的范围，或叙其见义勇为、除暴安良的侠行，或展示技艺高超、幻术奇绝的武功，或写其仗义疏财、重义守信的侠节，等等。在写作上，综合了前代文言侠义小说的各种叙事方法。其数量之多、题材之广，可谓是中国古代文言侠义小说的集大成时期。

在众多题材中，路见不平、拔刀相助的尚义任侠之举，是小说表现的重要主题。如李渔《秦淮健儿录》、纪昀《阅微草堂笔记·滦阳消夏录》所记载的“齐大救妇”、《阅微草堂笔记·如是我闻》中所录的“记盗”、王韬《粉城公主》(《淞滨琐话》)、无闷居士《盗僧》(《广新闻》)、徐雄飞《义侠传》(《广虞初新志》)、吴炽昌《文孝廉》(《客窗闲话》)、吴陈琬《瞽女琵琶》(《旷园杂志》)、钱泳《席氏多贤》(《履园丛话》)、曾衍东《浣衣妇》(《小豆棚》)、毛祥麟《某公子》(《墨余录》)、杨复言《湖中叟》(《梦阑琐笔》)、崔东璧《漳南侠士传》(《崔东璧遗书》)、俞蛟《颜鸣皋传》(《梦厂杂著》)、宣鼎《郝腾蛟》(《夜雨秋灯录》)等篇中的侠客，均有如是特点。这种“急人之急，甚己之私”(《史记·游侠列传》)的精神与品质，既上承游侠传统而来，又有鲜明的时代特点，其“任”之一字，终于使之与白话侠义小说一样，成为侠义精神的最主要体现。

同时，较之前代文言小说中更多注重奇幻神秘的剑侠和异士异术的展示而言，清代文言小说中的侠则更多接近现实，就算是剑侠异士也往往是为人间扫除不平，而非徒为炫技，现实关怀更为突出。这较前代文言小说，更贴近侠义精神。这类小说比较著名的有袁枚《姚端恪公遇剑仙》(《子不语》)、王士祯《女侠》(《池北偶谈》)、《剑侠传》(张潮《虞初新志》)、乐钧《葛衣人》(《耳食录》)、浩歌子《辽东客》(《萤窗异草》)等等。它们均描写剑侠异士运用自己的武功来除恶惩奸、济弱扶危。但也毋庸讳言，说到底，这类剑侠异士与前代文言侠义小说中的描写相比，更多的是沿前代之轨迹而来的。

清代文言侠义小说的新变，值得特别关注的是加强了侠客与官府的联系。这一关联不外乎两大主题，一为惩治贪官污吏，即肃贪；一为协助官府破案擒贼，即助廉。这些作品中的侠客或为游走江湖的剑侠异士，或为具有侠风义胆的捕快衙役。前一主题实则属于侠客锄奸剿贪、主持公道的大范围，后一主题的协力佐扶，则更多地体现了清代文言侠义小说的新变，这也是前代很少涉及的题材与范围。

第一类的作品，比较著名的有王士祯《剑侠》(《池北偶谈》)、《瞽叟》(张潮《虞初新志》)、朱翊清《空空儿》(《埋忧集》)、《白兰花》(《清朝野史大观・清代述异》)等。内容多为描写剑侠或侠客以其神秘高超的本领警示或惩诫贪官污吏。其中著名的如《空空儿》一篇，描写两江制府黄太保巡边途中，“忽失其项上所挂数珠”，查的结果系为一红衣少女所劫，少女之母答应次日即送还于报恩寺塔顶，黄太保便安排弓箭手于次日等待此女。但在万箭环塔以待之时，只见一道红光闪过，数珠已挂于塔顶，刹时万箭齐发，却“渺然如捕风影焉”，“珠上系书一封，题曰：‘空空儿手缄，以呈太保拆视。’”，其中历数黄太保玩弄权术、心怀诡谋、扰害百姓、贪污自肥的劣行，并警告其盗珠乃“聊用示警”，“若不速图悛改，仍蹈前愆，即当取公首级，以为大吏者戒”①。

这篇小说的中心情节——“剑侠盗珠”，来源于唐传奇康骈的《潘将军》(收入《剑侠传》)，其中盗珠、藏珠、取珠等环节的设置，均无大异，但文本的主题架构却有了重大的区别：《空空儿》中红衣女子行窃的目的是为了惩治贪官奸吏，而《潘将军》中的三鬟女子则是为了报答王超的恩遇而情愿为潘将军取还丢失的玉念珠，

---

①(清)朱翊清：《埋忧集・空空儿》，见《笔记小说大观》(第二十一册)，江苏广陵古籍刻印社，1983年版，第294页。

其中虽有惩诫潘将军贪念之意，但潘将军究非贪官。前者出于公心，而后者更多出于私恩。还需说明的是，后者篇名虽为《潘将军》，实则潘某只是失主而已，真正表现的则是甘于贫穷、以做针线自食其力的负奇女子，所以，金庸在翻译时，将篇名改作《纫针女》，这似乎更符合主人公当时的身份（虽然她的真实身份仍然是个谜）。由此可见，这一纯粹为展示剑侠奇幻异术的故事，在清人的改写中，已经作了主题的转换，赋予"异术奇行"以主持正义、惩诫贪官的向度，并对"剑侠"的称号和行径作出新的界定。如果说《潘将军》中的纫针女，虽被称之为"任侠"①，而在后世则又被称作"剑侠"（此从被收入《剑侠传》中即可推知），但实则与"侠"只有"侠技"上的相同，而与真正的"任侠"行为尚有一定距离。至《空空儿》（也被收入郑官应《续剑侠传》），其行为才能真正算得上"侠"，也才不愧"任侠"或"剑侠"的称号。回到前文对"文化之侠"的界定上来看，这些侠客虽不排除有历史的影子，但说到底，是文学家对"侠"的一种"文化建构"和"社会型塑"。

这里必须说明，由于各代侠义小说的创作呈现出复杂的态势与多元的格局，并非有清晰的发展线索可寻。如上举之改写，不止清代而已，随着时代的发展（包括宋明），文人对侠客及其功能也在不断作出新的扩展与建构。但"理想型"的作品，仍应受到高度关注，因为从中透露出的信息，正是文学新变的典型征候。这也是本书坚守的方法论之一。

第二类写侠客和官府之关系的作品，主要表现的内容是侠客辅助官府破案、擒盗等。这是清代文言小说一个新的主题。自游

①《潘将军》篇末云："冯缄给事尝闻京师多任侠之徒，及为尹，密询左右，引（王）超具述其语。将军所说，与超符同。"此可视为对三鬟女子身份的确认。

侠产生之初，即因其“以武犯禁”的行为而被认为是社会的离心力量，至大一统政权建立后，便遭到禁绝而转入文学。文学作品中的侠，经历了漫长的发展阶段，至明清时代则出现了侠客和官府、侠义与公案的结合，这一结合的趋势主要表现在白话小说中，这将在后文作详细论述。至于文言侠义小说中的这类题材，因为数量并不占多数，且文言侠义小说的容量与规模远不及白话侠义小说，因此或可大体推测，清代文言小说中的这类侠助官府的作品可能是受到了白话侠义小说的影响而产生的。这类作品有王士祯《女侠》(《池北偶谈》)、许叔平《褚祚典》(《里乘》)、刘献廷《陈文伟》(《广阳杂记》)、屠绅《猱飞》(《六合内外琐言》)、温汝适《贾十》(《咫闻录》)、高继衍《高二爸》、罗星潭《奚成章》(《续剑侠传》)等。其中帮助官府的不仅有剑仙之属(王士祯《女侠》)、侠客之流(屠绅《猱飞》)，同时也有武艺智谋超常的捕快(许叔平《褚祚典》)，或者破案官员本身就具有任侠之风或超凡武功(刘献廷《陈文伟》)。

由于这类小说大多和破案擒盗紧密相联，因此也有学者认为：“也许说其为捕快小说或官侠小说更为恰当一些。”①不管如何定义它们，可以肯定的是这类小说的内容已不仅仅是记载简单的侠客故事或对剑术道流的搜奇记异，它们往往集侠义、公案、玄幻为一体，表现了文言侠义小说创作发展的一种综合趋势，这也是文言小说发展至清代之后，走向合流会通的表现。不管人们现在对它们的评价如何，这种合流之势，却随着时代的需求，拓展了侠义小说的题材，丰富了侠义小说的内涵。

除了主题之外，清代文言侠义小说在描写上最大的特点，便

①陆林:《清代文言武侠小说简论——兼谈文言武侠小说发展轨迹》,《明清小说研究》,1992 年 1 期。

是在继承前代剑侠异士玄妙法术的基础之上,已大量增加了对近于实际武功招数的描写。这也是侠义文言小说创作的新变之一。以前的小说之所以爱以虚幻奇异赢人,从接受美学的角度来看,其中有一个大众喜好的原因。此诚如洪迈所言,他一开始撰写《夷坚志》,就"颛以鸠异崇怪"为尚,后来明知其诬,但终因"习气所溺,欲罢不能,而好事君子,复纵臾之",所以,只能"辄私自恕曰:'但谈鬼神之事足矣,毋庸及其他。'"①据叶洪生先生考证,"自从宋初洪迈撰《八段锦》首揭气功名称及师承来历以后,有明一代竟无赓续者;而入清季却逐渐蔚为风气"②。这一点若从社会现实的角度分析,主要是由于古典武术发展至清代已经非常普及,武术文化渗透进社会生活的各个方面,普遍的习武风气拂去了蒙在武功上的神秘面纱;加之笔记小说本有"纪实"的传统,"历代特别是清初武术流变的本事,实赖于笔记小说才得以存其真"③,尤其至清末,许多作品堪称"报告文学"。另外,由于各地之间商业贸易发达,以致应运而生的保镖行业遍布各地,镖师习武,自是常规。这些日常存在和耳目所见,都为小说创作提供了各式各样的武侠素材和描写对象,再加之白话侠义小说的影响(这将在后文清代白话侠义小说中做详细论述),文言侠义小说自然也带上了时代的印记。

此类近乎真实描写武艺击技的文言小说,著名的有魏禧《大

---

①(宋)洪迈撰,何卓点校:《夷坚丙志·序》,中华书局,2006年第2版,第363页。

②叶洪生:《武侠小说谈艺录——叶洪生论剑》,台北联经出版事业公司,1994年版,第20页。

③王海林:《中国武侠小说史略》,北岳文艺出版社,1998年版,第129页。

铁椎传》(《虞初新志》)、李渔《秦淮健儿传》(《虞初新志》)、袁枚《卖蒜叟》(《子不语》)、沈起凤《恶饯》(《谐铎》)、采蘅子《武技三则》(《虫鸣漫录》)、钮琇《云娘》(《觚賸》)、毛祥麟《褚复生》(《墨余录》)、清凉道人《冯铁头》、《庄叟技力》(《听雨轩笔记》)、屠绅《猱飞》(《六合内外琐言》)、毛祥麟《南海生》(《墨余录》)等等。

其中值得特别关注的两篇作品是清凉道人的《庄叟技力》和沈起凤的《恶饯》。他们对武功的描写不仅细腻详尽,而且对后世侠义小说的创作起到了借鉴作用。

《庄叟技力》一篇共写到三个人物,一个是自称"万人雄"的拳师,另外是一对身怀绝技的童叟。拳师万永元学从少林僧,在率众徒练拳时,有童叟二人耳语道:"手段亦有来历,但破绽多耳!"拳师因不满二人对其武艺的非议,便向他们挑战。二人之中,小童直言无忌,老叟却"频以示目",意在制止。当最终约定次日比武之后,又"怨童子多事,以致迟留"。小说对第二日之比武,有颇为详细的描写:

次日(永元)至教场,则叟与童先在,(童叟)迎而谓之曰:"……君欲角力乎?较拳棒乎?比刀枪弓箭乎?所事惟命,吾父子遵敬焉。"永元见叟癯而童稚,因曰:"先试力。"教场有石墩,中通一洞,约重四百余斤,盖操兵时用以树大旗者。永元两手掇之,行十余地而堕于地,观者啧啧惊叹。叟使童试焉,石巨人小,仅可离地,而碍足不能行,遂置之,然手掇处指已入石寸许,石屑霏霏落,众皆骇然。叟笑曰:"孩童不用乃尔!"手提石掷之空中,落而陷于地者盈尺,复提起置诸原所。永元自谓拳法无双,欲与较拳。叟曰:"吾筋骨久惫,展动为难,且手重恐或伤君,吾今但立于此,任君来扑可也。"因凝立于演武厅之月台上,永元竭尽所能,欲挥而扑之。拳脚将及

> 叟，叟不举手而微摇其身，永元不觉退走二丈余。叟挟之曰："君不致挫跌，平日工夫亦深，今尚欲较何技乎?"永元更请试棍，叟命童与较，而谆嘱其不可伤人，童唯唯。两棍正舞，宛若游龙，忽格然有声，一棍飞起高数丈，落于饮马池中，视永元则空手矣。永元大惭，揖而谓叟曰："吾习技十余年，自谓无敌，今输服于叟矣。然叟之师系何人，而精妙至此!"叟不肯言，拱手将别，适有两鸠鸣树间，叟顾谓童曰："船中无物下饭，盍取此以佐午餐。"童探怀中出小矢二，除指上铁环，贯矢于中，而次第以指抵之，矢去如飞，转瞬间鸠皆堕地，遂拾之，从容而去。

童叟的武功彻底征服了骄傲的拳师，送二人至河边时，船夫向老叟打听比赛结果，叟答以："万君绝技，非吾所及也。"不仅体现了他谦虚低调的行事作风，且保全了拳师的脸面。过了许久，拳师见到其师少林僧孤云提及此事时——

> 孤云大惊曰："此吾师叔也！技与力迥绝同辈，吾师亦逊之。幸其少时曾与神前设誓，永不伤人，故汝不致受亏，否则殆矣!"永元自后不复事拳棒，业商贩以终。①

这篇小说运用对比的手法写出三人鲜明的个性，拳师自视甚高，飞扬跋扈；小童直言不忌，童心满溢；而老叟则虚怀若谷，深藏不露。文中在详细描写比武的过程中，涉及到力的较量，拳的比试以及棍、矢等器械的运用，并且特别提到了少林派武功。可见当代新武侠小说对少林派武学的描写，实际在清代业已出现。这里尤值得深赞的是，这不仅仅是技艺的搏击，同时也是"武德"的比对。换言之，作者重在展示的是"武功"中深含的"武德"与"武

---

①(清)清凉道人:《听雨轩笔记》卷四《赘记·庄叟技力》，见《笔记小说大观》(第二十五册)，江苏广陵古籍刻印社，1983年版，第352—353页。

文化”,也即发掘的是武功中的道德人格和文化内涵,而并非单纯的武技炫耀。此用老子的话说,即“有道者不处”(二十四章),不处即不“自见(自炫)”,不“自是”,不“自伐”,不“自矜”。“夫唯不争,故天下莫能与之争。”(二十二章)①这在老叟的形象刻画上,表现得十分清楚。武学上须知“人外有人、天外有天”,越是技艺高超者越是持而不盈,器量宏大;越是锋芒毕露者则越是浅薄无知,自贻其羞。此正古人所谓“满招损,谦受益”②,孟子所谓“不为已甚”③。实际上,蒲松龄在《聊斋志异·老饕》中就写到类似的故事,何守奇评曰:“天下之大,不可谓无人。”但明论评道:“人有盈满之志,则亏损因之,如影随形,不可逃也。……‘大智若愚,大勇若怯’,士君子应三复斯言。”在当代武侠小说中也常常可以看见不少类似老叟的形象,如《天龙八部》中少林寺默处无闻的“扫地老僧”,几无人知,毫不起眼,但却“真人不露相”,武功第一。而且,“不为已甚”也是金庸的惯用语。可以说这类人物的原型在古代文言侠义小说中已经出现。

沈起凤的《恶饯》一篇讲述枝江卢生,习外功,与一内功家邂逅,被招赘为婿。半年后他发现妻子一家人竟是杀人越货的盗匪,因此趁岳父外出,计划与妻子逃离匪窝。当他们夫妻二人向祖母禀告时,祖母在答应的同时,要求第二天“祖饯”:

> (妻子)曰:“吾家制度,与君处不同。所谓祖饯者,由房

---

①陈鼓应:《老子注译及评介》,中华书局,1984年版,第161、383、154页。

②《尚书·大禹谟》,《十三经注疏》(上),上海古籍出版社影印世界书局缩印阮刻本,1997年版,第137页。

③《孟子·离娄下》,见(宋)朱熹:《四书章句集注》,中华书局,1983年版,第291页。

而室,而堂,而门,各持器械以守,能处处夺门而出,方许脱身归里,否则刀剑下无骨肉情也。”卢大窘。女曰:“妾筹之已熟。姊氏短小精悍,然非妾敌手。嫡母近日病臂,亦可勉力支撑。生母力敌万夫,而妾实为其所出,不至逼人太甚。惟祖母一枝铁拐,如泰山压顶,稍一疏虞,头颅糜烂矣。妾当尽心保护,但未卜天命何如耳。”相对皇皇,竟夕不寐。晨起束装,暗藏兵器而出。才离闺闼,姊氏持斧直前曰:“妹丈行矣,请吃此银刀脍去!”女曰:“姊休恶作剧!记姊丈去世,寒夜孤衾,替阿姊三年拥背。今日之事,幸为妹子稍留薄面。”姊叱曰:“痴婢子!背父而逃,尚敢强颜作说客耶?”取斧直砍其面,女出腰间锤抵之。甫三交,姊汗淫气喘,掷斧而遁。至外室,嫡母迎而笑曰:“娇客远行,无以奉赠,一枝竹节鞭权当压装。”女跪请曰:“母向以姊氏丧夫,终年悲悼,儿虽异母,亦当为儿筹之。”嫡母怒曰:“妖婢多言,先当及汝。”举鞭一掣,而女手中锤起矣。格斗移时,嫡母弃鞭骂曰:“刻毒儿欺娘病臂,只把沙家流星法,咄咄逼人!”呵之去。遥望中堂,生母垂涕而俟。女亦含泪出见,曳卢偕跪。生母曰:“儿太忍心,竟欲抛娘去耶?”两语后,哽不成声。卢拉女欲行,女牵衣大泣。生母曰:“妇人从夫为正,吾不汝留。然饯行旧例不可废也。”就架上取绿沉枪,枪上挑金钱数枚,明珠一挂,故刺入女怀。女随手接取,砉然解脱,盖银样镴枪头耳。佯呼曰:“儿郎太跋扈,竟逃出夫人城矣!”女会其意,曳卢急走。将及门,铁拐一枝,当头飞下。女极生平伎俩,取双锤急架,卢从拐下冲出,夺门而走。女长跪请罪。老抠掷拐叹曰:“女生外向,今信然矣！速随郎去，勿作此惺惺假态也！”①

《恶饯》不仅情节设置紧张惊险，更重要的是为后世的武侠小说提供了创作的原型。如上引描写卢生夫妇连闯四关逃离匪窝的情节，后世武侠小说或武打影视作品中，少林寺俗家弟子杀出少林寺必须连过几关的情节设计（如“少林寺十八铜人阵”），便是由此衍生而来的。其他类似的闯关情节，更是屡见不鲜。另外盗贼之女为爱情反叛家庭这一情节也或多或少为后世武侠小说所借鉴或采纳。因此，《恶饯》之后便不断有小说家的仿作出现，例如王韬的《盗女》（《淞隐漫录》），就是在本篇基础上的仿作；平江不肖生的代表作《江湖奇侠传》中杨继新、桂武的故事则几乎照搬了本篇，更增衍为将近十回的内容。就情节设置、武功描写和对后世的影响而言，此文堪称清代文言侠义小说的代表作之一，已具“武侠小说”的规模。这些涉及到武功门派与师承源流的文言侠义小说，还有如采蘅子《武技三则》（《虫鸣漫录》）提出软、硬功夫；祥麟《褚复生》（《墨余录》）中写到神功；《清朝野史大观》中对内家正宗拳法的源流、传承等有所评述；许仲元《三异笔谈》中的《拳勇》一篇更有详细的介绍：“拳勇之技，《武备志》列第十八，即唐宋所谓白打。其传以三峰为内家，少林为外家。”②如此等等，不一而足。可以说，清代的这些作品，在“武侠小说”的形成中，起了奠基的作用，虽不能排除前代也有类似的作品，但至清代，对“武功”的描写才日渐繁复起来，并成为有意识的创作（按，本书将“武侠小说”视

①（清）沈起凤：《谐铎》卷五《恶饯》，见《笔记小说大观》（第二十一册），江苏广陵古籍刻印社，1983 年版，第 19—20 页。

②（清）许仲元：《三异笔谈》卷四《拳勇》，见《笔记小说大观》（第二十册），江苏广陵古籍刻印社，1983 年版，第 470 页。

为“侠义小说”的一种类型，纳入一起讨论，而不再细分）。

由于《聊斋志异》在清代乃至整个文言小说史上，具有举足轻重的地位，即在文言侠义作品中亦不例外，故有专门介绍之必要。

首先要说明的是《聊斋志异》在文体的创新上，贡献巨大。鲁迅先生对此的分析至为精辟：“虽亦如当时同类之书，不外记神仙狐鬼精魅故事，然描写委曲，叙次井然，用传奇法，而以志怪，变幻之状，如在目前；又或易调改弦，别叙畸人异行，出于幻域，顿入人间；偶述琐闻，亦多简洁，故读者耳目，为之一新。”①毋须多言，这种纪昀所谓的“一书而兼二体”的文体创新，这种“用传奇法，而以志怪”的叙事方法，拓展和升华了文言侠义小说的内涵与形式，并将它推上了文言小说创作的高峰。这里稍作提及的是，此种“一书兼二体”的文类形式，虽遭到纪昀的反对，但正如冯镇峦所说的那样：“聊斋以传记体（即传奇小说体）叙小说（指志怪体）之事，仿史、汉遗法，一书兼二体，弊实有之，然非此精神不出，所以通人爱之，俗人亦爱之，竟传矣。虽有乖体例可也。”②石昌渝先生认为：“如其说《聊斋志异》用传奇小说的方法，不如说是用笔记小说文体写传奇小说，所以不妨换一种表述方式，说《聊斋志异》是笔记体传奇小说。”③如是定位，或许更准确一些。

据考证，《聊斋志异》近五百篇小说中，涉及侠义类的作品就

①鲁迅：《中国小说史略》，《鲁迅全集》第九卷，人民文学出版社，1981 年版，第 209 页。

②（清）冯镇峦：《读聊斋杂说》，见张友鹤辑校：《〈聊斋志异〉会校会注会评本》，上海古籍出版社，1986 年版，第 15 页。

③石昌渝：《中国小说源流论》，生活·读书·新知三联书店，1994 年版，第 215 页。

有四十多篇。主要有《侠女》、《商三官》、《大力将军》、《云萝公主》、《崔猛》、《田七郎》、《纫针》、《大人》、《丁前溪》、《农妇》、《妾杖击贼》、《王者》、《老饕》、《佟客》、《铁布衫法》、《快刀》、《武技》、《向杲》、《聂小倩》、《红玉》、《娇娜》、《封三娘》、《辛十四娘》、《小谢》、《小翠》、《张鸿渐》、《宦娘》、《阿绣》、《禽侠》、《义犬》等。这些作品塑造了各类具有侠义风范的形象,有世间凡人、剑侠道流,也有花妖狐魅、神鬼灵怪。这无疑扩大了侠义人物的范围。他们共同的特点是不论在社会生活中抑或人伦关系中,都具有非凡的正义感和很强的道德感,惩恶扬善,助人为乐,性格刚烈,不惜牺牲。尤其在人性的开掘上,个性的展示上,侠格的刻画上,大大超越了一般的"志异"小说,并将之扩展到各类人物身上。

《聊斋志异》中的侠义类小说,按内容大致可分为四类,其中不无交叉者,只按其大别而言:一为主持正义、锄强扶弱者,如《大力将军》、《崔猛》、《丁前溪》、《农妇》等;一为展示武技、描写道术者,如《铁布衫法》、《快刀》、《武技》、《老饕》等;一为报恩复仇、矢志不移者,如《侠女》、《商三官》、《小翠》、《田七郎》等;一为情侠两兼、堪比须眉者,如《红玉》、《侠女》、《封三娘》、《辛十四娘》、《小谢》、《张鸿渐》、《宦娘》、《阿绣》等。这四类中,前三类都是历代侠义小说的重要主题,而第四类描写女性"情侠兼美"的作品,可谓蒲氏的独创。

其中对古侠的仿效与追慕,是蒲氏侠义小说的一大创作动机。著名的如《农妇》篇中那位"勇健如男子"的农人妇,不仅"辄为乡中排难解纷",而且只要经商"有赢余,则施丐者"。这分明是遵依司马迁《游侠列传》中的朱家、郭解的行侠作为而来的。蒲松龄在"异史氏曰"中说她"与古剑仙无殊",正道出了其中的真谛。另有《崔猛》中的侠士崔猛,行的也是"排难解纷"之事。《丁前溪》

中的丁前溪,“游侠好义,慕郭解之为人”。这些侠义人物不仅排解生活中的纷扰难事,甚至连生孩子留后嗣之事,也插手相助,以身自任。如《侠女》一篇即是典型的例子。

《侠女》既可归入复仇类,也可纳入情侠类。该篇写顾生因家贫而未娶,侠女为报答其照顾老母之情,遂许身顾生,不仅帮其侍奉母病,不厌其秽;为其剪除狐妖,收其荡心;更重要的是为其留后,代生一子。当她大仇得报之后,便翩然远去,不复再见。这些情节既有唐传奇“豪侠”类作品的痕迹,又经过蒲松龄的再创造,更加突出了侠女的人情味和人性美。侠女的上述助人行为,虽不够惊天动地,但又凡而不凡,此即所谓“天下惟难能之事为可贵耳!”其行为既来自恩报,又出于同情。正是在这种人之常情中,见出侠心。可谓情侠两兼,报恩有道。“情”在这里已不是简单的男女之情了(实则她对世俗的男女之情和交往方式并不认同,这从她的外表和反应上即可见出:“艳如桃李,而冷如冰霜。”),而是赋予其人类之大爱和大义的内涵。正因为如此,她可以丢掉世俗的偏见,勇身自任(“正以怜君贫耳”);为此,她可以做出常人不愿做的事情,越俎代庖。这不正是“任侠”之“任”的要义所在吗?作者如此塑造,已从人性的角度对“剑侠”性格进行了新的开掘。

《乔女》中的乔女,亦复如此,虽然身无绝技,其行却大有“侠风”。存孤御难,堂堂正正,慷慨端严,正大光明。此正如稿本无名氏所评的那样:“写得侠烈心事,如青天白日;侠烈志节,如疾霆严霜。”①以至蒲氏惊赞道:“知己之感,许之以身,此烈男子之所为也。彼女子何知,而奇伟如是?若遇九方皋,直牡视之矣。”这

① 张友鹤辑校:《〈聊斋志异〉会校会注会评本》,上海古籍出版社,1986年版,第1286页。

里，蒲氏已将“侠行”的表现，扩大到日常生活中去了，并成为人们行事的原则和衡估人物的标准。换言之，至此“侠”已进入了人格结构之中，成为品评人物道德标准和价值标准的要件。另如《细侯》中细侯抛弃商人而回归满生的行径，也带有侠气，其“杀抱中儿”的行径，更非常人所能及，何守奇之评，直称之为“侠女”。

众所周知，在《聊斋志异》中，蒲松龄似乎更偏爱那些花妖狐魅。究其原因，其中一个重要的因素，就在于那些异类女子都具有侠风义概。她们不仅有为情而许身的勇气，而且更有急人之难、出手相助的侠气。如《张鸿渐》中的狐女舜华，在张鸿渐落难逃亡途中与之相识，以张为“风流才士”，遂不避瓜前李下之嫌，以身相托，并帮助张逃脱官府通缉、公人羁押，最后又送其归家与妻儿团圆。她虽有为情困扰之时，但最终还是成全了张之一家，且不图任何报答，离张而去，再不复见。这一切行为，既出自情分所致，又来自侠义所使。“情”与“侠”在此已统一到一个人物身上了，作者分明是将之按照“情侠”的标准来塑造的。该小说还暗含着一个比较的框架：开篇张妻即劝鸿渐参与告状之事云：“大凡秀才作事，可以共胜，而不可以共败；胜则人人贪天功，一败则纷然瓦解，不能成聚。今势力世界，曲直难以理定，君又孤，脱有翻覆，急难者谁也！”而后文告诉我们，急难者，正乃狐女舜华。舜华之所以胜于秀才，就在于她有侠勇之气，正义之感，助人之能。这正如前引金圣叹所言，司马迁所以为游侠立传，就在于“缓急人所时有”六字上①。蒲松龄所写的这些篇章，虽不能说是为游侠立传，也算不上典型的侠义小说，但与司马迁为游侠张目的动机和识见

①（清）金圣叹评点，文子生校点：《第五才子书施耐庵水浒传》，中州古籍出版社，1985年版，第17页。

却是完全相通的，在人物的性格结构中，突出的是其“侠格”，增加的是其“侠气”。所谓“侠骨柔情”，莹然可见。与之相类的作品，还有《红玉》。

相较而言，《红玉》一篇更具有代表性。狐女红玉不仅主动投身于诸生冯相如，还为其助金择妇，后当冯家遭陷落难之时，她又抚养了冯的儿子，并帮助冯相如重整家业，以至“腴田连仟，夏屋渠渠”，最后还为相如谋划，考中举人。蒲氏在篇尾明确将红玉的这种扶弱救孤的行为称之为“侠”，并究其原因道：“其子贤，其父德，故其报之也侠。非特人侠，狐亦侠也。遇亦奇矣！”①其中提到的“人侠”，是指小说中写到的另外一位侠士——虬髯客。虬髯客与冯相如素未谋面，亦无瓜葛，但当相如父死家散之时，他如天外来客，突然而至：

> 忽一丈夫吊诸其室，虬髯阔颔，曾与无素。挽坐，欲问邦族。客遽曰：“君有杀父之仇，夺妻之恨，而忘报乎？”生疑为宋人之侦，姑伪应之。客怒眦欲裂，遽出曰：“仆以君人也，今乃知不足齿之伧！”生察其异，跪而挽之，曰：“诚恐宋人餂我。今实布腹心：仆之卧薪尝胆者，固有日矣。但怜此褓中物，恐坠宗祧。君义士，能为我杵臼否？”客曰：“此妇人女子之事，非所能。君所欲托诸人者，请自任之；所欲自任者，愿得而代庖焉。”生闻，崩角在地，客不顾而出。生追问姓字，曰：“不济，不任受怨；济，亦不任受德。”遂去。生惧祸及，抱子亡去。至夜，宋家一门俱寝，有人越重垣入，杀御史父子三人，及一媳一婢。

①（清）蒲松龄：《聊斋志异·红玉》，张友鹤辑校：《〈聊斋志异〉会校会注会评本》，上海古籍出版社，1986年版，第282页。

因御史被杀，县令将逃难的冯相如关押牢狱之后，虬髯客又复相救：

> 令是夜方卧，闻有物击床，震震有声，大惧而号。举家惊起，集而烛之；一短刀铦利如霜，剁床入木者寸余，牢不可拔。令睹之，魂魄丧失。荷戈遍索，竟无踪迹。心窃馁，又以宋人死，无可畏惧，乃详诸宪，代生解免，竟释生。①

这是一位“不济，不任受怨；济，亦不任受德”的典型的“任侠”形象。该形象的原型，显然来自于唐传奇《虬髯客传》。他性格粗豪，行事果断，声明不愿为公孙杵臼之事——“此妇人女子之事，非所能”——者，是留待能干此事的女子出现。代之而行的恰是狐女红玉。故蒲氏赞道：“非特人侠，狐亦侠也。”她的“救孤”“存孤”行径，可直追程婴、公孙杵臼。故王渔洋评曰：“程婴、杵臼，未尝闻诸巾帼，况狐耶！”②从中我们依稀可以看出，穿行于故事中的影子，是古代著名的侠义人物。为此作者不惜拉来“豪侠”虬髯客作为陪衬，并以狐女作为主角。从中可见作者对古代侠客的仰慕之情。这从其他作品中曾不止一次提到的唐传奇中的侠客亦可推知，如古押衙（《香玉》）、红线（《王者》）、妙手空空儿（《禽侠》）、磨镜者（《农妇》）等等。由此可见，《聊斋志异》侠客的塑造，深具唐人风韵，这也是该作品超出其他侠义小说的精彩之处。

另外，《聊斋志异》还能在一篇小说中刻画多位侠客形象，如《画皮》中的道士和疯丐，一个是通晓法术的剑仙，一个是疯癫怪诞的高人；一个杀死恶鬼，一个救活王生。二人形象虽异，但却都

---

①（清）蒲松龄：《聊斋志异·红玉》，张友鹤辑校：《〈聊斋志异〉会校会注会评本》，上海古籍出版社，1986 年版，第 279—280 页。

② 见（清）蒲松龄：《聊斋志异·红玉》，张友鹤辑校：《〈聊斋志异〉会校会注会评本》，上海古籍出版社，1986 年版，第 283 页。

具有侠义心肠。还有《聂小倩》中的宁采臣和燕赤霞，《崔猛》中的崔猛和李申，《老饕》中的一叟一童等等，他们形象各异，性格独特。尤其《老饕》对武功绝技的展示，奇妙惊人，十分精彩，举手投足间，便将敌手制服，以至在当代的新武侠小说中还能看到以《老饕》为原型的情节设置和武功描写。

另外，身为女鬼的侠女，也不少见。如宦娘（《宦娘》）爱慕琴技高超的温生，但念己为鬼身，如与温生结合，恐对其不利，便用法术使温生与志趣相同的小姐葛良工结为夫妇。《小谢》中的小谢和秋容，为了救陶生脱狱，历经磨难，毫无怨言，颇有侠风义概，以至连抓鬼之道士也赞道："此鬼大好！"嘱陶："不宜负她！"并设法让她们还阳。

除了这类具有侠风的情侠女子外，《聊斋志异》还将侠行扩大到动物身上，以人格化的方式，赋予它们侠义的品格。如在《禽侠》的"异史氏曰"中，将为鹳鸟复仇、击杀恶蛇的大鸟，称之为"羽族之剑仙"，并形容其技击曰："飙然而来，一击而去，妙手空空儿，何以加此？"①将智勇超人、以死护主的黑犬，封之为"义犬"（卷五《义犬》）。另一篇《义犬》（卷九）之犬，是周某从屠人手中高价赎来的，为报主人活命之恩，历险将主人从水中救出，并代主人抓住谋财害命的贼寇。蒲松龄在结尾评曰："呜呼！一犬也，而报恩如是。世无心肝者，其亦愧此犬也夫！"但明论进一步发挥道："犬之性固犹人之性，人之性或有不如犬之性者矣。"②另有为恩人洗雪

①（清）蒲松龄：《聊斋志异·禽侠》，张友鹤辑校：《〈聊斋志异〉会校会注会评本》，上海古籍出版社，1986年版，第1062页。

②（清）蒲松龄：《聊斋志异·义犬》，张友鹤辑校：《〈聊斋志异〉会校会注会评本》，上海古籍出版社，1986年版，第1255页。

不白之冤的狼(《毛大福》),被但明论评为“礼、忠、义、智、勇、仁”,六德俱全。还有冒险卖身为主人挣足路费以解救主人之难的八哥(《鸲鹆》)等等。

这些篇章虽是从道德的角度立义的,但从蒲氏将其中的大鸟称为《禽侠》的命名方式上来看,从以“义”来评判的定位上看,显然是受到“豪侠”类小说的影响所致,况且在众多小说中,蒲氏品评人物的一个重要标准,便是在儒家的道德人格中,加入了“侠”。而侠所尊奉的最高的价值标准,便是“义”;凡是“义行”,都带有“侠”的特点。他甚至在《纫针》一篇中,将除恶救善的“雷霆”,直接称为“游侠”,评曰:“神龙中亦有游侠耶?彰善瘅恶,生死皆以雷霆,此‘钱塘破阵舞’也。”①

正因为如此,《聊斋志异》的许多篇章虽不是专门写侠的,且内容涉及较广,主题多元并存,但处处可见“侠”的踪影,处处可见“侠”的精神。这种熔多为一、指向丰富的小说,我们仍可将之归入侠义类,只是分类的角度不同而已(如按内容分,有的也可归入情爱类,有的也可归入刺贪类,有的也可归入传闻类;按主题分,有的也可归入劝诫类,有的也可归入情至类等等)。当时的评家,也多从侠义的层面立论,虽有的小说中无及一“侠”字,但他们却大多是从“侠”字揭题的。我们应当相信,他们对蒲氏作品的把握,远比我们准确。

这里要特别提到的是《细侯》。

细侯是杭州名妓,满生是穷教书匠。兹因细侯在楼头误将荔枝壳抛掷在满生肩头而产生出一段生死之恋。一见面,细侯即向

①(清)蒲松龄:《聊斋志异·纫针》,张友鹤辑校:《〈聊斋志异〉会校会注会评本》,上海古籍出版社,1986年版,第1671页。

满生倾诉衷肠曰："妾虽污贱，每愿得同心而事之。君既无妇，视妾可当家否？"满生"大悦"。当细侯询问满生田产几何时，满生答曰："薄田半顷，破屋数椽而已。"细侯立即谋划道："妾归君后，当长相守，勿复设帐为业。四十亩聊足自给，十亩可以种黍，织五匹绢，纳太平税有余矣。闭户相对，君读妾织，暇时诗酒可遣，千户侯何足贵！"接着由细侯出面，与老鸨商定，以二百金为其赎身。所缺一百金，恰好满生有友在湖南做官，便长途跋涉，前往借钱。不料刚到，其友恰逢被免官，满生盘缠已空，无从返程，无奈只好在彼处设帐授徒，三年不能归去，又因惩戒学生，学生投湖自杀，被逮入狱。这时有一富贾慕名而来，要娶细侯，细侯坚决不应。这位富贾便去湖南打听满生的信息，并"以金赂当事吏，使久锢之"。归告说满生已死狱中，并托他人，伪造了一封满生的绝命书。细侯无奈，只好嫁于富商，年余生一子。后生得救出狱，得门人之助，返归杭州。细侯知情后，"方悟前此多端，悉贾之谋。乘贾他出，杀抱中儿，携所有亡归满；凡贾家服饰，一无所取。"蒲松龄篇末赞曰："呜呼！寿亭侯之归汉，亦复何殊？顾杀子而行，亦天下之忍人也！"

这里要注意的是，何守奇在小说写到杀子归满、一无所取之后评曰："女侠。"但明伦评曰："商本非其夫也，彼非夫而诡谋以锢吾夫，彼固吾仇也，抱中儿即仇家子也，杀之而归满，应恕其忍而哀其情。"①直接称其为"女侠"，是因为细侯果敢刚烈的性格之故，按照明清时人们的认识，当与"侠"相类，是为"女侠"，而并不在主人公是否会武功上。冯梦龙在《警世通言·杜十娘怒沉百宝箱》末尾，就直接称杜十娘为"千古女侠"。

---

①(清)蒲松龄：《聊斋志异·细侯》，张友鹤辑校：《〈聊斋志异〉会校会注会评本》，上海古籍出版社，1986年版，第793页。

此篇与前举唐传奇的《贾人妻》、《崔慎思》、《义激》以及宋代洪迈《夷坚志》中的《义妇复仇》、吴淑《江淮异人录》中的《张训妻》等篇①，具有“家族相似性”，构成一个“杀子”系列小说。细侯的杀子行为，与《义妇复仇》中的杀子，更有相似性，他们同是仇人之子，所以将对仇人之仇恨，算在了孩子身上，以至李代桃僵。

金庸评《贾人妻》曰：“这个女侠的个性奇特非凡，平时做生意，管家务，完全是个勤劳温柔的贤妻良母，两年之中，身份丝毫不露。一旦得报大仇，立时决绝而去。别后重回喂奶，已是一转，喂乳后竟杀了儿子，更是惊心动魄的大变。所以要杀婴儿，当是一刀两断，割舍心中的眷恋之情。虽然是侠女斩情丝的手段，但

①《张训妻》意谓：张训是吴太祖将校，后因立功，官赠太傅。其妻每言事皆神异，无有不中，而且是在张的梦中“衣珠衣”而出现的。其妻“有衣箱，常自启闭，训未尝见之。一日，妻出，训窃视之，果见剑并珠衣一袭。及妻归，谓训曰：‘君开我衣箱耶?’后与训发恶，勃然而去。先是，其妻产一子，方在乳哺，训怜其绝母，是夕，抚惜逼身而卧。及夜半，其妻忽自外入其帐，将乳其子。训因叱之曰：‘既去何复来耶!’其妻不答，俄然而去。徐觉其茵褥间似有污湿，起，烛而视之，厥子首已失矣。竟莫知所之”。见上海古籍出版社编：《宋元笔记小说大观》(一)，上海古籍出版社，2007 年版，第 257 页。另，王世贞编《剑侠传》则与之有所不同，无杀子情节，而是其妻被张训所杀：“初，其妻每食，必待其夫。一日训归，妻已先食，谓训曰：‘今日以食味异常，不待君先食矣。’训入厨，见甑中蒸一人头。训心恶，阴欲杀之。妻谓曰：‘君欲负我耶？然君方为数郡刺史，我不能杀君。’因指一婢曰：‘杀我必先杀此，不尔，君必不免。’训遂杀妻及其婢，后果为刺史。”金庸先生考证，张训在历史上真有其人，所谓的吴太祖，是指五代时杨行密。参见金庸：《侠客行·三十三剑客图》，广州出版社、花城出版社，2002 年版，第 717—720 页。

心狠手辣，实非常人所能想象。”①后边的评论，显然是从蒲松龄那里来的。但他对贾人妻非“常人”的定性，却对我们评价细侯有很大的启发意义。细侯说到底，并非“常人”，而是兼具两重身份：一重是妓女，一重是侠女。而妓女和侠女的行为，常常匪夷所思。尤其侠女，如“贾妻断婴”，如“崔妾白练”②，如训妻杀子等等，皆不能用“常情”去理解她们。

其次，蒲松龄虽然对细侯杀子也颇不满，认为她是个“忍人”，但我们都知道，这是蒲松龄自己安排的。那为什么要安排如此残忍的结局，让一个无辜的小生命付出如此惨重的代价呢？恐怕主要原因是出自对“同心之爱”的回护与坚守。在此千万不可忽略细侯所言之“每愿得同心而事之”一语。为了葆有“同心之爱”的纯粹性，使这一“理想”类型不能有一丝杂质，其与仇人所生之子，就在必除之列。换言之，这个孽种是“异心”的产物，而非“同心”的结晶。由此可见，对“理想”的过于追求，会导致残忍，也会导致悲剧，更会导致其向相反的方向发展。《红楼梦》给我们的最大启发之一，就在于曹雪芹能清醒地认识到人生现实、事物发展和理想追求，本身就是一个“美中不足”的过程，十全十美只是一种空想和奢望，“喜聚不喜散”终将是一厢情愿而已。

综上所述，清代的文言侠义小说无论在数量上，还是在内容上，都远超前代，更重要的是这些文言侠义小说，深契“侠”之道

---

①金庸：《侠客行·三十三剑客图》，广州出版社、花城出版社，2002 年版，广州出版社、花城出版社，2002 年版，第 693 页。

②按，“贾妻断婴”和“崔妾白练”二语，是凌濛初《初刻拍案惊奇》卷之四《程元玉店肆代偿钱，十一娘云冈纵谭侠》中，对这两个故事的概括语。见（明）凌濛初编著，（明）即空观主人点评：《初刻拍案惊奇》，中华书局，2015 年版。

义，深得“侠”之精髓，拓展了“侠”的内涵，扩大了“侠”的范围，并呈现出文化上的多元合流之势。较之前代文言侠义小说更多搜奇记异的特点，它们更加接近社会现实，更富人间性，较为全面地反映了侠文化在民间的流行之势和盛传之况。因此，作为古代文言小说发展的最后一个时期，尽管清代的文言侠义小说无法比肩白话小说的鼎盛与普及，但也确实为古代的文言侠义小说史画上了一个较为圆满的句号。

第三章　侠文化在古代白话侠义小说中的嬗变

宋代的传奇创作虽不及唐代，以至鲁迅先生说，“传奇小说，到唐亡时就绝了”；但他同时也指出：“其时社会上却另有一种平民的小说，代之而兴了。这类作品，不但体裁不同，文章上也起了改革，用的是白话，所以实在是小说史上的一大变迁。”①这一“变迁”，也是中国古代侠义小说史上的一大变迁。白话侠义小说与文言侠义小说相比，由于篇幅不同，使用的语言有别，更利于侠行的描绘，更利于侠义精神的展现，更利于多角度、多层面地反映社会生活。

第一节　古代侠义小说的变迁期

——宋明时期的白话侠义小说

关于白话小说的出现，有学者将其上溯至唐代的“俗讲”。但“俗讲”毕竟是以传达佛教义理为主要宗旨的，它尽管对宋代“说话”伎艺产生过极大影响，但是“说话”伎艺直至宋代才真正完成

①鲁迅：《中国小说的历史的变迁》，《鲁迅全集》第九卷，人民文学出版社，1981年版，第319页。

其“职业化”，而宋以前关于“说话”的记载，大多语焉不详。所以一般认定“文言小说由史传而来”，而“话本小说由‘说话’而来”①。大致而言，这一判断较为准确。所以我们仍然遵循鲁迅先生的看法，将宋代视作中国小说史上“白话小说”出现的一大变迁期。程毅中先生也认为，“宋元话本代表中国小说史上的一大变迁，标志着中国小说发展的一个重要阶段”②。同时，这一时期也是贵族文学向庶民文学转变的关节点。

一、白话短篇侠义小说

宋代城市经济繁荣，商业发达，市民阶层日益扩大，为了满足市民的娱乐生活，各种杂要技艺应运而生，“说话”就是其中之一种。鲁迅先生指出：

> 说话者，谓口说古今惊听之事，盖唐时亦已有之，段成式《酉阳杂俎》(《续集》四《贬误篇》)有云，“予太和末，因弟生日观杂戏，有市人小说，呼扁鹊作‘褊鹊’字，上声。……”李商隐《骄儿诗》(集一)亦云，“或谑张飞胡，或笑邓艾吃。”似当时已有说三国故事者，然未详。宋都汴，民物康阜，游乐之事甚多，市井间有杂伎艺，其中有“说话”，执此业者曰“说话人”。③

宋代一些著名的大城市，如汴京、杭州、扬州、洛阳等地，各种大大小小的“瓦肆”“勾栏”轮番上演着各种技艺，其中“说话”尤盛。按

①石昌渝：《中国小说源流论》，生活·读书·新知三联书店，1994年版，第225、227、244页。

②程毅中辑注：《宋元小说家话本集·前言》，齐鲁书社，2000年版。另在《宋元小说研究》中，也有类似的论述，江苏古籍出版社，1999年版。

③鲁迅：《中国小说史略》，《鲁迅全集》第九卷，人民文学出版社，1981年版，第111页。

文献记载(如孟元老《东京梦华录》、吴自牧《梦粱录》和灌园耐得翁《都城纪胜》等),当时的"说话"一般分为"四科",即四个"家数":

1. 小说(即银字儿)——烟粉、灵怪、传奇、说公案,皆是朴刀杆棒及发迹变泰之事。

2. 说铁骑儿——士马金鼓之事。

3. 说经——演说佛书;

说参请——宾主参禅悟道等事;

说诨经。

4. 讲史书——讲说前代书史文传兴废争战之事。①

这四类中,"小说"即是后世白话短篇小说之源。宋末罗烨的《醉翁谈录》又将"小说"细分为八类:(1)灵怪;(2)烟粉;(3)传奇;(4)公案;(5)朴刀;(6)杆棒;(7)神仙;(8)妖术。程毅中先生特别指出:"第五类'朴刀'和第六类'杆棒'性质相同,都是英雄豪侠的故事。"②那么何谓"朴刀""杆棒"?陈汝衡先生作了如下解释:

所谓"朴刀杆棒",是泛指江湖亡命,杀人报仇,造成血

---

①四科的划分,众说不一,此处依胡士莹对此的概述及看法,见氏著:《话本小说概论》,中华书局,1980年版,第107页。关于"话本"的概念,也出现争论。石昌渝认为:"话本小说不是说话人的底本,而是模拟'说话'的书面故事。它最初是记录'说话'加以编订,发展下去它同时也采集民间传闻进行编写,还选择一些传奇小说和笔记小说的某些作品加以改编。"见《中国小说源流论》,生活·读书·新知三联书店,1994年版,第230页。程毅中则肯定地认为,"说话人曾有底本是无可怀疑的",但"话本"一词"并不专指说话人的底本,别的文艺样式也可以称作话本",因此这是一个"很宽泛的名称"。见程毅中辑注:《宋元小说家话本集·前言》,齐鲁书社,2000年版。又见《程毅中文存》,中华书局,2006年版,第236页。

②程毅中:《宋元小说研究》,江苏古籍出版社,1999年版,第337—338页。

> 案，以至惊动官府一类故事。再如强梁恶霸，犯案累累，贪官赃吏，横行不法，当有侠盗人物路见不平，用暴力方式，替人民痛痛快快地伸冤雪恨。①

可见，此类小说大多可视为“侠义小说”，只是与我们当今的分类法不同，以所使用之器物命名而已。罗烨的《醉翁谈录》中还列出了“朴刀”“杆棒”所属的篇目：

> 论这大虎头、李从吉、杨令公、十条龙、青面兽、季铁铃、陶铁僧、赖五郎、圣人虎、王沙马海、燕四马八，此乃为朴刀局段；言这花和尚、武行者、飞龙记、梅大郎、斗刀楼、拦路虎、高拔钉、徐京落章(草)、五郎为僧、王温上边、狄昭认父，此为杆棒之序头。②

其中所列大都失传，只有《拦路虎》一篇因收入《清平山堂话本》之中而得以流传下来，题《杨温拦路虎传》。不过这些作品的素材与情节还是有部分保留，成为后世白话侠义小说创作或改写的资料库。例如《水浒传》的故事就在宋代的话本中已经出现。

当然除了“朴刀”“杆棒”，还有一些侠义小说被放在了其他类型中。例如《石头孙立》，据谭正璧和胡士莹先生考证，乃水浒人物孙立之事，此则故事被列入“公案”类。《红蜘蛛》应是讲述郑信因仗义杀人获罪入狱后，遭逢奇遇而发迹变泰之事，《醉翁谈录》将之置于“灵怪”类(详下)。又如承袭唐传奇的《西山聂隐娘》、《红线盗印》，因所叙乃剑侠之事，则被放入了“妖术”类。由宋人的分类标准我们也可看出，在宋代，白话侠义类小说中现实与虚

---

①陈汝衡：《说书史话》，人民文学出版社，1987年版，第49页。

②(宋)罗烨：《醉翁谈录》，见《中国文学参考资料小丛书》第一辑，古典文学出版社，1957年版，第4页。

幻已渐渐分离，文言侠义小说中常常述及的剑侠、道流，在白话侠义类小说中，则被认定为妖术或灵怪，与常人侠客已分属两类，彼此截然不同。

程毅中先生指出："我们研究话本，常以宋元连称，就因为许多作品传承自宋代而或经元人修订，大多数刻印于元代或其后。元代是通俗文学非常发达的时期，对白话小说的成熟有重大贡献。"①而且有的作品是否宋元话本，或者究竟出自宋抑或元，目前尚有争论，一时难以断定。于是笔者也以"宋元"连称来讨论这一时期的侠义小说。

这里要特别提及的是20世纪80年代初，西安市文物管理部门发现了一张《新编红白蜘蛛小说》的残页，黄永年先生考定为元刻本，并认为"是本世纪以来小说资料上的重大发现"②。《醉翁谈录》甲集卷一《小说开辟》所举小说篇目"灵怪"类有《红蜘蛛》一种，一般断定即是此篇，而脱一"白"字。《醒世恒言》第三十一卷《郑节使立功神臂弓》，为《红白蜘蛛》的增订本，较元刻本大为详尽，其结局一段与元刻本末页差异甚大，但总的来说，是《红白蜘蛛》比较接近原貌的改编本③。从增订本可知，此故事写的是郑信为报主人恩义，一时愤起，失手打杀敲诈勒索的地痞无赖夏扯驴，因此而犯了官司，被下在狱中。这一"拳打夏扯驴"的情节，颇类《水浒传》中鲁提辖拳打镇关西，以及杨志一时性起，杀死泼皮牛二的故事，或者可以说，后者正是借鉴前者而来的。后因一口

---

①程毅中辑注：《宋元小说家话本集·前言》，齐鲁书社，2000年版，第28页。

②黄永年：《记元刻〈新编红白蜘蛛小说〉残页》，《中华文史论丛》，1982年第1辑。

③程毅中辑注：《宋元小说家话本集》（上），齐鲁书社，2000年版。

古井中黑气冲天，郑信被开封府尹派去探井，于是与红蜘蛛精日霞仙子邂逅，结为夫妻，并生有一双儿女，其间还遇到白蜘蛛精月华仙子，红白蜘蛛为争夺郑信而大打出手。此处古井的设置，也与《水浒传》第一回所写情节相类：洪太尉在江西龙虎山误将关押一百八个星宿的万丈地穴掘开，结果“一声响亮过处，只见一道黑气，从穴里滚将起来”，“直冲上半天里，空中散作百十道金光，往四面八方去了”。后者分明有借鉴前者的地方。三年后，郑信告别妻儿，去山西太原府，投在鲁达的上级种师道军中，以日霞仙子所赠之“神臂弓”，累立战功，十余年间，直做到两川节度使之职，后金兵侵犯，与儿子郑武一起勤王，累败金兵，死后，还率领神兵，以神臂弓射退金兵，保护康王渡江，被敕封为明灵昭慧王，立庙于江上。这一保宋抗金的行为，也与《水浒传》保宋抗辽的行为，有相类之处。尤其结尾受封立庙之事，也与《水浒传》结尾相类。既然《红白蜘蛛》在宋元时期颇为流行，那么《水浒传》的创作受其影响自在情理之中。不仅如此，在它的故事结构中，还包含着各类故事的母题，是综合了各类故事的要素而成的。依此来看，它在小说史上的地位，自应受到足够重视。此外，被收在《清平山堂话本》中的《杨温拦路虎传》，被程毅中先生称为是现存宋元话本中最接近原貌的一个“标本”①。上引《醉翁谈录·小说开辟》杆棒门有《拦路虎》一本，当即此篇。小说是以杨温失妻夺妻为线索展开的，其中杨温与山东夜叉李贵在山东岳庙比棒一节，与《水浒传》“燕青智扑擎天柱”有相似之处，同时也与“林冲棒打洪教头”接近。书中宣扬的“路见不平，拔剑相助”，与《水浒传》精神相合。于此也可看出《水浒传》与朴刀、杆棒小说之间的关系。杨温又与

①程毅中：《清平山堂话本校注》，中华书局，2012年版，第285页。

杨志为同一出身，都是老杨令公的后代。“拦路虎”是宋元时期通行的绰号，与朱贵的绰号“旱地忽律”（忽律为鳄鱼）正好能配成一对。结尾写杨温最后在边庭上“立了一件大功劳，直做到安远军节度使、检校少保”，这也与《水浒》人物的祈向和追求相一致。

至于被冯梦龙收入《古今小说》中的《宋四公大闹禁魂张》，一般认定即为宋元时期流行的话本《好儿赵正》，因现在主要依据的还是冯本，故放在后边讨论。另外宋元话本中较著名的《陈巡检梅岭失妻记》（见《清平山堂话本》），被冯梦龙收入《古今小说》，但未作大的修订；《错斩崔宁》（见《京本通俗小说》），被冯梦龙收入《醒世恒言》，题作《十五贯戏言成巧祸》；《碾玉观音》（见《京本通俗小说》），被冯梦龙收入《警世通言》，题作《崔待诏生死冤家》，并加注曰：“宋人小说题作《碾玉观音》。”因它们与侠义小说只有部分牵连，故也一并放在后面论述。

从现在保留下来的宋元“话本小说”而言，一般文字朴实，内容简略，是白话短篇小说的最初形式。到了明代，话本小说已经被文人化、书面化了，成了供人案头阅读的短篇小说，因此文学性大大增强，在形式上已为成熟的白话短篇小说了。同时从明代开始话本小说的创作蔚然成风，加之书坊刻书之风大盛，于是，话本小说集的刊行，也成了一时之风气。表现侠义类的作品就散见于这些小说集中。

作为明代白话短篇小说的代表作，冯梦龙编辑的“三言”和凌濛初创作的“二拍”中，就包括有许多侠义小说。如《喻世明言》中的《史弘肇龙虎君臣会》、《杨谦之客舫遇侠僧》、《临安里钱婆留发迹》、《宋四公大闹禁魂张》、《羊角哀舍命全交》、《吴保安弃家赎友》、《范巨卿鸡黍死生交》、《任孝子烈性为神》、《汪信之一死救全家》、《沈小霞相会出师表》；《警世通言》中的《赵太祖千里送京娘》、《万秀娘仇报山亭儿》、《崔衙内白鹞招妖》；《醒世恒言》中的

《闹樊楼多情周胜仙》、《吕洞宾飞剑斩黄龙》、《李汧公穷邸遇侠客》及来源于《红白蜘蛛》的《郑节使立功神臂弓》。《初刻拍案惊奇》中的《刘东山夸技顺城门　十八兄奇踪村酒肆》、《程元玉店肆代偿钱　十一娘云冈纵谈侠》、《乌将军一饭必酬　陈大郎三人重会》、《李公佐巧解梦中言　谢小娥智擒船上盗》;《二刻拍案惊奇》中的《神偷寄兴一枝梅　侠盗惯行三昧戏》等。

除此之外,散见于明代其他白话短篇小说集中,且较为著名的尚有《石点头》中的《侯官县烈女歼仇》、《郭挺之榜前认子》、《乞丐妇重配鸾俦》;《西湖二集》中的《侠女散财殉节》、《祖统制显灵救驾》;《醉醒石》中的《济穷途侠士捐金　重报施贤绅取义》、《恃孤忠乘危血战　仗侠孝结友除凶》等等。

明代白话短篇侠义小说涵盖范围非常广泛,包括路见不平、拔刀相助的具有正义感的侠客,如《警世通言·赵太祖千里送京娘》、《警世通言·万秀娘仇报山亭儿》、《醒世恒言·李汧公穷邸遇侠客》中的主人公;也有重信守诺的义士,如《喻世明言·羊角哀舍命全交》、《喻世明言·范巨卿鸡黍死生交》中的主人公;有誓死不忘报恩复仇的侠烈之人,如《警世通言·万秀娘仇报山亭儿》、《初刻拍案惊奇·乌将军一饭必酬　陈大郎三人重会》中的主人公;亦有"侠"与"情"相结合的情侠,如《警世通言·崔待诏生死冤家》、《醒世恒言·闹樊楼多情周胜仙》中的人物;有草莽英雄发迹变泰的故事,如《喻世明言·史弘肇龙虎君臣会》、《喻世明言·临安里钱婆留发迹》;亦有侠盗公案与神仙道术、剑侠之流的故事,如《喻世明言·宋四公大闹禁魂张》、《二刻拍案惊奇·神偷寄兴一枝梅　侠盗惯行三昧戏》、《喻世明言·杨谦之客舫遇侠僧》、《醒世恒言·吕洞宾飞剑斩黄龙》等等。同时不少篇章的内容直接取材于唐传奇和宋代笔记小说及宋元话本,但都作了不同程度的加工和增饰，如《喻世明言·吴保安弃家赎友》取自唐牛肃《纪闻·吴保安》；《醒世恒言·李汧公穷邸遇侠客》取自唐皇甫氏《原化记·义侠》；《初刻拍案惊奇·李公佐巧解梦中言　谢小娥智擒船上盗》取自唐李公佐《谢小娥传》；《初刻拍案惊奇·刘东山夸技顺城门　十八兄奇踪村酒肆》直接取自当朝宋懋澄《九龠别集》；至于上面提到的《宋四公大闹禁魂张》等数篇，则来自宋元话本。

在宋元至明的侠义类话本小说中，特别要提及的是，出现了一类描写侠盗题材的作品，如《喻世明言》所收之《宋四公大闹禁魂张》、《二刻拍案惊奇》中的《神偷寄兴一枝梅　侠盗惯行三昧戏》等即是。这类写大盗武艺高强、神出鬼没的作品在唐宋的文言小说中已有，但主要关注的是他们高超的技艺，如"车中女子"（皇甫氏《原化记·车中女子》）有飞跃宫墙的轻功；"田膨郎"（康骈《剧谈录·田膨郎》）和"三鬟女子"（康骈《剧谈录·潘将军》）亦复如此，恰如唐文宗说田膨郎的那样："此乃任侠之流，非常之窃盗。""我来也"（沈俶《谐史·我来也》）和"王小官人"（周密《癸辛杂识·汤某》）则富有智慧和计谋。至于这些大盗的行径是否合乎侠义标准，则一般忽略不计，亦无涉及。但是到了明代，这类大盗除了继续拥有过人的智慧和高超的技艺之外，其行为也不仅仅只是偷盗，而是有了道德意义上的指向，那就是"劫富济贫"或惩治"为富不仁"者。《宋四公大闹禁魂张》①记叙侠盗宋四公与他

①这篇话本的主人公偷儿赵正，系出自元陆显之话本《好儿赵正》。《录鬼簿》陆显之名下云："汴梁人，有《好儿赵正》话本。"这是今存宋元话本中唯一有作者姓名的作品。另据《醉翁谈录》，这个题材原为南宋说话人拿手的说话内容，具有代表性。见谭正璧编：《三言二拍资料》，上海古籍出版社，1980年版，第212—213页。

的徒弟赵正、侯兴、王秀惩罚为富不仁的张员外,先取不义之财,继而易容逃脱缉捕,并施计栽赃,以惩处官府恶绅。上述一系列情节环环相扣,颇得章法,人物大率粗豪,又变诈百出,殊有风趣,而且故事中还出现了轻功、奇巧机关、蒙汗药、易容术等江湖技艺。无怪乎徐斯年先生将这篇小说称为"宋元短篇武侠小说成熟的标志"①。

另外《神偷寄兴一枝梅　侠盗惯行三昧戏》与上举《宋四公大闹禁魂张》一样,写的也是神偷侠盗之事,可比照而观。"头回"由两个故事组成:一为孟尝君借鸡鸣狗盗之徒逃出幽谷关事,见《史记·孟尝君列传》;一为宋临安剧盗"我来也"事,见《说郛》卷二十三《谐史》,《西湖游览志余》亦载之。本篇开首之诗曰:

剧贼从来有贼智,其间妙巧亦无穷。
若能收作公家用,何必疆场不立功?

以此作为"篇首",可视为此类小说的创作宗旨。又以孟尝君之事作为"得胜头回"第一,正说明此篇在"文化谱系"上是上承"任侠"传统而来的。在此事之后,作者紧接着发议论道:

> 孟尝君平时养了许多客,今脱秦难,却得此两小人之力。可见天下寸长尺技俱有用处。而今世上只重着科目,非此出身,纵有奢遮(了不得的,有本事的)的,一概不用。所以有奇巧智谋之人,没处设施,都赶去做了为非作歹的勾当。若是善用人材的收拾将来,随宜酌用,未必不得他气力,且省得他流在盗贼里头去。

在头回的第二段故事"我来也"之后,又进而发论道:

> 看官,你道如此贼人,可不是有用得着他的去处么?这

①徐斯年:《侠的踪迹——中国武侠小说史论》,人民文学出版社,1995年版,第73—74页。

是旧话，不必说。只说我朝嘉靖年间，苏州有个神偷懒龙，事迹颇多。虽是个贼，煞是有义气，兼带着戏耍，说来有许多好笑好听处。有诗为证：

谁道偷无道，神偷事每奇。
更看多慷慨，不是俗偷儿！

此即所谓“盗亦有道”（此言在《拍案惊奇·程元玉店肆代偿钱十一娘云冈纵谈侠》中专门提及）。作者看重的就是“盗”的“慷慨义气”，故在题目中直接称他们为“侠盗”，并于正话中以说话人的视角写道：

却是懒龙虽是偷儿行径，却有几件好处：不肯淫人家妇女；不入良善与患难之家；许了人说话，再不失信。亦且仗义疏财，偷来东西随手散于贫穷负极之人；最要薅恼那悭吝财主、无义富人，逢场作戏，做出笑话。因此到所在，人多倚草附木，成行逐队来皈依他，义声赫然。懒龙笑道：“吾无父母妻子可养。借这些世间余财，聊救贫人，正所谓损有余，补不足，天道当然。非关吾的好义也。”

此处不仅引老子之言，对此行径作出如此的解释与赞扬，而且这种寻找文化源头和思想支撑的论证方式，也扩大了“侠”的文化内涵。在篇末，仍觉意犹未尽，又进一步将之提升到“大侠”的高度和济世的角度来看待，一反世俗的偏见，为“盗”张目，并与开篇的议论相呼应：

似（懒龙）这等人，也算做穿窬小人中大侠了。反比那面是背非、临财苟得、见利忘义一班峨冠博带的不同。况兼这番神技，若用去偷营劫寨，为间作谍，那里不干些事业？可惜太平之世，守文之时，只好小用伎俩，供人话柄而已。正是：

世上于今半是君，犹然说得未均匀。

懒龙事迹从头看，岂必穿窬是小人！

作者“秉持公心，指擿时弊”（借用鲁迅评《儒林外史》语）的政治关切和用世之情，于此发露无遗。同时从中也可见，宋明时期对侠的道德规范已经延伸至盗贼，“穿窬小人”只要行侠义之事，亦可称作“大侠”。与上述《宋四公大闹禁魂张》相比，对人物的道德诉求更高，行为规范更严，从而从文化的角度，改写了“盗”的性格和作为。

按成书先后来看，如果说，《喻世明言》中的《宋四公大闹禁魂张》尚有《水浒传》式的卖人肉馒头之事，令人毛骨悚然，人物甚为乖戾，心胸也略嫌狭窄；那么，《二刻拍案惊奇》中的《神偷寄兴一枝梅　侠盗惯行三昧戏》，其人物则更具道德意识和自我约束力，这从有关的旁白议论上，也可窥见。从中可以看出，在侠义小说发展史上，对侠义人物的道德要求，不断在提高；对其狂肆人格的整合，不断在加强；与下层民众的亲和力，不断在增长。

不独如此，“盗侠”还要具备不同于一般人的特有技艺，作者在介绍懒龙的本领时云：

> 懒龙不但伎俩巧妙，又有几件稀奇本事，诧异性格：自小就会着了靴子在壁上走，又会说十三省乡谈。夜间可以连宵不睡，日间可以连睡几日，不茶不饭，象陈抟一般。有时放量一吃，酒数斗，饭数升，不够一饱；有时不吃起来，便动几日不饿。鞋底中用稻草灰做衬，走步绝无声响。与人相扑，掉臂往来，倏忽如风。想来《剑侠传》中白猿公，《水浒传》中鼓上蚤，其矫捷不过如此。①

①以上引文皆出自《神偷寄兴一枝梅　侠盗惯行三昧戏》，见（明）凌濛初著，章培恒整理，王古鲁注释：《二刻拍案惊奇》，上海古籍出版社，1983年版，第713—737页。

这种“稀奇本事”和“诧异性格”，是对侠之所以为侠的精确概括。文中引到的两例，又透露出其对“侠”传统的模仿与继承。职是之故，该作品对后世侠义小说中“侠盗”人物的塑造起到了典范作用（这也是不吝篇幅，一再引文的原因所在），以至于成为最具有故事性和趣味性的不可或缺的一类人物。至于《拍案惊奇》中的《程元玉店肆代偿钱　十一娘云冈纵谈侠》，直可将之视为一篇古代“侠义小说传”来看待，其中所引到的古代剑侠小说甚多，并一一加以评说，指陈得失。可以说，《宋四公大闹禁魂张》与凌濛初的这两篇侠义小说一起，扩大了短篇侠义小说的文化内涵，增添了短篇侠义小说的可阅读性，在事件的勾连、故事的叙述和人物的刻画诸方面，进一步丰富了侠义小说的表现力。它们均在侠义小说史上具有较为重要的地位。

二、白话长篇侠义小说

明代，白话长篇小说与白话短篇小说一样，都获得了长足的发展。其中元末明初的《水浒传》，兼具“银字儿”“朴刀”“杆棒”“说公案”“说铁骑儿”等小说的性质，成为白话长篇侠义小说的开山之作，尽管后世多以“英雄传奇”而非“侠义小说”来为其定性，但《水浒传》在中国古代侠义小说史上的地位已为古今学者所肯定，毋庸置疑。鲁迅先生在《中国小说史略》中将其定为“元明传来之讲史”，主要是从该故事的流传和长篇白话小说之源流上着笔的，长篇白话小说主要源自宋代说话中的“讲史”一科，虽然如《水浒传》之类的缀段式作品兼居说话中“小说”一科的形式，但总体而言，其架构仍不失“讲史”特征。鲁迅的如此表述，正是追根溯源之论。另外他在讲到以《三侠五义》为代表的“侠义派”小说时云：“其中所叙的侠客，大半粗豪，很像《水浒》中的人物，故其事实虽然来自《龙图公案》，而源流则仍出于《水浒》。”①此处已分明道出，《水浒传》也当是“侠义小说”无疑。刘若愚先生也曾明确指出：“《水浒传》是从说话发展成为侠客小说的最著名的例子。”②另有丁锡根先生编著之《中国历代小说序跋集》，也将《水浒传》列为章回编“侠义类”第一③。

至于现在将之称作“英雄传奇”，也不无合理性，因为不论是作者抑或我们，已将这类侠客，抬至“英雄”的高度来看待；另所谓“传奇”者，是因为这类故事已远离了真实的历史记载，更具传奇的色彩，故以之名之（按，此处的“传奇”一词，不是文体学意义上的）。

换而言之，我们之所以将之归入“侠义小说”类，是为其寻祖认宗，从大的类别上说的；又将之划归“英雄传奇”类，是就“侠”之精神嬗变上说的。前已述及，白话侠义小说自宋以后，其侠义精神已经发生变化，套用唐代李德裕的话说：“英雄非侠不立，侠非英雄不成。”只要打开《水浒传》文本，“英雄”的字眼比比皆是，并直接将第七十一回的回目称作《忠义堂石碣受天文　梁山泊英雄排座次》。其中的“英雄”一词，就是对梁山“好汉”的最终定性。“好汉”和“英雄”在某些用法和指向上，既为同义词，又有所区别：前者重在突出其重义气、轻生死的侠行，后者重在突出其为国为民的人格境界。

---

①鲁迅：《中国小说的历史的变迁》，《鲁迅全集》第九卷，人民文学出版社，1981年版，第340页。

②刘若愚著，周清霖、唐发饶译：《中国之侠》，上海三联书店，1991年版，第107页。

③丁锡根编著：《中国历代小说序跋集》，人民文学出版社，1996年版。

《水浒传》故事主干本于《大宋宣和遗事》。关于"宋江起义"一事虽有历史根据，但现存文献资料大多语焉不详。倒是在宋代说话中，多有出现。胡士莹先生指出："《水浒》是'小说'和'讲史'合流的产物，由几十种有关水浒英雄的朴刀、杆棒、公案的'小说'和'讲史'(《宣和遗事》)相结合而成的。《水浒》的艺术手法，更近于'小说'，而不似'讲史'，因为它和'小说'一样，更多地以人物命运为中心来叙述；而不是像'讲史'那样，以史实为主线。"①但从《水浒》"以讲史的规模和形式出现"②的这一特点来看，鲁迅先生将之划入"元明传来之讲史"内，不无原因，况且依傍史实或取材历史真实事件与人物的这一小说创作特点，在后世的侠义小说创作中也屡见不鲜。如《三侠五义》将故事的背景放在宋代包公时期，民国初平江不肖生《近代侠义英雄传》中大刀王五、霍元甲等均为历史真实人物。这里之所以不惜费词，作这样的说明，旨在指出，白话长篇侠义小说的创作，已有明确的历史意识，力求摆脱文言侠义小说那种"异人""异行"的虚幻式描写，并力求将"侠"提升到"英雄"人物的高度来表现。故依历史上真实的记载为缘由加以敷演和铺陈，是其主要的方法和表现形式。

叶洪生先生在谈论《水浒传》对后世侠义小说的影响时，特别提到两点："以'乱自上生'、'替天行道'为其内在思想题旨，主持社会正义，为民请命。表彰先秦游侠精神而不惜以武犯禁。"③众所周知，往往在天下无道、公理不行的时期，才更能显示出侠客存

①胡士莹：《话本小说概论》(上册)，中华书局，1980年版，第163页。

②胡士莹：《话本小说概论》(下册)，中华书局，1980年版，第732页。

③叶洪生：《武侠小说谈艺录——叶洪生论剑》，台北联经出版事业有限公司，1994年版，第22页。

在的价值。《水浒传》中无论是单个的行侠仗义、扶危济困，如鲁达、武松、宋江等人，还是团体的“替天行道”，如“智取生辰纲”以及共同对抗官府等行动，都体现了主持正义的侠客精神和“以武犯禁”的游侠特征。因此明人汪道昆在《水浒传序》中说，宋江等人：

聚啸山林，凭陵郡邑。虽掠金帛，而不虏子女。唯翦婪墨，而不戕善良。诵义负气，百人一心。有侠客之风，无暴客之恶。是亦有足嘉者。①

另一明人余象斗也持同样观点，谓梁山好汉：

彼盖强者锄之，弱者扶之，富者削之，贫者周之，冤屈者起而伸之，囚困者斧而出之。原其心，未必为仁者博施济众，按其行事之迹，可谓桓文仗义，并轨君子。②

可见，一部《水浒传》诚可谓是一副形形色色的侠客图谱。

除了塑造出一批生动鲜活的侠客形象外，《水浒传》作为“侠义小说”最重要的特点就是整部书以“忠义”为纲，统摄全书。而这又得分开来讲。在梁山事业的发展、壮大过程中，最能代表侠义精神的“义”字，发挥了重要的作用。是“义”将梁山一百单八人归聚拢来，又将他们团结一起。“‘义’既是他们举奉的行为准则和理想人格，又是维系他们的精神纽带，评判是非的价值尺度。”③此即所谓“同声相应归山寨　一气相随聚水滨”（《水浒传》

---

①朱一玄、刘毓忱编：《水浒传资料汇编》，百花文艺出版社，1984 年版，第 188 页。

②罗贯中著，余象斗评：《水浒志传评林》，沈阳出版社，2012 年版，卷首。

③冯文楼：《四大奇书的文本文化学阐释》，中国社会科学出版社，2003 年版，第 160 页。

第五十七回)、“千里面朝夕相见 一寸心死生可同”(《水浒传》第七十一回)。赛珍珠女士在20世纪20年代中后期翻译《水浒传》时将其书名定为“All Men Are Brothers”(四海之内皆兄弟),这一译名,传神地体现了“义”之一字在水浒群豪中的纽带作用。

随着宋江上山改“聚义厅”为“忠义堂”之后,指导梁山的人格指向和价值观念发生了变化。这一变化实则是对梁山群豪“侠格”的整合与改造。这是侠义小说史上的一个重大转变。于是,“忠义”并举,便成为衡量“侠之大者”的主要标准。何谓“忠义”,明人天海藏《题水浒传叙》中的解释,最为明了:“尽心于为国之谓忠,事宜在济民之谓义。”①借用金庸的话来说就是“为国为民,侠之大者”——他借其笔下人物郭靖之口发论道:“我辈练功学武,所为何事?行侠仗义、济人困厄固然乃是本分,但这只是侠之小者。江湖上所以尊称我一声‘郭大侠’,实因我为国为民、奋不顾身地助守襄阳。……只盼你(杨过)心头牢牢记着‘为国为民,侠之大者’这八个字,日后名扬天下,成为受万民敬仰的真正大侠。”②

“忠义双全”“为国为民”的实践行为,便是被书写在梁山泊杏黄大旗之上的四个大字——“替天行道”。这是梁山义军的行动纲领,宋江上山执政后,便明确提出:

> 小可今日权居此位,全赖众兄弟扶助,同心合意,同气相从,共为股肱,一同替天行道。③

---

①朱一玄、刘毓忱编:《水浒传资料汇编》,百花文艺出版社,1984年版,第217页。

②金庸:《神雕侠侣》第二十回,广州出版社、花城出版社,2002年版,第678页。

③《容与堂本水浒传》第六十回,上海古籍出版社,1988年版,第894页。以下凡引到《水浒传》之原文,皆出自该本,不再一一注明。

在这一纲领的指引下，梁山队伍日益壮大，受到百姓拥戴，但凡攻克城池，“将粮米俵济满城百姓”，“所过州县，分毫不扰”，因此“乡村百姓，扶老挈幼，烧香罗拜迎接”。天海藏《题水浒传序》所谓“事宜在济民之谓义”，正道出了梁山义军“替天行道”的实质。因此，冯文楼教授指出：“《水浒传》故事虽有历史的影子，但对游侠精神的追怀，对救世英雄的渴盼，恐怕才是它得以流传的原因所在，也是该故事的灵魂所在。准以此观，我们与其说它反映的是一场农民起义，不如说是为历史上退处边缘的游侠招魂，来的更为恰切。”①

正因为有“忠义双全”的人格标准，有“替天行道”的行动纲领，故将“侠客”一变而为“英雄”，以至于今日干脆称之为“英雄传奇”，而不再叫作“侠义小说”了。如果说，唐代李德裕的“义非侠不立，侠非义不成”，是侠文化的一大嬗变——以“义”来规范“侠”；那么至《水浒传》，在“义”前又加了一个“忠”字，以成就侠的“英雄”性格，化用李德裕的话说：“英雄非侠不立，侠非英雄不成。”至于小说隐含的“忠义”观念的变迁，将在后文辟专节讨论，此不赘言。

另有《禅真逸史》八集四十回，全名《新镌出像批评通俗奇侠禅真逸史》，又名《残梁外史》、《妙相寺全传》，题“清溪道人编次”，“心心仙侣评订”。据孙楷第先生考证，作者为明末方汝浩。《禅真逸史》以南北朝后期南朝梁与东魏对峙争战为时代背景，叙述了林澹然及弟子杜伏威、薛举、张善相师徒两代行侠仗义、举兵封侯、羽化登仙的故事。前半部讲东魏镇南将军林时茂因出于义

①冯文楼：《四大奇书的文本文化学阐释》，中国社会科学出版社，2003年版，第168页。

愤，抱打不平而得罪权贵，为避祸削发出家，号为澹然，逃奔萧梁，被梁武帝封为妙相寺副主持。因正主持钟守净与民女通奸，林时茂直言劝诫，却被钟守净谗言迫害，不得已逃回东魏。在广宁地界，为张太公家铲除狐妖，并受真人启示，得三卷天书秘录，遂隐居张家，修真习禅，学成通天法术。后半部写林澹然悉心教导三位弟子杜伏威、薛举、张善相，杜、薛、张三人义结金兰，皆学得非凡武艺、兵法及法术。时天下纷争，三人举兵起事，攻城略地，威震天下。后被北齐招降，皆封侯拜相，镇守西蜀，林澹然也随往西蜀，于峨眉山修炼。三人到任后，励精图治，整修边备。十余年后，北周伐齐，三人自立为王。隋统一天下后，三人各传王位于子，受仙人点化与林澹然之教诲，弃家归隐，蝉蜕尘寰，同登仙箓。不久，唐兴隋亡，三子皆归唐封侯，并建"禅真宫"，供奉林澹然师徒四人的神像，敕赠仙号。

《禅真逸史》是一部融历史、侠义、神魔于一炉的白话长篇小说，书名虽为《禅真逸史》，有劝世人修禅通真之意，但实际所描写的却是英雄豪侠之辈行侠仗义、忠君为国、建功立业的政治大事。而书之全名题为《新镌出像批评通俗奇侠禅真逸史》，也专门点出"奇侠"二字，在书中的回目上更有"大侠夜阑降盗贼"（第五回）、"张氏园中三义侠"（第二十二回）、"侠逢朔郡庆良缘"（第三十三回）、"众侠同心归齐国"（第三十五回）、"顺天时三侠称王"（第三十九回）等明确以侠指称主人公的字样。从整部书动辄以"侠"为称的特点来看，作者在创作时已经具有明确的宣扬侠义观念的意识。因此这部小说也是明代重要的白话长篇侠义小说，但情节过于离奇，内容失之庞杂，叙事略嫌拖沓，成就并不很高。其中将行侠与修禅结合起来，可能是受《水浒传》鲁智深的影响。明诸允修《奇侠禅真逸史序》云："节烈豪雄，便是禅真真正面目。……侠之不有，何处得真？真之不修，从何得佛？……此书行，禅真之真面目见矣。”①大致道出了该书的宗旨。

后又有《禅真后史》十集六十回，题“清溪道人编次”，“冲和居士评校”。仍为方氏所撰。此与“前史”相接，写林澹然高徒之一的薛举，因生前杀戮太重，又无利物济民之德，故未列仙班，重降人世，投生于瞿家为子，取名为琰，为国平暴灭妖，再创奇功。它与前史一起，均被小说史列为侠义类，但艺术价值并不高。

除此之外，在白话长篇小说中，罗贯中的《三遂平妖传》上承唐人传奇《聂隐娘》余绪，初成四卷二十回，后由冯梦龙增补为十八卷四十回，其故事玄奇，有飞剑跳丸、降妖伏怪、斗法斗宝等情节。另有神魔小说《封神演义》等，也写到不少神仙斗法比术的精彩场景，是继承唐宋传奇剑侠小说与开启清末民初剑侠小说的承上启下之作，但是“侠义”并非它重点表现的内容，已被鲁迅先生列入“神魔小说”类。至于《飞龙全传》、《说唐全传》、《大宋演义中兴英烈传》、《杨家府演义》等小说，讲述帝王发迹变泰的事迹与将门英雄的忠义之举，虽然其中也写到某些人物的侠义粗豪行径，但大多还是表现历史事件的过程或描写英雄人物的成长，故一般列入“英雄传奇”类，不能称为严格意义上的侠义小说。

三、宋明白话侠义小说的主要特点

综上而言，“侠义观念”在宋明的白话小说中已出现转变，所塑造的侠客形象较前代也有了新的面相，道德化的倾向明显，“忠”“孝”“贞”“节”“义”“信”等道德规范，日益成为侠客必须遵奉

---

①朱一玄编，朱天吉校：《明清小说资料选编》，南开大学出版社，2006年版，第355页。

的准则，尽管有些人不会武功，但凭其个人的道德操守和人格魅力仍可被视为“侠”。例如《羊角哀舍命全交》、《吴保安弃家赎友》、《范巨卿鸡黍死生交》(《喻世明言》)等篇，叙写结交之谊，其中的主人公，都是生死相许、患难与共、信义深重之人。所谓：“岂为朋友轻骨肉，只因信义迫中肠。”这种一言相得，便生死相托的交友之道，明显富有“侠”的特色，其中之一的郭仲翔“一生豪侠尚气，不拘绳墨”，最肯“扶持济拔人的”(《吴保安弃家赎友》)，其他亦属同类之人。故楚元王感羊(角哀)、左(伯桃)“义重”，差官建庙，加封上大夫，敕赐庙额曰“忠义之祠”(《羊角哀舍命全交》)；地方上追慕吴(保安)、郭(仲翔)交情，为之立“双义祠”(《吴保安弃家赎友》)；汉明帝感范(巨卿)、张(劭)“信义深重”，为之建庙，号“信义之祠”，并将其陵墓号曰“信义之墓”(《范巨卿鸡黍死生交》)。这种“信、义”两兼的特点，正乃“侠”的惯常所为。这说明，在明代，尤其是晚明，“侠”的外延在不断扩大，举凡有刚烈之性和非常之行者，皆以“侠”誉之。这特别表现在对某些妓女的评价上，著名的如冯梦龙将杜十娘直接称为“千古女侠”(《杜十娘怒沉百宝箱》)；凌濛初视严蕊为“堪比古来义侠之伦”(《二刻拍案惊奇·硬勘案大儒争闲气　甘受刑侠女著芳名》)。这些小说虽不是侠义小说，但其人物却是按“侠义”标准来塑造的，我们或可称之为侠义小说的“变种”或“亚属”。

另如《祖统制显灵救驾》一篇，写祖域“性气一味刚直，再不肯阿谀曲从于人。凡遇冤枉不平之事，他便暴雷也叫将起来；凡遇贪官污吏，便要与之厮挺。常常拍着一口宝刀大叫道‘宝刀哥，汝是我之知己，我若有些不是，你便杀了我罢！”从此拍刀而呼中，我们清晰地看到，侠客已把自身的侠义人格，看得比性命还重。小说在举例说明后,还特别写到他"凡遇人,只劝人以'孝弟忠信'字"①。《侠女散财殉节》(《西湖二集》)一篇,在刻画"义仆"朵那女(蒙古人)时,为展示她对主母的忠孝之心,特别设计了"割股煎汤"的情节,并最终安排她为主母殉节自杀。正因为她有如此忠孝贞烈的气节,所以才将她称之为"侠女"。《水浒传》中的宋江、柴进、晁盖等人并不以武艺见长,但其仗义疏财、慷慨好义、遍交天下义士的行为,却深得郭解、朱家之遗风,与鲁达、武松等"以武犯禁"的武侠相比,可称得上"文侠"。

李贽在《焚书·杂述》中就曾明确指出:

> 侠之一字,岂易言哉!自古忠臣孝子、义夫节妇,同一侠耳。②

李贽之论,打通了侠义精神和儒家道德人格的界限,扩大了"侠"的范围。这显然是受时代观念的影响。同时也间接反映出当时人们对"侠"之重要性的认识,对"侠"的尊崇和敬畏。这在前引之汤显祖的言论中,亦可窥见一二:"人之大致,惟侠与儒。"(《蕲水朱康侯行义记》)于是,"侠"和"儒",在道德人格上便获得了同一性。白话小说中侠客形象的新变,就在于此。

还需要特别指出的是宋明小说中侠客的"戒色"观念,与唐传奇中放荡不羁的侠客有着极大的区别。唐传奇中的周皓"常结客为花柳之游"(段成式《周皓》);被称为大侠的张和则"幽房闺阁,无不知之"(段成式《张和》);而侠客冯燕杀人亡命后又奸人妻女(沈亚之《冯燕传》)。显然对于"色"之一字,唐人没有太多的禁忌,但是这在宋明人看来,不仅不能称之为侠,恐怕还是人人得而

---

①(明)周清原:《西湖二集》,人民文学出版社,1989 年版,第 477 页。
②(明)李贽:《焚书·续焚书》,中华书局,2009 年第 2 版,第 194 页。

诛之的对象。这一规诫无疑是深受宋明理学的影响,也与三教合流的思想史背景有关。关于这一点,《警世通言》中的《赵太祖千里送京娘》一篇,颇有代表性。主人公赵匡胤是个急人之难、光明磊落、不图回报的好汉,一路历经磨难护送被解救的女子京娘回家。如果说千里之行的跋涉和黑店强盗的拦阻,只是为了表现赵匡胤外在的勇武,那么一路朝夕相伴的美人则是对他内在意志与道德操守的最好试探与考验。为了表现赵匡胤正直的豪侠本性,小说将他面对美色的表现行为作了极端化的处理。当京娘在途中表示出以身相许的意愿后:

> 公子(赵匡胤)大笑道:"贤妹差矣!俺与你萍水相逢,出身相救,实出恻隐之心,非贪美丽之貌。况彼此同姓,难以为婚,兄妹相称,岂可及乱?俺是个坐怀不乱的柳下惠,你岂可学纵欲败礼的吴孟子!休得狂言,惹人笑话。"京娘羞惭满面,半晌无语,重又开言道:"恩人体怪妾多言,妾非淫污苟贱之辈,只为弱体余生,尽出恩人所赐,此身之外,别无报答。不敢望与恩人婚配,得为妾婢,伏侍恩人一日,死亦瞑目。"公子勃然大怒道:"赵某是顶天立地的男子,一生正直,并无邪佞。你把我看做施恩望报的小辈,假公济私的奸人,是何道理?你若邪心不息,俺即今撒开双手,不管闲事,怪不得我有始无终了。"公子此时声色俱厉,京娘深深下拜道:"今日方见恩人心事,赛过柳下惠、鲁男子。愚妹是女流之辈,坐井观天,望乞恩人恕罪则个!"公子方才息怒,道:"贤妹,非是俺胶柱鼓瑟,本为义气上千里步行相送。今日若就私情,与那两个响马何异?把从前一片真心化为假意,惹天下豪杰们笑话。"

而当赵匡胤护送京娘回到蒲州后,京娘的父兄不相信二人之间没有私情，于是便意欲招赵匡胤为婿，以杜绝外人的闲言碎语。但当赵父代女求婚时：

> 公子听得这话，一盆烈火从心头掇起，大骂道："老匹夫！俺为义气而来，反把此言来污辱我。俺若贪女色时，路上也就成亲了，何必千里相送！你这般不识好歹的，枉费俺一片热心。"说罢，将桌子掀翻，望门外一直便走。赵公夫妇唬得战战兢兢。赵文见公子粗鲁，也不敢上前。只有京娘心下十分不安，急走去扯住公子衣裾，劝道："恩人息怒！且看愚妹之面。"公子那里肯依，一手攦脱了京娘，奔至柳树下，解了赤麒麟，跃上鞍辔，如飞而去。①

面此形势，京娘最终只得以自缢表示清白，回报恩德。在今天看来，赵匡胤的行为，不免有些冷酷与矫情，而京娘的自缢，也让人唏嘘惋叹。但是小说家如此创作的目的却非常明确，除了刻画赵匡胤作为一代帝王、真命天子顶天立地的王者风范之外，更是对其豪侠本性的极端化处理。因为坐怀不乱，是英雄之所以为英雄的必备品质。且听小说结尾对其的诗赞：

> 不恋私情不畏强，独行千里送京娘。
> 汉唐吕武纷多事，谁及英雄赵大郎！

同样的例子，还可举出《万秀娘仇报山亭儿》(《警世通言》)。尹宗对万秀娘始终以礼相待，对她以身相许的报恩之意同样严词拒绝。较少被人关注的《西湖二集》中的《祖统制显灵救驾》，亦可与《赵太祖千里送京娘》对读。祖域就生活在宋太祖朝，是"天生的一尊活神道，铁石心肠，那里晓得'邪淫'二字，虽然年纪后生，

---

①《赵太祖千里送京娘》，(明)冯梦龙编，严敦易校注：《警世通言》，人民文学出版社，1956年版，第313、315页。

却倒像陈最良说的‘六十来岁并不曾晓得伤个春’”。当韩慧娘试图勾引他时，他勃然大怒道：“汝为妇人，不识廉耻，黉夜走入书房，思欲作此破败伦理、伤坏风俗之事，我祖域生平誓不为苟且行止。”这一严词拒绝，不但显示了他的刚烈，也挽救了慧娘的名节：“暗暗感激不尽，从此再不发一毫邪淫之念，保了她一生节操。”①还有《水浒传》中的大多数好汉，都不贪女色，李逵更因误认为宋江强抢民女而“拔出大斧，先砍倒了杏黄旗，把‘替天行道’四个字扯做粉碎”，又“拿了双斧，抢上堂来，径奔宋江”（《水浒传》第七十三回）。

宋明白话侠义小说的另一重要特点，便是其中的侠客多为常人，而很少异士。随之而来的变化，便是侠客之“武”，日益受到重视，逐渐褪去了唐宋传奇中那种奇幻神秘、叙述简略的特点。马幼垣先生指出：“武艺本身的受到重视，始自话本小说。”②不仅武艺打斗的篇幅较唐宋传奇大大增加，而且武功的细节也有了较为详细的展示，甚至出现了具体的招数。这都为后世侠义小说向武侠小说的转变奠定了基础，也影响到了文言侠义小说的创作（见前）。

其中，《杨温拦路虎传》（《清平山堂话本》）中的几段棍棒比划就非常引人注目：

> 马都头棒打杨官人（杨温），就幸则一步，拦腰便打。那马都头使棒，则半步一隔，杨官人便走。都头赶上使一棒，匹头打下来。杨官人把脚侧一步，棒过和身也过，落夹背一棒，

①（明）周清原：《西湖二集》，人民文学出版社，1989 年版，第 474 页。

② 马幼垣：《〈水浒传〉与中国武侠小说的传统》，马幼垣：《水浒论衡》，生活·读书·新知三联书店，2007 年版，第 181 页。

把都头打一下伏地，看见脊背上肿起来。

……

杨三官把一条棒，李贵把一条棒，两个放对使一合。杨三是行家，使棒的叫做腾倒，见了冷破，再使一合。那杨承局（杨温）一棒，劈头便打下来，唤作大捷。李贵使一扛隔，杨官人棒待落，却不打头，入一步则半步一棒，望小腿上打着，李贵叫一声，辟然倒地。①

一般认定该话本属宋元话本。这两段打斗描写逐招交代，并采用了行内术语，如“腾倒”“冷破”“大捷”等。宋元话本存世很少，故很难确知是否还有如此描写的作品，但至少此篇已提供了一个极好的例证。

至明代，具体的武艺描写逐渐增多，如上引《赵太祖千里送京娘》中就有赵匡胤与强盗周进打斗的详细描写：

公子一条铁棒，如金龙罩体，玉蟒缠身；迎着棒似秋叶翻风，近着身如落花坠地。打得三分四散，七零八落。周进胆寒起来，枪法乱了，被公子一棒打倒。众喽罗发声喊，都落荒乱跑。公子再复一棒，结果了周进。②

与《杨温拦路虎传》相比，虽没有具体武功招式的展示，却使用比喻的修辞手段，将武打做了艺术性的描绘。可见到了明代，侠义小说中的武打场面已经过了作家刻意的表现和艺术化的处理。至于长篇白话小说《水浒传》中的武打场合就更加多了，有学者

---

①（明）洪楩辑，程毅中校注：《清平山堂话本校注》，中华书局，2012年版，第274、277页。

②（明）冯梦龙编，严敦易校注：《警世通言》，人民文学出版社，1956年版，第308页。

统计,《水浒传》“共描写有名目的武打约250次左右”①。此书虽成书于元末明初,但我们看到的则是明后期的刻本,它的成书过程,恰好是一个不断被加工改造的过程,其中应包括对武打场景的加工。如果这一判断不致大错的话,它的许多脍炙人口的武斗场面,正反映出从宋到明武功描写的日益精致化。著名的段落如“鲁智深大闹瓦罐寺”“林冲棒打洪教头”“武松醉打蒋门神”“燕青智扑擎天柱”等,都有精彩的武打场面。试举“林冲棒打洪教头”为例:

> (洪教头)把棒来尽心使个旗鼓,吐个门户,唤做“把火烧天势”。……(林冲)也横着棒,使个门户,吐个势,唤做“拨草寻蛇势”。洪教头喝一声:“来,来,来!”便使棒盖将入来。林冲望后一退,洪教头赶入一步,提起棒,又复一棒下来。林冲看他脚步已乱了,便把棒从地下一跳,洪教头措手不及,就那一跳里,和身一转,那棒直扫着洪教头臁儿骨上,撇了棒,扑地倒了。(第九回)

其中对武功招式的描写,极为细腻,如“把火烧天势”“拨草寻蛇势”等等,比喻形象,描写逼真,一招一式,丝毫不乱。与上述之《杨温拦路虎传》,有明显的因袭关系。另如武松的醉拳玉环步鸳鸯腿、鲁智深的硬功和气力、花荣的射技、戴宗的神行法、张清的暗器、时迁的轻功等,无不为后世侠义小说的武功描写提供了借鉴。

黄汝成在顾炎武《日知录》卷十三《重厚》的“集释”中,引有一段钱大昕的话,其曰:“古有儒、释、道三教,自明以来,又多一教,曰小说。小说,演义之书,士大夫、农、工、商贾无不习闻之,以至

①王资鑫:《〈水浒〉与武打艺术》,江苏古籍出版社,1986年版,第7页。

儿童妇女不识字者，亦皆闻而如见之，是其教较之儒、释、道而更广也。”①余英时先生据此指出：“撇开他（钱大昕）的道德判断不谈，这篇文字却是明清小说史上的重要材料。第一，他明白指出：明清小说比儒、释、道三教的影响都大得多，因此他称之为‘小说教’。第二，‘士大夫、农、工、商、贾无不习闻之’一语则说明小说的读者群已包括了社会上各阶层。”②此处不惜费词作征引，旨在说明，在小说流行的大背景下，作者的创作自会考虑到读者群的需求和嗜好，而侠义小说之所以流行，与此有绝大关系。尤其明代，出版发达，刻书成风，这对白话小说的普及与流传，起着重要的作用，再加上接受者的爱好，文人的参与，自对艺术水准的提高起到了促进作用。后世侠义小说的发展，至此已形成大体格局。

总体而言，由宋至明的侠义小说，在经历了“侠义观”的重新

---

①（清）顾炎武著，黄汝成集释，栾保群、吕宗力校点：《日知录集释》，上海古籍出版社，2006 年版，第 777—778 页。按，此处所引见钱大昕著《潜研堂文集》卷十七《正俗》条。钱氏在顾炎武卒后四十余年才出生，所以这段钱氏语是黄汝成在《日知录集释》中拿来参证顾氏语的。黄氏在道光年间综引九十六位学者的言论并加上自己的案语分置于《日知录》中相关各条，是曰“集释”。这九十六位学者的名单附于黄氏叙末，其中第五位即“钱氏大昕”。《日知录集释》的释文，各种版本皆以小字印出，顾氏自己的释文标为“原注”排在最前，随后才罗列各家的相关说法。因此当代许多论者在引到此段时，将之表述为顾炎武《日知录》卷十三“重厚”条引钱氏语，或直接将之归为顾炎武《日知录》原文，实为大谬。参见张金耀：《偷懒是错误的邻居》，《书屋》，2001 年第 1 期。

②余英时：《明清小说与民间文化：柳存仁〈和风堂新文集〉序》，氏著：《中国文化史通释》，生活・读书・新知三联书店，2011 年版，第 118 页。关于“小说教”的讨论，还可参见王学泰：《游民文化与中国社会》（增修版），山西人民出版社，2014 年版，第 441 页以下。

整合、武功斗艺的日益细化后，以白话文体的表现形式，直接影响了清代侠义小说的创作。

第二节　古代侠义小说的鼎盛期
——清代的白话侠义小说

古代白话侠义小说发展至清代，才真正进入鼎盛期，这一点已为学界公认。究其原因，盖在于作为一种“类型”，直至清代，才达致“完型”，更严格地说，至清代中后期才出现大盛的局面（按，本节的清代概念，包括晚清）。就武侠小说而言，也至此而真正成型。陈平原教授从“史”的角度指出：“武侠小说是后起之秀。出现侠客或打斗场面的小说，不等于就是武侠小说，作为一种小说类型，侠义小说应具备相对固定的行侠主题、行侠手段以及相应的文化意义、叙事方式与结构技巧。因此，我主张把清代侠义小说作为武侠小说类型真正成形的标志，而把唐宋豪侠小说以及明代小说（话本、章回）之关于侠客的描写，作为武侠小说的‘前驱’。”①

这一创作鼎盛局面的出现，既有这种小说类型自身发展的内在机制，也有时代因素和接受者审美诉求等诸多因素。因此，无论是从内在的“侠义精神”的建构上，还是从艺术形式的完善上，清代侠义小说都是古代侠义类小说中的重中之重。

如果说白话侠义小说在宋明时期的最主要表现形式是话本小说，那么清代的白话侠义小说最主要的表现形式则是章回小说。在中国古代长篇白话小说的发展长河中，相对于历史演义、

①陈平原：《千古文人侠客梦》，新世界出版社，2002年版，第44页。

英雄传奇、神魔小说、世情小说、公案小说以及才子佳人小说，侠义小说是在清代中后期才真正蔚为大观的。对此，鲁迅先生说得十分明确：

> 明季以来，世目《三国》《水浒》《西游》《金瓶梅》为“四大奇书”，居说部上首，比清乾隆中，《红楼梦》盛行，遂夺《三国》之席，而尤见称于文人。惟细民所嗜，则仍在《三国》《水浒》。时势屡更，人情日异于昔，久亦稍厌，渐生别流，虽故发源于前数书，而精神或至正反，大旨在揄扬勇侠，赞美粗豪，然又必不背于忠义。其所以然者，即一缘文人或有憾于《红楼》，其代表为《儿女英雄传》；一缘民心已不通于《水浒》，其代表为《三侠五义》。①

“时势屡更，人情日异”——这是鲁迅先生指出的两个重要方面。清自中期以降，贪墨横行，士风不振，给人沉闷之感，所谓“悲凉之雾，遍被华林”者是也。文学作为时代的晴雨表，对此的反应最为敏锐。如果说这些信息在《红楼梦》中已有透露，那么《儒林外史》则是专门针对当日士风的，将此原因归结到科举制度的烂熟上。其他暂且不论，“士风”则是维系一个社会精神命脉的关键所在。就明代而言，至中后期，皇帝无道，官吏腐败，而仍能维系下去，不至立即倾覆，即如孟森先生所指出的：端赖士气未倒，尚能扶植清议，“凡祖制之善者，虽无朝命，士大夫自不计祸害以奉行之”②。清代中后期的士风如何？龚自珍《咏史》一诗为我们展示了一幅极为形象的图画：

---

①鲁迅：《中国小说史略》，《鲁迅全集》第九卷，人民文学出版社，1981年版，第269页。

②孟森：《明清史讲义》，中华书局，1981年版，第190、198页。

金粉东南十五州，万重恩怨属名流。
牢盆狎客操全算，团扇才人踞上游。
避席畏闻文字狱，著书都为稻粱谋。
田横五百人安在，难道归来尽列侯？①

他之所以呼唤田横式的“烈士精神”，就在于希望重振士风，打破那种“万马齐喑”的局面。这种呼唤反映在民间，自然把目光投向了“侠”，因为“侠义精神”之中正含有“烈士精神”，二者是相通的。后来的谭嗣同（1865—1898）是最能体现这种“烈士精神”的代表人物，对“侠”的认同，正是成就其“烈士精神”的重要原因之一。他十八岁时的自题小照《望海潮》，就有所表露：“拔剑欲高歌，有几根侠骨，禁得揉搓。”②张灏先生分析道：“他的一生行迹也确实常常显出侠气纵横。……据梁启超说，谭嗣同年轻时‘好任侠，善剑术’，当他父亲在甘肃服官时，他常常出入西北边塞，骑马射箭，奔逐驰骋。”③如果说，“几根侠骨”，是撑起谭嗣同精神的重要支柱之一，那么，准此以观，在“九州生气恃风雷”的近代前期之所以出现侠义小说创作的热潮，其中的一个重要原因，就在于通过对侠义精神的弘扬，来激发国民日渐疲弱的颓势，培植他们的烈士精神，激发他们的昂扬斗志。此外，前文提及鲁迅先生所指出的人们审美观念的变化，也是重要的原因之一，故而这种大率“揄扬勇侠，赞美粗豪”，惩恶扶弱，整肃纲纪的侠义小说，自会受到上至文人，下至民间

①（清）龚自珍：《咏史》，《龚自珍全集》，上海人民出版社，1975年版，第471页。

②谭嗣同：《望海潮·自题小照》，蔡尚思、方行编：《谭嗣同全集》（增订本），中华书局，1981年版，第150页。

③张灏：《烈士精神与批判意识——谭嗣同思想分析》，广西师范大学出版社，2004年版，第7页。

的欢迎。再加上清代市民文化繁荣，诸如评话评书、弹词鼓词等民间艺术的流行发达，都对白话侠义小说的繁荣起到了促进作用。

鲁迅先生在分析侠义小说盛行的原因时，还点出了清代侠义小说中最重要的两部代表作品：《儿女英雄传》与《三侠五义》。尤其是《三侠五义》及后来的改编本《七侠五义》，可谓清代侠义小说中的翘楚。对此，近人石庵就曾指出："《七侠五义》一书，其笔墨纯从《水浒传》脱化而出，稍精心于小说者一见即知。但其妙者，虽脱化于《水浒》，而绝不落《水浒》之窠臼，且能借势翻新。……实开近日一切侠义小说之门。"①此书一出，坊间仿作蜂起，不仅推动了侠义小说创作的热潮，也开启了后世武侠小说创作的先河，标志着近代武侠小说的正式诞生。因此，《三侠五义》系列小说是谈论中国侠义小说不可绕过去的作品，故也是笔者重点关注的对象之一。

当然，清代的侠义小说并不仅仅只有清中叶以后那些带有"平话"趣味的作品，还包括其他类型和题材的侠义小说。龚鹏程先生曾从广义的角度，将清代的侠义小说归纳为五大系统，并各举数例。兹将其分类转录如下：

一、儿女英雄；

二、水浒余波；

三、侠义公案；

四、演史逸闻；

五、剑侠。②

---

①朱一玄编，朱天吉校：《明清小说资料选编》，南开大学出版社，2006年版，第365页。

②龚鹏程：《侠的精神文化史论》，山东画报出版社，2008年版，第147—148页注释部分。

这一划分的涵盖面非常广，不仅包括了典型的侠义小说，还包括了一些含有侠义人物或情节的作品。当然，如按此广义的方式来分类，神魔小说中也有不乏侠义情节的作品，如《济公传》、《绿野仙踪》等。由于清代的白话侠义小说发展已经相当完备，所以，苛刻地说，那些被划入"水浒余波"和"演史逸闻"体统的部分作品，相较于其他三类，并不能算作严格意义上的侠义小说，只能称作侠义小说的旁支或含有侠义因素的小说而已。这并不是说，以上的分类没有根据，但笔者以为长篇毕竟不同于短篇，论述仍应以那些典型的侠义小说为主。

参照上述分类系统，清代的白话侠义小说有三个最为典型的类型：一为"侠义公案"，一为"儿女侠情"，一为"剑侠传奇"。其中尤以"侠义公案"类为大宗，也是清代白话侠义小说的主流作品。至于"儿女侠情"，则属于侠义小说的扩展新变类，"剑侠传奇"则是上承唐传奇和宋明文言侠义小说中的剑侠传统而来。下文将以这三种类型为切入点，结合具体作品分析清代白话侠义小说的特点。这里仍需说明的是，上述类别只是就其不同侧面而划分的，其中既有交叉复叠之处，更有侠义精神的共通性，"区隔"的建立只是为了使类型更为分明，论述更加便捷而已。

一、侠义公案

清代白话侠义小说的一个最大特点便是出现侠义与公案的合流、侠士与官府的结合。当然这一"合流"的说法目前在学界尚有争议。

1957 年，吴小如先生首次提出了"侠义公案小说"这一概念。其主要依据是，这类小说中的大多数，特别是其中的代表作品《三侠五义》，有一个共同的特点，那便是"公案故事同侠义故事结合起来，形成侠客和清官的合作”①。这一观点后来被多数学者所接受，如北京大学中文系所编《中国小说史稿》、胡士莹《话本小说概论》等均持此说。刘若愚先生还追根溯源，将“清代侠义公案小说”视为早期“公案”和“朴刀”、“杆棒”小说的混合物②。当代许多关于侠义小说史或侠文化的论著在归纳清代侠义小说时，也均冠以“侠义公案小说”或“公案侠义小说”之名③，许多文学史的概括，亦复如此。但持反对合流观点的学者则认为，这类小说不仅不是合流，反而是分化。如陈平原先生认为在清代之前的侠义小说中，“公案”和“侠义”往往纠合在一起，例如宋人灌园耐得翁《都城纪胜》中“瓦舍众伎”条云：“说公案，皆是搏刀赶棒及发迹变泰之事。”而“三言”“二拍”中的部分篇章都是兼合“公案”与“侠义”的；那么既然二者在之前并未真正独立，因此“合流”一词就无从说起；到了清代中后期，《三侠五义》一类小说中的“公案”部分，只是因袭旧作以便引起话头，主要的内容却在于描写侠客们的故事；而“公案小说”作为一种小说类型，是随着明清大批记载清官

---

①吴小如：《读〈三侠五义〉札记》，《文艺学习》，1957年4期。

②刘若愚著，周清霖、唐发饶译：《中国之侠》，上海三联书店，1991年版，第116页。

③王海林：《中国武侠小说史略》，北岳文艺出版社，1988年版；张赣生：《民国通俗小说论稿》，重庆出版社，1991年版；陈山：《中国武侠史》，上海三联书店，1992年版；徐斯年：《侠的踪迹——中国武侠小说史论》，人民文学出版社，1995年版；叶洪生：《武侠小说谈艺录——叶洪生论剑》，台北联经出版事业公司，1994年版；曹亦冰：《侠义公案小说史》，浙江古籍出版社，1998年版；陈颖：《中国英雄侠义小说通史》，江苏教育出版社，1998年版；曹正文：《侠客行——纵谈中国武侠》，台北云龙出版社，1998年版；龚鹏程：《侠的精神文化史论》，山东画报出版社，2008年版；韩云波：《中国侠文化：积淀与传承》，重庆出版社，2005年版等。

断案故事的小说专集的出现才日渐成熟的。因此他得出的结论是，此前“公案”和“侠义”界限模糊，此后界限分明，因之，二者是“分化”，而并非“合流”。他还追根溯源地指出，研究者在“侠义”之前或之后加上“公案”二字，很大成分是“被胡适的考证引入歧途”的①。此处不作讨论，而大致情形则如鲁迅先生所云：

> 这等小说，大概是叙侠义之士，除盗反叛的事情，而中间每以名臣大官，总领一切。……其中所叙的侠客，大半粗豪，很像《水浒》中底人物。②

详言之，这类小说大多有一个叙事模式，即以某个清官为核心人物，同时又有一群侠客作为这个清官的保镖或助手，侠客既协助清官破获案件，又负护卫清官之责，而且还依旧干些路见不平、拔刀相助的侠义之事。因此鲁迅先生仍将之称为“侠义小说”。本书以“侠义公案”概括之，主要考虑到“公案”是这种故事的表现媒介和叙事框架，如果去除“公案”二字，其特色就不够鲜明了，故而放大这一类型，以便涵盖更多的同类小说。

侠义与公案结合的例子，早在唐传奇中就出现了，例如李公佐《谢小娥传》、沈亚之《冯燕传》、皇甫氏《车中女子》、康骈《田膨郎》、《潘将军》等。这类作品大致有一个共同特点，便是其中的侠客多半也是公案中的当事人，故而案情的侦破往往是解铃还须系铃人，情节相对简单。到了宋明时期，这类侠义和公案结合的作品也出现了不少，文言小说如沈俶《我来也》(《谐史》)、周密《汤某》(又名《王小官人》，见《癸辛杂识》)；话本小说如《三现身包龙

①陈平原:《千古文人侠客梦》，新世界出版社，2002 年版，第 44 页以下。

②鲁迅:《中国小说的历史的变迁》，《鲁迅全集》第九卷，人民文学出版社，1981 年版，第 339、340 页。

图断冤》(《警世通言》)、《汪信之一死救全家》、《宋四公大闹禁魂张》(《喻世明言》)、凌濛初《神偷寄兴一枝梅　侠盗惯行三昧戏》(《二刻拍案惊奇》)等等，而且这些侠客多为“侠盗”。因此，公案故事可以为侠义故事提供很好的框架，并成为侠行的重要载体。到了清代，侠义与公案结合的小说由短篇发展为长篇，不但之前的同类短篇小说，成为借鉴的对象，而且像《水浒传》那样的长篇章回小说，也会受到青睐。那么如何出新，又如何不会受到监察机关的查封，他们想到的办法便是让侠客从“对抗政府”，走向“帮助政府”，并以大众喜闻乐见的一名“清官”总领其事。于是《水浒传》中那种凭个人本领，“一枪一刀，博个封妻荫子”的愿望，通过另一种途径获得了实现。

现存清代最早的侠义公案相结合的长篇白话小说应该算是《施公案》，八卷九十七回，又名《施公案奇闻》、《百断奇观》，不题撰人。现存最早的刊本为嘉庆二十五年(1820)厦门文德堂藏板，书首有嘉庆三年(1798)的序，序后署“嘉庆戊午年(1798)孟冬月新绣”字样，据此以及道光初年“施公案”题材的戏曲广泛流行，判断此书应在嘉庆年间或更早时间写成。《施公案》因为在坊间说书市场格外受听众欢迎，被书商迅速刊刻翻印，嘉庆三年，北京、南京等地书商刊行的版本就多达十几种。因该书受欢迎的程度很高，其续书随之出现，也被再三刊印，至光绪二十八年，上海文宜书局刊印至十续。第二年，上海书局、大达书局、广益书局一起推出长达五百二十八回的《施公案全集》，一百三十万字。此书叙述康熙年间的清官施仕伦，在黄天霸等侠士的帮助下屡破奇案、惩恶除暴的故事。同类的还有《彭公案》正集二十三卷一百回，贪梦道人撰。初刊为光绪十八年(1892)立本堂本，首有张继起序、孙寿彭序及贪梦道人序。除正集外，续集也大量出现，达十七集之多，且多不署撰人，大达书局曾将《彭公案》正集、一续（八十回）、二续（八十一回）合并刊印，共三百四十一回。此书叙述清官彭朋，在黄三太等众侠士的大力帮助下查办案件的故事。整部小说无论故事内容、人物塑造还是叙述方法，均与《施公案》相类。

《三侠五义》是在石玉昆说唱《龙图公案》的基础上发展而成的长篇章回小说，后经俞樾改订后，易名《七侠五义》，其续书包括《小五义》与《续小五义》，因为这三部小说的情节互有联系，且构成一个连续完整的故事，因此本书将这几部书看作"《三侠五义》系列小说"。"三侠"和"五义"都是江湖侠士，小说写他们受到包拯赏识与荐拔，协助其平反冤狱、诛暴安良、剪除叛党的故事。因为该系列小说是中国古代侠义小说的典型作品，将辟专章论述，故此处只作简单介绍。另有《续侠义传》，四卷十六回，不著撰人，约刊于清光绪后期。书前有佚名《侠义传评赞》，仿金圣叹评《水浒传》之例，书中的侠义人物是紧接《三侠五义》而来的，只是将领袖群豪的包拯易为颜春敏，其中也讲述到平襄阳王叛乱之事，最后以侠客义士归隐作结。它与《小五义》、《续小五义》不同，当属《三侠五义》另一系统的续书。此书已不易见，其故事性、艺术性和普及程度都远远不及前两部续书。

如果说在《施公案》、《彭公案》中，清官断案还是作为串起整部小说的主要线索的话，那么到了《三侠五义》，则出现了变化与创新。从《施公案》和《彭公案》的命名中，就可看出，"公案"是小说描写的主要内容，但是《三侠五义》系列小说在容纳公案题材、仿效公案模式的同时，却大大淡化了公案的内容，着意展示的是众豪杰的行侠仗义，故鲁迅先生说，它是一部"为市井细民写心"的小说，其"侠义小说"的类型特点非常明显，而其"公案"性只表现在有一清官“总领一切”而已。如一百二十回的《三侠五义》，从第十三回“安平镇五鼠单行义　苗家集双侠对分金”起，包公就基本退出了前台，清官审案也就让位于侠客的行侠报国了。在《小五义》和《续小五义》中，这种倾向更为明显，清官颜查散全靠侠客来保驾，断案之功微乎其微，也就是说，其公案的背景越来越淡。《三侠五义》自问世之后，在社会上广泛流传，继而带动了“侠义”类小说的发展和兴盛，影响所至，连《施公案》的“续书”也不得不改宗专写侠义故事。随后《英雄大八义》、《英雄小八义》、《七剑十三侠》、《七剑十八义》等仿作蜂拥而出。近人石庵指出“(《三侠五义》)实开近日一切侠义小说之门”①，也正是从类型学的角度对它的开创之功所作出的结论。

另外，清代侠义与公案结合的作品与前代同类作品相比，最主要的一个特点或新变，就是小说中的侠客不再是公案事件的制造者，而是由“以武犯禁”的作案者一变成为“以武护法”的清官下属。如《施公案》中的黄天霸，本系一位绿林侠客，起先要谋害施仕伦，后被施仕伦的德行所折服，归附其下，与其他侠客一起，协助这位清官断案惩恶，并数次使主人死里逃生，立下大功。《彭公案》中的黄三太，是黄天霸的父亲，其形象同《施公案》中的黄天霸类似。在《三侠五义》系列小说中的南侠展昭、五鼠、王朝、马汉、张龙、赵虎、小五义等人，最初也都是行走江湖的侠客，一旦归附清官之后，一方面负责护卫清官的安全，一方面帮助清官平叛除盗，这也就是鲁迅所云：“终必为一大僚隶卒，供使令奔走以为宠

①朱一玄编，朱天吉校：《明清小说资料选编》，南开大学出版社，2006 年版，第 365 页。

荣。"①这一点,恰是清代侠义公案类小说备受今人诟病和争议的地方,而此争议的焦点则集中在侠客是否因此失去个体人格而沦为朝廷鹰犬。但持此论者往往忽略了一个关键,就是侠客们依附的往往是"清官"。这一依附对象——"清官"——至为重要,他不仅代表官府的正面形象,而且与"侠"在精神上具有一致性,因此又是侠士的"知己"。侠客之于清官,一来佩服其德行,二来又感受其恩遇,所以侠士与清官既是上下级的隶属关系,又是同道中人,复是朋友知己关系。关于这一"清官"与"侠客"的结合,后文还将做详细讨论。

在清代侠义公案类小说中,《施公案》中的黄天霸是侠客投靠官府的首例,但显然这个人物的塑造并不成功,小说为了凸显其对施仕伦的忠心,不惜将之与江湖义气放在对立的情势下,以绝对化的抉择方式来显示黄天霸的忠心。这从黄天霸投靠施仕伦之后所改之名——"施忠"二字中即可窥见。黄天霸为了搭救施仕伦,竟心狠手辣地杀死结义兄弟,"负了江湖信义",使"江湖上的朋友,无不怨恨",尽管他也曾负疚伤心,但却并未动摇其投靠官府之心。小说这种舍"义"全"忠"的处理方式,固然有某种政治上的考量:企图彻底改造侠义人物的道德人格,让其屈就于"忠"的政治伦理;但是这种改造,却彻底毁掉了他本身具有的"侠格",使之沦为一个并不受人喜爱的"变型"人物。

之后的《三侠五义》系列小说在"忠/义"关系的处理上,也许是接受了这一教训之故,从而舍弃了"二元对立"的模式,以两者兼顾、力求统一的方式,通过"清官"的中介或桥梁,将侠客之"义"

---

①鲁迅:《中国小说史略》,《鲁迅全集》第九卷,人民文学出版社,1981年版,第279页。

与侠客之“忠”结合在一起。侠客们行走江湖时，依然侠风烈烈，不改其旧；依附官府后，仍有自己的独立人格，并不卖友求荣，充当鹰犬，而是凭借自己的真实本领，扶助清官，以平叛除盗的方式，彰显侠之为侠的义行，最终完成了“侠义小我”向“忠义大我”的升华，成就了“侠之大者”的崇高人格。很显然，《三侠五义》系列小说走的是一条融合“忠/义”的道路，其中的侠客形象较黄天霸更深入人心。但从另一方面说，“全忠全义”的侠客形象固然完美，但当二者发生冲突时，恐怕侠客还是会面临抉择难题的，与其回避这种固有的矛盾，给人们创造一个未必会实现的理想境界，倒不如将残酷的现实展现在世人眼前，可能更符合社会现实，更有意义。当然，我们不能以今人的眼光，苛求古人。

至于侠客与官府结合的模式，并不单单出现在侠义公案类小说中，在其他类型的侠义小说中，例如儿女侠情类、剑侠传奇类中也有存在，这将置于后文再论。

二、儿女侠情

如果说侠义公案类小说体现了侠文化中“侠”与“忠”的结合，那么儿女侠情类小说则体现了侠文化中“侠”与“情”的结合，因此也有研究者直接将这类作品称为“侠义爱情小说”或“武侠言情小说”①。

在中国古代侠义小说发展史上，“侠”与“情”最初的结合同样出现在唐传奇中，只不过那时的侠客仅仅是促成爱情之人，并非爱情本身的当事者。例如《霍小玉传》、《无双传》、《柳氏传》、《昆

①参见曹正文：《侠客行——纵谈中国武侠》，台北云龙出版社，1998年版，第80页。又见刘若愚著，周清霖、唐发饶译：《中国之侠》，上海三联书店，1991年版，第120页。

仑奴》等作品即是。其中的侠客如昆仑奴、黄衫客等为玉成青年男女之爱，横身其中，以粗豪之为，作月下之老。这一“侠助爱情”的题材，也由此成为了一个固定的模式被延续下来，《聊斋志异》中就有许多这样的作品，前已述及。此处还必须明确的一点是，这类作品虽然涉及到了“情”，但是“成人之美”的侠举仍可归入“平不平之事”的主题中去，所以对爱情本身而言，侠只是“情”的辅助角色，男女爱情也只是表现侠行的媒介而已。

侠之与男女之情，似乎是一对处于对立之中的概念，而且我们看到的例子往往是“侠本无情”。首先，在侠义小说历来重点表现的男侠身上，除唐传奇中放荡不羁的侠客偶有眠花卧柳之行外，大部分侠客，尤其是宋明之后的侠客，都是严守“色戒”、毫不动情的硬汉，这在前文已有论述，如《赵太祖千里送京娘》中的赵匡胤。在《水浒传》中，这一侠之“拒色”“厌色”的倾向更甚，贪恋女色被视为侠之大忌，必须除之而后快。如对阎婆惜、潘金莲、潘巧云、贾氏等，皆复如此。其次，历代侠义小说中的大多数女侠，很少言情，反以男性的姿态活跃在行侠的舞台上，况且在古代的侠义小说中，女侠的分量本就远远轻于男侠，而仅有的这部分女侠，在清代之前，也往往都是冷酷无情之人，如唐传奇中的“贾人妻”（《贾人妻》）、“崔慎思妾”（《崔慎思》），矢志复仇几乎是她们存世的主要理由，故在复仇之后杀掉自己的孩子，飘然远隐。还有一部分女侠，则是被“男性化”了的女人，如《水浒传》中的“母大虫”顾大嫂、“母夜叉”孙二娘，不仅形象粗陋，而且杀戮成性，无半点儿女之情。由此可见，无论男侠、女侠，似乎“情”对他们不但是多余的，而且是有害的，很难想象一个自由豪爽的侠客，能为儿女私情牵绊。

但是，这一状况到了明末清初，却发生了变化，“侠”与“情”逐渐走上了一条相互融合的道路，并且对女侠形象的塑造也越来越受到重视。其中《好逑传》、《绿牡丹全传》和《儿女英雄传》，可视为这类小说的代表作。因后文将作详细讨论，此处只做简单介绍。

清代最早出现将“侠”与“情”结合起来的小说，是明末清初的《好逑传》。这是一部优秀的才子佳人小说，共四卷十八回，署“名教中人编次，游方外客批评”。此书又名《侠义风月传》或《义侠好逑传》——这一命名似乎更切合作者的指向：有意调和“侠义”与“风月”的对立。另从分类上看，它既有侠义小说的特点，也有爱情小说的特点，二者的结合，也就是“侠”与“情”的结合。

小说的男主人公铁中玉任侠好义，胆识过人，女主人公水冰心沉着机智，不畏强暴。二人不仅是一对才子佳人，更是一对侠男烈女，这已经突破了以往才子佳人小说男性文弱、女性娇柔的套路，给男女主人公均赋予了“侠”的性格特征。在铁中玉形象的塑造中，注重突出的是他“既美且才，美而又侠”①的特点，一洗以往侠义人物特有的粗豪秉性和虬髯形象。在水冰心的塑造中，不仅展现了她绝代佳人的美色，更以“秋水为神玉为骨”来凸显她冰清玉洁的人格，复为她嵌入了几根耐得揉搓又晶莹剔透的侠骨。这一对侠义男女形象的塑造，可以说是古代小说史上的一大转型。

另外，他们的铮铮侠骨，还表现在对男女纲常的坚守上，尽管小说为证二人之清白，不惜添设男女主人公在成婚后仍以顽强的意志压抑感情，直至谣言破除才得以真正结合的情节，难免有矫情之嫌，但是通过这部小说，我们也可以看出，“侠”与名教纲常有

①（清）名教中人编次：《好逑传》，上海古籍出版社，1994 年版，第 147 页。

其相通之处(前文已有论述),该书已经开始有意识地将二者作了融合,以期达到既凸显侠义,又不悖纲常的理想效果。最终具有侠义风范的男女主人公的大团圆结局,也喻示了“侠”与“情”结合的可能性,并开启了之后侠义小说“情/侠”结合的路子。

《好逑传》篇幅不长却结构严谨,故事曲折,情节紧凑。尤其是叙述语言,清丽通脱,雅俗共赏,显示了作者驾驭语言的深厚功力。而此书也是流传国外最早的中国小说之一,早在十八世纪就流入欧洲,先后被翻译成英、法、德等多种文字,外文版本达十五种之多,十九世纪德国的大文豪歌德就曾对此书做出过高度评价,因此也是小说史上非常重要的一部作品。

《绿牡丹全传》,又名《四望亭全传》、《龙潭鲍骆奇书》、《宏碧缘》,八卷六十四回,不题撰人。最早刊于清道光十一年(1831),首有“绣像绿牡丹续反唐传序”,题署为“道光辛卯重阳二如亭主人谨书”,“后叙”题署为“长洲爱莲居士漫题书于芥子园”。据此推断,《绿牡丹全传》大约成书于道光年间。

小说以唐朝武则天废子自立,“扰乱大唐纲纪”为历史背景,以将门虎子骆宏勋与江湖侠女花碧莲的婚姻为线索,描写了鲍自安、花振芳等江湖豪侠行侠仗义、为民除害、除奸诛佞、迎王保驾的曲折经历。这部小说暗中因袭《水浒传》的框架,一方面歌颂了侠客的侠义行为,一方面展现了他们忠君勤王之心,并为其安排了迎王保驾、封功授爵的美满结局,是侠客与官府结合的又一较为典型的小说。

另从书名《宏碧缘》上看,该书又提供了一个情、侠结合的例子。全书是以花碧莲与骆宏勋的婚姻为线索而展开的。作为出身草莽的侠女花碧莲,热烈如火又柔情似水,相中骆宏勋之后便大胆示爱,求父做媒;另一位侠女鲍金花则有着任性好强的骄纵性格,能急人之难,倾力相助。二人同是侠女,形象却彼此不同、各具神态。由此可见,《绿牡丹全传》已开始注重对女侠形象的塑造,既不同于历代侠义小说中女侠的一味粗豪,也不同于《好逑传》中水冰心之恪守纲常闺教。她们出身草莽,往往带有江湖气息,武艺高强,行事果敢,同时在爱情的追求上也带有大胆直率的侠风。这种"以儿女之情,写侠客之行"的创作模式,从两个方面,扩大了侠的表现领域,值得关注。

无论《好逑传》还是《绿牡丹全传》,在"情"与"侠"的结合上,做出了贡献。但《好逑传》毕竟类型不纯,《绿牡丹全传》的儿女之情,又只是串接故事的一条线索,真正有此明确创作意识的,不得不推《儿女英雄传》。此书循此路子,企图进一步将"情"与"侠"结合起来,仅从它的书名——《儿女英雄传》——上,即已表露无遗。

《儿女英雄传》原名《儿女英雄传评话》,初名《金玉缘》,又名《日下新书》、《正法眼藏五十三参》、《侠女十三妹》,五十三回,今存四十回,署"燕北闲人",实即文康所撰。小说叙述清康熙末年的一桩公案。出身名门、智勇过人的侠女何玉凤,因父亲被权贵所害,只得奉母避居山林,更名十三妹,广交豪杰,伺机报仇。途中偶遇为救父而奔走的孝子安骥,此时的安公子正蒙难于能仁寺,她毅然拔刀相助,勇战恶僧,并同时救出被困的女子张金凤一家三口。十三妹赠予二人银两并月下做媒,说合安公子与张金凤成婚。安骥之父安学海出狱后,弃官寻访十三妹,在江湖豪侠邓九公之处与之相遇,其时十三妹之仇人纪献唐已被朝廷诛戮,父仇已报。待母亲去世后,十三妹自念孤身,决意出家,后经安学海、邓九公、张金凤等人的反复劝说,改变初衷,嫁于安骥。何、张二女亲如姐妹,共同协助安骥求取功名,最后,安公子探花及第,位极人臣。何、张二女各生一子,安家人丁兴旺,和睦美满。

自古以来，世上都流传着“儿女情长，英雄志短”或“儿女情薄、英雄气壮”的俗谚，但文康却一反常理，认为“英雄”与“儿女”二者不仅联系紧密，更应融为一体，将这种“二元对立”的观点，导向了“二元融合”之路。他在小说的“缘起首回”中，就开宗明义地借“帝释天尊”之口揭出了这一点：

> 这“儿女英雄”四个字，如今世上人，大半把他看成两种人、两桩事，误把些使气角力好勇斗狠的认作英雄，又把些调脂弄粉断袖余桃的认作儿女。所以一开口便道是某某英雄志短，儿女情长；某某儿女情薄，英雄气壮。殊不知有了英雄至性，才成就得儿女心肠；有了儿女真情，才做得出英雄事业。①

基于这一认识，他创作了这部“儿女”与“英雄”融为一体的合传。书中侠女十三妹行侠仗义，初为报仇之故，冷落了儿女情肠，以至英雄气壮，儿女情薄，拒不接受安家的求婚。后来在经过众人一番恳切的劝说和自己内心激烈的交锋之后，嫁入安家，成就了一段美满的姻缘。这一姻缘既是“英雄至性”和“儿女真情”的结合，也是何玉凤人格的蜕变与完成——走完了一段由“儿女”到“英雄”再到“英雄儿女”合一的历程。这一由“侠女”向“妻子”的角色转换，这一由“行游”向“闺阁”的性别回归，使何玉凤前后判若两人。这一转变，说来复杂，是古代小说史上自《金瓶梅》中李瓶儿之后的又一位变化明显、争议殊大的形象。对这一人物以及“情/侠”结合的模式，后文拟作专门讨论，此不赘言。就侠义小说发展史的角度来说，《儿女英雄传》的创作思路，直接影响了民国武侠

① (清)文康著，何草点校：《儿女英雄传》，中华书局，2001 年版，第 3 页。下文所引《儿女英雄传》之原文均出自该书，不再一一注明。

小说的结构形式，直至当代的新武侠小说中，仍可窥见它的影子。

另外还要提到的一点是，清代的白话侠义小说尤其注重对武功的展现，小说中的侠客往往是武艺过人的高手。不仅如此，作家还特别为他们的武功设置了具体的门派、兵器、招数，较之宋明时期，对"武"的展现更进了一步，也更加专业化。如《儿女英雄传》中的何玉凤，一登场就出手不凡，在客栈将一块二百五十多斤重的石头单手提起，搬放自如。书中描写其武功最精彩的一段当属她在能仁寺勇战恶僧。在须臾间，她一人便手刃十几名武功不弱的恶僧，其间展现了飞弹、刀、棍、拳等诸般技艺。其中与瘦和尚相斗的一段，尤为精彩：

> 那女子见他一拱手，也丢个门户，一个进步，便到了那和尚跟前。举起双拳，先在他面门前一晃，这叫作"开门见山"，却是个"花着儿"。破这个架式是用左胳膊横着一搪，封住面门，顺着用右手往下一抹，拿住他的手腕子，一拧，将他身子拧转过来，却用右手从他脖子右边反插将去，把下巴一掏：叫作"黄莺搦膝"。那瘦和尚见那女子的双拳到来，就照式样一搪，不想他把拳头虚幌了一幌，趄回身去就走。那瘦子哈哈大笑，说："原来是个顽女筋斗的，不怎么样！"说着，一个进步跟下去，举手向那女子的后心就要下手，这一着叫作"黑虎偷心"。他拳头已经打出去了，一眼看见那女子背上明晃晃直矗矗的掖着把刀，他就把拳头往上偏左一提，照左哈肋巴打去，明看着是着上了。只见那女子左肩膀往前一扭，早打了个空。他自觉身子往前一扑，赶紧的拿了拿桩站住。只这拿桩的这个当儿，那女子就把身子一扭，甩开左脚，一回身，噹的一声，正踢在那和尚右肋上。和尚"哼"了一声，才待还手，那女子收回左脚，把脚跟向地下一碾，轮起右腿甩了一个"旋

风脚”,吧,那和尚左太阳上早着了一脚,站脚不住,咕咚向后便倒。这一着叫作“连环进步鸳鸯拐”,是这姑娘的一桩看家的本领,真实的艺业!(第六回)

这段描写,是古代侠义小说中少有的精彩打斗场面,并写到具体的武功名称。可以说,从民国开始,武侠小说正是沿着清代侠义小说之路,将“武打”发展为侠义小说的一个必备的特征。因此,在从古代侠义小说向近当代武侠小说转变的过程中,清代的侠义小说起到了关键的作用。

《儿女英雄传》与《好逑传》一样,同为文人创作,与《三侠五义》等由说书平话改编而来的作品不同。但是作者文康却能一方面在塑造人物和安排情节上,显示出精巧的艺术构思,语言流畅明快;另一方面又模仿说书的口气来绘事状物,吸收了大量的民谚俚语,使人物的语言生动活泼,诙谐风趣,并与各人的身份经历极为相符,真切传神,凝练有致。这也与文康熟习北京口语的生活经历有关。同时,整部小说在清代各种风俗民情的展现上,也颇有特色,从官场到绿林,从江湖到闺阁,均描绘细腻真实,场景历历在目。

三、剑侠传奇

除了“侠义公案”与“儿女侠情”两类小说之外,在清代的白话侠义小说中,还有一类则是展现剑侠道术的,我们姑且将之命名为“剑侠传奇”。这类作品的影响及成就虽然不及前两类,但是却代表了中国古代侠义小说中重要的一支,是对唐传奇以来剑侠道术传统的延续。讲述剑侠羽道之流奇幻妙术的作品,以往多出现在文言侠义小说之中,而在崇尚写实的白话小说中则相对较少。这是由于文言小说搜奇尚异的志怪倾向所致。但是从明迄清,出现了描写剑侠的长篇白话小说，将文言小说的表现内容与白话小说的表现形式合二为一，这也许正是文言、白话相互交流汲纳所产生的现象吧。

剑侠小说中影响较大的有刊于清代康熙年间的《济公全传》和刊于乾隆时期的《绿野仙踪》。其实，演述济公之事的小说，早在明代已非常流行，刊于明代隆庆间的《钱塘湖隐济颠师语录》，是最早记载该故事的小说，王梦吉《济公全传》所写多据该书。后又有天花藏主人编次的《济颠大师醉菩提全传》，而《评演济公传前后传》是济公故事的集大成者，共二十四卷二百四十回，不题撰人，但一般推定为郭小亭。该书以济颠和尚游戏风尘、济世救人为主干，穿插剑仙、侠客锄强扶弱的侠义事迹以及正邪斗法、捉妖降魔等情节。主人公济颠和尚是个充满喜剧色彩的人物，从表面上看，这位和尚疯疯癫癫，不修边幅，是个游戏江湖的怪人，但实际上则是一位富于侠义心肠的正直法师，而且法力无边、神通广大，类似神仙式的人物，为后世武侠小说演述风尘异人提供了创作原型。

《绿野仙踪》是清乾隆时期李百川所著，凡一百回。它不同于济公故事的累积型特点，乃由文人创作，笔墨奇恣雄放，亦庄亦谐。作者《绿野仙踪序》云："昔更生述松子奇踪，抱朴著壶公逸事，余于《列仙传》内添一额外神仙，为修道之士悬拟指南，未尝非吕纯阳欲渡尽众生之志也。"①这一"度人"之志，在小说所塑造的冷于冰这一人物身上得到体现，他不仅是懂得法术的剑仙，更是济世救民、诛奸除恶、具有一片侠义热肠的侠客。正如侯定超《绿野仙踪序》所云："夫天下大冷人，即天下大热人也。自来神圣贤

①朱一玄编，朱天吉校：《明清小说资料选编》，南开大学出版社，2006年版，第505页。

人，皆具一片热肠。”①这里，把一片菩萨热肠，赋予侠道人物，直接影响了之后剑侠小说的创作。同时，此书也具有相当高的艺术价值，尤擅以四六文写景，因而时人又将它与《红楼梦》并称为“红楼绿野”。郑振铎先生把他和《红楼梦》、《儒林外史》并列为清中叶三大小说。

真正以剑侠行侠报国为小说主旨的乃是晚清的《七剑十三侠》和《仙剑五花剑》。相比而言，这两部小说以《七剑十三侠》名声较大，该书又名《七子十三生》，共一百八十回，题“姑苏桃花馆主人唐芸洲编次”，成书于光绪年间。小说以明朝正德年间为背景，讲述侠士徐鸣皋、慕容贞（一枝梅）、罗德、徐庆、焦大鹏、徐寿、包行恭等人行侠仗义、除暴安良的故事，并在清官王守仁、杨一清的率领下，和七子十三生等剑仙的配合下，先后平定江西宁王和安化王的叛乱。内容大抵与《三侠五义》系列小说类似，均是侠士护卫清官、平叛除盗之事。虽然较之《三侠五义》，其人物形象不够鲜明，情节也不够紧凑，但七子十三生等剑侠的出现，却平添了不少奇异的趣味。他们往往在侠客或官员遇难之时，倏然显身，平息灾难，而且在平定宁王和安化王的叛乱中，也功不可没。这些剑仙大多富于神奇的法术，呼风唤雨，撒豆成兵，未卜先知，来去莫测，救人于举手投足之间，解难于呼吸瞬变之际。

此书成书于晚清，因此影射现实的成分居多，或许在那样一个动荡黑暗的时代，平凡的侠客已经难以满足平民大众对正义的期盼，只有依赖这类无所不能的剑仙，才能纾困平怨，伸张正气。小说作者在书前的“小引”中说得很明白：

① 朱一玄编，朱天吉校：《明清小说资料选编》，南开大学出版社，2006 年版，第 507 页。

> 所谓“剑仙大侠”似乎都在世乱之时才出现人间，其实这也是必然之理。因为盛治之时，文教昌明，民心耻格，事实上也不须有“剑侠”的白刃；到了纲常废弛，道义沦亡时，奸邪当道，强梁横行，居上位的只管淫侈骄恣，在下位的也只管阿谀囊括，土豪劣绅棍徒恶霸便益发肆行无忌，良善的人们只能遭摧残，被冤抑，受压迫，忍哀怨，于是一般剑侠便要来代天申诛了。

这一剑仙出于乱世的说法，正可呼应汉人荀悦对先秦“游侠”的论述，游侠“生于季世，周秦之末尤甚”，究其原因，盖在于“上不明，下不正，制度不立，纲纪废弛”之故。可见时逢乱世，不管是现实中的“游侠”，还是文学作品中的剑仙侠客，都代表了一种对社会正义的渴盼。侠义小说尽管发展了近千年，侠义精神与侠客形象也历经整合变化，但这一社会主题，依然鲜明。

《仙剑五花剑》，四卷三十回，海上剑痴撰，惜花吟主自序。小说一开篇即道出了此书创作的缘起：

> 海上剑痴慕古来剑侠一流人，俱秉天地正气，能为人雪不平之事，霜锋怒吼，雨血横飞，最是世间第一快人，第一快事，只是真传甚少。世人偶然学得几路拳，舞得几路刀，便俨然自命为侠客起来，不是贻祸身家，便是行同盗贼，却把个侠字坏了，说来甚可慨然。这真正剑侠的一等人，世间虽少，却也不能说他竟是没有。
>
> 又因其时宋刻的书卷甚多，那书中也有胡说乱道讲着义侠的事儿，却是些不明事理的笔墨，竟把顶天立地的大侠弄得象是做贼做强盗一般，插身多事，打架寻仇，无所不为，无孽不做。倘使下愚的人看了，只怕渐渐要把一个侠字，与一个贼字、一个盗字并在一块，再也分不出来，实于世道人心大

有关系。

紧接着，小说通过唐传奇中的黄衫客、昆仑摩勒、精精儿、空空儿、古押衙、公孙大娘、荆十三娘、聂隐娘、红线女、虬髯公等十位剑侠的谈话，道出了本书的宗旨：

黄衫客道："依我想来，虬道兄既有下山之意，须要几位道兄、道姑同到红尘，各收几个嫡派门徒，令他们行些真实侠义的事与世人看了，知道象这样的才算义侠，后来或者有人也把此事做成说部，留传世上，那时自然晓得侠客与剧盗、飞贼是两样的。这种胡言乱语的书，方可不灭自灭。"（第一回）①

由此，我们也可以看出，作者之所以创造这些"剑侠"，正在于让他们做些出"义侠"之事来为他们"正名"，以与"剧盗""飞贼"之流划清界限。《七剑十三侠》亦复如此，开篇即对侠客的行径做出界定：

这班剑客侠士，来去不定，出没无迹，吃饱了自己的饭，专替别人家干事。或代人报仇，或偷富济贫，或诛奸除暴，或锉恶扶良。别人并不去请他，他却自来迁就；当真要去求他，又无处可寻。（第一回）②

这正是对中国古代侠义小说中侠客行踪的概括，侠客形象的定型。

综上所述，清代的白话侠义小说在侠义精神的建构上，侠客形象的塑造上，武功套路的细化上，均发生了新的变化，并将侠义小说的创作推向了高潮，直接开启了民国旧武侠小说的创作之

①（清）好古主人、海上剑痴：《仙剑五花剑》，华夏出版社，1995年版，第181、182页。

②（清）唐芸洲：《七剑十三侠》，见侯忠义、李勤学主编：《中国古代珍稀本小说续》（16），春风文艺出版社，1997年版，第3页。

门,影响所及,一直绵延到当代的新武侠小说。而侠文化历经千年的嬗变,通过小说这一载体,也终于发展出了两条明晰的线索:"侠"与"忠"的结合,最终产生出"为国为民"的"侠之大者";"侠"与"情"的结合,最终产生出"侠骨柔情"的"英雄儿女",对后世影响深远。

第四章　古代侠义小说的发展线索之一

——侠与政治文化的结合

如上所述，侠文化历经千余年之久，通过小说这一载体，发展出了两条明晰的线索：侠与政治文化的结合，侠与情文化的结合。也即“侠”与“忠”的结合，“侠”与“情”的结合。

这两条线索，发展至金庸，达到了全面而高度的融合，将侠文化从两个方面推向了极致。在他的小说中既有“为国为民”的“侠之大者”——这是侠与政治文化的结合；又有充满生死相依、爱恨交织的“情侠”——这是侠与情文化的结合。至此，这两条线索中经王度庐、梁羽生等人的演绎而到金庸，才真正出现合流。所以金庸先生是这两方面均取得最高成就的作家，可以说是侠义小说的集大成者。这也恰好从另一角度印证了本书所持观点之有效性。

下面，本书将结合有代表性的作品，对这两条线索分而论之，试图对侠文化的嬗变，从发展谱系上做一勾勒，并力求发掘出潜藏在文本之后的文化精神。

侠与政治文化的结合，是侠文化研究中较为引人关注的课题，也是侠义精神转变的显性特征。具体而言，即“侠”由历史上“不轨于正义”的“游侠”转而成为文学中“轨于正义”的“忠义之士”。这条嬗变线索不独体现在小说中，在唐前的其他文体如诗歌中,就已经有了这一转变的迹象。文人的参与,是这一转变得以成型的关键。所以要较为全面地勾勒这一嬗变谱系,不得不追根溯源,从其发生转变的历史背景和文学创作谈起。

第一节　侠格的外拓:历史记载与文学想象的融合

从汉武帝太初元年(前104)司马迁撰写《史记》为“游侠”立传始,到唐懿宗咸通年间(860—874)裴铏作《传奇》、袁郊作《甘泽谣》等止,正是侠客由历史走向文学的过程。这期间,文学家不断地融合历史记载与文学想象,并根据自己的社会感受和道德期盼去塑造“侠”,刻画“侠”,于是,侠便从“历史空间”进入了“想象空间”,由“真实存在”走向了“符号存在”,“历史之侠”一变而为“文学之侠”。这一嬗变的途径在当时主要是诗歌。侠作为诗歌咏唱的对象,倾注了诗人自我的情感诉求和人生理想,并经由这一再塑造对侠的精神作出了新的阐释。

据刘若愚先生的研究,写侠客的诗最早出现在汉代,但是六朝才是咏侠之诗的真正盛行期①。在这些诗歌中,又以抒情诗占比较大。可以说,魏晋六朝开始兴盛的咏侠诗,倾注了文人们对侠的强烈感情和理想寄托。有台湾学者指出:“游侠在历史上的造型并非一上场就是英姿焕发完美无瑕,而是经过后人不断地妆点修饰。其中六朝乐府对游侠造型的雕塑刀痕最深。游侠能够洗掉‘私勇’‘盗贼’的罪名,转而脱胎换骨成人间公义的表征,诗

---

①刘若愚著,周清霖、唐发饶译:《中国之侠》,上海三联书店,1991年版,第50页。

歌咏叹的影响力是关键所在。”①可见，游侠在由历史走向文学的过程中，诗歌是早于小说的第一步，所以我们不能忽略咏侠诗对侠之形象塑造的重要意义。

咏侠诗吟咏的范围较广，并非三言两句所能概述，这里主要是结合本节论题，将关注的焦点聚集到它的行为指向上来，这样方可保证论述的相对集中。只要稍作梳理，就会发现在六朝至唐的咏侠诗中，出现了一类歌颂游侠为国征战、建功立业的人生志向和责任担当的作品。我们从这类作品中，可以探寻到侠文化与政治文化结合的痕迹。

歌颂游侠为国征战、建功立业的咏侠诗中，最早的同时也是最著名的，当属曹植的《白马篇》。宋人郭茂倩《乐府诗集》的《白马篇》解题云：

> 白马者，见乘白马而为此曲。言人当立功立事，尽力为国，不可念私也。《乐府解题》曰：“鲍照云：‘白马骍角弓。’沈约云：‘白马紫金鞍。’皆言边塞征战之事。”②

曹植的《白马篇》中，“游侠”二字，赫然在目：

白马篇

白马饰金羁，连翩西北驰。借问谁家子，幽并游侠儿。
少小去乡邑，扬声沙漠垂。宿昔秉良弓，楛矢何参差。
控弦破左的，右发摧月支。仰手接飞猱，俯身散马蹄。
狡捷过猿猴，勇剽若豹螭。边城多警急，虏骑数迁移。

---

①王文进：《六朝游侠乐府在文学史上的意义》，淡江大学中文系主编：《侠与中国文化》，台湾学生书局，1993 年版，第 137 页。

②（宋）郭茂倩编：《乐府诗集》卷六十三《杂曲歌辞》，中华书局，1979 年版，第 914 页。

羽檄从北来，厉马登高堤。右驱蹈匈奴，左顾陵鲜卑。

寄身锋刃端，性命安可怀。父母且不顾，何言子与妻。

名编壮士籍，不得中顾私。捐躯赴国难，视死忽如归。①

此篇借"游侠"而倾注了曹植本人希望驰骋边塞、建功立业的理想。其中所塑造的"幽并游侠儿"不仅有着"仰手接飞猱，俯身散马蹄。狡捷过猿猴，勇剽若豹螭"的勃勃英姿，更重要的是体现了"寄身锋刃端，性命安可怀"的献身热忱，"父母且不顾，何言子与妻。名在壮士籍，不得中顾私"的博大胸怀，"捐躯赴国难，视死忽如归"的爱国精神。这种让"游侠"直接走向前线，为赴国难，不惜捐躯的行为取向和责任承担，这种从"私勇"向"公勇"的价值转换和道德升华，无疑是对历史上游侠精神的拓展与重建，同时也开创了游侠"建功报国"的诗歌主题。

尽管该诗中的"游侠儿"是作者自我情感和远大志向的寄托，但"游侠"之"捐躯赴国难"的行为，却并不是作者的创造发明，而是有其历史根据的。前已述及，游侠在西汉开始分化，直至东汉真正占据侠之主流的乃是地方豪强，他们往往出身于大家族，依仗固有的势力，成为地方上举足轻重、横霸乡曲的人物，如《后汉书》注引蔡质《汉仪》所云："强宗豪右，田宅踰制，以强凌弱，以众暴寡。"②甚至还"结党联群"，用以扩张自己的势力。例如灌夫：

（灌）夫不喜文学，好任侠，已然诺。诸所与交通，无非豪桀大猾。家累数千万，食客日数十百人。陂池田园，宗族宾

①（魏）曹植：《白马篇》，见（宋）郭茂倩编：《乐府诗集》，中华书局，1979年版，第914—915页。

②（晋）司马彪撰，（梁）刘昭注补：《后汉书·百官志五》，中华书局，1965年版，第3617页。

客为权利，横于颍川。颍川儿乃歌之曰："颍水清，灌氏宁；颍水浊，灌氏族。"①

如此等等。只有这些豪富巨族子弟，才有可能是任侠行为最大的实施者与支持者，他们赀财富厚、脱手千金，因此也有资本去藏活亡命、广纳宾客。他们手下聚集众多闾里轻薄恶少，以任侠自居，飞鹰走狗，结客杀人，气焰嚣张。我们且看郭茂倩为《乐府诗集》卷六十六《杂曲歌辞》之《结客少年场行》所作的解题，即可明了：

《后汉书》曰："祭遵尝为部吏所侵，结客杀人。"曹植《结客篇》曰："结客少年场，报怨洛北邙。"《乐府解题》曰："《结客少年场行》，言轻生重义，慷慨以立功名也。"《广题》曰："汉长安少年杀吏，受财报仇，相与探丸为弹，探得赤丸斫武吏，探得黑丸杀文吏。尹赏为长安令，尽捕之。长安中为之歌曰：'何处求子死，桓东少年场。生时谅不谨，枯骨复何葬。'按结客少年场，言少年时结任侠之客，为游乐之场，终而无成，故作此曲也。"②

因此汉代的统治者对这些势力庞大、危及中央集权统治的地方豪强进行过大规模的打击，而这也正是自东汉后游侠不入史册的原因之一。当然，政府对地方豪强的打击方式，除了诛杀、拉拢之外，还有一条路，那就是让他们去塞外建功立业③。

尽管这些任侠少年一个个好勇斗狠，横行乡曲，但参与大规模的战争，却并不擅长，为国出征的最终结局也不如想象的那样美好，能够功成名就，而往往不是埋骨边庭，就是在长年争战中悔

①(汉)司马迁:《史记·魏其武安侯列传》，中华书局，1982年第2版，第2847页。

②(宋)郭茂倩编:《乐府诗集》，中华书局，1979年版，第948页。

③参见龚鹏程:《侠的精神文化史论》，山东画报出版社，2008年版，第77页。

恨一生，徒抱乡愁。

且不论这一征募恶少游侠为国出征戍边的政策是否有效，也不论那些常年征战在外的任侠少年是否真的满怀激情，能够“捐躯赴国难，视死忽如归”，历史的真相往往没有我们想象的那般单纯，也不是我们在此需要考证的内容。但这一举措仅就对游侠意识的转变、游侠精神的提升、游侠形象的改造来说，却起到了关键的作用，富有重大的意义。

但是随着侠之活动场所以及行为取向的转换——从都市乡曲走向边塞大漠，从“为私”转向“为公”——却暗示着现实生活中不为统治阶层所容纳的游侠，完全可以通过侠行边塞的方式，使其身份合法化，从而为国家与社会所接受，获得正统观念的容纳。可以说，正是国家的这一政策，为“侠”开辟了一条转变的途径，从而大大提升了侠的报国意识和人格境界，侠之世界遂变得开阔起来。我们且不论朝廷的目的是什么，但这一政策却为后世文学家提供了一个重塑游侠形象的有利契机。这正如王文进先生指出的那样：“将游侠世界的价值和朝廷利益结合在一起最好的方法就是开拓一个双方互蒙其利的第三战场，……游侠自此卸下盗贼的劲装换上英挺的甲胄，但又不是立刻萎缩成官府的属吏，而是开疆拓边的英雄，这是游侠转化过程中极重要的关键之一。”①随后产生的咏侠诗，就是以侠和朝廷利益相互合作为歌咏主题，为侠找到了一个展现抱负和胸襟的崭新舞台。

除了前面所引曹植的《白马篇》塑造了“捐躯赴国难，视死忽如归”的忠勇之侠外，六朝咏侠诗中继承这一主题的作品，不在少

---

①王文进：《六朝游侠乐府在文学史上的意义》，淡江大学中文系主编：《侠与中国文化》，台湾学生书局，1993年版，第140页。

数。如在《乐府诗集》中，以“白马篇”命名的尚有如下几首，为了说明问题，不妨照录。

白马篇

鲍照

白马骍角弓，鸣鞭乘北风。要途问边急，杂虏入云中。
闭壁自往夏，清野逐还冬。侨装多阙绝，旅服少裁缝。
埋身守汉境，沉命对胡封。薄暮塞云起，飞沙被远松。
含悲望两都，楚歌登四墉。丈夫设计误，怀恨逐边戎。
弃别中国爱，要冀胡马功。去来今何道，单贱生所钟。
但令塞上儿，知我独为雄。

白马篇二首

孔稚珪

骥子跼且鸣，铁阵与云平。汉家嫖姚将，驰突匈奴庭。
少年斗猛气，怒发为君征。雄戟摩白日，长剑断流星。
早出飞狐塞，晚泊楼烦城。虏骑四山合，胡尘千里惊。
嘶笳振地响，吹角沸天声。左碎呼韩阵，右破休屠兵。
横行绝漠表，饮马瀚海清。陇树枯无色，沙草不常青。
勒石燕然道，凯归长安亭。县官知我健，四海谁不倾。
但使强胡灭，何须甲第成。当今丈夫志，独为上古英。

白马金具装，横行辽水傍。问是谁家子，宿卫羽林郎。
文犀六属铠，宝剑七星光。山虚弓响彻，地迥角声长。
宛河推勇气，陇蜀擅威强。轮台受降虏，高阙翦名王。
射熊入飞观，校猎下长杨。英名欺卫霍，智策蔑平良。

岛夷时失礼,卉服犯边疆。征兵集蓟北,轻骑出渔阳。
集军随日晕,挑战逐星芒。阵移龙势动,营开虎翼张。
冲冠入死地,攘臂越金汤。尘飞战鼓急,风交征旆扬。
转斗平华地,追奔扫带方。本持身许国,况复武功彰。
会令千载后,流誉满旂常。

白马篇

王僧孺

千里生冀北,玉鞘黄金勒。散蹄去无已,摇头意相得。
豪气发西山,雄风擅东国。飞鞚出秦陇,长驱绕岷僰。
承谟若有神,禀算良不惑。瀚汨河水黄,参差嶂云黑。
安能对儿女,垂帷弄毫墨。兼弱不称雄,后得方为特。
此心亦何已,君恩良未塞。不许跨天山,何由报皇德。

白马篇

徐悱

研蹄饰镂鞍,飞鞚度河干。少年本上郡,遨游入露寒。
剑琢荆山玉,弹把隋珠丸。闻有边烽急,飞候至长安。
然诺窃自许,捐躯谅不难。占兵出细柳,转战向楼兰。
雄名盛李霍,壮气勇彭韩。能令石饮羽,复使发冲冠。
要功非汗马,报效乃锋端。日没塞云起,风悲胡地寒。
西征馘小月,北去脑乌丸。归报明天子,燕然石复刊。①

这些诗篇以“白马”为题,大多借游侠抒情言志。尽管有“征兵集蓟北,轻骑出渔阳”的历史根据,但又分明带有强烈的理想色彩。

① 以上见(宋)郭茂倩编:《乐府诗集》,中华书局,1979 年版,第 915—917 页。

那种“安能对儿女，垂帷弄毫墨”的报国志向，那种“但使强胡灭，何须甲第成”的奉献精神，那种“然诺窃自许，捐躯谅不难”的侠气雄风，那种“但令塞上儿，知我独为雄”的豪情胜概，那种“县官知我健，四海谁不倾”的立功情结，将游侠忠于私门的“私剑”行为，一改而为忠于“国家”的英雄壮举，并且具体落实到戍边的实际行动中。诗中的边陲战场既是生死断杀的场所，同时也是男儿建功立业的理想境地。这一活动空间或场域的转换，终于将侠推向了报效祖国的正路，也为后世侠文学的发展树立了典范。

自魏晋以迄唐代，咏侠诗一直呈现兴盛的局面。唐代边塞诗的出现，尽管有时代的原因，但仍然可从那些诗篇中，窥探到承继曹植等《白马篇》而来的报国主题。这些诗人不是具有豪侠气质的才士，就是慕侠尚气的性情中人，文学史一般都称之为“豪侠型诗人”，就连盛唐大诗人李白，也自幼便是“所交尽豪雄”“托身白刃里”(《赠从兄襄阳少府皓》)的游侠儿，任侠之气，直冲斗牛。方东树曾就曹植《白马篇》的咏侠主题对后世的影响指出：“此篇奇警。后来杜公《出塞》诸什，实脱胎于此。明远《代出自蓟北门》、《结客少年场》、《幽并重骑射》皆模此。”①其开创意义，于此可见一斑。如果说，《史记》是第一个专为游侠立传的不朽史著，那么，曹植的《白马篇》则是继之而为游侠另立新传的不朽诗篇。

唐代是一个文化开放、积极进取的时代，任侠之风也随之而炽盛，并成为唐代文士重要的精神气质和社会普遍的价值观念之一。且看“初唐四杰”之一卢照邻的下列一诗：

①(清)方东树著，汪绍楹点校：《昭昧詹言》卷二，人民文学出版社，1961年版，第72页。

结客少年场

卢照邻

长安重游侠，洛阳富才雄。玉剑浮云骑，金鞍明月弓。
斗鸡过渭北，走马向关东。孙宾遥见待，郭解暗相通。
不受千金爵，谁论万里功。将军下天上，虏骑入云中。
烽火夜似月，兵气晓成虹。横行徇知己，负羽远征戎。
龙旌昏朔雾，鸟阵卷寒风。追奔瀚海咽，战罢阴山空。
归来谢天子，何如马上翁。①

其他如《游侠篇》、《侠客行》、《少年行》等承继乐府古题的咏侠诗，所在多见，并能于拟古中有所创新。那种“功名只向马上求”的豪侠之风，显然源自魏晋南北朝时期的咏侠诗。这里试举几例，以作旁证：

少年行

王昌龄

西陵侠年少，送客过长亭。青槐夹两路，白马如流星。
闻道羽书急，单于寇井陉。气高轻赴难，谁顾燕山铭。

少年行

王维

出身仕汉羽林郎，初随骠骑战渔阳。
孰知不向边庭苦，纵死犹闻侠骨香。

少年行

张籍

少年从出猎长杨，禁中新拜羽林郎。

①(宋)郭茂倩编：《乐府诗集》，中华书局，1979年版，第951页。

独到辇前射双虎，君王手赐黄金铛。
日日斗鸡都市里，赢得宝刀重刻字。
百里报仇夜出城，平明还在倡楼醉。
遥闻虏到平陵下，不待诏书行上马。
斩得名王献桂宫，封侯起第一日中。
不为六郡良家子，百战始取边城功。①

在这一征战塞外的场域中，游侠儿终于获得了建功立业的机会。他们"已诺必诚，不爱其躯，赴士之厄困"的游侠本性，也终于在报国的行径中，得到洗礼，获得升华。此正如陈平原先生所论："幸得有边关战事，'发奋去函谷，从军向临洮'（李白《白马篇》）成了游侠儿重归文明社会的最佳途径。征战归来的游侠儿，俨然成了民族英雄，完全值得诗人称颂。"②

但这也不能一概而论，必须明确的是，无论魏晋，还是唐代，诗人们尽管将游侠与建功报国联系在一起，但有的则是将游侠作为驰骋想象、寄托理想的对象，表达的是诗人对游侠自由来去、天马行空般独立不羁气度的"虽不能至，心向往之"的羡慕，以及对庸常人生的鄙夷和渴望建功、名扬天下的志向抱负。因此，他们只是在游侠身上找到共鸣，并以此抒怀而已。但是恰如本节标题所提示的那样，正是这种有历史成因的"历史记载与文学想象的融合"，把游侠提升到了一个新的境地。这里还要指出的是，这种借此写彼，"目送归鸿，手挥五弦"的抒怀之作，并不是千篇一律，千部一腔，仍有一部分咏侠诗描写的则是游侠少年飞鹰走马、纵情声色、动辄杀戮之事，且不在少数，这也反映出唐代多元化的文化气

①以上见（宋）郭茂倩编：《乐府诗集》，中华书局，1979年版，第954—955页。
②陈平原：《千古文人侠客梦》，新世界出版社，2002年版，第17页。

象。在这些诗篇中,游侠本身具有的恣逞意气、狂放骄悍的任侠之风,以及不守礼法、超越常理的处事原则,仍被文人们所津津乐道:

结客少年场行

沈彬

重义轻生一剑知,白虹贯日报仇归。
片心惆怅清平世,酒市无人问布衣。

少年行

李白

五陵年少金市东,银鞍白马度春风。
落花踏尽游何处,笑入胡姬酒肆中。

少年行

王维

新丰美酒斗十千,咸阳游侠多少年。
相逢意气为君饮,系马高楼垂柳边。

游侠篇

崔颢

少年负胆气,好勇复知机。仗剑出门去,孤城逢合围。
杀人辽水上,走马渔阳归。错落金锁甲,蒙茸貂鼠衣。
还家行且猎,弓矢速如飞。地迥鹰犬疾,草深狐兔肥。
腰间悬两绶,转眄生光辉。顾谓今日战,何如随建威。①

① 以上见(宋)郭茂倩编:《乐府诗集》,中华书局,1979 年版,第 951—968 页。

这些咏侠诗中游侠少年射猎冶游、斗鸡走马、任侠使气甚至动辄杀人的行径，看起来似乎与征战塞外、卫国戍边的忠勇之侠格格不入，但他们确实都是诗人笔下的“游侠儿”①。这种现象，颇为复杂，不是本书重点讨论的对象。我们要探寻的是“侠”与“政治”结合的线索。

这一结合，虽在宋明时期大盛，但不能因此而忽略掉其历史与文学上的因缘承继关系。之所以要关注魏晋六朝至唐的咏侠诗，不仅仅因为咏侠诗同侠义小说一样，也是侠文学的一部分，更重要的是史书上大量记载的任侠之辈，大都是蚕食乡里、恣肆放纵的盗贼之流，后人所以会对游侠追慕如此，究其原因，除司马迁《史记》的影响之外，可能正是这些咏侠诗歌中的报国建功主题，为他们提供了一条表现其心志的通道，并将游侠在历史与文学的结合中作了新的提升和定型。这一历史记载与文学想象的融合，在“侠”正式进入小说领域之前，大抵已为侠文化的走向指明了方向。

第二节　侠格的整合：从“侠义”到“忠义”

还是让我们先从概念的梳理入手。所谓“侠格”，是指“侠”所独具的人格、精神、气质和面相。简言之，是“侠”之性格的简称。

在唐代，真正有意识地将“侠”与“义”联系起来，并在理论上为后世侠义小说中的“侠义”观奠定基础的，当首推晚唐的李德裕，前已述及。他所谓“义非侠不立，侠非义不成”二句，明确地将“侠行”与“义行”合二为一了。这显然是对司马迁定义的扩充和

①参见陈平原：《千古文人侠客梦》，新世界出版社，2002年版，第14页。

再阐释。于是“义”之一字，便成为侠客的灵魂或精神，赋予“任气”以“任义”的内涵，并在某种意义上，打通了“侠”与“君子”之间的“区隔”。《论语》载子路曾问孔子曰：“君子尚勇乎？”孔子答道：“君子义以为上，君子有勇而无义为乱，小人有勇而无义为盗。”①李德裕对“侠”的界定与阐释，明显是从此而来的，藉此以提升侠的人格境界，防止“侠”向“盗”的滑落。这也是对侠的一种“人格整合”和“文化规训”。众所周知，“尚勇”是侠的特点，但“尚勇”往往流为“尚气”，二者的界限极易混淆。以“义”来规范其行为，就可将“侠”与“盗”作出区分，并与“君子”人格有了同一性。

从此之后，“义”一变而为侠客所尊奉的“江湖伦理”，同时也是他们的精神所在，更是后世评判侠之为侠的基本准则。侠义小说中最流行的也最能代表侠之行为特征的“行侠仗义”四字，正是这一行事原则的体现。对侠客来讲，能否称得上“侠”，关键不在其武艺的高强与否，而端在其行为是否符合“义”的标准而已。

“义”是一个涉及面至广且不断发展演变的伦理概念和文化范畴。据陈弱水先生考证，作为观念的“义”，是一个“混血字”，是由“仪”和“宜”汇合而成的，它的字形来自于“仪”，重要的意味却得之于“宜”。“宜”“仪”“义”，三字可以互用。战国末年至秦汉之间，许多典籍都拿“宜”来定义“义”。但出现比“宜”还早的一个训解则来自《墨子·天志下》：“义者正也。”道家论著《文子·道德》也说“正者义也。”可见将“义”界定为“正”，表达的是当时文化中的共同理解，即从《论语》等儒家典籍考查，也是将“义”视作“当为之事”或“道德上的标准”，而非考虑多方因素的“合宜”。从战国到西汉，“义”已有明显的“理”的意涵，与“行”的概念关联特别密

①《论语·阳货》，见（宋）朱熹：《四书章句集注》，中华书局，1983年版，第182页。

切，主要展现于道理或规范的实践，“义”的价值和“行为”已密不可分，并带有明显的禁制色彩。总体上说，“义”的一个基本特征在于，它是社会生活中的行为原理，还包括应尽的角色责任。“义”的性格也被经常指为具有“刚”“简”“直”等特点。在西洋思想史上，与中国古典的“义”最可比照的大概是古希腊的“正义”观念。从东汉以降，“义”在学术思想史上的地位并不显著，却在日常生活与民间文化中应用极广。约略言之，“义”的价值方向已产生变化，重点变成救济帮助他人，而非消极性的遵从道理。其次，“义行”已带有强烈的民间性格①。

美国学者郝大维(David L. Hall)、安乐哲(Roger T. Ames)在讨论孔子时，也对“义”作过如下阐释：“‘义’这个概念是孔子思想中的一个范畴概念，它将审美、道德和理性意义的最终根源都植根于人本身。个体正是拥有赋‘义’的能力，才得以从其文化传统中获取意义并展现自身的创造意义。”②李德裕所谓“必以节义为本”者，也有这方面的含义，只要以此为本，个体就有了赋“义”的能力而获具行为的主动性。套用孔子的话：“人能弘道，非道弘人。”③我们亦可以说：“人能弘义，非义弘人。”只要以义为本，“义”的创造性即可得到发扬和彰显。

从上述的考论来看，从“义”之“正”与“理”的道德指向和人格规范，到“宜”与“行”的实践特点与行为禁制，再到它的价值追求、

①陈弱水：《说“义”三则》，氏著：《公共意识与中国文化》，新星出版社，2006年版，第156页以下。

②郝大维、安乐哲著，何金莉译：《通过孔子而思》，北京大学出版社，2005年版，第68页。

③《论语·卫灵公》，见(宋)朱熹：《四书章句集注》，中华书局，1983年版，第167页。

意义创造和民间性格，其所包涵的义项，都在侠义小说中的“义行”中有所体现，只是侧重面不同而已。宋人洪迈曾提到“义”的各种表现：

> 仗正道曰义，义师、义战是也。众所尊戴者曰义，义帝是也。与众共之曰义，义仓、义社、义田、义役、义井之类是也。至行过人曰义，义士、义侠、义姑、义夫、义妇之类是也。自外而入而非正者曰义，义父、义儿、义兄弟、义服之类是也。衣裳器物亦然，在首曰义髻，在衣曰义襕、义领，合中小合子曰义子之类是也。合众物为之，则有义浆、义墨、义酒；禽兽之贤，则有义犬、义乌、义鹰、义鹘。①

这些义举、义行及称呼，在侠义小说中都有所反映，其民间性格也更为突出，前文在关于侠义小说流变的论述中所引之例，也充分说明了这一点。

“义”作为侠客所遵奉的伦理准则和核心观念，贯穿侠义精神发展的始终。然而对侠义精神的扩充，却随着时代的发展和需求，一直没有停止，经由历代民间创作和文人创作两个方面的互动和影响，而在日益扩大，产生出新的变化。而每个时代不同的时代背景以及文化思想等因素，也都对侠义精神内涵的扩大和转变发生着直接影响。前文已述，魏晋至唐的咏侠诗，已对侠的精神世界进行了第一次提升，将侠与捐躯报国的爱国热情联系了起来。但这毕竟还只是文人理想的表达，与民间的意向尚有一定的距离，其普及与流传的范围，也有很大的阶层性和局限性。真正明确地给侠赋予“忠”的内涵，将之与“义”熔为一体，以“忠义双

---

①(宋)洪迈：《容斋随笔》卷八《人物以义为名》，上海古籍出版社，1996 年版，第 105—106 页。

全"为侠格之最高境界的侠之重构，始自宋代。这在它的主要传播渠道——白话侠义小说中，得到完整体现。

究其原因，盖在于有宋一代，民族矛盾上升，内忧外患不绝，再兼之以文治国，理学兴盛，于是精忠报国、以天下为己任等思想就成为当时社会的主流意识。就"士"的价值观念而言，也于此发生了变化。余英时先生指出，"先秦的'士'主要是以'仁'（亦即'道'）为'己任'。易言之，他们是价值世界的承担者，而'天下'则不在他们肩上"。东汉虽系士阶层史上一个特显光辉的时代，当时著名的士大夫领袖如李膺提出"以天下风教是非为己任"的口号，但仍只限于精神领域之内，与"以天下为己任"仍然有微妙的差异。真正"士以天下为己任"的观念，是宋代才形成的，并成为"北宋以来士阶层的共识"。作为一种"集体意识"，"并不是极少数理想特别高远的士大夫所独有"。因此"'以天下为己任'是一把钥匙，可以打开通向宋代士大夫内心世界之大门"①。

遵循余英时先生的思维逻辑和学术路径，我们亦可以说，"捐躯赴国难，视死忽如归"的游侠报国思想，虽在魏晋时代已形诸诗篇，并有历史的根据，且推衍至唐，益有发展，但与宋代所倡导之"忠"的观念，仍有微妙的区别。真正将"忠"与"义"结合成双，并成为一种上至士大夫、下至民众的普遍意识和理念，则是宋代才正式形成的。如果说，余英时先生曾用这把钥匙打开了通向宋代士大夫内心世界的大门，那么，我们亦可用"忠义双全"的钥匙，打开文人知识分子之所以如此改造"侠格"的内心世界。于是，忠义双全、二者兼至的侠格扩展，导致了"侠义精神"的升华。表现在

①余英时：《朱熹的历史世界——宋代士大夫政治文化研究》（上），生活·读书·新知三联书店，2004年版，第211、219、220页。

侠义小说中,便是在“义”之上又添加了一个更高的价值理念——“忠”。

不过,这只是问题的一个方面。时代的变迁,则更是侠义精神发生变化的催化剂。这不但表现在文人对当时流传之话本的聚合加工上,也表现在下层民间的口头文学如说话中。这些讲述文学,是民间愿望和价值理念的最好反映。从历史角度看,由于宋代重文轻武的社会风气,唐代文人阶层及贵室子弟所崇尚的任侠之风已不复存在,从某种角度上说,经过两汉隋唐而至宋,湮没不闻的“布衣之侠”再一次回归民间,这也是此时侠文化不同于魏晋迄唐的重要表现之一,侠的民间性更加凸显。

另外,由于外族的不断入侵,民族矛盾日益上升,有宋一代,不但没有统一全国,反而丢掉半壁江山,以至最终灭亡,出现中国历史上第一个由少数民族统治全国的时代。这一社会现实不但激发起“以天下为己任”的上层文人的忧患意识和报国热忱,也使整个宋代民间浸染着深深的爱国情怀。石昌渝先生在考察《水浒传》的成书过程时论道,宋江虽在历史上实有其人,但史传对其事迹记载并不多,何以会在文学中获得如此重要的地位,只有联系北宋末年到南宋时期宋金民族战争造成的社会现状,才能得到合理的解释。金兵占领北方后,溃散在北方的宋军和北方民众的自卫武装聚集在山林湖泽与金朝政权对抗,这些抗金救国的民众,南宋朝廷以“忠义”相称。南宋统治下的百姓,怀着抗金的情绪,对宋江的故事不但有浓厚的兴趣,而且在讲说中不断加入新的内容和新的体验。他还从构成宋江故事的来源之一——太行分支故事考察道,太行山是北方人民抗金武装的一个根据地,《宋史·岳飞传》就有记载:“太行山忠义社梁兴等百余人慕飞义,率众来归。……梁兴会太行忠义及两河豪杰等，累战皆捷，中原大震。”①可见对“忠义”的提倡，渊源有自。

另据记载，当时许多民间的角觝艺人和民间武人都采用“赛关索”的绰号。周密《武林旧事》卷六《诸色伎艺人·角觝》，记有“张关索”“赛关索”“严关索”“小关索”②等，皆以“关索”为名号。此外，宋人范公偁《过庭录》有这样一段记载：

> 时汉上有巨贼曰罗堑，拥众雄视一隅。忽直压郡界，靳三十五里，一郡皇怖失措，朝夕危陷。忠宣集郡寮谋守御计，皆懦怯无敢当者。
>
> 有酒吏秦生请行。忠宣命摄巡尉，欲假之众，秦曰：“无益也。”独以数十骑，直对贼垒。值贼置宴，军势甚张，贼副小关索者，领十余骑饮马河侧，隔河问秦曰：“尔为谁，胡为至此？”秦曰：“吾信阳巡检，来取汝首尔。”……贼挽弓射之，不中。秦复射，中贼关索心而死，数十人骇散。③

从上可见，当时聚啸山林的绿林剧盗也普遍采用“关索”作为绰号，龚开《宋江三十六人赞》中的“赛关索杨雄”赞曰：“关索之雄，超之亦贤。能持义勇，自命何全？”④民间之所以盛传关索故事，

①石昌渝：《中国小说源流论》，生活·读书·新知三联书店，1994年版，第319—321页。

②（宋）周密：《武林旧事》，浙江人民出版社，1984年版，第112页。

③（宋）范公偁撰，孔凡礼点校：《过庭录》，《唐宋史料笔记丛刊》本，中华书局，2002年版，第339页。

④（宋）周密：《癸辛杂识续集》，见朱一玄、刘毓忱编：《水浒传资料汇编》，百花文艺出版社，1984年第2版，第22页。

是因为其忠义的品格和勇武的本领①。余嘉锡先生考论道："宋时武夫，以关索为号者凡十余人，不惟有男而且有女矣。……盖凡绰号皆取之街谈巷语，此必宋时民间盛传关索之武勇，为武夫健儿所忻慕，故纷纷取之以为号。"②

由此可知，宋代从上至下都在鼓吹"忠义"精神，流风所及，自会影响到对侠义小说中侠义精神的整合以及侠客形象的塑造，再兼之理学兴盛，道德人格备受关注，"天下"概念深入人心。于是"侠"由"侠义"向"忠义"的转变，自成必然之势。其中明确将"忠义"并举作长篇演绎的，首推《水浒传》。

《水浒传》最早的书名叫《忠义水浒传》，甚至就叫《忠义传》。明人杨定见《忠义水浒全书小引》引袁无涯之言曰："《水浒》而忠义也，忠义而《水浒》也。"③这一取名，恰好典型地反映出成书过程中"忠义"观念大盛的实况。在该小说的研究中，自容与堂刊《李卓吾先生批评忠义水浒传》提出"改'聚义厅'为'忠义堂'，是梁山泊第一关节，不可草草看过"④以来，这一情节一直受到高度关注，以至毛泽东在1975年8月14日与身边工作人员谈话时，就《水浒传》发表了如下的观点："《水浒》好就好在投降。做反面教材，使人民都知道投降派。《水浒》只反贪官，不反皇帝。屏晁盖

---

①关于民间的关索传说，详见胡士莹：《话本小说概论》，中华书局，1980年版，第382—385页。

②余嘉锡：《宋江三十六人考赞》，氏著：《余嘉锡论学杂著》，中华书局，2007年第2版，第384页。

③朱一玄、刘毓忱编：《水浒传资料汇编》，百花文艺出版社，1984年第2版，第211页。

④《容与堂本水浒传》第六十回回末评，上海古籍出版社，1988年版，第896页。按，容与堂之评，一般认定是叶昼伪托李贽而评的。

于一百零八人之外。宋江投降，搞修正主义，把晁盖的聚义厅改为忠义堂，让人招安了……”不论古人和今人的看法如何不同，这一切恰好说明，由“侠义”向“忠义”的转变是这部小说最为突出的特点，故最能体现侠义观和侠义精神的新变。毛泽东将之视作“修正主义”，正一语中的，道出了其中的奥秘，窥探到了当时对侠义精神的“修正”。它之所以能导致招安，就在于在这一改动中，隐含着“义”与“忠”，也即侠义精神和政治伦理的结合。让我们对此稍作分析。

如果说“义”是侠义精神最集中的体现，代表的是“侠道伦理”；那么“忠”代表的则是一种“政治伦理”。在“义”前加一“忠”字，“义”的行动便有了明确的导向和归趋，按毛泽东的观点看，就沦为“只反贪官，不反皇帝”；但从当时人及作者的观点看，则无疑提升了“义”的行为价值，扩大了“义”的伦理内涵。招安进京时打的两面旗帜——“顺天”和“护国”，就是由此而来的，前者代表他们的政治观念，后者代表他们的行动目标。后来的“保境安民”——“征辽”和“征方腊”，便是奉行“忠”之政治伦理的实践行动。

这里还有必要对“忠”的内涵稍作疏解。

在儒家的文化观念中，“忠”的概念有一个复杂的衍化过程。据台湾学者刘纪曜先生的考证，春秋时代，“忠”的伦理内涵大致可分为两种：一种是普遍性的社会伦理，另一种是特殊性的政治伦理。就前者而言，“忠”意指应对进退时内在的一种适当或适度的心理状态或态度，具有普遍性和中立性，可适用于一个人的任何行为，并不特指政治行为，故往往“忠”“信”并言或“忠”“信”连词，代表的是一种具有普遍性意义的美德，其适用对象包括上至君主，下至臣民，此即晏婴所谓“忠信笃敬，上下同之，天之道也”

(《左传》襄公二十二年)。作为政治伦理的"忠",在春秋时代也与后世有很大的不同,即使君主,亦被要求具有"忠"的伦理——忠于民,忠于社稷,做到"公而无私",所以其"忠"的伦理判准是社稷利益,而非君臣之间的个人关系。至战国以后,"忠"的伦理内涵发生转变,主要是强调臣民对君主的奉献,其判准是君主的利益以及君臣之间的私人关系,谏诤、任怨与服从,是忠的三层主要意涵。秦汉大一统帝国的建立,在君臣关系的发展史上是一大转捩点,尤其至汉武帝时代,董仲舒进一步发挥了战国以来"君尊臣卑"的观念,结合他的学说,为皇帝体制下的君臣关系及"忠"的伦理内涵提供了一种新的界说,于是"忠"便由春秋时期上下之间的双向信守关系,一变而为下事上的单向度关系,于是君主个人成了"忠"之伦理的唯一判准。这种关系下的"忠",是谓"私忠";另外春秋时代的社稷意识并未因此而消失,在观念上又形成一种"公忠"的伦理精神,遵循的是先秦儒家"以道事君"的传统,强调"天下为公"。这两者都是对人臣的要求。实际上,帝制时代一般人对忠的观点大都徘徊于"公忠"与"私忠"两端之间,甚或是此两类的混合。至朱熹,将"忠"解释为"尽己之谓忠",已把"忠"视为道德自我的完成了①。

结合时代背景来看,《水浒传》的"忠",按天海藏《题水浒传叙》的解释,应是"尽心于为国之谓忠"②。其时代特色,殊为明

---

①刘纪曜:《公与私——忠的伦理内涵》,刘岱总主编:《中国文化新论·思想篇(二)·天道与人道》,生活·读书·新知三联书店,1992 年版,第 173—201 页。另参见冯文楼:《四大奇书的文本文化学阐释》中的有关概述,中国社会科学出版社,2003 年版,第 174—175 页。

②朱一玄、刘毓忱编:《水浒传资料汇编》,百花文艺出版社,1984 年第 2 版,第 217 页。

显，可谓“公忠”（即“大忠”），而不是“私忠”，并给它赋予了“义务”承担和人格完善的内涵。虽然在领袖人物宋江的身上，不排除有“私忠”（忠于皇帝本人）的成分，但在当时社会，“忠君”和“报国”，本就是二而一的东西，不能截然分开。很难想象，热心于报国的人，没有忠君思想。这也是宋江最遭人误解的地方。

依此来看，改“聚义厅”为“忠义堂”，便是对豪侠品阶的全方位提升，对豪侠精神的文化洗礼，对豪侠行为的政治扩展，对豪侠人格的双向完善（保国/安民）。这一转变也是古老的游侠传统中“不轨于正义”向“轨于正义”的转变。通过这一转变，“以武犯禁”的侠客终为主流社会所接纳，成为上至统治者、下至平民都乐于接受与亲近的人格典范，用金庸的话说，就是为国为民的“侠之大者”。这种“大侠精神”正是侠义传统与儒家人格的完美结合。

宋江，便是这一“忠义”思想的集中体现者。他“为人一世，只主张‘忠义’二字”（第一百回），上山落草本不是他的初衷，故再三表白道：“为被官司所逼，不得已啸聚山林，权借梁山水泊避难，专等朝廷招安，与国家出力。”（第五十九回）即使在上梁山之前，就已怀有此意，如送武松上二龙山时，特为叮嘱道：“入伙之后，少戒酒性。如得朝廷招安，你便可撺掇鲁智深、杨志投降了，日后但是去边上，一枪一刀，博得个封妻荫子，久后青史上留得一个好名，也不枉了为人一世。”（第三十二回）待梁山泊事业壮大、一百单八人排座次时，他正告众人道：“今日既是天罡地曜相会，必须对天盟誓，各无异心，死生相托，吉凶相救，患难相扶，一同保国安民。”并拈香起誓曰：“……自今已后，若是各人存心不仁，削绝大义，万望天地行诛，神人共戮，万世不得人身，亿载永沉末劫。但愿共存忠义于心，同著功勋于国，替天行道，保境安民。”（第七十一回）这里既讲“大义”，也讲“大忠”。招安之后的征辽，征方腊，就是“保境安民"志愿的具体实施。其实,"宋江平辽"的情节,不仅史籍无载,话本《大宋宣和遗事》也未提及。《水浒传》之所以虚构出这样的故事,一来是曲折地反映当时百姓的愿望,诚如鲁迅先生所云:"宋代外敌凭陵,国政弛废,转思草泽,盖亦人情,故或造野语以自慰。"①同时,也使"忠义双全"的人格价值,通过文学这一途径得以实现,成就了他们"英雄"的美名。尽管他们的结局以悲剧告终,只落得个"魂聚蓼儿洼"的下场,但既然是"魂聚",就说明他们英灵不散,精神长存。现今人一般认为是宋江的"愚忠",导致了这一悲剧结局,殊不知,将"死"和"忠义双全"的人格实现结合起来,正是这部小说最为深刻的地方,其政治批判意识和社会现实意义,还有比这更强烈更鲜明的吗?对此,李贽的看法最为高明。他在《忠义水浒传序》中说:

> 则谓水浒之众,皆大力大贤有忠有义之人可也。然未有忠义如宋公明者也。今观一百单八人者,同功同过,同死同生,其忠义之心,犹之乎宋公明也。独宋公明者身居水浒之中,心在朝廷之上,一意招安,专图报国,卒至于犯大难,成大功,服毒自缢,同死而不辞,则忠义之烈也!真足以服一百单八人者之心,故能结义梁山,为一百单八人之主。最后南征方腊,一百单八人者阵亡已过半矣;又智深坐化于六和,燕青涕泣而辞主,二童就计于"混江"。宋公明非不知也,以为见几明哲,不过小丈夫自完之计,决非忠于君义于友者所忍屑矣。是之谓宋公明也,是以谓之忠义也。②

---

①鲁迅:《中国小说史略》,《鲁迅全集》第九卷,人民文学出版社,1981年版,第145页。

②(明)李贽:《焚书·续焚书》,中华书局,2009年第2版,第109—110页。

这一忠义两全、二者兼至的人格塑造，终于将历史上的“侠格”抬升到了一个新的境地，并使这部小说成为了“英雄传奇”的代表作，而此后的侠客不仅仅是匡扶正义、路见不平的“勇力”的代表，更成为心怀天下、精忠报国的“忠义之士”。传统的“侠义观”一变而成为“忠义观”。侠客不仅保留着传统的江湖义气和民间精神，同时也被赋予了重大的政治责任和庄严的历史使命。于是，侠客一变而为“英雄”，此即所谓——“千古为神皆庙食，万年青史播英雄。”（一百回）

说到“英雄”，不得不稍作辨析。唐君毅先生曾将中国人格世界之人格类型，分为十一种，其中的三种为“豪杰之士、侠义之士、气节之士”。并将此三种与另一种“儒将与圣君贤相”，一起定性“为中国之社会政治性人格”，这是很独到的看法。他辨析道：“豪杰之异于英雄者，在英雄以气势胜，而豪杰则以气度、气概胜。”他更赞扬的是豪杰而非英雄，并与西方人所崇尚的“英雄”相比说：豪杰“则可成功，亦可失败”，“其生也荣，其死也哀，英雄如之何能及也！”另外指出，豪杰、侠义、气节之士，虽名为三，实“同表一风骨，而为义不同。豪杰之精神，乃一身载道，平地兴起，以向上开拓之精神。侠义之精神，乃横面地主持社会正义之精神。气节之士，则为一以身守道，与道共存亡之精神”。尤其“豪杰恒兼侠义之行，侠义之士恒兼豪杰之行”①如此云云，独未单列“英雄”一格，只是与豪杰相比时，略有言及。实际上，我们可以说，豪杰、侠义、气节三者，相通之处甚多，也都与“英雄”有相合或相重的地方，只是在事功上有所不同而已。古代小说中，“英雄豪杰”，常常

---

①唐君毅：《中国文化之精神价值》，江苏教育出版社，2006 年版，第 268—272 页。

并称为一，不作区分。豪杰、气节二者，也常常是侠之人格所具备的必要条件。换句话说，对侠义人格的改造，正是将三者融为一体而塑造的，从而加强了他们的“社会政治性人格”，故小说称他们为“英雄”。况且小说家不会像哲学家或思想家一样，详细辨析其异同。

冯友兰先生根据古人倡导的“三不朽”盛事，也有一个中国人格类型的划分：“立德的人，谓之圣贤，他们有很高的境界，但未必即有很大的学问事功。立言的人，谓之才人，他们有很多的知识，或伟大的创作，但不常有很高的境界。立功的人，谓之英雄，他们有事业上很大的成就，但亦不常有很高的境界。英雄又与所谓奸雄不同。英雄与奸雄的境界，都是功利境界，在功利境界中的人，其行为可以不是不道德的，可以是合乎道德的，但不能是道德的。”①将英雄归入“功利境界”，是很有见地的看法。后世小说称侠义人物为“英雄”，也主要是从他们的事功方面立论的，至于其行为的是否完全合乎儒家道德，则一般不作计较。这从《水浒传》的人物表现上，可以见出。21世纪初以来，有学者大批《水浒传》中李逵、武松等人嗜杀成性，时迁等人偷鸡摸狗的行径为不合乎道德，这实则是从伦理道德层面对豪侠的苛求。回到古代来看，这些并不妨碍他们成为“英雄”。换言之，是我们把“英雄”道德化、崇高化、符号化了。

其实，在古代，“英”和“雄”是分开讲的。魏时刘劭《人物志》专门列有“英雄篇”：“自非平淡，能各有名。英为文昌，雄为武称。”并解释道：“夫草之精秀者为英，兽之特群者为雄。故人之文

①冯友兰：《论功利境界》，段怀清编：《传统与现代性：〈思想与时代〉文选》，浙江大学出版社，2007年版，第138页。

武茂异，取名于此。是故，聪明秀出谓之英，胆力过人谓之雄。……英可以为相，雄可以为将。……一人之身兼有英雄，乃能役英与雄。能役英与雄，故能成大业也。”①但后世“英雄”并称，文可称英雄，武亦可以称英雄。实际上，在上引从魏晋至唐代的咏侠诗及边塞诗中，英雄气概，已处处可见，所谓“当今丈夫志，独为上古英”（孔稚珪《白马篇》）、“但令塞上儿，知我独为雄”（鲍照《白马篇》）云云，已是对何谓“英雄”的概括，诚如王文进先生指出的那样：“游侠自此卸下盗贼的劲装换上英挺的甲胄。”（见前引）《水浒传》将一百八人都称为“英雄”，这仅从回目上就可一目了然——“梁山泊好汉劫法场，白龙庙英雄小聚义”“忠义堂石碣受天文，梁山泊英雄排座次”。他如写宋江出场时，先作介绍云：“有分教郓城县里，引出个仗义英雄；梁山泊中，聚一伙擎天好汉。直教红巾名姓传千古，青史功勋播万年。”（第十七回）第六十九回回前诗云：“豪杰相逢鱼得水，英雄际会弟投兄。”在作者眼中，“豪杰”“好汉”和“英雄”，是互文关系，是同一意思。《三国志演义》曾借曹操之口给“英雄”下过一个定义——“夫英雄者，胸怀大志，腹有良谋，有包藏宇宙之机，吞吐天地之志者也。”②在宏大的气派中，其事功的追求，亦莹然可见。明末雄飞馆主人（熊飞）曾将《三国志演义》和《水浒传》合刻为一书，取名曰：《英雄谱》。从这一取名和小说中大量使用的“英雄”字眼中，可大致窥见当时人对“英雄”的看法。

另在前举之侠义话本小说中，也明显透露出人们看法的转变

① （魏）刘劭撰，王水校注：《人物志》，上海三联书店，2007年版，第95—96页。

② 《三国演义》第二十一回《曹操煮酒论英雄　关公赚城斩车胄》，人民文学出版社，1977年版，第187页。

和对政府收用这些人物的期盼。如《神偷寄兴一枝梅　侠盗惯行三昧戏》的开首之诗即曰:“剧贼从来有贼智,其间妙巧亦无穷。若能收作公家用,何必疆场不立功。”并在“入话”中议论道:“孟尝君平时养了许多客,今脱秦难,却得此两小人之力。可见天下寸长尺技俱有用处。而今世上只重着科目,非此出身,纵有奢遮的,一概不用。所以有奇巧智谋之人,没处设施,都赶去做了为非作歹的勾当。若是善用人材的收拾将来,随宜酌用,未必不得他气力,且省得他流在盗贼里头去。”凌濛初还在《程元玉店肆代偿钱　十一娘云冈纵谈侠》(《初刻拍案惊奇》)中,通过女侠十一娘之口特别提到,侠客必须维护公德、不讲私义,应过问国事,诛奸除贪,并将之视为“做的公事”。如此等等,已见前述。这些记叙和议论,都是上承对侠格重塑的脉络而来的,只是角度不同:或站在侠客的立场上,抨击政府的用人制度,希望英雄能有用武之地,为国效力;或消解世俗之人对侠客的偏见,对“侠盗”作出新的界定。此用《绿牡丹》中的一句话来说即——“江湖有义终非盗。”(详下)

前举《禅真逸史》更是在精神上上承《水浒传》而来的。在第三十五回《元帅兵陷苦株湾　众侠同心归齐国》中写到,义军领袖杜伏威对官兵将领面陈衷曲曰:“杜某兄弟三人,因朝廷昏乱,百姓倒悬,起义兵除暴安良,非为私也。”此与宋江的话,如出一辙,表明他们行的是“替天行道”之事。军师查讷一力促成招安,他劝杜伏威云:“自古道‘成则为王,败则为寇’。……不如且将计就计,曲从段绍(官兵元帅)之言,解甲休戈,受了招安。一来归服齐王,取功名于正路,身居荣显,名垂竹简,亦是风云际会之时,不可错过。”第三十六回杜伏威接受招安时再次申明道:“某等皆因势豪逼迫,以致谋动干戈,无非济困扶危,替天行道,不敢妄为。蒙大元帅(指段绍)赦宥纳降,情愿执鞭坠镫,以报殊遇。”段绍勉励道："众将军年虽弱冠，各负雄才，文武兼通，正堪为朝廷之股肱，庙廊之梁栋。今能顺天知命，解甲而降，准拟青史标名，流芳千古！下官见皇上备奏将军等情由，保诸位恩荣媲美。"并在该回回前诗中特为赞扬道："众侠承恩归故里，共倾赤胆报明廷。"①后来齐后主召见时，也嘉许他们有"忠义之心"云云。该小说分明有因袭《水浒传》的地方，并杂糅有《三国演义》匡扶汉室的意指，只是结局吸取了梁山泊英雄的教训，改为急流勇退、集体归隐而已。且不论该小说艺术成就如何，就其内在的结构而言，分明含有一个由"侠义"向"忠义"转换的纲领或主线。

综上所述，在中国历史上，"游侠"与"英雄"，本有区别。"游侠"身上往往体现出一种个性张扬、极端自我的反叛精神和破坏性品格，富有类似于尼采所说的悲剧性的"酒神精神"；而"英雄"则更强调建功立业，是从"三不朽"之盛事中的"立功"一路而来的。从这一点上来说，"游侠"则更接近于"道家"追求自由的精神，而"英雄"则更接近于"儒家"积极入世的精神。他们都强调"有为"，但英雄的着眼点在建立秩序并维护秩序，而游侠则因蔑视秩序而常常破坏秩序。他们都有"平不平"的担当意识，但英雄的行为多出自理性的考量，而侠客的行为则多任性而为，带有"剑气豪气江湖气与流氓气"②。

至此，我们可以说，宋以后所塑造的"侠客"更类似于一种"英雄"式的人物，他们和最初"不轨于正义"的"游侠"已有了本质的区别，走的是一条由"游侠"向"英雄"的蜕变之路。这无疑是对侠

①（明）方汝浩：《禅真逸史》，浙江古籍出版社，1998年版，第353—358页。

②陈平原：《中国现代学术之建立——以章太炎、胡适为中心》，北京大学出版社，1998年版，第313页。

的文化规训和精神锻造，对侠之面相的重塑和价值的提升。此正如(明)大涤余人《刻忠义水浒传缘起》所言："盖正史不能涉下流，而稗说可以醒通国。化血气为德性，转鄙俚为菁华，其于人文之治，未必无小补云。"①

如本节小标题所示，"义/忠"的结合，也即侠与政治文化的结合。这种结合不是简单的相加或拼凑，而是"忠"中有"义"，"义"中见"忠"。如果把"忠"和"义"分别视作一种价值符号的话，那么在忠的"能指"中有义的"所指"，而在义的"能指"中有忠的"所指"。

这里，有必要对宋江的身份和定位，单独提出，作一讨论。

对宋江形象的认识，关乎对整部小说主题的认识。就目前而言，农民起义说，仍占主流地位，因此，宋江也就自然成了农民起义的领袖。这是从其社会身份和阶级身份着眼的。但倘若将之置于"侠义小说"的类型中来看，宋江分明是个身在官府而行走江湖的侠客，换言之，是个具有双重身份的人物：亦吏亦侠。走上梁山后，又变成了占山为王的绿林头领和集团领袖。小说的最终目的，如前所述，是想把他塑造成一个"忠义双全"的完美典型，藉此为侠找到一条荣身的通道，为国添加一位有用的人材。

其实，宋江的文治武功，极为平常，那么为何选中他作为目标？就因为他"仗义疏财"的"侠格"而已。这从江湖中人，一见宋江即纳头便拜的情形中可以见出。依此而观，这位宋大哥不就是历史上的"任侠"吗？准此以观，这一人格型塑，实则是对历史上"任侠"形象的拓展。因此，从侠文化的谱系来看，他无疑属于"任

①朱一玄、刘毓忱编：《水浒传资料汇编》，百花文艺出版社，1984 年第 2 版，第 226 页。

侠”一流人物。

在历史上，“任侠”和“游侠”应当是有区别的。前已引到《史记·季布栾布列传》中的话，为了把问题说得更清楚，不妨再引一次：“季布者，楚人也。为气任侠，有名于楚。”《集解》引孟康曰：

“信交道曰任。”如淳注曰：“相与信为任，同是非为侠。所谓‘权行州里，力折公侯’者也。”或曰任，气力也；侠，俜也。①

《史记》同传又载季布之弟季心云：“气盖关中，遇人恭谨，为任侠，方数千里，士皆争为之死。”②不论是孟康说的“信交道”，或如淳说的“相与信”，似乎都有一个与人相交的“交道”在其间。另从“有名于楚”和“士皆争为之死”这两句叙述语中，似可大致窥测到，“任侠”不是指单个的“游侠”，而是具有很强号召力、凝聚力和向心力的团伙领袖。《墨子·经上》曰：“任，士损己而益所为也。”（前已引到）这大概是任之所以为任的具体表现吧。

著名学者杨联陞先生引明末清初方以智的《任论》云：

“上失其道，无以属民，故游侠之徒以任得名”，“盖任侠之教衰，而后游侠之势行。”保任爱护人民，本是在上者的责任。政治力不足，社会力起来接应，可以说是好事，近代民主国家，也有很多人这样主张，而且身体力行。中国自宋代以来，有人主张保富，说富民可以为贫民之主，患难有所依托，意思与此相近。又，方以智认为，任侠、游侠应有区别。他虽然没有说得很清楚，大意似以孟尝、信陵、朱家、郭解（尤其是后两者）等能养士结客，有很多人依附者为任侠，单身或少数

①（汉）司马迁：《史记》，中华书局，1982年第2版，第2729—2730页。

②（汉）司马迁：《史记》，中华书局，1982年第2版，第2732页。

的侠客剑客，则为游侠。任侠可为游侠之主。章太炎所谓“大侠不世出而击刺之萌兴”，大侠大约相当于任侠，而击刺之萌即剑客，相当于游侠。好像也主张有这样一个分别。①

余英时先生也指出，“任侠”不但是好结交豪客、赡养武士的“领袖”人物，而且还具有“社会集团的性格”。他引如淳的解释曰：“如淳注的重要性首先在于指出了‘任侠’是一种团体，不但互相信任，而且有共同的是非。其次更重要的则是它扼要地揭示了‘侠’的社会结合的本质：‘权行州里’指‘侠’的地方势力而言；‘力折公侯’则指这种势力和政治权威处在对抗性的地位。”②

《水浒传》第八十三回回前诗云：“壮哉一百八英雄，任侠施仁聚山坞。”其中“任侠”一词既是对梁山泊“团体”特征的概括，也是对其首领宋江文化身份的定性。这在宋江首次出场的赞词中亦可窥见：“刀笔敢欺萧相国，声名不让孟尝君。”并在其人物介绍中云：“平生只好结识江湖上好汉，但有人来投奔他的，若高若低，无有不纳，便留在庄上馆谷，终日追陪，并无厌倦；若要起身，尽力资助。端的是挥霍，视金似土。人问他求钱物，亦不推托。且好做方便，每每排难解纷，只是赒全人性命。如常散施棺材药饵，济人贫苦，赒人之急，扶人之困。以此山东、河北闻名。都称他做及时雨。”（第十八回）这不正是一篇“任侠传”吗？孟尝君是历史上“任侠”的典范，以此比拟宋江，不正是对其“文化身份”的确认吗？又称宋江为“呼保义”，所谓“呼群保义”，不也正是“任侠”最大的特

①杨联陞：《刘若愚：〈中国文史中之侠〉》，氏著：《中国语文札记》，中国人民大学出版社，2010年版，第267页。

②余英时：《侠与中国文化》，氏著：《现代儒学的回顾与展望》，生活·读书·新知三联书店，2004年版，第326—327页。

征吗？

这样看来，晁盖亦是一位“任侠”式的人物无疑，因为他能一呼百应，在江湖享有威名，所以即使如劫取生辰纲这样掉脑袋的大事，他都能找到人手，并且轻而易举地办成。晁、宋二人之所以能做梁山领袖，就在于他们都属“任侠”式的人物。因此与其说宋江是农民起义的领袖，不如说他是招揽四方豪杰的“任侠”可能更准确一些。

冯文楼先生曾引韦伯的概念，称宋江是一个“克里斯马型”人物。“克里斯马型”即“超凡魅力型”①。“任侠”不正是这种形态的人物吗？我们完全可以说，“任侠”就是一种“克里斯马型”的人物。江湖中人之所以信服他，并不是他的胳膊比人粗，而是打心眼里觉得应该服从他。这大致符合如淳对“任侠”的解释。

至于宋江左顾右瞻、畏首畏尾的行为表现，说到底，是由“儒/侠”二者之间内在的紧张造成的。换言之，“儒/侠”之间，既有“合流”的内在机制，也有相互冲突的矛盾因素，譬如在维护社会秩序、保持政治安定等方面，二者就很难相合。也许正因如此，后来的《三侠五义》才改由一清官统领，并给清官本身赋予了“任侠”的特点。而清官之所以能聚拢众侠，并使之心服口服，受其指使，正在于其“清官”加“任侠”的身份使然。

综上所述，《水浒传》作为“经典”作品，对它的解读已经够多了，现在应该到了对它的文化谱系和历史内涵作正本清源的时候了。笔者对此的阐释，不一定准确，但抛砖引玉，只要引发研究界的兴趣，目的就达到了。

---

①冯文楼：《四大奇书的文本文化学阐释》，中国社会科学出版社，2003年版，第190—191页。

第三节 侠格的规训：侠客与清官的结合

前已述及，自宋代以降，白话侠义小说中的侠义精神经历了一个重新整合的过程，传统的“侠义观”一变而为“忠义观”。如果说“义”是一种带有民间色彩的“侠道伦理”，那么“忠”则是赋予侠客的一种“政治伦理”。《水浒传》成书于元末明初，却大行于明代后期，其所宣扬的“忠义”精神，招安结局，都受到了文人士大夫的称颂，前引李贽《忠义水浒传序》即拈出“忠义”二字，来概括水浒精神：

> 前日啸聚水浒之强人也，欲不谓之忠义不可也。是故施、罗二公传《水浒》而复以忠义名其传焉。

这一“忠义”精神在晚明动荡的时局以及败坏的社会风气之下，自然能得到许多士人的赞赏。但是不管文人如何赞赏《水浒》，他们的重点都在“招安”之上，也就是说文人尽管对水浒群豪的血性义气欣赏有加，但却并不主张造反有理，如李贽就非常赞赏力主招安的宋江：“独宋公明者，身居水浒之中，心在朝廷之上，一意招安，专图报国，卒至于犯大难，成大功，服毒自缢，同死而不辞，则忠义之烈也。”（《忠义水浒传序》）袁无涯也说：“浒，水涯也，虚其词也。盖明率土王臣，江非敢据有此泊也。”①由此可见，古代的文人们之所以赞赏水浒之“忠义”，多半还在于《水浒传》经由“招安”而将江湖豪侠导向正统而已。此也恰如大涤余人所言：

①（明）袁无涯：《忠义水浒全书发凡》，朱一玄、刘毓忱编：《水浒传资料汇编》，百花文艺出版社，1984 年第 2 版，第 148 页。

“《水浒》惟以招安为心，而名始传，其人忠义也。”①至于今天被大加赞赏的侠客在民间行侠仗义的行为，在古人的眼中，远不及“忠”来得有价值，有含金量，更不利于他们的功名荣誉，因此将“忠”的政治伦理与“义”的民间伦理结合起来，是他们心目中最理想、最完美的侠之形态。

《水浒传》的“忠义”观，虽在明代后期倍受推崇，但是，我们还要注意到的一点是，在明末清初，另一种注重名教的思想也在发展，其中对《水浒》的“忠义”观发出异议。如与李贽同时代的袁中道，针对当时推崇《水浒》一书的流行观点，提出自己不同的看法：

> 大都此等书，是天地间一种闲花野草，即不可无，然过为尊荣，可以不必。……（至于《金瓶梅》）以今思之，不必焚，不必崇，听之而已。焚之亦自有存之者，非人之力所能消除。但《水浒传》，崇之则诲盗，此书诲淫。有名教之思者，何必务为新奇以惊愚而蠹俗乎？②

以“名教”之思反观《水浒》，自为“诲盗”之书，水浒群豪的盗寇身份也并不能因其最终臣服朝廷而被原谅。陈继儒也对当时人的阅读兴趣提出质疑：“今《通鉴》多束高阁，故士子全无忠孝之根；《水浒》乱行肆中，故衣冠窃有猖狂之念。”③更有甚者，竟然咒《水浒》作者“三世皆哑”。到了清初，否定《水浒传》为“忠义”之书的声音更加响亮，其中不乏大思想家，如王夫之就曾抨击“招安”之

①（明）大涤余人：《刻忠义水浒传缘起》，朱一玄、刘毓忱编：《水浒传资料汇编》，百花文艺出版社，1984 年第 2 版，第 225 页。

②（明）袁中道：《游居柿录》（卷九），朱一玄、刘毓忱编：《水浒传资料汇编》，百花文艺出版社，1984 年第 2 版，第 224 页。

③（明）陈继儒：《晚香堂小品》，朱一玄、刘毓忱编：《水浒传资料汇编》，百花文艺出版社，1984 年第 2 版，第 224 页。

说曰:"南宋之谚曰:'欲得官,杀人放火受招安。'且逆计他日之官爵而冒以逞,劝之盗而孰能弗盗邪?"①这一尊正统、重名教而贬盗贼的观点,在清初金圣叹的《水浒传》之评中,有更明确的表述。他不仅腰斩《水浒传》,而且杜撰出一个卢俊义"惊恶梦"的结局,将水浒群豪一一处斩,并于修改后的第七十回总批中,反将自己的增添诬为后世的删削,并特别指出云:

> 后世乃复削去此节,盛夸招安,务令罪归朝廷,而功归强盗,甚且至于裒然以"忠义"二字冠其端,抑何其好犯上作乱,至于如是之甚也哉!②

这是因为在他看来:"招降纳叛、令其效力于朝廷,只会为社稷带来动荡。此外,它亦使政府丧失道德根柢:招安政策岂可对叛逆者的罪孽既往不咎?尽管对梁山群雄官逼民反的动机,金氏报以同情,但他仍旧坚持,忠奸之辨,丝毫不容假借:'既是忠义必不做强盗;既是强盗必不算忠义。'"③所以他不惜将七十回之后的内容全部删掉。他虽然对《水浒传》评价极高,定为"第五才子书",但在评点时,处处指责宋江为"强盗""权诈""奸诈""奸恶""无耻"之徒,是"下下人物"。又就书名发表议论道:

> 观物者审名,论人者辨志,施耐庵传宋江,而题其书曰《水浒》,恶之至,迸之至,不与同中国也。而后世不知何等好乱之徒,乃谬加以"忠义"之目。呜呼!忠义而在《水浒》乎

①(清)王夫之:《读通鉴论》(卷八),中华书局,1975年版,第236页。

②(清)金圣叹评点,文子生校点:《第五才子书施耐庵水浒传》,中州古籍出版社,1985年版,第1113页。

③王德威著,宋伟杰译:《被压抑的现代性——晚清小说新论》,北京大学出版社,2005年版,第149页。

哉？……由今日之《忠义水浒》言之，则直与宋江之赚入伙，吴用之说撞筹，无以异也。无恶不归朝廷，无美不归绿林，已为盗者读之而自豪，未为盗者读之而为盗也。①

金圣叹删改的七十回本《水浒传》，之所以在清代流传甚广，正与他的删削和评论有关。在《水浒传》的续书中，清中叶俞万春的《荡寇志》，就是直接承续金圣叹本第七十回而来的，可以说是对金圣叹观点的呼应，后人也有将此作为"侠义小说"来看的。此书原名《结水浒传》，其中"结"字即"终结"之意，也就是要通过扫荡盗寇，终结《水浒传》对名教礼法的逾越，以维护名教纲常。俞万春在该书引言里明确地表示了对金圣叹观点的继承：

圣叹先生批得明明白白：忠于何在？义于何在？总而言之，既是忠义，必不做强盗；既是强盗，必不算忠义。乃有罗贯中者，忽撰出一部《后水浒》来，竟说得宋江是真忠真义。从此天下后世做强盗的，无不看了宋江的样，心里强盗，口里忠义，杀人放火也叫忠义，打家劫舍也叫忠义，戕官拒捕、攻城陷邑也叫忠义。看官你想，这唤做什么说话？真是邪说淫辞，坏人心术，贻害无穷。此等书若容他存留人间，成何事体！②

且不论《荡寇志》的艺术成就及价值，仅就作者创作的目的看，即可见出他企图正本清源，划清忠义与盗寇的严格界限，并向正统皇权回归。徐佩珂为此书作序时，也对俞氏的创作意图有很明确

①（清）金圣叹：《水浒传序二》，金圣叹评点，文子生校点：《第五才子书施耐庵水浒传》，中州古籍出版社，1985 年版，第 7 页。

②（清）俞万春撰，俞国林点校：《荡寇志》引言《结水浒传》，中华书局，2004 年版，第 1 页。

的概括：

> 余友仲华（字）俞君，深嫉邪说之足以惑人，忠义、盗贼之不容不辨，故继耐庵之传，结成七十卷光明正大之书，名之曰《荡寇志》。盖以尊王灭寇为主，而使天下后世，晓然于盗贼之终无不败，忠义之不容假借混蒙。庶几尊君亲上之心，油然而生矣。①

再结合成书的时代背景，亦可看出这一“尊王灭寇”思想的现实基础，对此，半月老人的《序》，透露出个中信息：

> 凡斯世之敢行悖逆者，无不藉梁山之鸱张跋扈为词，反自以为任侠而无所畏惧。其害人心术，以流毒于乡国天下者，殊非浅鲜。近世以来，盗贼蜂起，朝廷征讨不息，草野奔走流离，其由来已非一日。非由于拜盟结党之徒，托诸《水浒》一百八人以酿成之耶？②

这一创作意图不论今人如何评价，最起码在有清一代，是多数文人士大夫的看法和观点，就连晚清受西方思想浸染的王韬也作如是观：

> 天下上智少而下愚多，乡曲武豪，藉放纵为任侠，小民鲜识，遂以犯上作乱之事视为寻常，未始非由此一书（按，指《水浒传》）实阶之厉。夫忠孝廉节之事，千百人教之而未见为功，奸盗诈伪之书，一二人导之而立萌其祸。风俗与人心相为表里，近来兵戈浩劫，未尝非此等荡检逾闲之谈，默酿其

①（清）徐佩珂：《荡寇志序》，朱一玄编，朱天吉校：《明清小说资料选编》，南开大学出版社，2006年版，第346页。

②（清）半月老人：《荡寇志续序》，朱一玄编，朱天吉校：《明清小说资料选编》，南开大学出版社，2006年版，第350页。

殃。……于是山阴忽来道人遂有《结水浒》之作，俾知一百八人者，丧身授首，明正典刑，无一漏网。今我以《水浒传》为前传，《结水浒传》为后传，并刊以行世，俾世之阅之者，懔然以惧，废然以返，俾知强梁者不得其死，奸回者终必有报。既使飞扬跋扈，弄兵潢池，逆焰虽张，旋归澌灭，又何况区区一方之盗贼哉？两书并行，自能使诈悍之徒，默化于无形，乖戾之气，潜消于不觉，而后耐庵、圣叹之苦心，亦可大白于天下。①

由是观之，侠义小说发展至清代，对侠义精神的重新建构，对侠客形象的重新塑造，便被提到议事日程上来了。文光楼主人在《小五义》序中所说的下列一段话，可代表当时较为普遍的看法：

此书虽系小说，所言皆忠烈侠义之事，最易感发人之正气，非若淫辞艳曲，有害纲常；志怪传奇，无关名教。②

正由于给清代的侠义小说赋予了宣扬纲常的重任和扶持名教的使命，因此小说中侠与政治伦理的结合，在宋明形成的"忠义观"的基础之上，又作了进一步的规范，侠客不仅要心怀忠义，而且要遵守社会秩序，就算出身绿林，也不能有违反纲常的"盗贼"之行，在性情上也要懂得克己复礼，不能逞一时的血气之勇。如此等等，在当时政治意识形态的渗透下，在社会场域的左右下，在纲常名教的规范下，对侠格的整合，更加政治化，更趋理想化。

这一转变，在小说史上有一个发展的过程。就典型的作品而言，从《绿牡丹》到《三侠五义》，刚好呈现出一条较为清晰的线索。

---

①(清)王韬：《水浒传序》，朱一玄编，朱天吉校：《明清小说资料选编》，南开大学出版社，2006年版，第314页。

②(清)文光楼主人：《小五义序》，朱一玄编，朱天吉校：《明清小说资料选编》，南开大学出版社，2006年版，第366页。

成书于清代中期的《绿牡丹全传》，在本书所勾勒的两条线索上，具有重要的地位和作用。它在“侠/忠”的结合上，直承《水浒传》而来，却能另辟蹊径，由一清官导引而顺利接受招安。它在“侠/情”的结合上，借鉴了才子佳人小说中的“侠义/风月”模式，却能创出借儿女之情、写侠义之事的表现形式。所以虽然艺术成就不是很高，但在侠义小说史上却意义重大。

首先，在情节设置及人物构设上，《绿牡丹全传》仿效《水浒传》的痕迹较重。如《水浒传》有武松打虎，该书有圣僧打虎。《水浒传》有菜园子张青和母夜叉孙二娘夫妇在十字坡开人肉包子店，此书也有胡琏之弟“活阎罗”胡理在胡家凹开人肉包子店，但不同的是张清夫妇用蒙汗药麻翻的大都是过往客商，而胡理则是有所拣选：“真正商贾并忠良仕宦歇住店中，恭恭敬敬，丝毫不敢欺；若是奸佞门中之人入他店中，莫想一个得活，财帛货物留下，将人宰杀，剐下肉来，切成馅子包馒头。”可知他是假此而除奸佞而已，不伤害无辜性命。“还有一件赢人处，十月天气，两头见日，能行四百里路程”（第四十三回）①，有《水浒传》中的戴宗之能。其中的巴九夫妇，也有几分像张青夫妇。这种模仿，即使在不经意的叙写中，也时有透泄，如主人公骆宏勋行的酒令是：“女干合为‘奸’，杨雄问时迁，石秀何处去，后房去捉奸。”不仅此回有一个“义仆代主友捉奸”，后来也有一个骆宏勋捉奸救人的情节设计，真可谓“草蛇灰线，伏脉千里”。

其次，此书所写的两大“巨魁”是“旱地响马”花振芳，“江河水寇”鲍自安。“旱地”与“江河”的命名，绝非信手拈来，随意为之，

---

①（清）无名氏著，蔡国梁标校：《绿牡丹全传》，上海古籍出版社，1986年版，第230—231页。以下所引《绿牡丹全传》原文，均出自该书，不再一一注明。

它们正好是他们活动的主要空间：旱地隐喻“绿林”，江河隐喻“江湖”。《水浒传》人物的活动空间——“水泊梁山”，不也正隐喻着“江湖”与“绿林”吗？“水泊”对应的是“江湖”，“梁山”对应的是“绿林”①。花、鲍二人所居之山寨与水泊，其地势之险要及布置之巧妙，亦颇有“梁山泊”的特点。另外，《水浒传》中，宋江一再对官府及众头领的心迹剖白——非敢犯上作乱，只待朝廷招安之语，也时时流露在《绿牡丹全传》的豪侠之口，如第五十五回《宏勋花老寨日联双妻妾》写鲍自安在骆宏勋婚后向众人言道：

“我等流落江湖为盗，非真乐其事也。老拙同花兄弟已经年老，不足为惜，而诸公正在壮年，岂可久留林下。庐陵王现居房州，因奸馋专权，不敢回朝，我等何不前去相投，保驾回朝，大小弄个官职，亦蒙皇家封赠；若在江湖上，就有巨万之富，他日子孙难脱强盗后人之名。”众人应道：“幼学壮行，原是正礼。但生于无道之秋，不得不然耳！”

该书不仅通过人物之口述怀，还以叙事者的口吻为之辩白道：“看官，这些人皆当世之英雄，处于荒淫之朝，不敢出头，无奈埋没于林下，岂肯真是图财之辈耳。”并在第五十六回以“有诗为证”的形式赞道：

埋没英雄在绿林，只因朝政不相平。
今朝一旦扬名姓，管教竹帛显威名。

为促成山东节度使狄仁杰的信任，余千特地面禀道：

花、鲍二人皆当世之英雄，非江湖之真强盗也。所劫者，皆是奸佞；所敬者，咸系忠良。每恨于无道之秋，不能吐志，

①对《水浒传》这一对应关系的揭示，见冯文楼：《四大奇书的文本文化学阐释》，中国社会科学出版社，2003年版，第164页。

常为之吁嗟长叹。(第四十五回)

这终于打动了狄仁杰之心——"狄公闻余千称赞花、鲍有忠义之心,触起迎王还朝之念,素知这二人手下有无数英雄,得他归顺,以作除奸斩佞之用。"(第四十五回)最后终因保驾有功而全部获得官爵,鲍封安国公,花封定国公,其余不是将军,就是总兵。小说最后为他们下的结论是:"江湖有义终非盗。"(第六十四回)这虽然也是深含于《水浒传》中的主题,但二者最大的不同——借用鲁迅先生的话来说——就是他们不与官府对抗,反而在帮助官府,更没有过像李逵般"杀去东京,夺了鸟位"的想法。

这一特点在《三侠五义》中更为明显,豪侠人物行事的考量也更加理性化、礼仪化。如投靠包公的王朝、马汉、张龙、赵虎四人,他们之前也干过占山为王、打家劫舍的勾当,竟然还误捉了包公,但他们只是"因功名未遂,亦不过借此安身,不得已而为之"。当展昭建议他们投靠包公、为国出力时,王朝立即回应道:"我等久有此心。"(第六回)这正表明,"报国立功"在当时已成侠客普遍的心理,只是时机未到而已。上举《绿牡丹全传》中从鲍自安对众人的规劝——"大小弄个官职,亦蒙皇家封赠",到众口一词的"原是正礼"的回应,也说明了这一点。由此可见,侠客心目中已对盗贼之名,深自警惕,正如黄天霸所言,只因"看破绿林无好",便思"改邪归正"(《施公案》第一百七十四回)。

这种存名教而于心、克戾气以归正的侠义改造,赋予他们维护君臣大义、纲常礼法的伦理自觉性,与《水浒传》中多数头领的个体意识,已有了内在的区别。这里试举一个最易被忽略的细节,以说明问题。《三侠五义》第四十四回,当钻天鼠卢方为行侠仗义而无意中打死恶霸后,被带到开封府,经展昭介绍,王朝、马汉对他以"兄弟"相称,卢方却尊称三人为"老爷",并纠正"兄弟"

之称：

> 三位老爷太严重了。一来三位现居皇家护卫之职，二来卢方刻下乃人命重犯，何敢以弟兄相称？岂不是太不知自量了么！（第四十四回）①

不仅如此，卢方还不敢居上坐，说道："理当侍立，能够不罚跪，足见高情。"之后去见包公时，他又再次强调道：

> 卢方乃人命要犯，如何这样见得相爷？卢方岂是不知规矩的么？（第四十五回）

因此，他主动要求带着刑具去面见包公。这里所谓"规矩"，其实就是名教纲常规定的礼数，与早期侠客"十步杀一人，千里不留行。事了拂衣去，深藏身与名"（李白《侠客行》）的做派，已相去千里；与《水浒传》中宋江的做法有几分相似，但与众好汉的行径却大为不同。如同为行侠仗义、打死恶霸，鲁智深的逃亡和卢方的甘愿伏法，大相径庭，正可作比较观。当然，这并不是说清代侠义小说中的侠客完全变成了名教礼法的维护者而丧失了侠客原有的本性，他们同样在民间行侠仗义、锄强扶弱，只不过不再甘心为盗的意识，大为增强了，要成为"大义""大忠"之人的愿望，更为强烈了。而这些侠义小说创作的目的，也正是要把由《水浒传》而来的"济民"与"报国"行为，纳入礼法的轨道中来，从而做到代表国家除奸，依仗法律行权，名正言顺，不为已甚。这些侠客摇身一变而成为类似于"钦命"的侠客或官府权力的行使者。这正是清代侠义小说中"侠义精神"被进一步规范化、伦理化的最显著的特点。于是，侠的价值理念发生了转变，此诚如龚鹏程先生所言：

① 赵景深校订：《三侠五义》，上海古籍出版社，1980 年版，第 205 页，下文所引《三侠五义》原文，均出自该本，不再一一注明。

“清代侠义小说的理念，乃是忠义名教。”①

从比较的角度看，《水浒传》虽早已揭出“忠义”的理念，并打开了侠士报国尽忠的大门，但它是通过“招安”的方式开启的，不能尽服豪杰侠士之心。另外他们的行为本身有颠覆政府、危及皇权的倾向，充其量只是民间私许的侠义英雄，所以不仅政府心存疑虑，而且遭到正统理念的围剿，一如前述。到了清代，由于雍正皇帝与江湖剑客的私交甚好，以至侠义小说特盛，但《水浒传》的这种反政府倾向，是不被异族统治者所容许的，于是部分作者便创造了另一种升平时代的侠义形象，从《绿牡丹全传》到《三侠五义》，则因有一个代表朝廷的清官（如狄公、包公等），调节侠者与政府的紧张关系，并诱使他们摆脱私人恩怨的缠缚，把侠义行为扩展到为国家定乱御侮、为百姓安居乐业的方向上来，从而使之纳入合法化的途径，这实在是承平时代侠者的幸运。于是，《三侠五义》便被确认为中国侠义典型的最后完成②。鲁迅先生指出，两书最大的不同在于：“《水浒传》中的人物在反抗政府，而这一类书中的人物，则帮助政府，这是作者思想的大不同处，大概也因社会背景不同之故罢。”（见前引）这一论述，正从行为方式上，揭示出由宋明至清代的侠文化的最大嬗变。

于是，清代侠义小说家们在文本结构上，大都要设置一个对侠客之原始盲动性进行规训和控制的“清官”，并经由这一“清官”的导引化解侠士与政府的抵触和体制的矛盾，消解他们犯上作乱

---

①龚鹏程：《侠的精神文化史论》，山东画报出版社，2008年版，第163页。

②参见张火庆：《从自我的抒解到人间的关怀》，刘岱总主编：《中国文化新论·文学篇（二）·意象的流变》，生活·读书·新知三联书店，1992年版，第496—497页。

的意念。从《绿牡丹全传》到《施公案》、《彭公案》，以及《三侠五义》系列小说，皆是循此路线而来，如《绿牡丹全传》中的狄仁杰、《施公案》中的施仕伦、《彭公案》中的彭朋、《三侠五义》系列小说中的包公及颜查散等，均是以"清官"的身份出现在故事之中的。对这一结构模式的变化，台湾张火庆先生有精辟的论述：

> 由侠义传统的起源及其特性，可知中国历代政府对于不论是个人的以武犯禁，或集体的武装叛乱，往往加以禁绝，或者予以压制，表现了侠与法的不相容受，但小说家顺应着侠义存在的事实及效用，设法消解这种对抗，一方面赞扬侠义的正面意义，一方面则揭示出更高的理想，经由某个集团领导的劝导，或某位清官的感诱，而化除侠者好勇斗狠的意气，使之纳入合法化的途径，并以"忠义"为标榜，转化其心志，而终于臣服于朝廷正统。①

具体地说，《绿牡丹全传》讲述了侠客辅助狄公迎王保驾、扫除奸佞的过程；《施公案》、《彭公案》讲述的也是侠客辅助清官、除盗平叛的故事；贯穿于《三侠五义》系列小说的主线，同样是众侠客帮助清官平叛除乱、剿灭襄阳王的事件。可见，臣服正统，代朝廷行事，是这些小说中侠客共有的特点。从而将侠客自我价值的实现，提升到了符合纲常礼法的正途和"忠义双全"的人格建构上来了。

然而，这一侠客对官府的依附，却受到现代评论界的诟病，理由是侠客甘为朝廷鹰犬而丧失了自我人格，因此是"侠文学"的堕

---

①张火庆：《从自我的抒解到人间的关怀》，刘岱总主编：《中国文化新论·文学篇(二)·意象的流变》，生活·读书·新知三联书店，1992年版，第497页。

落。这种批评在以“革命”为核心价值的年代，是可以理解的。但从小说产生的时代环境和文化思想背景来看，我们不应先遽下结论，而是应当力求揭示这一叙事话语背后的成因，也即把焦点集中在“一个陈述是怎样被做出来”的“话语分析”上——“因为无论在日常的交谈中，还是在做学术研究时，我们通常只关注说了什么而比较忽视怎么说的，只关注大家在争论些什么而不是通过什么方式以及为什么通过这种方式争论。但是，此正如福科所深刻地指出的：各种陈述总是在话语的模型之中被生产出来的，话语是知识、观念生产之可能性的条件，特定的话语决定了什么样的陈述能或不能被生产出来。因此，话语分析实际上是对于知识、观念、思想之生产的可能性条件的分析。”①本章以上的分析，之所以不惜篇幅作各种外在环境的描述和内在理路的勾勒，就是遵循这一路径和方法而来的。

就这些小说的来源而言，尽管大部分产生自民间，但大都经过了知识阶层的修饰、加工和改造，包含着上层文化和下层文化共有的特点，所以不可避免地受到当时社会的政治场域和文化场域的权力制约。余英时先生特别指出：“民间信仰并不专属于下层人民，而同样是上层士大夫文化的一个组成部分。所谓‘上层文化’(elite culture)和‘通俗文化’(popular culture)在中国传统中并不是截然分明的，其间界线很难划分。士大夫当然有他们的‘上层文化’，但是他们同时也是浸润在‘通俗文化’之中。”②侠义小说所传达的文化信息，正有这一特点。

①陶东风：《文化研究・主编的话》，陶东风、周宪主编：《文化研究》(第六辑)，广西师范大学出版社，2006年，第4页。

②余英时：《士与中国文化》，上海人民出版社，2003年版，第483页。

另外，我们同样需要注意的是这些小说中的“清官”形象。“清官”是正统王权的代表，侠客依附清官即是向正统的名教礼法归顺，这一点不容置疑。但又不仅仅如此，“清官”之“为国为民”的行事原则和正气凛然的人格操守，则是他们甘愿归附的更为重要的内在原因。因为清官“为国为民”的为官之道，恰与侠义之士奉行的“侠道”观念有相合之处，二者相逢，难免有惺惺相惜之意和高山流水之感。这里，“清官”已不仅仅是一位代表朝廷的官员，而且已成为“为国为民”的象征符号和集多种优秀品德于一身的人格载体。他们除奸惩恶、济贫扶危，不但与侠的行径相通，而且二者在匡扶正义的行为上，有着同仇敌忾的心理基础，所以，我们可以说清官在文化谱系上带有“侠”的品格，是侠义之士的“法内”代言人。正因为如此，清官就为侠客与政府的结合找到了一条合情、合理、合法的途径，并基于个人的感召力（侠客多为报答清官的知遇之恩，关于这一问题，后面有详细论述），将侠客的侠义行为引向为国戡乱、为民伸冤的大忠、大义境界。于是扶助忠良、护卫清官，就演变成了侠之为侠的基本行为和必备品格。同时，这种依附清官的出路安排，恐怕也是作者看到《水浒传》的悲惨结局之后，为侠义之士找到的一条更能显扬其存在价值也更为安全的通道。

转换视角，从现实的层面来说，清官愿意招纳侠客，一方面可藉此保护自己的人身安全，另一方面又可为朝廷吸收人才，消除隐患。这无疑是一种“双赢”的局面，也在一定程度上反映了下层民众理想的政治结构：清官廉明刚正、爱国爱民，代表伦常与法律；侠客抱打不平、武艺高超，代表正义与力量。清官没有武艺，在与邪恶势力作斗争时常因受到武力反抗而束手无策，须要借助侠客的武功；而侠客没有职权，甚至没有合法的地位，只有托诸清官，才能使他们行侠仗义、除暴安良的行为合法化。二者的结合能够保障国家太平，政治清明，百姓安宁。所以，“清官”与“侠客”的结合模式，尽管没有现实的制度保障，大多出于虚构，但也分明不是所谓的“侠义文学的堕落”，而是充分表达了民众的意愿和心声。这种相互“妥协”的多元政治结构，或许比单纯的排斥更具有借鉴的意义和价值。追根溯源，司马迁之所以为游侠立传，就在于他们“实在是走投无路的人要求人间正义的最后一丝希望”，故他“一面显扬了游侠的地位，一面也显露了他在非理性的政治势力之外，要求有多元的社会势力以保障人生价值的宏识孤怀”①。因此清代侠义小说中的那种“侠客＋清官”的模式，那种充溢于文本字里行间的“宏识孤怀”，也值得我们抱着同情心态度去细心领会，而不应妄加罪名，动辄指责。

此外，尚须挖掘的还有，这种理想的官府与侠客的关系建构，自会使我们想到另一阶层——“士”，即知识分子的政治愿望。余英时先生极为深刻地指出：自孔子提出“士志与道”的观点以来，知识分子一直是“道”的自觉承担者。但“道”没有制度的保障，“士是否能以道自任最后必然要归结到他和政统的代表者——君主——之间是否能保持一种适当的个人关系”。所以他们衷心热望的“道/势”关系，是在政统上的君主关系，道统上的师、友关系②。如果说这种关系代表的是“士”阶层的政治愿望，属于大传统文化，主要流行于上层经典中；那么，准此以观，从士分化出来的“侠”，及其与“官”的关系，亦可作如是观，属小传统文化，主要

---

①林聪舜：《智与美的融合》，刘岱总主编：《中国文化新论·文学篇·抒情的境界》，生活·读书·新知三联书店，1992年版，第383页。

②余英时：《士与中国文化》，上海人民出版社，2003年版，第87—96页。

流行于下层文艺中。当然，这并不是说二者是完全隔绝的，如上所述，实际的情形是上下交通、互有影响的。代表大传统文化的文人知识分子不也是经常赞扬侠格吗？当然前者理想关系中的君主必须是开明的君主，而后者理想关系中的“官员”必须是“清官”。再说，士的处世观念是孔子所说的“天下有道则见，无道则隐”①，侠的原则亦与此相类。如《绿牡丹全传》中的侠士胡理即是如此，当众人“多劝他求取功名”时，他回曰：

奸党当道，非忠良吐志之时，为人臣必当致身于君。倘做一官半职，倒受他们管辖，何如我游荡江湖，无拘无束。（第四十三回）

在该书第五十八回中，鲍自安与狄仁杰的一段对话，将侠择清官而仕的意愿表露得更为清晰：

鲍自安道：“小的流落江湖，亦非乐意为盗。处于奸谗得志之时，不敢出头，无奈埋没耳。千岁干国之名素著天下，非鲍福一人知之也。久欲谒见，吐小人不得已之愚衷也，实无引而前。今蒙拘提，冒死前来见驾，乞赐诛戮，死得其所，又何惧焉？”狄公道：“有道则仕，无道则隐，此系圣贤之高志也！你既不肯出仕，于无道之秋，亦当务田园埋名耳，因何截劫江湖，杀之无厌，而为强盗乎？”鲍自安道：“小人虽截江劫湖，杀人无厌，亦非不分贤愚而尽图其财杀之也。凡遇公平商贾、忠良仕宦，从未敢丝毫惊恐，而小人斩杀者，皆张、栾、王、薛等党中之人耳！”（第五十八回）

这一对话不但明确地用“有道则仕，无道则隐”的“圣贤高志”，打通了“侠”与“士”的间隔，而且鲍自安也通过自己的行为——斩杀

①《论语·泰伯》，（宋）朱熹：《四书章句集注》，中华书局，1983年版，第106页。

奸臣叛党（“张、栾、王、薛等党中之人”），与打家劫舍的“强盗”划清了界限，况且他们的行为，也符合孔子所谓“唯仁者能好人，能恶人”①的处身原则。因此，我们可以说，这种“侠士”与“清官”的结合，既反映了“侠士”的政治愿望和报国热忱，也显示了清官不拘一格为国搜罗人材的政治识见和宏大胸怀。在这种理想的关系中，“侠”的“可为时用也，可以济变也”②的功能，得到了最大的发挥。这些恐怕才是侠义公案类小说创作的意义所在，也是潜藏于侠文化中的亟待发掘的重要内涵。

综上所述，清代侠义小说中侠与政治文化的结合，是在宋明所形成之“忠义观”的基础上，通过名教纲常观念的再一次整合。这与整个清代的时代背景以及文化学术思潮有着密切的关系。换言之，是这一时代场域和文化场域中的产物，并不能用简简单单的“侠文学的没落”或侠客甘做鹰犬的批评，来概括和解释，而是应当通过“话语分析”的方法，揭示这种陈述是如何被生产出来的。“侠”的深层结构，与“士”有着内在的同一性，这一点在侠文化的分析中，远没有被揭示出来。清代的“忠义观”，强调忠义不可假借，盗贼不可伪托，其中的关键在于必须要“深明盗贼忠义之辨”（《荡寇志》引言）。其所鼓吹的“江湖有义终非盗”的观念，必得经一“清官”导引才能实现。清官是调节侠士与皇权矛盾的政府代表，在某种意义上，是“侠/儒”合一的文化符号。清官加侠士的结构模式，导致了“侠义小说”与“公案小说的”合流，而“合流”的实质，一言以蔽之，是侠文化嬗变史上，江湖文化与庙堂文化的

①《论语·里仁》，（宋）朱熹：《四书章句集注》，中华书局，1983年版，第69页。

②刘永济：《论古代任侠之风》，段怀清编：《传统与现代性：〈思想与时代〉文选》，浙江大学出版社，2007年版，第103页。

容受。这种对侠格的整合与规训，从“忠义”的角度来说，正可谓近于“圣人之道”。于是，侠以新的面貌，登台亮相，受到各阶层的欢迎，即如身为高官兼士大夫的曾国藩，也认为“豪侠之徒，未可深贬”①。

①（清）曾国藩：《劝学篇·示直隶士子》，氏著：《曾国藩全集》（诗文编），岳麓书社，1986年版，第442页。

第五章 古代侠义小说的发展线索之二

——侠与情文化的结合

在一般性的侠文化研究中,侠与政治的结合,较多受到关注,而侠与情爱的结合,则鲜有人问津,或者说虽有涉及,但尚未将之视作贯穿侠义小说的一条线索。本章的任务之一,就是要把这一尚处于隐蔽状态的线索拎出来。

“情”,在中国文化中具有无可比拟的位置,是构成传统的重要内涵,是支撑中华民族的精神命脉①,当然也是文学永恒的主题。李泽厚先生以追根溯源的方式指出,“从孔子起,儒学的特征和关键正在于它建筑在心理情感原则上”,“人的‘本体’不是理性而是情理交融的感性”。为此他提出“情本体”论②。吴森先生考察说:“从字形的结构来说,‘情’字是形声字,从‘心’旁得义,从‘青’得声音。但从‘心’旁的字太多了。‘情’字所以别于其他‘心’旁的字,完全因为‘青’字的缘故。宋代文学家王圣美用归纳法把‘青’字的含义展示出来。‘青’字含有‘美好’之意。他找着

---

①吴森:《“情”与中国文化》,东海大学哲学系主编:《中国文化论集》,幼狮文化事业公司,1979 年版,第 257 页。

②李泽厚:《实用理性与乐感文化》,生活·读书·新知三联书店,2005 年版,第 65、70 页。

了很多例子，其中有下列几个我们常见到的：'晴：日之美者。''清：水之美者。''菁：艸之美者。''精：米之美者。''倩：人之美者。''请：言之美者。''情'字不用说了。代入公式，'心之美者是为情。'从文字学来看，我们的先人已经对情非常重视，非常珍惜，非常欣赏。后来有些道学家们主张压制情感的，大抵都是佛教输入后影响的结果。我们如仔细读先秦儒家的典籍，便发觉孔子和孟子对情的重视。"①晚明，对情作过精深研究的冯梦龙，将"情"划分为二十四类，视情为万物之本，纠正后儒对情的偏见："世儒但知理为情之范，孰知情为理之维乎。"并欲以"情教观"取代"礼教观"，如此等等。此恰如吴森先生所说，情是中国文化最宝贵的遗产。我们今天还在说的"合情合理"一词，即是沿古人而来的，可见自古及今，"情"与"理"一样，是我们考察问题的一个重要维度。

既然如此，"侠"涉足情的世界就毫不足怪了，况且侠本身就带有"情"的诸多特点：互相交往，有满腔热情；遇弱便扶，有恻隐之情；遇硬便打，有豪爽之情；遇事便做，有正义之情，如斯等等，其行为大多出自情感的冲动和指使，故而意气风发，激情四射，使气用情，略无顾忌。但他们受人诟病的地方也恰在这里，倘若转换视角来看，这种源自内心的情感冲动，显然要比理性的冷漠和反复的考量，更有可爱可赞之处，如司马迁所说，"缓急，人之所时有也"，急时，哪容前思后想、静心琢磨？这即使对今天受理性异化日趋严重的我们来说，也不啻为一幅解毒剂。但这只是就广义之情而言的，"吊诡"的是，"侠"对男女之"情"或爱欲，从一开始

① 吴森：《"情"与中国文化》，东海大学哲学系主编：《中国文化论集》，幼狮文化事业公司，1979 年版，第 247 页。

起，即持拒斥的态度，而且不容商量。但从侠文化的嬗变上看，又有一个从排斥到认同的过程，有一个认识上的转变过程。这正是本章要重点探讨的内容。

纵观中国小说史，是冯梦龙明确将“侠”与“情”做了结合处理，并将之命名为“情侠”，在《情史》中专设一类。后来的醉西湖心月主人撰《弁而钗》，也仿此分“情贞”“情侠”“情烈”“情奇”四纪，每纪五回。这些都为我们寻找隐伏在侠义小说内的“情/侠”结合线索，打开了一扇门窗。此外从冯梦龙和醉西湖心月主人的分类中，还可获得另一信息，即各种道德人格只要与情结合，就会获得内在的支撑和动力，就可以扩充和加强人物的意志力和坚韧性。从哲学本体论的角度看，虽然张载提出“气本体”论，但这是从宇宙论的角度立论的。从程朱区隔“气质之性”与“天命之性”的二元划分中，从其排斥“人欲”，以“理”克“情”的言论中，可以见出他们是不喜欢“情”的。而“情”中本就含有“气”的成分。“血气方刚”，正乃“情”之表现。侠与情的结合，正内含着矫正理学偏激的用意。

在侠义小说中，这种结合的表现方式呈现出多样化的形态。就其大宗而言，“侠骨柔情”是二者结合的内化产物。所谓“侠义风月”“宝剑金钗”“儿女英雄”，均是二者结合的表现形式。但不能忽视的事实是，情侠结合的线索并不如侠与政治文化的结合那么明显，因此本章在论证时难免有失偏颇，材料的掌握也不尽全面。但是，对于古代侠义小说的研究而言，提出这一“情/侠”结合的线索，或许本身就已经具备了意义。

这里需要特别指出的是，情的表现形式多种多样，本书所论之“情”是专指“男女爱情”，所以，就要将爱情的男女双方都作为探讨的对象，因此男侠与女侠的情感世界，就成了首先关注的领域。

第一节 侠客的情感世界

一、"侠助爱情"模式

在中国古代侠义小说发展史上，"侠"与"情"最初发生关联是在唐传奇中。但要说明的是，那时的侠客仅仅是促成爱情之人，却并非爱情的当事者。著名的有《无双传》、《昆仑奴》、《霍小玉传》、《柳氏传》等作品。其中的侠客古押衙、昆仑奴、黄衫客、许俊等，皆是为人而不是为己的。这一切皆出自侠客的品行。所以我们将之命名为"侠助爱情"类。为说明问题，特以表格形式见示如下：

唐传奇"侠助爱情类"小说中男女主角与侠客关系表

侠客	男主角	女主角	侠客行事动机	侠客行为	行为效果	出处
许俊	韩翊	柳氏	路见不平，出手相助。	用计从藩将沙吒利手中夺回柳氏，送归韩翊。《情史》将之归入"情侠"类。	经由侯希逸上奏，诏令柳氏还归韩翊，二人终于团圆。	《柳氏传》
黄衫客	李益	霍小玉	出于对负心的义愤，而主动插手其间。	设计骗李益探访卧病的霍小玉，又赠酒肴数十盘。《情史》将之归入"情报"类。	得尝霍小玉之愿，但终究饮恨而亡，李益遭报，婚姻坎坷，终生不幸。	《霍小玉传》

续表

侠客	男主角	女主角	侠客行事动机	侠客行为	行为效果	出处
昆仑奴磨勒	崔生	红绡妓	昆仑奴系崔生家奴，受其恩养，还报主人。	以飞檐走壁之奇功，一夜五入一品大员家中，身负崔生与红绡相会，最终为崔生窃出红绡妓。《情史》将之归入“情侠”类。	成全崔生与红绡的爱情。事情泄露后神秘逃离，不知所向，十余年后于洛阳露面，容颜如旧。	《昆仑奴》
古押衙	王仙客	刘无双	报王仙客礼遇之恩。	以奇计助王仙客夺回无双，并杀死参与营救之人，为保全机密而不惜自杀。《情史》将之归入“情侠”类。	王、刘二人终能结缡，白首到老。	《无双传》

如表所示，这类作品中的侠客之举，虽形式有别，但都显示出侠客自身的处事特点和古道热肠，使侠客行侠的领域由此而得到延展，相助范围也因此而得以扩大，为后世侠与情的真正结合，奠定了基础。

作为一种模式或类型，“侠助爱情”在后世的小说中多有出现，如前文提及的宋代文言小说《荆十三娘》、《韦洵美》、《虬髯叟》，清代《聊斋志异》中的《红玉》、《瑞云》、《巩仙》等篇，在大的结构框架上，均是沿袭这一模式而来的。虽然《聊斋》的某些篇目还不能算严格意义上的侠义小说或本身就不是侠义小说，但其人物精神却与侠有相通之处，已见前述。此处再举一例，如《瑞云》篇的男主人公贺生，“不以妍媸易念”，所重在于知己，所以当瑞云变得丑陋不堪时，仍坚执娶回家去，可谓奇男子。另一人物和生为拯救沦落妓院的瑞云，“故以小术晦其光而保其璞”，最后不图施报，在还原瑞云的本来面貌之后，飘然远去，“遍觅之不可得”，可称得上是地地道道的侠客行为。

徐斯年先生曾将这一类型的故事命名为“古押衙式”作品①。这类助爱故事在后世的传播中，一跃而成为“典故”，受到高度赞扬。如明人陈继儒《小窗幽记》云：

> 语云：当为情死，不当为情怨。关乎情者，原可死而不可怨者也。虽然，既云情矣，此身已为情有，又何忍死耶？然不死终不透彻耳。君平之柳，崔护之花，汉宫之流叶，蜀女之飘梧，今后世有情之人咨嗟想慕，托之语言，寄之歌咏。而奴无昆仑，客无黄衫，知己无押衙，同志无虞侯，则虽盟在海棠，终是陌路萧郎耳。②

小说中，这些典故的引用更多，凡遇需要相助者，侠客的名字就作为“符号”而随之出现，如清前期的中篇小说《世无匹》，即借此而喻人，赞道：“幸喜有，昆仑飞技，拍合鸾俦。”“赖有押衙肝胆赤，从空提出网中人。”③其故事设计中，专有一回是《患难临头陈与权雪中遇侠》云云，也分明是仿唐传奇此类故事而来的。另如《金云翘传》，即使奸佞小人，也以此自夸。楚卿为勾引王翠翘，故意言道：“如此国色天姿女子，怎么落在娼家，真令人怒气填胸，须发上指。若有商良，待我效昆仑奴盗出红绡，等他一马一鞍，也见我这

---

①徐斯年：《侠的踪迹——中国武侠小说史论》，人民文学出版社，1995 年版，第 48 页。

②（明）陈继儒等著，罗立刚校注：《小窗幽记（外二种）》，上海古籍出版社，2000 年版，第 25 页。

③《世无匹》第九回，（清）不题撰人，古吴娥川主人编次：《银瓶梅·争春园·世无匹》，华夏出版社，1995 年版，第 301、306 页。

点热肠。……美人，美人，虽说佳人已属沙叱利，犹幸义士还逢古押衙。"后又云："小生虽不比许俊、押衙，亦当勉力出卿于火坑孽海之中。"翠翘也误以为他"原来也是个侠客"(第九回)①。可见，此类作品流传极广，侠虽不是爱情中的当事者，但在爱情中的重要作用却不容忽视。作家之所以在爱情故事中增插此类侠客，就是因为他们能解决某些无法解决的难题，包括属于个人的情感难题和婚姻难题。概言之，他们是男女爱情的保护者和婚姻的捍卫者。

但是我们必须再次强调的一点是，这类作品虽然涉及到了"情"，但是"情"与"侠"本身并无关系，成人之美的侠举仍可归入路见不平、拔刀相助的主题中去，"情"与"侠"还是游离的。要达致结合，还要等数百年之后，直至明末清初，"情"与"侠"方始出现合流。

二、男侠的情感世界

如果要对晚明之前侠义小说中侠客的情感世界做一描述，那么"侠本无情"四字尽管不能涵盖所有，但也足以概括。在"侠"的内心深处，似乎有一套对情欲的防御机制，这尤其体现在男侠身上。

在唐传奇中，放荡不羁的侠客偶有眠花卧柳之行，如周皓"常结客为花柳之游"(段成式《周皓》)，被称为大侠的张和"幽房闺阁，无不知之"(段成式《张和》)。但是这些行径主要是为了展现侠客的不羁与任诞，与唐代开放的社会风气有关，前文所举唐代

①(清)青心才人编次：《金云翘传》，林辰主编，大连明清小说研究中心校点：《才子佳人小说集成》(4)，辽宁古籍出版社，1997年版，706、707、709页。

的游侠诗中，就多有侠客轻薄狂放之举的描写。但自宋代以降，大部分的侠客都是严守色戒的真君子，毫不动情的硬汉子，与“圣人忘情”相仿佛。即使美人有许身之意，侠客却无动心之念。这与理学的昌盛不无关系，因而对侠客的形塑日趋道德化、无情化、理想化。从此之后，侠客的“戒色”品质和“君子”人格，便成为了侠之为侠最基本的道德操守和行为特征，反之，则一律被视为“淫贼”，遭到抨击。所以，至少在晚明前的小说中，我们所看到的侠客大都是不近女色之人，甚至也没有正常的儿女私情。这正如马幼垣先生所言：“这种对待女子的粗线条作风，倒也意外地给中国的侠增添了另一层英雄气概。……行侠既被视为一种实际的工作，一旦投身便不可终止，因此爱情倒成了行侠的障碍。一个侠必须要克制个人情感，以保持他的侠义气概与升华境界。”①

在《水浒传》中，这一“拒色”倾向发展得更甚，不仅侠客与女色绝缘，而且“厌色”的特点也异常突出，并将女色视为侠之大忌。小说中的众好汉，除了小霸王周通、矮脚虎王英、双枪将董平等个别人物以外，大都是“从未将儿女私情略萦心上”之人。尤其李逵，一见到美貌女人就极不耐烦起来，似乎天生就与女色绝缘。第三十二回独火星孔亮出场时，小说特地赞曰：“相貌堂堂强壮士，未侵女色少年郎。”与之形成强烈对比的是一些遭贬斥的江湖人物，如生铁佛崔道成、飞天夜叉丘小乙、蜈蚣岭的王道人，再加上后边写到的淮西巨寇王庆，个个贪淫好色。因此，众豪侠在面对“淫贼”时，绝不姑息。武松在蜈蚣岭松树林中，一见到身为出

① 马幼垣：《话本小说里的侠》，氏著：《中国小说史集稿》，时报文化出版事业有限公司，1970 年版，第 132 页。

家人的王道人搂着一个妇人看月嬉笑，便立刻怒从心头起，恶向胆边生；李逵误听说宋江抢走了刘太公女儿，便立刻怒火万丈，冲上大寨，砍倒杏黄旗，抡起板斧，真奔宋江而去。

为了突出侠客"戒色""厌色"的特征，《水浒传》在女性的塑造上，也着意突出"女色害人"的特征。如果说《赵太祖千里送京娘》中的京娘还是个深明大义的贞烈女子，那么《水浒传》中与侠客们有关的女人，除了三位头领（一丈青扈三娘、母大虫顾大嫂、母夜叉孙二娘）之外，几乎都是给侠客们带来祸乱或诱骗侠客走向犯罪的"淫妇"，从潘金莲、潘巧云、阎婆惜，到私通管家并陷害卢俊义的贾氏、卖唱的白秀英、陷害史进的妓女李瑞兰等等，皆复如此。这些女人大都有着妖艳的姿色，富有引诱男人的本钱，同时又全都是没有节操的"淫荡"女子。在书中，她们被抽象成了一个个"色"的符号，成为豪侠必须警惕和剔除的对象。究其原因，盖在于"红颜祸水"观念的深入人心，尤其在民间，更是如此（因为《水浒》故事一开始是在民间流传的）。金圣叹在《水浒传》第二十回《虔婆醉打唐牛儿　宋江怒杀阎婆惜》的总批中写道："借题描写妇人黑心，无幽不烛，无丑不备，暮年荡子读之咋舌，少年荡子读之收心，真是一篇绝妙针砭荡子文字。"①这无疑是站在"美色戕身"的角度立论的。尤其对于侠客来说，诚如宋江所言："但凡好汉，犯了'溜骨髓'三个字的，好生惹人耻笑。"（第三十二回）当然，侠客的情感世界并非一片空白，而是在他们看来，儿女私情远不如朋友之间的义气来得重要。此正所谓"丈夫意概矜然诺，不惜如花换千莫。自是荆卿侠气深，非关石尉欢情薄。"（明王次回《栎园姨翁坐上预听名歌并

①（清）金圣叹评点，文子生校点：《第五才子书施耐庵水浒传》，中州古籍出版社，1985 年版，第 333 页。

观二剑即事呈咏》)因此,“儿女情长,英雄气短”,便成了一组相互对立的二元概念,存在于古代的侠义小说与侠客形象的塑造中。

其实,“红颜祸水”论在古代有着深刻的哲学基础。自汉代以“阴阳”二分的宇宙观区分性别以来,男女两性的互补性与均衡性关系(“一阴一阳之为道”),便演变成了一种二元对立的关系,并奠定了后世社会性别的理论基础,此即董仲舒所谓的“恶之属尽为阴,善之属尽为阳”。这种“阴阳象征主义”的建构,使“阴”与各种否定性事件相连,而“阳”与肯定性事件相连。这种认识论,一直延续下来,从而“形成了明清小说中正统修辞的核心”①。在这些叙事中,“阴与失序关联,阳与秩序关联”,因此往往“把两性关系构想成战争关系”②。侠客作为“英雄”,直接参与了这一两性“战争”。

前文提及的赵匡胤、尹宗、汪十四等人的“英雄救美”行为,除了是按侠义原则行事之外,如果按照“阴阳组合”的观点来看,实际上是男性性格深处阴性本能的释放;之后对美人的以礼相待和事成后的飘然远走,则是对阴性本能的抛弃,或者说是“阳性”对“阴性”的压制,“秩序”对“无序”的控制,从而导引他们及时回归“正途”,否则其英雄人格必将受到损害,男性特征将丧失殆尽。瑞士著名精神分析学家荣格曾提出一个“原始型”的心理学概念,其中特别提到“男性的女性意向”(“阿尼玛原型”)和“女性的男性意向”(“阿尼姆斯原型”)。前者指男人天性中的女性侧面,后者指女人天性中的男性侧面③。

---

①艾梅兰著,罗琳译:《竞争的话语》,江苏人民出版社,2005年版,第29页。
②艾梅兰著,罗琳译:《竞争的话语》,江苏人民出版社,2005年版,第6页。
③弗农·J·诺尔贝、卡尔文·S·霍尔著,李廷揆译:《心理学家及其概念指南》,商务印书馆,1998年版,第108页。

《水浒传》除了"淫妇"害人的描写之外，对无辜的女人也暗含着不同程度的贬低。如林冲之妻本非淫妇，但林冲却因其蒙难。由此可见，女性对于豪侠而言，不论怎样，总是祸水。

毋须多言，在明末之前的侠义小说中，侠与女色似乎总是处于对立的状态，侠性中容不得"儿女情长"，否则便会导致"英雄气短"，况且侠客"赤条条来去无牵挂"的处身之道和狂放不羁的粗豪性格，似乎也并不适宜于花前月下，谈情说爱。这种"英雄气"和"儿女情"的二元论，是指导作家处理侠、情关系的思维方式。这一思维的转变，要到明末清初方始告成。

三、女侠的情感世界

尽管在男性视角中，女性与"情"的联系天然地超过男性，但是对于历代侠义小说中的女侠而言，这一常理显然并不适用。女侠在古代的侠义小说中，往往都是冷酷无情之人，并无女性特有的柔媚与多情。因此，把前文用以概括男侠的"侠本无情"之论，移来概括女侠也若合符节。这里仍需要特别指出的是，晚明是"侠"与"情"发生交融的重要时期，女侠形象也出现新变，这在后文将做具体论述，此处则是对晚明之前女侠情感世界的梳理。

古代侠义小说中的女侠，其身份大多神秘莫测。这是由唐传奇首开其端的，著名的如红线(《红线》)、聂隐娘(《聂隐娘》)、贾人妻(《贾人妻》)、崔慎思妾(《崔慎思》)、车中女子(《车中女子》)、三鬟女子(《潘将军》)等等皆是。既为剑侠，首先要摒除的，便是人间世俗的情感，这一情感不仅包括男女之情欲，也包括最易软化性格的各种爱欲。聂隐娘师父的训诫，即道出了这一"断爱"的行事原则：师傅令隐娘去刺杀某大僚——

至暝，持得其首而归，尼大怒曰："何太晚如是?"某云：

“见前人戏弄一儿可爱，未忍便下手。”尼叱曰：“以后遇此辈，先断其所爱，然后决之。”

“先断其所爱”的训诫，可视为“女侠”必备的心理机制和行为准则。这在《贾人妻》、《崔慎思》、《义激》等故事中亦可看到。贾人妻、崔妾、蜀妇人矢志复仇，事成后竟杀掉自己的孩子飘然远隐，以免将来惹动思念，可见女侠不仅断人所爱，也断己所爱。关于唐传奇中女侠“无情”的心理，龚鹏程先生认为，与其时广为传播的佛道思想有很大的关系：“爱，在唐代的佛道信仰中，乃是必须割除的毒瘤，‘恩爱害道，譬如毒瘤’，他们本身是修习佛道之士，当然明白这层道理。”①男侠如此，女侠亦不例外。尽管贾人妻、崔慎思妾和蜀妇人都结婚生子，但是其婚姻行为与是否失节，在小说家眼中并不重要，所有的一切做法，均是为了复仇。由是可见，唐传奇中女侠的情感世界较之男侠，更加极端。当然如此渲染女侠在情感上的“不近人情”，也与唐传奇异人异行的描写有关，有凸显和衬托女侠神秘莫测的作用。同时，这种“断其所爱”的方式，男侠也经常使用，如《水浒传》中的梁山好汉为拉某人上山，也不惜设计用锄灭其家室的方法，断绝他们的依恋，秦明、卢俊义不就是这样被逼上梁山的吗？

这种认识和断爱的做法，直至明末凌濛初笔下，仍有反映。这也就是说，虽然至晚明已出现情与侠的结合，人们的认识也发生变化，但作为一种观念，则不可能一夜灭绝。《拍案惊奇》中的《程元玉店肆代偿钱　十一娘云冈纵谭侠》一篇，在“头回”部分就详细引述了唐宋侠义小说中的女侠故事，为正文作铺垫。从中亦可见出，韦十一娘的故事，是对“从前剑侠女子”故事的回应和拟

---

①龚鹏程：《侠的精神文化史论》，山东画报出版社，2008年版，第109页。

仿。其中韦十一娘的师傅赵道姑就告诫她，若要学习剑术，“切勿饮酒及淫色”。为了考验韦十一娘“戒淫”的能力，赵道姑亲自登场，导演了一场“假强奸”的活剧：一夜“有一男子踰墙而入，貌绝美”，拥她求欢。她取剑与之斗，不胜，那人持剑逼她就范，韦十一娘宁死不从，引颈受之曰：“要死便死，吾志不可夺！”男子方才收剑笑道：“可知子心不变矣。”十一娘仔细一看，此男子原来就是赵道姑。这种“色戒”，正是“侠”世界的规则，不论男女，都不能打破。

其实，在这些女侠形象的塑造上，小说似乎并未注意她们的性别身份，反而是以男性的标准和规范来刻画的，在某种程度上，已把她们“男性化”了。红线不就自称“某前世本男子”吗？而韦十一娘的师傅赵道姑幻化男人的一段插曲，也形象地表明，赵道姑正是以男性意识来封闭女性情欲、规训女性的性别意识的。这些描写和故事设计，恰好从无意识层面揭示了小说深层的性别视角：对男性的认同以及用男性规范来规训女性。因此，这些剑侠虽系女性，实则没有性别属性，在男女情感的处理上，也与男侠无异。

另外，那些现实中的女侠，也大多是缺乏女性性别特征之人，唐传奇中的谢小娥（《谢小娥传》）就是一例。她为父、夫报仇，乔装改扮，以男子面貌出行，固然是为了方便行事，有不得已的苦衷，但也表明，只有遮蔽掉女性的生理特征，具备男性的身份和刚烈的性格，方能复仇成功，也才称得上侠烈之人。她事后出家修行的选择，虽是对女性贞洁的持守，但也隐含着几分对性别身份的抛弃。小说通篇未对小娥之容貌有所描述，她的刚肠侠胆，也与一般女性不侔，完全是把她作为乔装的身份——男性来刻画的。

这种刻画，在《水浒传》三位女性头领的身上，表现得更加充分，其中“母大虫”顾大嫂、“母夜叉”孙二娘的女性特征，几乎被扫除殆尽，除了二人的绰号和装扮，还依稀能辨得出几分性别外，其他方面则与女性相去绝远。让我们先看小说对二人的形象描写：

（孙二娘）眉横杀气，眼露凶光，辘轴般坌腰肢，棒槌似桑皮手脚。厚铺着一层腻粉，遮掩顽皮；浓搽就两晕胭脂，直侵乱发。红裙内斑斓裹肚，黄发边皎洁金钗。钏镯牢笼魔女臂，红衫照映夜叉精。（第二十七回）

（顾大嫂）眉粗眼大，胖面肥腰，插一头异样钗环，露两臂时兴钏镯。红裙六幅，浑如五月榴花。翠领数层，染就三春杨柳。有时怒起，提井栓便打老公头；忽地心焦，拿石碓敲翻庄客腿。生来不会拈针线，正是山中母大虫。（第四十九回）

二人不仅外形粗陋，面目狰狞，性格举止也是豪爽有余，柔情全无。其行事特点，与“母夜叉”“母大虫”的绰号，正相符合，心狠手辣、杀人如麻，与李逵诸好汉之粗莽凶悍并无差异。这种“去女性化”（或曰“男性化”）的处理方式，表明女性若要跻身英雄豪侠的行列，必须要摒弃女性的特征，向男性靠拢。于是，女性就变成了只在生理上“属雌”而已，丧失了她们的社会性别，在文化身份上，已向男性靠拢。

另外，小说的另一位女性头领扈三娘也值得关注，她尽管没有顾大嫂和孙二娘般凶悍粗暴，但通读《水浒传》，会发现她更像一个“无面目”的影子式人物，更少有对其性格和心理的描写。在祝家庄被捉之后，被宋江许配给好色之徒矮脚虎王英，对此终身大事，她像木偶般默然顺从，毫无反应。入伙梁山之后，小说对她的描写更是少之又少，而整部小说中她甚至从未开口说过话，只有在一百二十回本的“征田虎”一节中，当宋江和田虎两军交战时，田军中飞出一骑银鬃马，马上是少年美貌的女将琼英，此时王矮虎色心蠢动，纵马出战想讨便宜，不料又重演了当年祝家庄前的那一幕，十几合后被琼英一戟刺中大腿，倒下马来。这时，扈三娘开口说道："贼泼贱小淫妇，焉敢无礼！"其实明明是自己的丈无礼，扈三娘反骂对方"无礼"，而且将其视为"淫妇"。这还不过瘾，又在"小淫妇"前加了"贼""泼""贱"三字。若从女性主义的角度来分析，这句话其实正暗示了隐藏在文本中的男性立场：凡漂亮女子，都是"淫妇"；即使自己的丈夫"无礼"，作为妻子也要竭力维护，不容对方侵犯。可以说，这是借扈三娘之口，传达出的作者的性别观念。而扈三娘在整部小说中的"失语"，也分明体现了女侠在与男侠并列时，根本就没有自己的声音和地位，也不容许有自己相异的性别身份和性别特征。

综上所述，大致而言，在晚明之前，侠义小说中的侠客无论男女，其感情世界几乎未给男女私情留有余地。作为男性，要想成就英雄人格，必须与女色划清界限；而作为女性，要想跨入侠之世界，则必须进入男性的性别行列，无情无欲。因此，"侠"和"情"，在晚明之前，是互相游离的，甚至是相互冲突的。

第二节　明清之际"情/侠"的结合

自唐传奇"侠助爱情"类小说之后，鲜有"侠"与"情"相关联的作品，而侠客的形象更是在理学的影响下日趋道德化、去欲化了，于是侠客成了"无欲"之人，"断爱"之辈。这一模式至晚明才出现变动，"侠"与"情"逐渐靠拢，互相影响，产生融合。

一、"情侠"概念的提出

首开"情/侠"相合之途的，当推晚明冯梦龙辑录的《情史类略》。

他在情之类型的设置中，单列出“情侠”一门，收有作品三十五篇，其中有五篇是由两个同类故事组成。此中，既有为爱私奔的直率之女，如《卓文君》、《红拂妓》等；复有为爱而忍辱负重的忠贞之妇，如《沈小霞妾》、《邵金宝》等；更有路见不平、慷慨出手、成全他人爱情的侠客，如《许俊》、《古押衙》、《昆仑奴》、《荆十三娘》等。这些作品虽然渊源有自，但冯梦龙已从新的眼光，重新定义了这些小说，于是他（或她）们的行为便具有了新的含义——“有情疏者亲，无情亲者疏。……万物如散钱，一情为线索。散钱就索穿，天涯成眷属。”①

冯梦龙在“情侠”类的总评中说：

> 情史氏曰：豪杰憔悴风尘之中，须眉男子不能识，而女子能识之。其或窘迫急难之时，富贵有力者，不能急，而女子能急之。至于名节关系之际，平昔圣贤自命者，不能周全，而女子能周全之。……此等女子，不容易遇；遇此等女子，豪杰丈夫应为心死。……己若无情，何以能体人之情？其不拂人情者，真其入情至深者耳。虞候、押衙，为情犯难；虬须、昆仑，为情露巧；冯燕、荆娘，为情发愤。情不至，义不激，事不奇。吁，此乃向者妇人女子所笑也！②

可见“情侠”的概念，是从冯梦龙的“情本体论”生发出来的——“天地若无情，不生一切物。一切物无情，不能环相生。生生而不灭，由情不灭故。”③所以，他将一切道德行为都与情的内在动力

①（明）冯梦龙：《情史序》，高洪钧编著：《冯梦龙集笺注》，天津古籍出版社，2006年版，第134页。

②（明）冯梦龙：《情史》卷四“情侠”类总评，高洪钧编著：《冯梦龙集笺注》，天津古籍出版社，2006年版，第136页。

③（明）冯梦龙：《情史序》，高洪钧编著：《冯梦龙集笺注》，天津古籍出版社，2006年版，第134页。

勾连起来，并由此而区划出情的不同表现形态，“情侠”就是重在从“情不至，义不激”的角度来谈情的。因此，严格地说，他的“情侠观”，虽从外表上看，是“情”+“侠”，但实际上是以“情”生发“侠”。换句话说，是从情之心理学的角度对侠行的展示。这显然来自于晚明的尚情思潮以及在这一思潮中冯梦龙自己提出的“情教观”。

但这一概念之所以引起我们的高度注意，则在于它已彻底改变了前文所述之“侠”与“情”的二元对立关系，并以二者互相发明的形式，将之绾合在一起：不情不侠，不侠不情。化用前举李德裕的话说：“情非侠不立，侠非情不成。”韩南先生尝谓：《情史类略》的内容显示，此书之编次者冯梦龙“把焦点集中在英雄心与儿女情的结合上”①。这确是探本之论。余国藩先生也“惊讶”地发现，有明一代，不论诗、戏曲、小说、文章、笔记或书信，一切“似乎都在呼应冯梦龙用佛偈写下来的话：‘愿得有情人，一齐来演法。’”②此处的“法”，就是要使“无情化有，私情化公”③。侠与情的结合，也从此进入了人们的视线。从比喻的意义上看，用二者结合的路径来“演法”，确是后来情侠小说的特点。

其实，明代中后期以来的许多文人和思想家，如徐渭、李贽、达观和尚、汤显祖、陈继儒、钟惺等人，都主张人之欲望的正当性、人之情感的合理性，“情痴”“情至”“情种”一时成为当时社会最流

①转引自余国藩著，李奭学编译：《〈红楼梦〉、〈西游记〉与其他》，生活·读书·新知三联书店，2006 年版，第 491 页。

②余国藩著，李奭学编译：《〈红楼梦〉、〈西游记〉与其他》，生活·读书·新知三联书店，2006 年版，第 492 页。

③(明)冯梦龙：《情史序》，高洪钧编著：《冯梦龙集笺注》，天津古籍出版社，2006 年版，第 134 页。

行的时髦语汇。影响所及，“儿女情长，英雄气短”的观念，也随之而发生了认识上的变化，由对立走向了融合。在当时人的看法中，英雄豪杰其实与常人一样，并非绝情寡欲之人，而是有着儿女深情的，也正因为他们具有深情至性，才能超越常人、成就大事。例如在钟惺与谭元春合编的《诗归》中，就强调圣贤豪杰更具深情。另像刘邦、项羽，以往常被人诟以“儿女情长，英雄气短”，但陈继儒却认为：

> 汉高项羽，英雄绝世，剑锋淬人，眼不为眨，乃心销神枯，终不能断虞戚之爱。夫二公赖有此举，小足破俗，不然，项乃倔项老卒，龙准公一村亭翁故态耳。语云：“天下有心人，尽解相思死。”世无真英雄，则不特不及情，亦不敢情也。（《范牧之外传》）①

这一观点可以说是在晚明张扬“情”的时代背景之下对英雄豪侠的重新阐释。周铨更是直接针对“儿女情长，英雄气短”之说作出反拨，他举项羽、刘邦之例论述道，儿女之情不仅不会损害英雄人物的气概，而且还是英雄人物必备的条件：

> 或者曰：“儿女情深，英雄气短，以言乎情，不可恃也。情溺则气损，气损则英雄之分亦亏。故夫人溺情不返，有至大杀而无余。甚矣，情之不可恃有如是也！”周子曰：“非也。夫天下无大存者，必不能大割；有大忘者，其始必有大不忍。故天下一情所聚也。情之所在，一往辄深：移以事君，事君忠；以交友，交友信；以处事，处事深。故《国风》许人好色，《易》称归妹见天地之心。凡所谓情，政非一节之称也，通于人道之大，发端儿女之间。古未有不深于情，能大其英雄之气者。以

①施蛰存：《晚明二十家小品》，上海书店影印本，1984年版，第340页。

项王喑哑叱咤，为汉军所窘，则夜起帐中，慷慨为诗，与美人倚歌而和，泣数行下。汉高雄才谩骂，呼大将如小儿。及威加海内，病卧床席，召戚夫人与泣曰："若为我楚舞，吾为若楚歌。"歌数阕，一恸欲绝。嗟夫！此其气力绝人，皆有拨山跨海之概，乃亦不能不失声儿女子之一颇！他若如姬于魏信陵，夷光于范少伯，卓文君于司马相如，数君子者，皆飘飘有凌云之致，乃一笑功成，五湖风月，与后之自著犊鼻，与庸保杂作，涤器于市，前后相映。呜呼！情之移人，一至是哉！余故谓：惟儿女情深，乃不为英雄气短。尝观古来能读书善文章者，其始皆有不屑之事，后乃有不测之功。触白刃，死患难，一旦乘时大作，义不返顾，是岂所置之殊乎？竭情以往，亦举此以措云尔。①

这也分明是站在"情本体"论的角度立论的。其"未有不深于情，能大其英雄之气者"的高论，大有拨乱反正之功。因此在他看来，无论事之大小，只要"竭情以往"，就是真英雄。这一说法，与冯梦龙的"情教观"若合符节，如出一辙：

情主人曰：自来忠孝节烈之事，从道理上作者必勉强，从至情上出者必真切。夫妇其最近者也，无情之夫，必不能为义夫；无情之妇，必不能为节妇。世儒但知理为情之范，孰知情为理之维乎。②

这一"情本体"论，直接把矛头指向理学，无疑有正本清源之效，也直接影响到对"侠"的重新建构和定义，打通了英雄豪侠和儿女私

①(明)周铨：《英雄气短说》，朱剑心选注：《晚明小品选注》，台湾商务印书馆，1991 年版，第 12—14 页。

②(明)冯梦龙：《情史》卷一"情贞"类总评，高洪钧编著：《冯梦龙集笺注》，天津古籍出版社，2006 年版，第 135 页。

情之间的障壁,使之发生了内在的联系,并日趋走向融合。

《情史》"情侠"类作品另有一点值得关注的是,作品中因"情"而做出非常之举的多为女性。这些女性除了之前侠义小说中的一些女侠外,还添加了不少非侠义小说中的女性。究其原因,在于"侠义观念"在宋明已出现转变,侠客形象更加宽泛,凡具有"忠""孝""贞""节""义""信"等伦理道德之人,均可称为"侠",尽管她们不懂武功,也并未行侠仗义、行走江湖,但仅凭其道德气节或人格魅力,就可径直称为"侠",甚至连妓女、婢妾也不例外。前已提及,众所熟知的杜十娘,就因投江自杀之行非同寻常,而被冯梦龙称作"千古女侠"①。妓女严蕊在重刑之下,不诬招他人,被凌濛初称作"甘受刑侠女著芳名"②。妓女细侯投归满生的激烈行径,被蒲松龄评作"寿亭侯之归汉,亦复何殊?"何守奇直接将之称为"女侠"③。至于《情史》"情侠"类作品中的诸多女性,之所以被称为"情侠",亦并非她们真的就是侠客,而是她们深于情的道德人格和非常之举有侠风义概之故。诚如李贽《焚书·杂述》所言:"侠之一字,岂易言哉!自古忠臣孝子、义夫节妇,同一侠耳。"④侠与伦理道德的沟通,扩大了侠的范围,同时也提升了侠的道德人格,这在前文侠义小说的流变中已有论述。"侠"已成为

①《杜十娘怒沉百宝箱》,(明)冯梦龙编,严敦易校注:《警世通言》,人民文学出版社,1956 年版,第 518 页。

②《硬勘案大儒争闲气 甘受刑侠女著芳名》,(明)凌濛初编著,(明)即空观主人点评,吴书荫校:《二刻拍案惊奇》,中华书局,2015 年版,第 111 页以下。

③(清)蒲松龄:《聊斋志异·细侯》,张友鹤辑校:《〈聊斋志异〉会校会注会评本》,上海古籍出版社,1986 年版,第 793 页。

④(明)李贽:《焚书·续焚书》,中华书局,2009 年第 2 版,第 194 页。

道德人格中的重要素质之一。如此看来，在晚明人的眼中，恐怕正史《列女传》中的许多“烈女”，亦可视作“侠女”了。

除此之外，这种对侠义女子的关注，也表现出作家创作视角的转换。当时，参与这些侠女形象塑造的文人还不在少数，如《型世言》第七回《胡总制巧用华棣卿　王翠翘死报徐明山》的开头，作者陆人龙即言“独有我朝王翠翘，他便是个义侠女子”。王翠翘生平坎坷，为救父屈身下嫁，最后投河自尽以报徐明山的情义，被作者称作“天壤一奇女子”，并冠以“侠义女子”的美名①。后来的中篇小说《金云翘传》，更是从对“贞节”的不同阐释中，为其“失身”辩解，并将之视作她之“侠概”的极致表现②。另如《石点头》第十二回《侯官县烈女歼仇》，讲“红颜侠女”申屠希光为夫报仇，一夜之间，“连杀五命，如同摧枯拉朽”，事毕后，在丈夫坟前自尽。其事感动地方，上奏朝廷，被封为“侠烈夫人”。作者赞道：“奋勇捐躯伸大义，刚肠端的胜男儿。”③《西湖二集》卷十九直接取名为《侠女散财殉节》。前已提到的《二刻拍案惊奇》卷十二《硬勘案大儒争闲气　甘受刑侠女著芳名》中盛赞侠妓严蕊云：“君不见贯高当日白赵王，身无完肤犹自强。今日蛾眉亦能尔，千载同闻侠骨香。”如此等等，可见女侠在侠客世界中的地位，开始凸显，并日趋鲜明。侠格的扩展，也于此可见一斑。

前文已述，晚明之前的女侠几乎没有女性的性别特征，唐传奇中红线、聂隐娘、贾人妻、崔慎思妾、车中女子之类，多以“异人”

①（明）陆人龙：《型世言》，中华书局，1993年版，第96页。

②（清）青心才人编次：《金云翘传》，林辰主编，大连明清小说研究中心校点：《才子佳人小说集成》(4)，辽宁古籍出版社，1997年版。

③（明）天然痴叟：《石点头》，中州古籍出版社，1985年版，第228页。

视之，并往往被塑造成与男侠一般的人，只能说是性别“属雌”的英雄豪侠。林保淳就曾举晚明周诗雅《增订剑侠传》、徐广《二侠传》，以及前后如邹之麟《女侠传》、冯梦龙《情史》“情侠”类、《秦淮寓客》、《绿窗女史》、《节侠》等等为例，证明侠女之称呼、著作，以及一种不同于剑侠的女侠类型，均起于万历中晚期①。这一现象说明，女侠至此已与男侠开始分庭抗礼了。

同时，这一现象也表明，在侠的文化发展史上，“女侠”至晚明，已经完成了由来去无踪的“异人”向“常人”的蜕变，由“剑侠”走向了“节侠”或“义侠”，回归到女性本身的性别上来了，并由“江湖场域”走入了“寻常百姓家”。这是一个“祛魅化”的过程。但她们的刚风义概，又使之在伦理范围内，跨入了“烈女”的行列，这又是一个“脱俗化”的处理和重塑。当然这也难怪，“脱俗”本就是侠之为侠固有的特点。但是，不论“祛魅”或“脱俗”，从性别的角度观照，都是一种站在男性中心主义立场上对女性的文化定位和价值设计。

综上所述，至晚明时期，“侠”与“情”已不再是不相兼容、互相对立的二元存在，“英雄气”和“儿女情”在整个社会尚情的思潮中开始融合。同时，侠女也经历了一个由“异人”向常人的“祛魅化”过程，由女人向“烈女”的“脱俗化”过程。这两个方面的重大转变，都为小说叙事中“侠”与“情”的结合奠定了基础。

二、“侠义”与“风月”的结合

明确将“侠”与“情”结合起来的白话小说，是明末清初的《好

①林保淳：《中国古典小说中的女侠形象》，转引自龚鹏程：《侠的精神文化史论》，山东画报出版社，2008 年版，第 175 页。

逑传》。此书又名《侠义风月传》或《义侠好逑传》。仅从题目上看，就有调和“侠义”与“风月”之意。另从分类上看，它既有侠义小说的特点，也有爱情小说的特点，类型特征比较模糊。但这也正好表明，二者兼具的文类特点，恰是“侠”与“情”的结合所造成的。所以只要我们转换视角，就足可证明，该书在创作上是有意识地要将分离的情、侠结合起来，这也可印证本章所提之观点的有效性。

《好逑传》的主人公铁中玉和水冰心既是一对才子佳人，又是一对侠男烈女，仅从他们的身份上，就已显示了“情”与“侠”的融合。另就故事奉旨成婚的大团圆结局而言，从隐喻的层面上，恰是对“侠义”与“风月”合二为一之形式的褒奖，对“情/侠”两兼之人物的夸赞。

首先，小说的男主人公铁中玉在一开篇就显示出对侠义古风的仰慕：大夬侯强抢秀才韦佩之妻，铁中玉听了韦佩的倾诉后，激于义愤，便一定要出手相助，他斩钉截铁地说道：

> 蜂虿小难，若不能为兄排解，则是古有豪杰，今无英雄矣，岂不令郭解笑人！①（第一回）

举郭解之例，以豪杰英雄自比，正显示出其侠义本色。于是他手持大铁锤，打折养闲堂大门的大锁铜环，救出韩氏，使韦佩一家团圆，并赢得“大侠”的称号。当铁中玉路遇宰相之子过其祖要强娶水冰心时，遂把父母叮嘱的“用心读书，金榜题名，光宗耀祖”的训诫，统统抛到九霄云外，以死相救。小说中另有铁中玉帮助李太公找回小妾，帮助水居一对付过隆栋的阴谋陷害等侠举，颇有押

①（清）名教中人编次：《好逑传》，上海古籍出版社，1994年版，第4页，下文凡引《好逑传》之原文，皆出自该书，不再一一注明。

衙、许俊之风，黄衫、磨勒之概，明显有因袭的痕迹。

但他又不同于以往侠客的一味粗豪，而是改换了面目，成了一位风度翩翩的才子，这一处理，突出他“既美且才，美而又侠”（第十八回）的特点。从小说一开篇对他的介绍中，即可看出作者欲合“才子”与“侠客”二者为一的创作意图：

> 话说前朝北直隶大名府有一个秀才，姓铁，双名中玉，表字挺生。甚生得丰姿俊秀，就象一个美人，因此里中起个浑名，叫做“铁美人”。若论他人品秀美，性格就该温存；不料他人虽生得秀美，性子就似生铁一般，十分执拗。又有几分膂力，有不如意，动不动就要使气动粗。等闲也不轻易见他言笑。倘或交接富贵朋友，满面上霜也刮得下来，一味冷淡。却又作怪，若是遇着贫交知己，煮酒论文，便终日欢然，不知厌倦。更有一段好处，人若缓急求他，便不论贤愚贵贱，慨然周济；若是谀言谄媚，指望邀惠，他却只当不曾听见。所以人多感激他，又都不敢无故亲近他。（第一回）

话说得很明白。从姓名上看，作者赐“铁”为姓，是对其刚烈之性的隐喻，“姓”“性”合一；又赐名为“玉”，则是对其温润之情的写照。

同样，女主人公水冰心也具有“佳人”和“侠女”的双重特性。给她赐姓为“水”，是对其柔和之性的描述，女性性别的界定；又以“冰心”为名，则是对其冰洁之心的指称，晶莹玉骨的譬况。且看小说的描绘：

> （水冰心）生得双眉春柳，一貌秋花，柔弱轻盈，闲处闺中，就象连罗绮也无力能胜；及至临事作为，却又有才有胆，赛过须眉男子。（第三回）

这是刚出场时的剪影，小说又通过铁中玉的视角对她作了一番整体的描述：

> 铁都院道："我且问你，这水小姐想是容貌不美么？"铁公子道："若论水小姐的容貌，真是秋水为神玉为骨，谁说她不美？"铁都院道："容貌既美，想是才智不佳？"铁公子道："若论水小姐的才智，真是不动声色，而有神鬼不测之机，谁说她不佳？"铁都院道："既有才智，想是为人不端？"铁公子道："若论水小姐为人，真可谓不愧鬼神，不欺暗室，谁说她不端？"（第十四回）

所谓"秋水为神玉为骨"，"一片冰心在玉壶"，其瞩目于"铁中玉"，是自然而然的事情了；同理，惺惺相惜，铁中玉对其的仰慕，也是"水"到渠成的事情。不论"铁中玉"抑或"水冰心"，仅从姓名上，就已经将"儿女之情"和"英雄之性"结合为一了。

再看她的行为。当她得知铁中玉被过其祖算计而生命危殆时，不顾名教之防，将其接到家中，孤男寡女，同处一室，亲手煎药，昼夜看护。当叔父以"男女授受不亲"责问她时，水冰心凛然答道：

> 侄女又闻太史公说的好："缓急人所时有。"又闻："为人恩仇，不可不明。"故古今侠烈之士，往往断首刳心而不顾者，盖欲报恩复仇也。侄女虽一孤弱女子，然私心窃慕之。……当此九死一生之际，害我者其仇固已切齿，设有救我者，其恩能不感之入骨耶？这铁公子，若论踪迹，虽是他乡外郡、非亲非故的少年男子，若论他义气如云、肝肠似火，比之本乡本土至亲骨肉，岂不远胜百倍！他与侄女，譬如风马牛毫不相及，只因路见不平，便挺身县堂，侃侃争论，使侄女不死于奸人之手，得以保全名节还家者，铁公子之力也。今铁公子为救侄女，触怒奸人，反堕身陷阱，被毒垂危，侄女若避小嫌，不去救

他，使他一个天地钟灵的血性男儿，陷死异乡，则是侄女存心与豺狼何异？故乘间接他来家，病养好了，送他还乡，庶几恩义两全。这叫做知恩报恩，虽告之天地鬼神，亦于心无愧。（第六回）

这是一篇对“侠道”原则的全面概括。她所引据的两点——“缓急人所时有”和“报恩复仇”——是古今侠客肩负的道德义务和伦理准则。前者是他们之所以存在的社会原因，后者是他们恩怨分明的交往法则（这将在下文有专门论述）。水冰心对之的“私心窃慕”，正说明作者是按照这一侠道标准来塑造水冰心的，所以“冰心”不仅是她道德人格的象征，也是她侠义人格的隐喻。维风老人《好逑传叙》盛赞水、铁的这种端正行为曰：“始觉人伦不苟，玉性无他，而名教中自有乐地。”①仿此，我们也可以说，“名教”中自有“侠客行”。

概括言之，《好逑传》的这种“才子佳人”和“侠男烈女”的融合，既是侠义小说史上转型的标志，也是才子佳人小说史上转型的标志，直接影响了清代侠义小说中男女侠客的塑造。所以，《侠义风月传》一名，是最切合实际的书名。它虽未被列入经典，也未受到人们的重视，但它在小说史上的意义却不容低估。

除了人物形象上的出新之外，其“大团圆”结局也具有深刻的象征意义。二者的“婚姻”，从隐喻的角度看，实则是对“儿女之情”和“英雄之性”内在关系的彰显。也正因为该书是在“名教”中求“乐地”，所以，客观地说，“名教”的影响仍嫌太深，对“侠”与“情”的开掘仍显不足，人物在某种程度上被标签

---

①丁锡根编著：《中国历代小说序跋集》，人民文学出版社，1996年版，第1332页。

化、符号化了，仿佛是作者观念的传声筒，因而显得矫情做作，不尽真实。

名教的观念在中国历史上有其重要的地位，这种伦理思想，维系着社会的基本秩序，但也不可避免地对人的正常欲望造成压抑。众所周知，明代由于王阳明心学的昌盛，泰州学派的异军突起，以及文艺思潮中“以情反理”的思想倾向，都使名教思想受到严重的挑战与威胁，并对晚明整个社会的伦理价值与道德秩序产生冲击，造成了情欲的泛滥。之后面对异族入侵之变局，重拾道德规范就成了当务之急，于是理学家素来提倡的道德自律与风教观重新受到了“言情”论者的重视，文人们开始反思“以情反理”的负面影响，将关注的目光又再次投向了“发乎情，止乎礼”的理性原则上来，希望寻求一条融合“情/理”的道路。冯梦龙辑录《情史》，即有此意，希望将礼教的本源，追溯到“情本体”之上，提出“情为理之维”的观点，力求打通情与礼的隔阂，使情“流注于君臣、父子、兄弟、朋友之间”①，“于浇俗冀有更焉”②。其着眼点仍不外当时浇薄的社会风气。汤显祖是公认的“主情”派代表人物，但他也有如此的言论：“（传奇）可以合君臣之节，可以浃父子之恩，可以增长幼之睦，可以动夫妇之欢，可以发宾友之仪，可以释怨毒之结，可以已愁愦之疾，可以浑庸鄙之好。”③但我们又得马上作出辨析，他和冯梦龙一样，其认识也是建立在“情本体”论的

①（明）詹詹外史：《情史序》，丁锡根编著：《中国历代小说序跋集》，人民文学出版社，1996 年版，第 614 页。

②（明）冯梦龙：《情史序》，高洪钧编著：《冯梦龙集笺注》，天津古籍出版社，2006 年版，第 134 页。

③（明）汤显祖：《宜黄县戏神清源师庙记》，徐朔方笺校：《汤显祖全集》（二），北京古籍出版社，1999 年版，第 1188 页。

基础之上的:只要有情,就可以获得自觉遵守道德规范的内在动力。于是,受时代的影响,明末清初,"情至"论一转而为"情正"论①。这一"情正"的观念在孟称舜的《娇红记》题词中,说得十分明白:

传中所载王娇、申生事,殆有类狂童淫女所为。而予题之"节义",以两人皆从一而终,至于没身而不悔者也。两人始若不正,卒归于正,亦犹孝已之孝,尾生之信,豫让之烈,揆诸理义之文不必尽合,然而圣人均有取焉,且世所难得者。②

此剧全名《节义鸳鸯冢娇红记》,之所以冠以"节义"二字,其目的就是要将"不正"之情导向"正"。这在孟称舜《张玉娘闺房三清鹦鹉墓贞文记题词》中有更明确的表述:"男女相感,俱出于情。情似非正也,而予谓天下之贞女,必天下之情女者何?不以贫富移,不以妍丑夺,从一以终,之死不二,非天下之至钟情者而能之乎?"③这一切均昭示着情理对立的观念在明末清初已走向了情理融合。

对此阐释最为清楚的要推"风流道德两兼擅"的李渔,他在《慎鸾交》的卷末收场诗中言道:"读尽人间两样书,风流道学久殊途。风流未必称端士,道学谁能不腐儒?兼二有,戒双无,合当串作演连珠。细观此曲无他善,一字批评妙在都。"并通过剧中人物之口阐发道:"名教之中不无乐地,闲情之内也尽有天机,毕竟要

①参见王瑷玲:《晚明清初戏曲中情理观之转化及其意义》,黄俊杰编:《传统中华文化与现代价值的激荡》,社会科学文献出版社,2002年版,第280页以下。

②朱颖辉辑校:《孟称舜集》,中华书局,2005年版,第559页。

③朱颖辉辑校:《孟称舜集》,中华书局,2005年版,第562页。

使道学、风流合二为一,方才算得个学士文人。”①

产生于明末清初的《好逑传》正体现了这一时代思潮。作者在书中以诗赞的形式发论道:

烈烈者真性,殷殷者柔情。
调乎情与性,名与教方成。(第十四回)

这与李渔之论如出一辙。其实,小说作者署名“名教中人”——以“名教”写“爱情”——最恰切不过地表明了这一作品的价值取向。因此在情节设置上克除了以往才子佳人小说一见钟情、私定终身的模式,将二人的相识、相知安排在“行侠”与“图报”的事件之中。尤其是煞费苦心地为男女主人公设置了一个“情欲”与“名教”激烈冲突的场域,二人相处五夜,却始终恭敬如宾,以礼相待,竟连隔帘置酒、倾心交谈,也是彬彬有礼,不及男女情:

这一席酒,饮了有一个更次,说了有千言万语,彼此相亲相爱,不啻至交密友,就吃到酣然之际,也并无一字及于私情。真个是:

白璧无瑕称至宝,青莲不染发奇香。
若教堕入琴心去,难说风流名教伤。(第七回)

对此,作者在事后还借鲍知县之口赞道:

义莫义于救人于危,侠莫侠于临事不畏,贞莫贞于暗室不欺,烈莫烈于无媒不受。(第十八回)

事情发展到铁中玉之父铁都院为其订下水冰心为妻时,他仍出于名教之考虑,断然拒绝道:

婚姻大事,名教攸关,欲后正其终,必先正其始。若不慎

①(清)李渔:《慎鸾交》第二出《送远》,《李渔全集》第二卷《笠翁传奇十种》,浙江古籍出版社,1991年版,第424页。

其初，草草贪图才貌，留嫌隙与人谈论，便是终身之玷。（第十四回）

当铁都院与石夫人认为如今乃是父母之命、明媒正娶，无甚嫌隙时，他依然拒绝道：

二大人跟前，孩儿不敢隐瞒。若论这水小姐的分明窈窕，孩儿虽寤寐求之，犹恐不得。今天从人愿，何敢矫情？但恨孩儿与水小姐无缘，遇之于患难之中，而相见不以礼，接之于嫌疑之际，而贞烈每自许。今日到底能成全，则前日之义侠，皆属有心，故宁失闺阁之佳偶，不敢作名教之罪人。（第十四回）

这种"宁失闺阁之佳偶，不敢作名教之罪人"的做法，将名教纲常推到了极端化的绝地。此正如维风老人《好逑传叙》所说：

故于归之径，周行是正，直御为安。稍涉逶迤，而侠者则避之，义者则辞之，非以之子为不美而不动心，非以家室为不愿而不属意。所以然者，爱伦常甚于爱美色，重廉耻过于重婚姻。是以恩有为恩，不敢媚恩而辱体；情有为情，何忍恣情以愧心？未尝不爱，爱之至而敬生焉；未尝不亲，亲之极而私绝焉。①

为了证明二人的清白和对名教的坚守，即使在父母主持之下成婚后，仍然"异室而居"。水冰心言其原因云：

至于今日，父母有命，媒妁有言，事既公矣，而心之私犹未白，故已成而终不敢谓成，既合而犹不敢合者，盖欲操守名节之无愧君子也。（第十五回）

---

①丁锡根编著：《中国历代小说序跋集》，人民文学出版社，1996年版，第1332页。

最后惊动了皇后，亲自验明水冰心乃处女之身，二人才真正结为夫妻。如此折腾，虽免除了瓜田李下之嫌，却又另增了几分矫情虚饰之伪。作者虽然一力调和情与礼的矛盾，反倒在一定程度上给人以礼教无情的感觉。看来情/礼的壁垒，很难打破；情/理的沟通，远非易事。这是困扰了作家多少个世纪的难题，不独《好逑传》如此。

另外，作者还给铁中玉与水冰心的爱情，添加了一重惺惺相惜的"知己之情"。尽管整部小说于男女私情处用笔极少，但二人之间并非不存在男欢女爱的一面，尤其是在二人倾心交谈之后，作者将这一爱慕导向了"高山流水、知音难觅"的方向。这一同赏共鸣、互为知己的人际交往，不正是侠客之间建立情感交流、许以生死之诺的基础吗？此诚如小说结尾所云：

> 以铁中玉之君子，而配水冰心之淑女，诚可谓义侠好逑矣。（第十八回）

综上所述，《侠义风月传》之书名，揭示了"侠"与"爱情"的结合，为此后的创作打开了一条新的思路。其《好逑传》之名，既揭示了上承《诗经》的文化谱系；又在传承中有所变化："君子好逑"一变而为"义侠好逑"。它将儒家名教、侠士风范和男女爱情、时代思潮，做了多元融会和一炉处理，使之呈现出一种"多元混血"的状态。这种会通，为"侠"与"情"的结合开辟了新路。之后的侠义小说沿着此一理路发展，遂有合"英雄/儿女"为一的作品，它们虽然在表现形态上互有差异，但合流之势，却分明可见。

第三节　清代侠义小说中的"情/侠"结合

到了清代，"情/侠"的结合，不独是横贯白话小说的一条发展线索，即在文言小说中也不乏其例。蒲松龄的《聊斋志异》就颇具这方面的特点。

一、《聊斋志异》中的“情/侠”两兼

在《聊斋志异》所有的侠义类作品中，最具特色和最有代表性的，无疑是与爱情结合紧密的作品。其中或“以情写侠”，或“以侠写情”，内容丰富，形式各异。既有对传统的继承，又有在此基础上的创新，合古今而为一，会多样于一体，既呈现出侠文化的多元合流、兼融贯通之势，又折射出时代的鲜明特点，体现了作者深刻的情感体验和爱憎态度。这一切，均与作者指擿时弊、抒发“孤愤”的创作心态攸关。

这里需要特别说明的是，《聊斋志异》的许多作品，已打破了文类的界限，比较而言，有的虽在内容划分上，不属于文类分明的侠义作品，但也可以把它们看作是对侠风义概的别一形式的书写。故本书在处理这些作品时，将凡是有侠行内容的文本，一律纳入侠义小说的范围来讨论。这在前文已有所交代，为避免误解，此处再作重复。

首先，在对传统的继承上，唐传奇中“侠助爱情”模式，在《聊斋志异》中，时有出现，但施救之人，却发生了性别上的置换，多系深具侠风、有情有义的女子，包括花妖狐魅、鬼怪精灵；而且更重要的是她们并非像唐传奇那样，与爱无涉，而是为爱相救，以情相许。救助的对象也发生了变化，大多是落魄书生、贫蹇寒士。她们既帮助其昭雪平反，又帮助其恢复家业，复帮助其妻儿团圆，更有甚者，竟舍身以代，帮助其延续香火。如此等等，不一而足，试举几例，以见大概。

《封三娘》中的封三娘为好友范十一娘择婿，并将已死的她救

活，使其与孟生终成连理。这是朋友之情与侠义之道的结合。

狐女小翠（《小翠》），为替母报恩，不惜下嫁于王家的痴儿为妇，含辛茹苦，在所不计，反而设计为王家翦除政敌，消灾除难，甚至为了延续王家香火，自断儿女之情，为丈夫娶妻，最后不携一钱，只身离去。这是从道义的角度，刻画女主人公的侠风义概。

女鬼小谢、秋容（《小谢》）不惧强鬼威逼，忍受伤痛，多方奔走，救助身陷囹圄的陶生。套用古人的话说，此情此德，非侠而何？

《阿绣》中的狐女先是幻化成刘子固所爱慕的女子阿绣，后被刘子固与真阿绣的诚挚爱情所打动，在真阿绣性命不保时，这一假阿绣挺身而出，救出真阿绣，并让她与刘子固相会，终成眷属。假阿绣虽“假”，其爱却“真”；这一“真情”与侠肝义胆的结合，不但使她主动出手相助，而且又主动退出。

狐女舜华（《张鸿渐》），不但救张鸿渐于落难之时，而且以身相许，献上爱情，这已不易；后又割爱忍痛，送其与妻儿团圆，更属非常之举；当书生终被官府抓获时，又二次出手相救，且不图任何报答，这更是难能可贵了。若非侠女，岂能不顾生死，出手相救；若无侠性，又岂能推爱及人，拱手相送？

诸如此类的侠女，还有许多，兹因前文已有专门论述，此处不再重复，仅举几例，略加说明而已。

这里尚须特别一提的是《巩仙》中的巩道人，为帮助一对被权势分离的情侣，不惜展示“袖里乾坤”的法术来满足他们的心愿，并让其结出爱情之果。最后又遵循“救人须救彻”的侠道原则，用智慧和方技使这对有情人终成眷属。一般神仙救人，大多有超度众生之意，为的是化情为无；然而巩仙扮演的却是“情使”的角色。这大概是蒲松龄对冯梦龙“愿得有情人，一齐来演法”之呼唤的回应吧!

其次,这些侠女不论“为情行侠”还是“行侠以情”,在表现形式上,已大大超越了《好逑传》中的水冰心模式——恪守闺阁礼教,不敢越雷池半步;而是为了情,可以甘冒“奔女”之嫌,主动献身;为了情,又可以舍爱推让,主动隐身。为了情,敢于“赴士之厄困”,在所不惜;为了情,又可以由生而死,死而复生。凡此种种,已摆脱礼教之束缚,走出名节之困扰,真正实现了情与侠的结合。或许这与作者将之幻化为花妖狐魅、鬼怪精灵有一定关系,因为相较于人类社会而言,她们在情感的流露与表达上,更少名教的禁锢与文化的限制,因而更加直露,更加坦诚,真正做到了“敢爱敢恨”,“有情有义”。

另外,我们还当看到,在这些“情/侠”两兼的女子身上,实际寄托了以作者自己为代表的寒士群体对理想爱情的向往,对侠义之行的渴盼。作者曾在《青梅》篇末发感慨道:“天生佳丽,固将以报名贤;而世俗之王公,乃留以赠纨绔。此造物之所必争也。……独是青夫人能识英雄于尘埃,誓嫁之志,期以必死;曾俨然而冠裳也者,顾弃德行而求膏粱,何智出婢子下哉!”这无疑是夫子自道,故他笔下的侠义女子,多能慧眼识英雄,救拔寒士于困厄危难之际,送达情致于枯寂烦闷之时,是他们患难中的知己,风尘中的良友。同时,这些侠义女子也不是随意托身,胡乱寻欢,恰是书生的满腹才学和寒士品格,引发出她们的知己之感和倾慕之情,这正如细侯所言:“满生虽贫,其骨甚清;守龌龊商,诚非所愿。”①再兼之才士历来以风流自居,如《瑞云》中的和生所言:“天

①(清)蒲松龄:《聊斋志异·细侯》,张友鹤辑校:《〈聊斋志异〉会校会注会评本》,上海古籍出版社,1986年版,第793页。

下惟真才人为能多情。"①故而引得侠女不顾一切，舍身来归，作者也借此虚构，获得心理上的满足。

概而言之，《聊斋志异》大抵遵循的也是"君子好逑"的创作传统，但在文化谱系上却作了新的扩充，"好逑"的主人公大多已由男子转向了女子，于是《好逑传》中的"义侠好逑"，在《聊斋》中一变而为"侠女好逑"。如果说明末清初的《好逑传》，是通过婚姻的形式，将"情"与"侠"结合起来，但它宣扬名教的创作宗旨，又使这一结合并未达到"融合"，而只是一种外在的"拷合"而已。《聊斋志异》情、侠的结合，虽也以婚恋的形式出现，但它首先是在充分展示男女之情的基础上进行的，而且这些情大多是风流之情，跨越了伦理界限，故而情与侠两个方面，都得到充分体现与绽露。其中的区别，就在于一在维护名教，一在冲击名教。

这里尚须多说几句的是，在中国古代固有的家庭结构中，伦理束缚太严，夫妻情感甚少，而感情欠缺的主要原因是无恋爱经历，大多是由父母之命、媒妁之言而成婚的。为了补偿这一缺憾，文学作品中才大量出现书生与妓女交往的"爱情"故事，而且这些故事大多凄艳异常，感人至深。在此社会环境中，蒲松龄另觅他途，以花妖狐魅、精灵女鬼作为替身，这样既可无违名教，相对安全，又可充分展开想象，尽情挥洒。

由于《聊斋志异》文言加短篇的限制，对这一"情/侠"融合的渲染和刻画，尚未细致展开。因此，这一"情/侠"的融合还有待白话小说去书写和铺叙。

---

①（清）蒲松龄：《聊斋志异·瑞云》，张友鹤辑校：《〈聊斋志异〉会校会注会评本》，上海古籍出版社，1986年版，第1389页。

二、《绿牡丹全传》中的“情/侠”结合

成书于清代中期的《绿牡丹全传》，虽然艺术成就不是很高，叙事也略显粗疏，但是在本书所勾勒的侠文化嬗变的两条线索中却具有重要的小说史意义，一如前述。就“情/侠”的结合而言，它以儿女之情为线索，串起侠客行侠仗义、为国锄奸的故事，自有其独到之处。

从书名来看，《绿牡丹全传》的另外一个名称——《宏碧缘》，更能体现该书的整体构思。其中“宏”为将门虎子骆宏勋，“碧”指江湖侠女花碧莲，而全书正是以花碧莲与骆宏勋的爱情婚姻为线索而展开的。所谓“宏/碧”之缘，从其文化身份上说，不正暗喻着“情/侠”的结合吗？这种以儿女之情，写忠义之事的结构模式，也许是受清初《桃花扇》的影响所致吧。众所周知，《桃花扇》是“借离合之情，写兴亡之感”的，这一结构模式对文学创作影响至大。当然此尚缺少证据，仅是推测而已，也说不定二者是不谋而合呢。

如果说《好逑传》还未脱才子佳人小说的模式，那么至《宏碧缘》，在类型上已是较为纯粹的侠义小说了。如果说《好逑传》是在“精英”的层面上写男女之爱的，说教的味道太浓，那么《宏碧缘》则是在大众的层面上写男女之爱的，已大大突破了名教的束缚，人物更显粗豪，侠客的特点也更为明确，这尤其表现在女性上。如从表面看，花碧莲一家周游各地，卖艺谋生，实际上乃是借此征婿，而且定夺之权，全在花姑娘本人，并非如《好逑传》那样，非要来一个“父母之命”不可。这一情节无疑为后世武侠小说中的“比武招亲”，提供了原型。另外它所触及的社会层面，也较前者更为宽广。当然，这样的比较，并不是硬要分出两书的高下来，而是就其表现内容和形式的不同而立论的，其实它们应当是各有

千秋的。

在人物塑造上，侠女花碧莲和鲍金花，可谓小说中一大亮点。就作为线索的花碧莲而言，她出身草莽，精通武艺，是典型的江湖儿女，同时又貌美如花、通晓诗文；在性格方面，她既有江湖儿女的直率热情，又有小家碧玉的柔情似水。尤其是对待爱情的态度，她不遵从“父母之命、媒妁之言”，而是有着自己的理想追求——“立志不嫁庸俗，必要个英雄豪杰方遂其愿。”（第三回）在桃花坞相中骆宏勋之后，她大胆示爱，求父作媒，并在婚事出现一波三折之际，为相思所苦，几次病倒。尤其在四望亭捉猴与骆宏勋重逢这一情节中，将她的直率热情与羞怯婉转，表达得异常充分。小说写到花碧莲登亭捉猴时，不慎从上摔落，恰巧骆宏勋于此经过，接住了坠落的花碧莲，此时，小说有一段极为精彩的心理描写：

> 有顿饭时节，花碧莲口中微微有气，花老夫妇齐声叫道：“碧莲！醒醒来！醒醒来！骆大爷抱住你了，不然与那猴子一样！”又道：“骆大爷抱了这半日，遍身流汗了。你速速醒来，醒来！好叫骆大爷歇息歇息。”此时花碧莲已醒了八九分，耳中听得爹娘俱说“多亏骆大爷相救，已经抱了这半日”，又说他“遍身流汗”，还只当爹娘宽他之心，那里就有这宗相巧之事：“我今坠下，偏偏骆公子在此救我？”觉乎着自己身子不象在地上，似乎在人身上一般，遂暗暗将眼睛睁开，真是骆公子抱在怀中，故意将眼合上，只做不醒神情，将身子向骆大爷身上又贴了两贴。正是：
>
> 虽然不曾同欢乐，暂卧怀中也动情。
>
> ……
>
> 花奶奶看见女儿颜色已变过来了，亦看见女儿身子贴靠

着骆大爷，也觉不好意思，低低说道："儿呀，此乃人眼闭眨之所，不要叫人看出！"花碧莲故作始醒之态，将身放开。（第二十回）

作者于此，还意犹未尽，继续写花碧莲被抬至骆府修养时，才故作真正清醒之状。末了，作者专门以说话人的口吻解释道：

看官：那碧莲不过受了惊恐，一时昏迷，在四望亭坠下，落在骆大爷怀中，已省人事，只因花奶奶低低那几句言语，说着了心病，虽系母女，此事亦要避忌，故不好骤然就站起，只推不醒；及至骆府，方作初醒之态。（第二十一回）

小说就是通过这种反复皴染的方式，把一个江湖儿女的复杂心理，刻画得惟妙惟肖，逼真传神。这是《好逑传》中没有也不敢有的叙述。既展示出"侠女"的特色，又不失"佳人"的身份。相较于《好逑传》中的水冰心，花碧莲更加接近侠义世界中的江湖儿女；相较于《水浒传》中孙二娘辈，则又显示出女性特有的柔美。可以说，在这一人物身上，真正体现了"情"与"侠"的融合。书名《宏碧缘》，"缘分"不独在才子佳人，江湖豪侠也开始分享这种幸运。这种"缘分"，也说明"儿女情"与"英雄气"，本就有着内在的同一性，关键在于作家能否发现二者的内在联系。

尚感不足的是，《宏碧缘》作者虽发现了二者的联系，但他主要是以此为线索来勾连其他侠义故事，故花碧莲的戏份不够。对女性真正展开充分描写的，是同时期出现的《儿女英雄传》。

三、《儿女英雄传》："儿女"与"英雄"的结合

鲁迅先生在论及清代侠义小说时，一开篇就把《儿女英雄传》和《三侠五义》作为代表提了出来。在讨论它们之所以受到欢迎的原因时云：

> 比乾隆中,《红楼梦》盛行,遂夺《三国》之席,而尤见称于文人。惟细民所嗜,则仍在《三国》《水浒》。时势屡更,人情日异于昔,久亦稍厌,渐生别流,虽故发源于前数书,而精神或至正反,大旨在揄扬勇侠,赞美粗豪,然又必不背于忠义。其所以然者,即一缘文人或有憾于《红楼》,其代表为《儿女英雄传》;一缘民心已不通与《水浒》,其代表为《三侠五义》。①

这两部书,正好代表了侠义小说发展史上侠与情文化的结合和侠与政治文化的结合。本书所持之观点,也可从这里得到印证。

如果说,《三侠五义》是古代侠义小说的最终完成,实现了“侠”与“政治”的完美结合;那么,《儿女英雄传》则是在侠义小说的拓展上,实现了“侠”与“情”的完美结合。就《儿女英雄传》之书名来看,显是上承《侠义风月传》(《好逑传》)而来的,“儿女”对应的是“风月”,“英雄”对应的是“侠义”,其内在的理路,皎然可睹。

我们且听作者文康在小说《缘起首回》中开宗明义的“八句提纲”诗:

侠烈英雄本色,温柔儿女家风;
两般若说不相同,除是痴人说梦。
儿女无非天性,英雄不外人情;
最怜儿女最英雄,才是人中龙凤!

在传统观念中,如前所述,“儿女”与“英雄”一直被打为两橛,互不相干。文康对此极度不满,认为这是“痴人说梦”;然后从“天性”“人情”两个方面,找到了二者同一性的哲学基础;最后得出结论:只有兼具“儿女”和“英雄”两重身份之人,才堪称“人中龙凤”。

---

①鲁迅:《中国小说史略》,《鲁迅全集》第九卷,人民文学出版社,1981年版,第269页。

那么到底怎样才算得个“儿女英雄”呢？小说通过天尊之口演述道：

> 这“儿女英雄”四个字，如今世上人，大半把他看成两种人、两桩事，误把些使气角力、好勇斗狠的认作英雄，又把些调脂弄粉、断袖余桃的认作儿女。所以一开口便道是“某某英雄志短，儿女情长”，“某某儿女情薄，英雄气壮”。殊不知有了英雄至性，才成就得儿女心肠；有了儿女真情，才作得出英雄事业。譬如世上的人，立志要作个忠臣，这就是个英雄心，忠臣断无不爱君的，爱君这便是个儿女心；立志要作个孝子，这就是个英雄心，孝子断无不爱亲的，爱亲这便是个儿女心。至于“节义”两个字，从君亲推到兄弟、夫妇、朋友的相处，同此一心，理无二致。必是先有了这个心，才有古往今来那无数忠臣烈士的文死谏、武死战，才有大舜的完廪浚井，泰伯、仲雍的逃至荆蛮，才有郊祁兄弟的问答，才有冀缺夫妻的相敬，才有汉光武、严子陵的忘形。这纯是一团天理人情，没得一毫矫揉造作。浅言之，不过英雄儿女常谈；细按去，便是大圣大贤身份。（缘起首回）

其实这一观点是上承前文所述之晚明人的看法而来的，并与冯梦龙——“自来忠孝节烈之事，从道理上作者必勉强，从至情上出者必真切”——的观点，有异曲同工之妙。另外，这里所谓的“儿女情”，不仅仅包括男女爱情，而且泛指由人心生发出的一切深情至性，只要有此性情，那么道德实践便有了内在的动力和自觉性。同时，文康还于此拈出的“节义”二字，也是对明清之际“情正”论的延续，使我们自然想其前文已引到的孟称舜的观点。这样，在“节义”规范下的“情”，自会走向“礼”；同时，“礼”的践行，也便因有了“一团天理人情”的支撑而成为一种“不容已”的行动。

为了进一步形象地说明什么是真正的“英雄儿女”，文康又通过天尊之口列举了“儿女英雄”“英雄儿女”一身兼备的两个人物：上古的女娲氏和释迦牟尼。女娲氏因“一时感动了一点儿女心”，炼成“五色石”，“补好了青天”；抟了一撮黄土，“端正了人面”。这是“从儿女里作出这番英雄事业来”的。释迦牟尼因“一时奋起一片英雄心”，遂削发出家，将邪魔外道普化得皈依正道，这是“从英雄上透出这种儿女心肠来”的。同时作为对比，文康还列举了两个代表性人物：刘邦和唐明皇。刘邦虽然雄才大略，“似乎也称得起个英雄气壮了”，却“以父子天亲来赌气斗智”，因此即使成就了王霸事业，也算不得个英雄。何也？“这都因汉高祖没有儿女真情，枉作了英雄事业，才遗笑千古英雄！”而唐明皇与杨贵妃“焚香密誓，私语告天。……这番恩爱似乎算得是个儿女情长了”，但他“除了选色征歌之外，一概付之不闻不问。任着那五王交横，奸相当权，激反胡奴”，以致渔阳兵起，杨妃魂断马嵬，因此唐明皇“落了一生笑柄，万古羞名”。究其原因，这都是因为他“没有英雄至性，空谈些儿女情肠，才哭坏世间儿女”。由此可见，文康心目中的“儿女英雄”“英雄儿女”是“英雄至性”与“儿女真情”合二为一、两者兼备之人。而创作《儿女英雄传》的目的，正是要通过“一场儿女英雄公案，成一篇人情天理文章”。

这里之所以不厌其烦地征引“缘起首回”中的文字，是因为这不仅是整部小说的创作宗旨，决定着故事情节的设置和人物性格的塑造；而且这一“英雄”与“儿女”融合的观念，由晚明至文康已发展为一种较为完备的理论，“侠”与“情”的结合，也被提到了理论的高度。这无疑对后世的武侠小说产生了较为深远的影响。

十三妹何玉凤既是小说刻意塑造的“儿女英雄”形象，也是古代侠义小说史上着墨最多的侠女形象。也许作者赋予她的身份太多，责任过重，以至导致她的性格转变，出现断裂，成为后世评论的焦点。何玉凤性格的转变是否成功，暂且不论，我们先通过这一转变，来了解文康是如何借助这个形象来完成他融合“英雄性”与“儿女情”的意图的，以期把握“侠/情”的结合在清代侠义小说中的发展状况。

何玉凤因其浪迹江湖，遂化名十三妹。她和安骥萍水相逢，本欲盗取他的银子，但发现他是个“正人”，又是个“孝子”，“心中暗暗钦佩”，于是动了侠义之心，一路跟随，暗中保护，在能仁寺手刃十余名凶僧，解救了安公子。小说于此赞道：

> 若讲一个闺门女子，这叫作“不安本分，无故多事”；要讲他这种胸襟，这番举动，就让是个血性男子也作不来。替他细想去，他是沽名，还是图利？难道谁求他作的？还是谁派他作的不成？总不过一个“不忍人之心”，才动得了这片儿女心肠，英雄肝胆。（第八回）

“不忍人之心”，是孟子赞扬的“恻隐之心”。正因如此，她又替安公子凑足了银两，代订了婚姻，安排了护送之人，方才罢手。当安公子希望她告知姓名以便将来报答时，她说道：

> 只是我这人与世人性情不同，恰恰的是曹操一个反面。曹操曾说：“宁使我负天下人，不使天下人负我。”我却是只愿天下人受我的好处，不愿我受天下人的好处。（第八回）

这一“救人须救彻”，“施恩不望报”的初衷和义举，正乃古来一切侠士的惯常行为和侠道准则。这使我们想起了鲁达解救金翠莲父女之事，想起了元稹《侠客行》的诗句：“侠客不怕死，怕在事不成。”想起了李贽之论：“侠士之所以贵者，才智兼资，不难于死事，而在于成事也。使死而可以成事，则死真无难矣；使死而不足以成事,则亦岂肯以轻死哉!”①

事后,小说还通过何玉凤之口续道:

> 后来听到他令尊的那番委屈,又与我父亲所遭的冤枉大略相同。因此,我从那任侠尚义之中,又动了个同病相怜之意,便想救他这场大难。(第八回)

这仍是从“恻隐之心”上着笔的,如小说第五回的回名所示:《小侠女重义更原情　怯书生避难翻遭祸》。

能仁寺救厄解危一节,是《儿女英雄传》中最能体现何玉凤胆识武功的情节,从而使她赢得“脂粉队里的豪杰,侠烈场中的领袖”的美名(第五回);同时也是全书最具武侠特点的情节,受到后世广泛称赞。作者在追究其行侠仗义的身世原因时,特别交代道:

> 他自己心中,又有一腔的弥天恨事透骨酸心,因此上,虽然是个女孩儿,激成了个抑强扶弱的性情,好做些杀人挥金的事业。路见不平便要拔刀相助;一言相契便肯沥胆订交。见个败类,纵然势焰熏天,他看着也同泥猪瓦狗;遇见正人,任是贫寒求乞,他爱的也同威凤祥麟。(第五回)

从中可以见出,对她的塑造,完全是按照古代侠客的标准而来的,再赋予她“一腔弥天恨事”,成就了她“路见不平,拔刀相助”的豪侠性格,如小说所云:“就把个红粉的家风,作成个绿林的变相。”(第八回)

因此发展至后半部分,在她得知父仇已报,而母亲又已过世的消息后,便矢志出家,企图走古代侠女之路。此时如果真的顺着她的意愿,安排其出家为尼,作者的创作意图就落空了。那么

---

①(明)李贽:《焚书·续焚书》,中华书局,2009年第2版,第193页。

作者为何又要设置这一情节？看到后来，我们终于明白，原来这一切全是为了她的转变而预作的铺垫，即要把她从“豪侠”拉回“女儿”，复归到她的性别身份上来。于是，在安学海等人的规劝下，她“侠气立消”，最终与安骥成婚。成婚者，成礼也。在“礼”的约束下，岂能再涉江湖，重蹈险境？

如果说，在“忠/义”结合的小说中，“江湖”与“庙堂”是两个对立的文化空间，二者的结合，是“庙堂文化”对“江湖文化”的整合；那么在“情/侠”结合的小说中，“家庭”与“江湖”也同样是两个对立的文化空间，以成婚的方式回归“家庭”，也正是以“家庭文化”来消解“江湖之心”。婚后的何玉凤，一改江湖之态，摇身一变，成为一个地地道道的贤惠之妻，与张金凤一起协理家政，辅佐夫婿。安骥最终也探花及第，位极人臣，一家人丁兴旺，幸福美满。

何玉凤的这一转变，因过于生硬而引来不少评论家的争议，甚至认为这是文康的败笔。因为读者群更为欣赏的是那个在“冷森森的月光下”，勇斗恶僧的侠女十三妹，而无法将之与后面那个贤惠温婉的何玉凤划上等号。所以时至今天，我们还是更多地称呼其江湖化名“十三妹”，反而遗忘了其真名何玉凤。

其实，在作者的心目中，“十三妹”与“何玉凤”都是他想要的。这种两兼的身份，才是他之所以如此塑造“十三妹”与“何玉凤”的原因所在。这种双重的身份和理想人格，正如王德威先生所指出的那样：“快意恩仇的侠女以及温柔恭顺的贤妻——是中国男性文人借想象营造的女性两极——因此在《儿女英雄传》的第六回和第二十六回当中，分别得以具象呈现。”①

①王德威著，宋伟杰译：《被压抑的现代性——晚清小说新论》，北京大学出版社，2005年版，第177页。

这一两极发展，很可能是作者借“儿女心”生发“英雄义”，又以“英雄义”激发“儿女情”的用心所在吧！其最终的指向则是——“最怜儿女最英雄，才是人中龙凤！”

小说中，安学海与张金凤对她的规劝，最为耐心，也最为缠绵。安学海采取的策略是从“从性情上”去引导她，因为安学海深悉何玉凤是“性情中人”，兹因家庭变故而改变了性情。小说于此特别交代道：

> 原来这十三妹虽是将门之女，自幼喜作那些弯弓击剑的事，这拓弛不羁，却不是她的本来面目。只因他一生所遭不偶，拂乱流离，一团苦志酸心，便酿成了这等一个遁迹空山游戏三昧的样子。（第十八回）

此外，安学海又从“忠孝节义”的纲常大义出发去劝说她，这是因为何玉凤出身名门，知书达理，以此相劝，才能从正面把“一段刚肠化作柔情，一腔侠气融成和气”。（第十九回）

而张金凤对何玉凤的劝说更值得关注。张金凤是何玉凤在能仁寺无意中于地牢中救出的女子，并将之说合给安骥。小说说她通晓大义、温柔贤惠，而长相更是与何玉凤一般无二。在此，我们完全可以将张金凤视作何玉凤的另外一重自我。金凤是在“地牢中”被玉凤“无意”发现的，这从象征的意义上看，“地牢”可视为玉凤有意关闭的内心世界，或者说，是她之“无意识”的一种现身方式。对金凤的“发现”，正是她对隐藏的自我的发现。她急于搭起金凤与安骥之间的鹊桥，实际上是在象征意义上，把自己许身给了安骥。这从金凤/玉凤的名字设置中，亦可窥见：二人共占一“凤”字，又“金/玉”相配，“金凤”不就是“玉凤”，“玉凤”不就是“金凤”吗？小说第二十六回有一段“双凤”的促膝长谈，结果是，玉凤服膺了金凤的“现身说法，十层妙解”，“慧心相印，顿悟良缘”，终于“立地回心”，结为“双凤”。究其原因，她们本来就是一身二分的，至此，二“凤”便以同嫁一男的“婚姻”形式，完成了由“分身”到“合身”的人格“统一”。

这一情节因说教味过浓，历来不被人们看好，殊不知这才是全书的关纽所在。如果说在能仁寺手刃凶僧是一种对外在危险的战胜，那么嫁于安骥，则是她对自己原我的战胜，这一斗争的激烈程度丝毫不亚于血战恶僧。而这一战胜，也将玉凤由一个行走江湖的“游”客，拉回到宜家宜室的轨道上来，身份和角色就此完成转变。此正如小说第二十九回所说：

> 你道就靠安老夫妻、邓家父女又能有多大神通，就把他成全到这个地步？……无非他那一片孝心，一团至性，作成儿女英雄，合了人情天理，自然转祸为福，遇危而安。（第二十九回）

换言之，侠骨只有辅以柔情，才算功德圆满。玉凤只有嫁于安骥，才真正成为“英雄至性”与“儿女深情”合一的“兼美”式人物——“儿女英雄”。

至此，我们可以说，何玉凤的性格走过了一条由“儿女”到“英雄”再到“儿女英雄”的蜕变之路；其人生轨迹亦画出了一条从“行游”到“回家”的复归之路。至于她的性格转变是否顺应情理、合乎逻辑，那是另当别论的事。此处有必要指出的是，作者给这个人物身上加载的承负过重，赋予的使命太多，乃至于在某种程度上，将她变成了一个理念的传声筒。职此，她的转变似乎不是由她自己支配的，她的命运也不掌握在她自己手里。

如果说，《好逑传》是有意以纲常名教来提升男女之爱的，那么同理，《儿女英雄传》也是以纲常名教中的“孝”来推进何玉凤的性格转变的。因为“孝”，她才不得已漂泊江湖，为父报仇；因为

“孝”,她又顺服了安学海等人的劝说而打消了自杀、出家的念头,与安骥成婚;又因为“孝”,她和金凤共同激励夫婿,踏上科举之路,换来光宗耀祖的荣誉,同时也为安家传宗接代,延续香火。而这一“孝”,正是小说着意歌颂的“天理人情”。

我们撇开“一夫二妻”“双美奇缘”的陈腐结局不谈,也用不着以思想之先进抑或落后来遽下结论,就其在探索“英雄”与“儿女”的融合上,可以说本书做出了重大贡献,因此在侠义小说史上自有其特殊的地位。

综上所述,清代侠义小说中“侠”与“情”的结合,已经逐渐发展成为作者明确的创作目的,这为后世武侠小说“侠骨柔情”之侠客形象的出现,奠定了基础。

另外,尚值得我们关注的是,这一由明末开创的“情/侠”结合模式,其主人公大多被给予了女性。这可能是因为女性属“阴”,本就多情,为此而有必要加上“阳刚”之气,以改变其女性气质,让她们承担其更大的责任吧!

第六章　古代侠义小说史上的典型个案

——《三侠五义》及其系列小说

所谓《三侠五义》系列，是指《三侠五义》及其改编本《七侠五义》和《小五义》、《续小五义》等几部内容上互有联系的小说。其实所谓“系列”者，当时人就有这一看法。广百宋斋主人云：“《七侠五义》一书，虽属稗野，而浩然正气充塞行间，合之《小五义》、《续小五义》，均足使顽廉懦立。爰亟重加厘定，蔚为大观。”①另据文光楼主人记载，有友人与石玉昆门徒素相往来，将《龙图公案》原稿携来，“共三百余回，计七八十本，三千多篇，分上中下三部，总名《忠烈侠义传》。原无大小之说，因上部《三侠五义》为创始之人，故谓之《大五义》；中、下二部五义，即其后人出世，故谓之《小五义》。余翻阅一遍，前后一气，脉络贯通……”②云云。由此可知，在当时人心目中，已把它们作为系列小说看待了。

①（清）广百宋斋主人：《七侠五义总序》，《古本小说集成》编辑委员会编：《古本小说集成》影印广百宋斋石印本《续小五义》卷首，上海古籍出版社，1990年版。

②（清）文光楼主人：《小五义序》，《古本小说集成》编辑委员会编：《古本小说集成》影印广百宋斋石印本《小五义》卷首，上海古籍出版社，1990年版。

《三侠五义》最早来自于石玉昆①的"说话"底本《龙图公案》。有人在听石玉昆说唱时，对其唱词略而不录，单把讲说的部分记录下来，并在"原有成稿"的基础上"翻旧出新"，刊行了《龙图耳录》一书。后经问竹主人、入迷道人在章回划分、回目文字等方面作了整理润色，于光绪五年(1879)由北京聚珍堂以《忠烈侠义传》书名刊行，又以所写人物之数，名曰《三侠五义》。因为石玉昆是首创者，所以题为"石玉昆述"。光绪十五年(1889)，俞樾见到此书，认为第一回"狸猫换太子"的故事荒诞不经，与正史不合，故援史别撰，删去此一情节；又以为所写侠客应为七人，而非三人，遂更名为《七侠五义》；并将其中清官颜查散改为颜春敏。后来出现的《小五义》与《续小五义》，是《三侠五义》故事的延续，也是由当时流行的说话整理成书的，由文光楼主人石铎信于光绪十六年(1890)初刊。

且不论后世对它的评价如何，此书在当时影响极大，流传极广。时至今天，倘提及中国古代的侠义小说，大概没有人能避开此书。就一般而言，一部书的取名，即是该书的点睛之处。我们

---

①据《非厂笔记》记载，石玉昆，字振之，天津人。因久在北京卖唱，有人误认为是北京人。他在咸丰、同治时曾以唱单弦轰动一时，有人称其为"单弦之祖"。从目前所见资料来看，有关石玉昆的记载多集中在其成名之后，因此对于他的生年，无从查考，有学者推测其大约生于嘉庆五年前后。石玉昆达到艺术高峰、享有盛誉的时期，主要是在道光年间。关于其卒年，也无详细记载，据李家瑞考证，初断石玉昆"大约死在同治末年"，这一说法已被普遍认可。石玉昆演唱技艺高超，在演出内容方面常别出心裁，将包公审案与江湖侠义题材结合起来，开创了一种新的题材类型，对清代后期包括说唱、小说、戏曲在内的通俗文学产生了很大影响，时人有"编来宋代包公案，成就当时石玉昆"之语。

仅从《忠烈侠义传》或《三侠五义》的取名上看，即可知这是一部真正意义上的侠义小说。问竹主人《忠烈侠义传序》云："是书……极赞忠烈之臣，侠义之事。且其中烈父烈女，义仆义鬟，以及吏役、平民、僧俗人等，好侠尚义者，不可枚举，故取名曰'忠、烈、侠、义'四字。"①

书中的"三侠"指"南侠"展昭、"北侠"欧阳春、"双侠"丁兆兰、丁兆蕙；"五义"指"钻天鼠"卢方、"彻地鼠"韩彰、"穿山鼠"徐庆、"翻江鼠"蒋平、"锦毛鼠"白玉堂。后来俞樾以为书中的"小侠"艾虎、"黑妖狐"智化和"小诸葛"沈仲元，也应列入其中。这样算来，共得"七侠"，故书名也改为《七侠五义》。

《三侠五义》之所以在侠义小说史上地位显著，具有代表性，并不是因为它的文学成就有多高，而是从类型学的角度看，它不但是第一部真正将"侠义"人物作为记叙对象的长篇白话小说，而且在继承和综合前代侠义小说的基础上，对侠义精神作了新的建构，进一步完善了侠义小说作为一种小说类型所应具备的体制。至此，侠义小说才真正获得发展兴盛的机制，并绵延至今。不管我们今天的看法如何，但当时其受欢迎的程度，已不仅仅局限在下层民众中，连上层文人也推波助澜，参与搜求、修订和刻印，热心宣传，大力推广。

第一节　侠义精神的重构

纵观侠义小说发展史，侠客走过的是一条由不问是非到是非

---

①（清）问竹主人：《忠烈侠义传序》，朱一玄编，朱天吉校：《明清小说资料选编》，南开大学出版社，2006年版，第359页。

分明,由嗜杀成性到大忠大义,由勇悍乖戾到慈悲为怀,由感性支配到理性思考,由以武犯禁到维护秩序的历程。《三侠五义》之所以“被确认为中国侠义典型的最后完成”①,正是因此之故。其取名曰《忠烈侠义传》,也是直承《忠义水浒传》之名而来的,但又对其“忠义”观作了新的诠释。

何谓“忠义”?明人天海藏主人在《题水浒传叙》中的解释,移来此处,仍然适合:

尽心于为国之谓忠,事宜在济民之谓义。②

此言前已引到。或曰,既然二者在“忠义”观上有所区别,为何可作这种移植?答曰,天海藏主人概括的,实际是一个“忠义”的“理想形态”和“应然模型”,我们完全可以根据不同的小说,赋予其不同的内涵,作出相应的解释。

一、事宜在济民之谓义

前已述及,经唐宋的推演和发展,“义”已成为侠客行事的准则,从而赋予侠“正义”的品格。于是,“侠”与“义”的结合一跃而成为“江湖伦理”与“侠道原则”的核心结构与内在精神。侠之为侠,全在于“义”之一字上。“侠”的这一性格,一直未变,以至今日,我们仍以“侠义小说”来命名此类小说。

就其作为行为准则和道德规范而言,前已述及,“义”,既可代

①张火庆:《从自我的抒解到人间的关怀》,刘岱总主编:《中国文化新论·文学篇(二)·意象的流变》,生活·读书·新知三联书店,1992年版,第496页。

②朱一玄、刘毓忱编:《水浒传资料汇编》,百花文艺出版社,1984年第2版,第217页。

表“侠”的品格，又是“侠”的行动伦理。金圣叹评鲁智深的一段话最能概括“侠”的这一整体性格：

遇酒便吃，遇事便做，遇弱便扶，遇硬便打，如是而已矣。①

其中的“吃酒”，看似与“性格”无关（或游离），殊不知对他们而言，“酒”就是他们的生命，“酒”就是他们豪爽性格的外化，“酒”就是他们交往结盟的媒介，“酒”就是他们行侠的助力，“酒”就是他们“义胆”的呈现，“酒”就是他们“勇力”的表征。孔子曰：“见义不为，无勇也。”（《论语·为政》）“勇”靠什么体现？“酒”是最好的证明。如此等等，不一而足。前举唐传奇《胡证》中的胡证，“一举三钟，不啻数升，杯盘无余沥”，甚至以赌酒的方式征服众恶。竟连女侠，也为豪饮之辈，如唐传奇中的红线女，事完后，主人薛嵩“以歌送红线酒”，后红线以“伪醉离席，遂亡所在”。其中，“伪醉”一词，间接说明她酒量之大，恐不输于男子，又能始终保持清醒，借酒行事。于是，举凡侠义小说，几乎都要写到酒，以至“无侠不酒，无酒不侠”。甚至连对方感谢，也只要请酒一顿，余则分文不取。

将话说回来，所谓“事宜在济民为之义”，主要指侠客们“为民请命”“替天行道”的行为。问竹主人特别将“侠义”二字概括为“有人不敢为而为，人不能作而作”，“善恶邪正，各有分别”，“使读者有拍案称快之乐，无废书长叹之时。无论此事有无，但能情理兼尽，使人可以悦目赏心，便是绝妙好辞”②。这种反应，恐怕主

①（清）金圣叹评点，文子生校点：《第五才子书施耐庵水浒传》第四回回前评，中州古籍出版社，1985年版，第104页。

②问竹主人：《忠烈侠义传序》，朱一玄编，朱天吉校：《明清小说资料选编》，南开大学出版社，2006年版，第359页。

要在民间。因为民间最需要的就是“路见不平，拔刀相助”的敢作敢为之人。这是这部小说之所以在民间广受欢迎的主要原因，因之，该小说更具有大众意识和平民性格。此诚如《三侠五义》第十三回所云：

真是行侠作义之人，到处随遇而安。非是他务必要拔树搜根，只因见了不平之事，他便放不下，仿佛与自己的事一般，因此，才不愧那个“侠”字。（第十三回）

平民最喜欢的正是“济民”之侠。就这点而言，它与《水浒传》有着内在的相通性。鲁迅先生评其书曰：

是侠义小说之在清，正接宋人话本正脉，固平民文学之历七百余年而再兴者也。

（此书）为市井细民写心，乃似较有《水浒》余韵。①

试举几例，以见大概。

《三侠五义》中第一个出场的侠客展昭，就是以除暴安良的“义举”而闻名江湖的，并因此而结识了包公。在接受皇帝钦封之前，展昭的主要活动空间是在民间，主要的行为是扶危济困。如他救济陈州灾民；搭救被安乐侯所劫的良家妇女金玉仙；惩治恶霸财主苗秀，劫走其所得之不义之财；帮助捉拿行刺包公的刺客项福；勇擒安乐侯；刺杀妖道刑吉，搭救命在旦夕的包公……如此等等。所行皆为侠道之行，所做皆为正义之事。而且更重要的是，他把这一切视作当行之事，看得微不足道。他对丁兆蕙说：

其实也无关紧要，……此事皆是你我行侠之人当作之

---

①鲁迅：《中国小说史略》，《鲁迅全集》第九卷，人民文学出版社，1981年版，第278页。

事，不足挂齿。（第三十回）

作者显然是按照司马迁《史记》所列举之游侠标准来塑造展昭的："不矜其能，羞伐其德。"这正是侠客之所以为侠的重要品德和行事风格。

同时，从小说的谋篇布局中我们可以看出，从第三回《金龙寺英雄初救难　隐逸村狐狸三报恩》出场，一直到第二十二回《金銮殿包相参太师　耀武楼南侠封护卫》，其间除包公昭雪"狸猫换太子"一案与展昭无关之外，几乎每一回都写到他的侠行，多层次展示了他的侠客义举，多层面展现了他的侠客形象。即使在他接受了官职之后，这一"济民惩恶"的行为并没有因此而终止，还穿插在续书所写之平叛治乱事件中。例如《小五义》第九十回《三侠客同走劝架　二亲家相打成词》，写到南侠与北侠、双侠在寻找失踪的颜大人途中，偶遇众人围观的场面，于是，三人便凑了上去——

虽然三位寻找大人的心盛，究属总是天然生就的侠肝义胆，于是便要瞧看瞧看。（第九十回）①

这一看不打紧，只见两位老者为女儿丢失一事大打出手，便料知其中必有隐情，于是急人之难，主动承揽了帮他们寻找女儿的任务，最终赶走恶僧，还顺便解救了许多无辜妇女，为地方除去一霸。可见行侠仗义，如上所引言那样，并非他们有意为之，而是被视为行所当行的本分和义不容辞的责任。有研究者指出，《西游记》在孙悟空人格的整合中，就含有"侠义化"的改造，"其中既渗透着儒家关怀现实的情结，又隐含着佛家悲天悯人、普度众生的

①王述校点：《忠烈侠义传：小五义》，人民文学出版社，2001年版，第424页。以下凡引到《小五义》之原文均出自该书，不再一一注明。

教义”①。诚哉斯言！但如果在其中再加上“侠”的道义原则和行动伦理，可能会更加完善。因为在儒释道三教合流的趋势中，已经夹杂着“侠道”了，所以除过司马迁、班固为游侠立传之外，所有正史的《儒林传》、《忠义传》、《列女传》等传中以及其他各人物传中，“侠”的字眼比比皆是，不一而足。这充分证明，在儒释道三教之外，“侠”已是一个绕不过去的重要思想构成，并在某种程度上，已经形成了一个社会需求和人格结构的重要面向。

不独展昭如此，书中的每一个侠客在江湖行走时，都有这一特点。这不仅包括北侠、双侠、五鼠、小五义、智化、冯渊等侠士，甚至连一些女性、仆辈也多有侠风义胆。如艾虎之妻甘玉兰为救被恶霸强娶的温小姐，当仁不让，自愿假扮新娘前往，当遭到众人反对后，她竟要以“行拙志”来表明她插手此事的决心，最终在其他侠客的帮助下，刺杀了恶霸。（《小五义》第一百十五回至第一百十八回）

《三侠五义》系列小说除了多写众侠客单个的侠行之外，还写到他们互相配合的集体行为。如在《三侠五义》中，为捉拿淫贼“花蝴蝶”，韩彰、龙涛、冯七、蒋平、欧阳春等人先后加入了追捕的队伍。为此，小说从第六十二回至第六十八回共用了七回来写其捉拿的过程，将这一事件描绘得曲折复杂，波澜迭起，藉此展现侠客们除暴安良的决心以及杀人须见血的侠义性格。在这里，我们不但看到“侠”之为民纾难的道德化倾向，还可从这一集体行动中窥见他们对淫贼的痛恨之情，所以诛杀“淫贼”是他们义不容辞的责任。

---

①冯文楼：《四大奇书的文本文化学阐释》，中国社会科学出版社，2003 年版，第 269 页。

这种“路见不平，拔刀相助”的济民行为，救人须救彻的行事原则，不畏生死、义气干云的豪爽性格，显然是承继《水浒传》而来的，代表了下层民众的正义诉求和审美趣味。俞樾正是看到了这一点，才爱不释手，重加修订。“缓急，人之所时有也”，尤其作为社会最底层的民众，更复如此，在危急处境中，他们最希望有人出手搭救。这就是为什么在小说的情节设置中，每当民众有自身无法解决的困厄时，恰好总有一位侠客及时出现。从这一角度来说，侠义小说对侠客形象的塑造，最大地满足了民众伸张正义的心理需求与对善恶有报的殷切期盼。因此我们不妨把《三侠五义》为代表的这类侠义小说，看作是为了抚慰下层弱势民众而创造出的一个正义必然战胜邪恶的“童话”。它凝聚着广大民众的现实需求与理想期待，此正如近人江子厚所说：“世何以重游侠？世无公道。民抑无所告诉，乃归之侠也。侠者以其抑强扶弱之风，倾动天下。”①

《三侠五义》写宋仁宗看完蒋平表演之后，对包拯说：

> 朕看他等技艺超群，豪侠尚义。国家总以鼓励人才为重，朕欲加封他等职衔，以后也令有本领的各怀向上之心。（第四十九回）

不要小看皇帝这几句褒扬的话，它是全书的关键语，是作者创作宗旨的透露：为朝廷招揽人才，为社会化解矛盾。它提醒我们，如果从反思的角度看过去，侠客的“济民”义举尽管满足了广大民众“被拯救”的幻想，但也可能因此而掩盖了社会的不公，缓解了社会的矛盾，有利于维护统治、安定民心。我们知道，侠义小说中侠

---

①江子厚：《陈公义师徒》，见《武侠丛谈》，上海书店出版社，1989 年影印本，第 185 页。

客出现的场景多为下层民众受权势欺压、哀告无门的绝望之时，侠客的及时施救，避免了事态的进一步发展和扩大，使正义受到扶持，邪恶遭到惩罚。这种程式化的故事情节，从社会学的角度来说，无疑是一付社会的润滑剂，有利于化解社会积怨，保持社会稳定。所以我们可以说，侠义小说是对社会的一种幻想式改造，是下层民众所做的美梦，是直接导致民众对现实悲剧性感受与体验不深的主要原因。所以，从某种意义上说，侠义小说中侠客的“侠行”作为“王法”的一种补充，是调停社会矛盾的内在机制。

此话说得可能有些严重了。但此亦恰如朱光潜先生对中国戏曲之所以缺乏悲剧原因的探究一样：因为中国人“是一个最讲实际，最从世俗考虑问题的民族”，他们深信世界是受“正义原则”支配的，因而容易满足于“实际的伦理哲学”，这样一来，“自然对人生悲剧性的一面就感受不深”，总喜欢“善得善报，恶得恶报的大团圆结尾”，于是，“悲剧题材也常常被写成喜剧”①。职是，文化的反思，仍是必须的；文化的省察，仍是重要的。

但侠客之行毕竟有“以武犯禁”之嫌，于是，由政府出面导引他们的价值取向，规范他们的不法行为，谋划他们的个人前程，就成为“侠”之改暴从善的必要途径和不可或缺的环节。《水浒传》想到的是“招安”，而《三侠五义》则是顺着民间的清官信仰，由青天大老爷来作豪暴之侠的引路人，成为一时之惯例和小说创作的套路。

这从正面看，也为侠客打开了一扇为国尽忠的大门。此与招

①朱光潜著，张隆溪译：《悲剧心理学——各种悲剧快感理论的批判研究》，人民文学出版社，1985年版，第210页。另可参阅冯文楼：《“大团圆”结局的机制检讨与文化探源》，《陕西师范大学学报》，2008年第4期。

安，同属于对“侠”之行为的规范，对“侠”之性情的导引，对“侠”之戾气的整合，对“侠”之人格的提升，对“侠”之境界的开拓，对“侠”之价值的扩大。一言以蔽之，这是对“侠格”的改造，对“侠行”的重构，对“侠义”的升华。不如此，“侠”不能走上“英雄”之路；不如此，“侠”不可列入“英雄”行列；不如此，“侠”无巩固政权之需要；不如此，“侠”不值得赞扬。

二、尽心于为国之谓忠

前已述及，如果说“义”是一种带有民间色彩的“普遍伦理”，那么“忠”则是赋予侠客的“政治伦理”。

自宋代以来，侠义小说中的侠义精神经历了一个重新整合的过程，即在“义”之上又添加了一个更高的价值理念——“忠”。就《三侠五义》系列小说而言，侠客不再作为官府的对立面出现，而是帮助政府，为国效力。这从贯穿三部小说的主线——众侠客帮助朝廷整治社会、平复叛乱等事件中可以窥见。从而将侠客自我价值的实现，提升到“忠义双全”的人格建构上来。这一由“义”向“忠”的升华，“济民”与“为国”的结合，正是《三侠五义》系列小说中“侠义精神”最显著的特点。这一建构虽来自《水浒传》，但清官的设置，则是“忠义双全”人格价值得以实现的直通管道，是其最终达成愿望的重要保障。《水浒传》宋江等人的苦恼和困扰，不正是因为缺少清官的导引和斡旋吗？因没有得力的清官作中介，反而尽是奸臣的破坏，所以最终只能落得个悲剧结局。皇帝的醒悟，还亏了梦中李逵板斧的威力，才不得不起盖庙宇，以供他们的亡灵。但这种虚幻的补救，毕竟于事无补，连作者也深感无力，不得不发出“煞曜罡星今已矣，谗臣贼相尚依然”的哀叹。

这里还当提出的是，尽管“精忠报国”已成为一个最高的价值理念，但“忠”并没有取代“义”，二者在小说中往往是兼容并举、互相含摄的。最显著的例子莫过于《三侠五义》下列一段情节。为使襄阳王的手下飞叉太保钟雄归降朝廷，欧阳春、智化深入君山，佯装归顺，在取得钟雄的信任并结拜成交之后，乘钟雄不备，在其寿筵上将之迷晕，带出水寨。待其醒来之后，智化劝服钟雄的一番话，既以“忠”为说辞，复以“义”来感化：

> 大哥，事已如此，小弟不得不说了。我们俱是钦奉圣旨，谨遵相谕，特为平定襄阳，访拿奸王赵爵而来。若论捉拿奸王，易如反掌；因有仁兄在内，惟恐到了临期，玉石俱焚，实实不忍。故此，我等设计投诚水寨，费了许多周折，方将仁兄请到此处。皆因仁兄是个英雄豪杰。试问，天下至重者莫若君父。大丈夫作事，焉有弃正道、愿归邪党的道理？然而人非圣贤，孰能无过？这也是仁兄雄心过豪，不肯下气，所以我等略施诡计，将仁兄诓到此地。一来为匡扶社稷，二来为成全朋友，三来不愧你我结拜一场。此事都是小弟的主意，望乞仁兄恕宥。（第一百一十九回）

“说罢，便屈膝跪于床下。展爷带着众人，谁不抢先，嗯的一声，全都跪了。”书中紧接着说：“这就是为朋友的义气。”既以“忠”来说服他，复以“义”来感化他，又看在结拜朋友面上，钟雄焉得不从！

就他们平时的作为而言，尽管有的后来身居官位，如展昭、五鼠、小五义等人，但他们仍然行走江湖，始终不忘侠义本色。就是不愿为官的北侠欧阳春与黑妖狐智化等，也不忘侠客本行，继续行走江湖，行侠仗义。那么，前者与后者相比，孰高孰低？作者并未就此简单下结论，但从字里行间，仍可看出其鲜明的倾向性：当展昭接受皇帝钦封御前四品带刀护卫之后，路遇丁兆兰、丁兆蕙双侠，说了下列一段肺腑之言：

兄台再休提那封职。小弟其实不愿意。似乎你我兄弟疏散惯了,寻山觅水,何等的潇洒。今一旦为官羁绊,反觉心中不能畅快,实实出于不得已也。

又云:

其中若非关碍着包相爷一番情意,弟早已的挂冠远隐了。(第二十九回)

并再三解释道:

无奈皇恩浩荡,赏了"御猫"二字,又加封四品之职。原是个潇洒的身子,如今倒弄得被官拘束住了。(第三十回)

首先须当注意的是,这是朋友间的私聊,而不是套话或官话,所以言必由衷。其次,这一段言说,来自于作者对"侠客"习性的准确把握——对"自由"的追求。对自由的追求尽管是人与生俱来的本能,如孙悟空一出世,就要求绝对的自由;但"自由"对侠客来说,尤其重要。司马迁以"游侠"命名他们,并将"游"字置于"侠"前,就是看到了"侠"追求自由的本性。"游"对于"侠"来说,就是自由自在,不受约束,赤条条来去无牵挂。《三侠五义》以之来体现"侠客"的性情,无疑是对司马迁的回应,或者说,是两千年后,"侠"之流风余韵的再现。另外,以之表现侠客,也是对他们独立个性的维护,这一点恐怕更重要。

综上所述,《三侠五义》系列小说中"济民"与"为国"的统一,终于洗刷掉了"侠"身上传统的"以武犯禁""不轨正义"的污点,经由"清官"的导引,以济世救民、辅国安邦的英雄姿态,跃身于文学作品之中,成为上至统治者,下至黎民百姓共同赞赏的"为国为民"的"侠之大者",使"侠"这一本来古老的历史形象重新焕发出新的生机,并直接为后世的武侠小说树立了典范,其意义不容忽视。

第二节 报:交往行为与人情法则

“报”,是侠义小说中的一个通贯性主题,也是最能体现侠客行为特点的核心概念和伦理取向。本书对此的讨论,主要是以《三侠五义》系列小说为例来进行的,所以将之列为本章的一节。

前已述及,历史上,“侠”是“养士”之风盛行的产物。《韩非子·五蠹》云:“为人臣者聚带剑之客,养必死之士以彰其威。”①主人对“游侠”以礼相待,结以恩义,侠客则感念主人的知遇之恩而不惜以死相报。所以从一开始,“报”便成为游侠的行事原则,是构成他们交往关系的重要基础。杨联陞先生在“报”之观念的研究中就曾将儒家传统的“报”与“游侠”传统的“报”作一并讨论。他指出:在儒家的经典《礼记·曲礼上》中有很著名的一段:“大(通太)上贵德,其次务施报。礼尚往来,往而不来,非礼也;来而不往,亦非礼也。”他又引史密斯《中国谚语与俗语》一书在此段话后加的一则俗语云:“所谓相互报偿,在理论上就是俗语中的你敬我一尺,我敬你一丈;所谓得人一牛,还人一马;或一盒子来,必须一盒子去,都是这个意思。”它是一个普遍的自然律。同时他还敏锐地看到:“另外一个对‘报’的观念产生影响的是武侠或游侠的传说。游侠的兴起是战国时代,那时封建势力衰落,传统的武士阶级丧失了他们的地位与爵衔,这些勇敢独立的武士,又吸收了来自低层阶级的壮士,他们分散于全国,向任何能够用他们的人贡献其服役(甚至他们的生命)。这些游侠的特点是绝对的可靠,他们视

①《韩非子·五蠹》,(清)王先谦撰,钟哲点校:《韩非子集注》,中华书局,1998年版,第53页。

此为其职业道德，司马迁在史记中描写他们：'其言必信，其行必果，已诺必成，不爱其躯，赴士之厄困。'这就是还报那些真正赏识者的方式。他们的永远打抱不平的态度，使得他们成为那些复仇心切的人最得力的助手。"①

历史上晋国的豫让，吴国的专诸，齐国的聂政，卫国的荆轲，即是显例。他们都有非常相似的经历：最初都是蛰伏民间下层的豪杰或游侠，后来受到某些权贵的赏识和敬重，便不惜舍身相报。其中豫让的故事尤令人触目惊心：豫让因深受智伯的礼遇而感恩在心，抱定"人以国士遇我，我故国士报之"的还报宗旨，以"士为知己者死"的勇气，决意要为智伯报仇。先是以判刑服役之徒，改名换姓，混入赵府行刺未成，赵见其为故主报仇，义勇可嘉，就放了他。他继以漆涂身，使形如患疠疾者，吞炭伤喉，令嗓音变哑，行乞于市，埋伏于赵必经的桥下行刺。再次失败后，豫让知事已不成，便请求赵在处死自己前成全他的"死名之义"，拔剑三跃，猛击赵的衣裳，在聊致报仇之意后伏剑自杀。这几人虽然在历史上更多地被称为"刺客"，但他们不图富贵、崇尚节义、知恩图报的行动，分明带有"侠"的品格，与《游侠列传》所揄扬的精神是一致的，所以这一切不惜其躯的"还报"行径，带有"普遍主义"的特征："他是绝对会偿还他所接受的每一餐好心的招待，也会对每个人愤怒的眼光还以颜色，不管对方是君子或小人，亲友或陌路人。"②

进言之，这不是"经济交换"的行为，而是"道义交换"的行为，

---

①杨联陞：《报——中国社会关系的一个基础》，刘纫尼等编译：《中国思想与制度论集》，联经出版事业公司，1976年版，第350—356页。

②杨联陞：《报——中国社会关系的一个基础》，刘纫尼等编译：《中国思想与制度论集》，联经出版事业公司，1976年版，第368页。

集中体现了中国最早期侠士的人格特征和关系取向——“士为知己者死”。因此司马迁称他们“立意较然，不欺其志”①，将其与那些纯粹受人雇佣，为财利而行杀戮之事的刺客区分开来。这些感于恩义，具有侠肝义胆的刺客与《游侠列传》游侠的精神是一致的。

自历史上的“游侠”转入文学领域之后，在其身上虽掺入作家想象的成分，烙有创作时代的印记，但“游侠”传统中，“报”的观念却始终贯穿其中。唐传奇中的侠客大多效忠于私人家族，所做之事尽管有行侠仗义的特点，但指导他们行为的动因之一，仍是先秦游侠传统中的“还报”观念。如《昆仑奴》、《聂隐娘》、《红线》等，均复如此，“他们都介入了藩镇之争，成为替某个藩镇效力的人，也即其本身成了藩镇的‘私剑’”②。尽管这一在“还报”观念驱使下的行为，多少有些背离出于公心的侠义之道，但从中却可以看出，在他们的观念中，作为交往理性的“还报”，仍然是他们为人行事、待人接物的伦理原则。

由宋至明，“侠义精神”出现了新变，“义”与“忠”的结合，使这一传统的“还报”观念，也随之发生了伦理内涵的转变，“私报”逐渐走向“公报”：尽忠报国，为民除害。但这并不是说，私报的观念就此消失了，《水浒传》第七十一回所谓“报仇雪恨上梁山”，即是显例，所以这只是就其大的发展趋势而言的。不论“私报”抑或“公报”，都是“报”这一交往行为与伦理导向所决定的。

清代侠义小说在继承宋明以来“忠义观”的基础之上，又对此

①(汉)司马迁：《史记·刺客列传》，中华书局，1982年第2版，第2538页。

②章培恒：《从游侠到武侠——中国侠文化的历史考察》，《复旦学报》，1994年第3期。

作了净化与提升，加强了侠客对官府的依归与投靠。这些小说大多有一个叙事模式，前已述及，即以某个清官为核心人物，同时又有一群侠客作为这个清官的保镖或助手，侠客既协助清官破获案件，平息叛盗，又负责护卫清官的安全。这一投靠官府的行径，是最受人诟病的地方，而此争议的焦点，集中在侠客是否因此失去个体人格而沦为朝廷鹰犬的大是大非问题上。对此，笔者于第四章第二节曾作过辨析，但同时也故留余地，为的是在这里就他们奉行的行为准则，再作申论，这样可使论题相对集中，讨论方便进行。

如果说，清以前，侠义小说中“报”的原则在报效国家方面，尚是一个较虚的理念，如《水浒传》中杨志“寻思”的那样，还只是“指望把一身本领，边庭上一枪一刀，博得个封妻荫子，也与祖宗争口气”（第十二回）而已。虽然边庭上的奋斗，是报效国家的行为，但在他们的思想上，报答祖上比报答国家来得更实际，效果更切身。至清代，侠义小说就将忠君报国对象化、实体化了——落实到某个清官身上。这里，聚集侠士的“清官”至为重要，他们既是皇权与国家的代表，同时又必须是侠士的好友与知己。侠客“为王前驱”的行径，从一开始，就是建立在“还报”的交往行为与人情法则之上的。为了从理论上说明“报”这一个涉及面十分广泛的观念，这里还有必要再作申论，以便更清楚地认识《三侠五义》小说中，侠客“依附”清官的深层原因。

除过上引杨联陞先生对“报——中国社会关系的一个基础”的精深论述之外，文崇一先生也指出：“中国人通常把‘恩将仇报’视为一种反常行为。正常的行为是有恩报恩，有仇报仇。所以报恩或复仇的行为，在历史上，一般都受到社会人士的鼓励，甚至受到法律的保护。……恩、仇是两个不同的范畴，报、复却是一对同义语。”①这不仅是一种交换行为，“来而不往，非礼也；此仇不报，非君子。得了别人的好处，一定要报答，而报偿多半会比原来所得优厚些；有仇，也必须报复，可以同等待遇，也可以增减些”；而且也是一种伦理观念，是“基于道德价值的功能运作”的，“是中国传统社会道德价值的重要核心之一”。因之，“报恩与复仇，不论大小，不但获得社会的承认，而且为社会所赞扬和鼓励”，“符合中国人以道德为中心的社会价值观和规范的要求”②。知恩不报或有仇不报，都有悖于中国人的伦理观念，为人所不齿。金耀基先生也指出：“‘来而不往非礼也’，这个‘交换’的观念之所以深入人心，不只是因为它是一套礼的仪式，实在是因为它是合乎人情之常的，亦可说是合乎‘报’的观念的。实则，这不只是在中国如此，在世界其他文化亦然。”③换言之，“报”不仅存在于游侠传统中，而且是一种“普遍存在于人类社会中的规范”，“是任何文化公认的基本道德律”。基于这样的“报之规范”，人们才会以“人情法则”与人交往。“人情法则”就是建立在“报之规范”的基础上的，它和“需求法则”或“公平法则”一样，都是“报之规范”的衍生物④。

一言以蔽之，我们完全可以把这种建立在“交互性原则”之上的“还报”行为，视为一种“交往理性”来看待。它在中国古代各种

① 文崇一：《报恩与复仇：交换行为的分析》，杨国枢主编：《中国人的心理》，江苏教育出版社，2006年版，第270页。

② 文崇一：《报恩与复仇：交换行为的分析》，杨国枢主编：《中国人的心理》，江苏教育出版社，2006年版，第290页。

③ 金耀基：《人际关系中人情之分析》，杨国枢主编：《中国人的心理》，江苏教育出版社，2006年版，第67页。

④ 黄光国：《人情与面子：中国人的权力游戏》，杨国枢主编：《中国人的心理》，江苏教育出版社2006年版，第236页。

类型的小说中均有鲜明的体现，是指导和规范它们叙事的"文化文法"。

在"报恩"与"报仇"这两大类"还报"行为中，单就"报恩"来说，"士为知己者死"是它的一种重要的也是最高的表现形式。前文提及的豫让、专诸、聂政、荆轲等人，他们为报知己不惜殒命，成为千古流传的人物。这种"知恩图报"思想也是义之所以为义的集中体现。在继而产生的侠义小说中，这一"报恩"思想更是处处可见，尽管侠义小说在发展过程中，其侠义精神在不断演变，但这一点却是始终不变地被保留了下来，一如前述。这里还须辨析的是，这种"还报"行为是一种受"价值理性"导引的"价值合理性行动"，带有"情感性"的特征，这也是"侠客行"之所以感动人心的原因所在。《水浒传》中"鲁智深拳打镇关西"就是一个鲜明的例子。我们常诟病《三国志演义》中关羽华容道私释曹操和《水浒传》中武松为施恩夺取快活林，是一种出于个人私恩的行为，甚至将之视为是"重义的局限性"。殊不知，"施恩必报"恰恰遵循的是"报"的伦理规范和人情法则。此正如毛宗岗所评："或疑关公之于曹操，何以欲杀之于许田，而不杀之于华容？曰：许田之欲杀，忠也；华容之不杀，义也。顺逆不分，不可以为忠；恩怨不明，不可以为义。"换言之，这些行为是遵循"价值理性"而来的，而我们的某些评论恰恰是按照"工具理性"立论的，其细微之处，不可不辨。概括言之，青心才人编次《金云翘传》中下列几句总结性质的话，言简意赅，最能概括侠士的行为特点和价值理念："见不平，便起戈矛，遇相知，赠以头颅，乃吾徒本色事。"（第十八回）①

① （清）青心才人编次：《金云翘传》，林辰主编，大连明清小说研究中心校点：《才子佳人小说集成》（4），辽宁古籍出版社，1997 年版，第 802 页。

回到前面来，让我们先从《三侠五义》中的侠义之士"依附"清官的具体原因说起。其中的主要人物如南侠展昭、陷空岛五鼠、张龙、赵虎、王朝、马汉等人，并不因为包公代表官府或皇权而投靠他，更重要的是因他能够赏识众侠士，是他们千古难逢的"知己"，所以为报答"知遇之恩"，才自愿效力于他的麾下。其中"还报"的人情法则和道德规范，是他们投靠的主要动因。书中在写展昭被钦封为四品带刀护卫之后，路遇丁兆蕙言及封职一事时，立即表明自己更喜欢寻山觅水，不喜羁绊，封官一事"若非碍着包相爷一番情谊，弟早已的挂冠远隐了"(第二十九回)。可见包公的"情谊"是展昭接受官职的根本原因，而"情谊"是构成"知己关系"的重要原因和基础。原来展昭是在包公上京赶考途中与之相识的，两人"一文一武，言语投机"(第三回)，在之后的接触中，包公欣赏展昭锄强扶弱的侠义行为和身手不凡的武艺，展昭更尊敬包公不畏权奸、刚正不阿的气节，所以展昭一路暗中帮助包公，并接连数次搭救包公性命。就是在展昭受职之后，二人还是保持着这种惺惺相惜的知己之情。

而陷空岛"五鼠"对朝廷的归顺，也是基于包公的恩遇。卢方在行侠仗义时，无意中将恶霸严奇致死，当他被王朝带到开封府之后，上堂前自己要求披枷带锁，而包公却对王朝大声断喝道："本阁着你去请卢义士，如何用刑具拿到，是何道理？还不快快卸去。"当卢方要求判罪时，包公反而说："卢义士休如此迂直，花神庙之事，本阁尽知。你乃行侠尚义，济弱扶倾。"最后将其无罪释放。小说还通过卢方与其伴当的议论道出了对包公的尊敬与感激："包公相待甚好，义士长义士短的称呼，赐座说话。我便偷眼观瞧，相爷真好品貌，真好气度，实在是国家的栋梁，万民之福。"(第四十五回)从包公和卢方二人的对话中，已经充分流露出两人的互相倾慕之情，这也是其后卢方带领其他三鼠归附包公的原因所在。其中，指导他们如此行为的准则，即是“报之规范”下的“人情法则”。这又使我们自然而然地想起《水浒传》中那些带兵征剿梁山泊的官兵头领如大刀关胜、霹雳火秦明、双枪将董平等人，他们之所以归附梁山，就在于受到宋江义气的感召而已，为“还报”，他们自愿投靠，甘心入伙。就《三侠五义》给人印象最深的白玉堂来说，一向心高气傲、目中无人的他之所以对包公心悦诚服，投其麾下，究其原因，是为了“还报”包公的“知遇之恩”。这从他和蒋平的下列对话中，表露无遗：

白玉堂道：“好一位为国为民的恩相。”蒋爷笑道：“你也知是恩相了。可见大哥(卢方)堪称是我的兄长，眼力不差，说个知遇之恩，诚不愧也。”(第五十八回)

既有“知遇之恩”，焉有不“报”之理？由此可见，将包公与众侠客联系在一起的是他们彼此之间的相知之情，依附包公是“士为知己者死”的交换原则和“还报”心理在他们身上的体现。因此与其说包公和众侠客是上下级关系，不如说他们是知己朋友更为贴切。正是由于侠客对官府的“依附”行为从根本上来源于传统的“还报”心理与通常的人情法则，而这一人情法则，又完全符合道德要求和礼仪原则，于他们人格不仅毫无贬损，反而有所提升。

综上所述，侠客对清官的“依附”原因之一，来自于中国文化中源远流长的“还报”传统，并在“报”中实现了其人格价值。“报”是一种交换行为和人情法则。具体到该小说中，这一“报”的交往理性是以“士为知己者死”为表现形式的，从而使得侠客们在投靠官府后仍能保持自己的独立人格而不沦为朝廷鹰犬。那种把侠客帮助官府视为“甘做朝廷鹰犬”的观点，恰恰忽略了“报”的交互性原则,忽略了"清官"身上所具有的"侠"性。所谓"同气相求",是二者互相赏识的内在机制。

这种行为取向,源远流长,带有普遍主义的性质,是构成侠文化的一个重要层面和向度,是侠义小说的内在理路和"文化文法"①。我们对它的评价尽管可以有异,但正如前文所说,更重要的是我们要探究"这种陈述是怎样被做出来的",文学文本是在什么样的话语规则下"生产出来的",而不是去盲目批评它、动辄指责它。否则,我们和古人就不会站在一个层面上对话,其结论也会南辕北辙,风马牛不相及。

第三节 形象塑造的特点及其现代意义

除了侠义精神的重构,《三侠五义》系列小说在侠客形象的塑造上,也有其独到之处。人物不仅行为粗豪,侠风显著,不脱固有之本色;而且能做到个性鲜明,各具特色,塑造出一批面目各异、形象生动的侠客群像图。这不可不谓是《水浒传》之外的又一高峰,已分明摆脱了部分侠义小说尤其是剑侠小说人物刻画的神异化、模式化倾向。这一特点尤以《三侠五义》最为显著,被鲁迅先生称作是"直接宋人话本正脉"而来的"演说"佳作,是"平民文学

①"文化文法"是李亦园先生在论述文化的构成时,提出的一个概念。他将文化分为"可观察的文化"和"不可观察的文化"两大类,后者即"文化的文法":这是文化的内在逻辑,就像语言的文法一样,内含着"一套价值观念、符号系统或意义系统","无时无刻不在统合支配人的行为,使他的行为成为有意义而可以为同一群体内的人所了解"。李亦园:《文化与修养》,广西师范大学出版社,2004 年版,第 22—27 页。

之历七百余年而再兴者也”。

相较而言，其中性格刻画最为成功的人物形象要算“锦毛鼠”白玉堂。白玉堂实乃人中龙凤，既武艺高强，任侠负气，又心高气傲，任性促狭。小说通过书中人物丁兆蕙的视角，对白玉堂作了如下的描述：

> 惟有五爷，少年华美，气宇不凡，为人阴险狠毒，却好行侠作义，就是行事太刻毒，是个武生员，金华人氏，姓白名玉堂。因他形容秀美，文武双全，人呼他绰号为锦毛鼠。（第三十一回）

白玉堂本来与展昭曾有过一面之缘，可谓同道中人，但他却因不愿在名号上服输而专程来京向展昭挑战，卢方问他：“既无仇隙，你为何恨他（展昭）到如此地步呢?”白玉堂回道：

> 小弟也不恨他，只恨这“御猫”二字。我也不管他是有意，我也不管是圣上所赐，只是有个御猫，便觉五鼠减色，是必将他治倒方休。如不然，大哥就求包公回奏圣上，将南侠的“御猫”二字去了，或改了，小弟也就情甘认罪。（第四十六回）

这一逞强好胜、任性使气的做法，显然与他的“个人英雄主义”情结有关。为了说明这一点，小说还专门就他的“挑战”心理作了详细的展示：

> 我看姓展的本领果然不差。当初我在苗家集曾遇夜行之人，至今耿耿在心。今见他步伐形景，颇似当初所见之人。莫非苗家集遇见的就是此人？若真是他，到是我意中朋友。再者南侠称猫之号，原不是他出于本心，乃是圣上所赐。圣上只知他的技艺巧于猫，如何能够知道锦毛鼠的本领呢。咻！我既到了东京，何不到皇宫内走走，倘有机缘，略略施展施展。一来使当今知道我白玉堂；二来也显显我们陷空岛的

人物;三来我做的事,圣上知道,必交开封府。既交到开封府,再没有不叫南侠出头的。那时我再设个计策,将他诓入陷空岛,奚落他一场。是猫儿捕了耗子,还是耗子咬了猫?纵然罪犯天条,斧钺加身,也不枉我白玉堂虚生一世。那怕从此倾生,也可以名传天下。但只一件,我在店中存身不大稳便。待我明日找个很好的去处隐了身体,那时叫他们望风捕影,也知道姓白的利害!(第四十回)

从中可见,白玉堂并非不明道理之人,只是不服他人的心理让他不惜招致"罪犯天条,斧钺加身"之祸。而表现自我的冲动,更使"他既横了心,立下此志,就不顾什么纪律了"(第四十回)。这一基于"个人英雄主义"的做法,分明含有使自己"名传天下"的意图。因此,白玉堂夜闯皇宫杀人题词、大闹庞府、夜入开封府偷盗"三宝"的大胆行为,终于将展昭引入陷空岛。可他仍不罢休,用机关将展昭拿下后,又要求展昭在规定时间内从他手中抢回"三宝"。这一略带"游戏"成分的做法,既表现出他"个人英雄主义"的风格,又显示出他作为"草野豪杰"的率真个性。二者互为因果,紧密地结合在他的身上。最后,经过一番周折,白玉堂才被众义士与包公感化,并获得皇上的赏识,钦封四品护卫,他也因此而名扬天下。

然而,这种"个人英雄主义"行径既带来荣耀,也为他带来厄运。蒋平在白玉堂四处寻觅展昭之时,就已经预言了他的下场:"五弟未免过于心高气傲,而且不服人劝。……据我看来,唯恐五弟将来要从这上头受害呢。"(第四十回)果不其然,在随颜大人征讨襄阳王时,他曾两度夜探襄阳王藏匿盟单的冲霄楼,终因"铜网阵"机关重重而不得不罢手。其后,因他的自负与疏忽,使颜大人丢了印信,白玉堂倍感无颜,顿生盗取盟单、将功补过之念,于是便不辞而别，三探冲霄楼。这时，小说对他的心理活动作了进一步展现——他暗暗思索道：

> 白玉堂英明一世，归结却遭了别人的暗算，岂不可气可耻。按院的印信别人敢盗，难道奸王的盟书我就不敢盗么？前次，沈仲元虽说铜网阵的利害，他也不过说个大概，并不知其中的底细，大约也是少所见而多所怪的意思。如何能够处处有线索，步步有消息呢？但有存身站脚之处，我白玉堂仗着一身武艺，也可以支持得来。倘能盟单到手，那时一本奏上当今，将奸王参倒，还愁印信没有么？（第一百五回）

这种急于立功的欲望，让我们再次看到白玉堂的自负。"自负"不正是"个人英雄主义"的表现吗？而"个人英雄主义"的最大特点就在于"别人不能的我能"，"别人解决不了的我能解决"。正因"心高气傲"，轻视一切，过于自负，考量不足，终为其带来杀身之祸。

胡适先生高度赞叹小说对白玉堂形象的塑造。他指出：

> 白玉堂的为人很多短处。骄傲，狠毒，好胜，轻举妄动——这都是很大的毛病。但这正是石玉昆的特别长处。向来小说家描写英雄，总要说的他像全德的天神一样，所以读者不能相信这种人材是真有的。白玉堂的许多短处，倒能叫读者觉得这样的一个人也许是可能的；因为他有这些近理近情的短处，我们却格外爱惜他的长处。向来小说家最爱教他的英雄福寿全归；石玉昆却把白玉堂送到铜网阵里去被乱刀砍死，被乱箭射的"犹如刺猬一般，……血渍淋漓，漫说面目，连四肢俱各不分了"。这样的惨酷的下场便是作者极力描写白玉堂的短处，同时又是作者有意教人爱惜这个少年英

雄，怜念他的短处，想念他的许多好处。①

这确是《三侠五义》在人物刻画上的高明之处：侠义英雄不是神，而是人，他的短处和长处是紧密交织在一起的。

英国19世纪著名作家托马斯·卡莱尔指出："一个时代的历史中最显著的特征，就是接受伟大人物的方式。凭人们确实的直觉会感到在伟大人物身上总有某些神一般的东西。但是，他们是否把他当作神、当作先知或者其他什么，这倒是一个重大的问题。"②只要我们将其中的"伟人"转换成"侠义英雄"，此话也颇适用于对侠义小说中人物的评价。通过白玉堂形象的塑造，我们可以大致窥探出时代对侠义人物的接受方式及其认识观念的变化。概而言之，如果把唐传奇及受其影响的部分小说中的侠客，视为对"侠客崇拜"的第一阶段，有明显的"神化"特色；那么，至《水浒传》及《三侠五义》，则可视为对"侠客崇拜"的第二阶段，他们已被充分"人化"了，侠客已不再被信奉为来去无踪的"神道异人"，而是有着诸多短处的真实的人。托马斯·卡莱尔说："对英雄的崇拜总是不断变化的，各个时代有不同的形态，但是任何时代都难于做得尽善尽美。实际上人们可以说，时代的所有任务的核心就是要把这件事做好。"扩而大之，几乎所有的小说创作，不都是在做这件事吗？20世纪六七十年代，曾大批"个人英雄主义"，这固然有其一定的合理性，但也正如托马斯·卡莱尔所言："对于伟人完全盲目地沉浸在爱戴和敬慕的狂热状态，并非好事。但是，同

①胡适：《〈三侠五义〉序》，氏著：《中国章回小说考证》，安徽教育出版社，2006年第2版，第299—300页。

②托马斯·卡莱尔著，周祖达译：《论英雄、英雄崇拜和历史上的英雄业绩》，商务印书馆，2005年版，第47页。

样盲目地,而且是非理性地目空一切的冷漠,恐怕情况更坏!”① 白玉堂“争强好胜”的“个人英雄主义”虽显现出极端的特点,且给他带来杀身之祸,但谁又能说这不是他的可爱之处?更重要的是这种“个人英雄主义”,正乃“侠性”的特征所在,它所招致的灾难,也正是“侠”之“不爱其躯”的本质所在。从接受者的角度来看,作者尽管为他的死,涂抹上一层“为国捐躯”的道德油彩,但读者在阅读此类侠义小说时,最喜欢看的,还是白玉堂那种我行我素、“不服人劝”的“个人英雄主义”行动,给人大义凛然之感;又因它的悲剧性而给人带来崇高感和敬畏感。这正如郭福明先生所言:“死亡对他(侠)而言并不可怕,因为那是种完美的献身和最后的完成。在荒烟蔓草中发现仅有短剑为记的侠冢并不叫人有锥心的伤感,倒是侠士在俗尘里消沉,才是刺骨悲哀。”②相较于小说中刻画的另一位侠客——展昭的沉稳机智与顾全大体,白玉堂的个性更为鲜明生动,也更符合历史上“侠客”的特点。

另在人物塑造上,与白玉堂有异曲同工之妙的是连贯出现在《三侠五义》、《小五义》、《续小五义》三部小说中的小侠艾虎。尽管其急于立功的“个人英雄主义”心理,与白玉堂如出一辙,但与后者心高气傲、略显狭窄的心胸相比,他的性格更显圆通一些。他的出场,与其师父智化的设谋有关:为了“与国家除害”,将奸臣一网打尽,需办四件难事,其中最难之事则是要一人去开封府诬告四值库总管马朝贤与襄阳王有私通的“奸谋”,并偷盗圣上的九

---

①托马斯·卡莱尔著,周祖达译:《论英雄、英雄崇拜和历史上的英雄业绩》,商务印书馆,2005 年版,第 48 页。

②郭明福:《侠情》,三毛等:《诸子百家看金庸》(四),明窗出版社,1997 年版,第 106 页。

龙冠。如此难事，年纪小小的艾虎，挺身而出，主动应承。为了说服众人，他还说出干此事的三桩益处来，前两桩是谈自身固有的便利条件，第三桩则涉及到他的内心动机：

> 第三益却没有什么，一来为小侄的义父，二来也不枉师父教训一场。小侄儿要借着这件事，也出场出场，大小留个名儿，岂不是三益么？（《第七十九回）

双侠二丁听后，拍手大笑道："好！想不到他竟有如此的志向。"这一"志向"，使他后来在看见开封府的阵势后，虽也心惊胆战，两股栗栗，但却提醒自己："你为救忠臣义士而来，漫说铡去四肢，纵然腰断两截，只要成了名，千万不可露出马脚来。""成名"正乃"个人英雄主义"心理的流露。之后在随颜大人平息襄阳王叛乱的过程中，艾虎为求立功，时常单独行动。一次，颜大人被沈仲元掳走之后，众人商议如何寻找，艾虎听闻后，私自一人上娃娃谷寻访。小说于此特别写道：他"岁数虽小，心高气傲，自己总要出乎其类的立功。"（《小五义》第四十九回）后来，在众人破"铜网阵"之时，为了争取头功，他依然如故，不服分配，偷偷行动，一心想着将"盗盟单""盗王爷"两件事全给办了。

除了上举二人之外，小说中的其他侠客，包括做事沉稳的展昭、诙谐刁钻的蒋平、机智伶俐的智化、深沉老练的欧阳春等，也都具有各自不同的性格特点。套用金圣叹评《水浒传》的话来说，真可谓："人有其性情，人有其气质，人有其形状，人有其声口。"①就一般而言，性格各异的描写，尚不算难事，更难得的是能做到"同中见异"——如金圣叹所言，让读者看去，知他"定是两个人，

①（清）金圣叹：《水浒传序三》，金圣叹评点，文子生校点：《第五才子书施耐庵水浒传》，中州古籍出版社，1985年版，第9页。

定不是一个人"①。如对同以机智过人著称的"翻江鼠"蒋平与"黑妖狐"智化的刻画,即是如此,此也犹如容与堂刻本《水浒传》所评的那样,其妙处"全在同而不同处有辨。……渠形容刻画来,各有派头,各有家数,各有身分,一毫不差,半些不混,读去自有分辨"②。

对此胡适先生有经典的评论和对比说明,此处不妨照录:

蒋平与智化有点相像,都是深沉有谋略的人才。旧小说中常有这一类的人物,如诸葛亮、吴用之流,但都是穿八卦衣、拿鹅毛扇的军师一类,很少把谋略和武艺合在一个人身上的。石玉昆的长技在于能写机警的英雄,智略能补救武力的不足,而武力能使智谋得实现。法国小说家大仲马著《侠隐记》(Three Musketeers),写达特安与阿拉密,正是这一类。智化似达特安,蒋平似阿拉密。《侠隐记》写英雄,往往诙谐可喜;这种诙谐的意味,旧小说家最缺乏。诸葛亮与吴用所以成为可怕的阴谋家,只是因为那副拉长的军师面孔,毫无诙谐的趣味。《三侠五义》写蒋平与智化都富有滑稽的风趣;机诈而以诙谐出之,故读者只觉得他们聪明可喜,而不觉得阴险可怕了。

本书写蒋平最好的地方,如一百十四五回偷簪还簪一段,是读者容易赏识的。九十四回写他偷听得翁大、翁二的话,却偏要去搭那只强盗船;他本意要救李平山,后来反有意捉弄他,破了他的奸情,送了他的性命。这种小地方都可

①(清)金圣叹评点,文子生校点:《第五才子书施耐庵水浒传》第二回回前评,中州古籍出版社,1985年版,第67页。

②《容与堂本水浒传》第三回回末评,上海古籍出版社,1988年版,第48页。

> 以写出他的机变与游戏。书中写智化，比蒋平格外出色。智化绰号黑妖狐，他的机警过人，却处处妩媚可爱。一百十二回写他与丁兆蕙假扮渔夫偷进军山水寨，出来之后，丁二爷笑他“妆甚么，像甚么，真真呕人”。智化说：“贤弟不知，凡事到了身临其境，就得搜索枯肠，费些心思。稍一疏神，马脚毕露。假如平日原是你为你，我为我。若到今日，你我之外又有王二、李四。他二人原不是你我；既不是你我，必须将你之为你，我之为我，俱各撇开，应是他之为他。既是他之为他，他之中决不可有你，亦不可有我。能够如此设身处地的做去，断无不像之理。”这岂但是智化自己说法？竟可说是一切平话家，小说家，戏剧家的技术论了。写一个乡下老太婆的说《史》、《汉》古文，这固是可笑；写一个叫化子满口欧化的白话文，这也是可笑。这种毛病都只是因为作者不知道“他之中决不可有你，亦不可有我”。一切有志作文学的人都应该拜智化为师，努力“设身处地的”去学那“他之为他”。①

撇开故事不论，其中被胡适高度赞扬的“你/我/他”之论，不仅是作者刻画人物的经验之谈，是造成“同中有辨”的主要原因；而且只要稍作引申，其中还隐含着一个重要的“他者”视角——“既不是你我，必须将你之为你，我之为我，俱各撇开，应是他之为他。既是他之为他，他之中决不可有你，也不可有我。”只要将此作一种现代的转换，其意义便立刻得到彰显，可对“主体性”的反思提供一个重要的本土资源。

---

①胡适：《〈三侠五义〉序》，氏著：《中国章回小说考证》，安徽教育出版社，2006年第2版，第300—302页。

赵汀阳先生论道,“主体性原则”(subjectivity)是现代思想的基本原则:“从思想语法上看,人们在思考‘我与他人’的关系时一直使用的是主体观点,即以‘我’(或特定统一群体‘我们’)作为中心,作为‘眼睛’,作为决定者,试图以我为准,按照我的知识、话语、规则把‘与我异者’(to heteron)组织为、理解为、归化为‘与我同者’(to auto)……这实际上是对他人的否定,是实施了一种无表的暴力。”①只有摆脱这种“主体性原则”,从他人的观念出发,才能演绎出真正的公平公正的关系。这种“他者性原则”(the other-ness),就是必须将“你之为你,我之为我,俱各撇开,应是他之为他。既是他之为他,他之中决不可有你,也不可有我”。这是我们在如何对待他人,如何建立人际关系及建构人文知识时,必须遵循的立场和视角。

从这一角度看,智化之所以名为“智化”,我们似乎可以这样来理解:这一名字正隐喻着其以超前的智慧来化解我们认识论和知识论的痼疾。这尽管是我们的引申义,也有点强加古人的意思,但谁说文学研究不应有这种当代意识?况且对古代文化资源的发掘及对其作创造性的转换,本应是研究的题中应有之意。

第四节　叙事的“民主化”倾向及其“大众化”趣味

《三侠五义》系列小说自问世以来,便受到大众的欢迎与好

①赵汀阳:《我们和你们》,《哲学研究》,2000 年第 2 期。另参见赵汀阳:《没有世界观的世界》,中国人民大学出版社,2005 年第 2 版。

评,在晚清及民国年间,曾风靡一时。但在今天的艺术评价中,却地位不隆,尚达不到"经典"的高度。尽管上文引了胡适等人评论,本书也作了一定程度的发明,并给出好评;但这一切绝非要有意拔高,而是竭力为其作出公正客观的评价,使其创新之处不致被遮蔽,现代价值不致被淹没,小说史意义不致被弱化而已。

其实,该系列小说在艺术上的长短,因观照问题的角度不同而评价有异。我们且看问竹主人是如何评价的:

> 虽系演义之词,理浅文粗,然叙事叙人,皆能刻画尽致,接缝斗榫,亦俱巧妙无痕,能以日用寻常之言,发挥惊天动地之事。①

这位问竹主人尽管对该书不无好评,也言之成理,但从其开头的两句中,还是可以看出,在他的观念中,"小说"只是"小道"而已,虽成就不俗,但难免"理浅文粗"。此话不假,有几分道理。但我们如果转换视界,反其意而用之,则会立即意识到,这正是此类小说的大众化、平民化特点。

众所周知,《三侠五义》原是民间艺人石玉昆的说书,后来虽经文人的加工和重新命名,但其"平话"的习气和风格却得到保留。鲁迅先生指出:

> 这书的起源,本是茶馆中说书,后来能文的人,把它写出来,就通行于社会了。当时的小说,有《红楼梦》等专讲柔情,《西游记》一派,又专讲妖怪,人们大概也很觉得厌气了,而《三侠五义》则别开生面,很是新奇,所以流行得特别快,特

①问竹主人:《忠烈侠义传序》,朱一玄编,朱天吉校:《明清小说资料选编》,南开大学出版社,2006年版,第359页。

别盛。①

所谓“别开生面，很是新奇”，正是它最主要的艺术特征。

这一“别开生面”的趣味设定，实则是对正统文学所规定的“文化区隔”的颠覆和突破。法国著名社会学家皮埃尔·布尔迪厄(Pierre Bourdieu)极为敏锐地观察到：“一切文化实践（参观博物馆、听音乐会以及阅读）以及文学、绘画或者音乐方面的偏好，都首先与教育水平密切相关，其次与社会出身相关。……消费者的社会等级对应于社会所认可的艺术等级，也对应于各种艺术内部的文类、学派、时期的等级。它所预设的便是各种趣味（tastes）发挥着阶级（class）的诸种标志的功能。……必须看到，正是文化实践的难以估量的作用区分了种种不同的、有高低之别的文化习得（acquisition）模式。”他分析道：“‘眼光’是历史的产物，历史则是教育再生产下的历史。”因此日常生活中所有的文化实践和符号交流所体现的“趣味”倾向，都是社会“区隔”的表露。“趣味进行区分，并区分了区分者。生活主体由其所属的类别而被分类，因他们自己所制造的区隔区别了自身，如区别为美和丑、雅和俗。”“区隔”设置边界，划出高雅趣味和低俗趣味、肤浅快感与纯粹快感的等级和界限，从而“建构了文化的神圣空间”，实现让“社会差异合法化”的功能②。这也就是说，被建构的文化等级一方面区分、分隔不同的阶级、阶层，另一方面由于这种被人为建构的

①鲁迅：《中国小说的历史的变迁》，《鲁迅全集》第九卷，人民文学出版社，1981 年版，第 339 页。

②皮埃尔·布尔迪厄著，朱国华译：《〈区隔：趣味判断的社会批判〉引言》，陶东风、金元浦、高丙中主编：《文化研究》第 4 辑，中央编译出版社，2003 年版，第 8—13 页。

区分标准经符号权力合法化，具有类似意识形态的效果被社会成员信奉为天然如此的自然等级①。这里需要说明的是本书绝非随意套用西方的观点，众所周知，中国古代社会本就是一个讲究尊卑有等、伦常有序的社会，在一切领域（包括文学）均有等差的区分与设定，费孝通先生有一个广为称赞的概念，即将中国传统社会的结构概括为“差序格局”②。如果在此作一概念的转换，这一格局，就是一种“区隔”的设定。

问竹主人因《三侠五义》“系演义之词”，便有一种先入之见，从文体等级上为其作了“区分”；紧接着“理浅文粗”的评价，也是由上述文体等级所建构的文化“区隔”而作出的“趣味”判断。他下来的好评倒是窥探到了该书的叙事特点，而这种特点，用布尔迪厄的观点看，恰在客观效果上是对“区隔”等级的打破。所谓“以日用寻常之言，发挥惊天动地之事”的语言选择和叙述方式，亦恰在客观效果上，构成了对“趣味合法性”的质疑，对其所代表的“符号权力”的解构。

鲁迅先生也正是看到了这一点，才在指出其结构“稚弱”的同时，对其大加赞扬：

> 而独于写草野豪杰，辄奕奕有神，间或衬以世态，杂以诙谐，亦每令莽夫分外生色。值世间方饱于妖异之说，脂粉之谈，而此遂以粗豪脱略见长，于说部中露头角也。③

---

①张意的《文化与区分》一文，对此有专门的论述，见陶东风、金元浦、高丙中主编：《文化研究》第4辑，中央编译出版社，2003年版，第50页。

②费孝通的“差序格局”一词，是海内外研究中国传统社会时被广为引用的一个概念，详见费孝通：《乡土中国》，生活·读书·新知三联书店，1985年版。

③鲁迅：《中国小说史略》，《鲁迅全集》第九卷，人民文学出版社，1981年版，第273页。

这分明是为“大众化”趣味张目，看到了其沿“话本正脉”而来的特点。就结构之“稚弱”而言，接受大众并不会去关注这些文人的欣赏习惯，对他们来说，只要故事新奇，不重复老生常谈、千篇一律的内容就足够了。这种“别开生面”的叙述形式，这种生趣勃勃的讲述风格，这种粗豪脱略的风神气韵，不正是对“贵族趣味”的颠覆，对“欣赏习性”的改变，对“文体等级”的冲决，对“平民文学”的回归吗？

行文至此，不得不赶紧声明一句，本书这样的分析，决不是要以“此”抑“彼”或尊“此”贬“彼”，而是藉此窥探“社会区隔”和“文化区隔”中所隐含的权力关系和话语霸权而已。文化从来不只是历史过程的被动记录，它是生产和再生产社会等级结构的重要力量。文化高贵性和正当性的斗争，永远不会停息①。

这里有必要引述龚鹏程先生的一段论述，他是从小说批评史的角度来谈论这一问题的。他指出：“‘五四’以后的小说论者，所欣赏的都是文人小说家而非民间说话传统，所偏爱的小说也仍以文采可观者为主。至于小说的写作，亦复如此。陈平原的《中国小说叙事模式的转变》即曾指出：现代小说不是比古典小说更大众化，而是更文人化；作家主体意识的强化、小说形式感的加强及小说人物的心理化倾向，全部指向文人文学传统而非民间传统；小说书面化的倾向，也转变了古典小说的叙事模式。”“‘五四’以后的小说评论者，虽然在理念上宣扬民间通俗文学，以打倒贵族山林文学；但他们作为一高级文化人，在文学品味上却很难认同平民文学。所以这其中事实上存在着一种矛盾。……对于明清

① 参见张意：《文化与区分》，陶东风、金元浦、高丙中主编：《文化研究》第4辑，中央编译出版社，2003年版，第40—42页。

小说，我们的批评家所喜爱的，乃是脱离民间说唱传统，成为作者个人表达属于一文人或知识分子情操、趣味及理念的作品。这些作品，文字当然远较民间说话传统'文'，趋近书写传统而远离说与唱的表演；其内容也当然远较民间文学传统'雅'，不那么粗俗，较接近文人的世界观。所以它们容易博得称赏。"他再次强调道："推崇纯文学、贬抑通俗文学，推崇文学、贬抑说唱的艺术位阶，正是近代论小说者的通病。"①这也可以说明，此种文体的等级观念和它所设置的"文化区隔"，一直掌控着我们的价值评判和艺术评判，阻挡着我们的眼光。影响所及，至今未变。

接下来，就要说到它的"叙述形态"中所隐含的文化特征了。这是小说研究中，尤当关注的内容。《三侠五义》既来自于"说话"，就不可避免地带有"说话"的痕迹，保留了"平话"的某些文体特征。尽管这些特征已遭到文人的修改，脱去了现场传诵的效仿模式和"虚拟情境"②，但"且说""话说"的开端语，依然历历在目，说话的叙事习性依然分明。鲁迅先生曾指明了这一点："《三侠五义》及其续书，绘声状物，甚有平话习气。……是侠义小说之在清，正接宋人话本正脉，固平民文学之历七百余年而再兴者也。"③其实，《三侠五义》的修订者俞樾，早就发现了这一点：

事迹新奇，笔意酣恣，描写既细入豪芒，点染又曲中筋

---

①龚鹏程：《中国小说史论》，北京大学出版社，2008年版，第201页。

②韩南教授曾将古典中国白话小说对说话形态无休止拟仿称为"虚拟情境"，意谓"假称一部作品于现场传颂的情境"。对此的论述，参见王德威：《想像中国的方法——历史·小说·叙事》，生活·读书·新知三联书店，1998年版，第80页。

③鲁迅：《中国小说史略》，《鲁迅全集》第九卷，人民文学出版社，1981年版，第278页。按，此话前已引到，为使此处的论述更加清晰，再引一次。

节，正如柳麻子说《武松打店》。初到店内无人，蓦地一吼，店中空缸空甏，皆瓮瓮有声。闲中着色，精神百倍。如此笔墨，方许作平话小说；如此平话小说，方算得天地间另是一种笔墨。①

此处以柳敬亭说书作比，正点出二者的承袭关系。对此，我们无须多言。这里要讨论的是，这种"平话"式叙事中深藏的文化立场和文化精神。这种立场和精神无以名之，不妨称之为叙述的"民主化"倾向，简称"叙述的民主化"。这里所谓的"民主化"，并非一个政治概念，而是就其内在的文化立场、文化身份和文化精神而言的，是与"贵族化"或"雅正观"相对成词的。

丹尼尔·贝尔在讨论现代性征候时，曾涉及到"天才的民主化"问题。他指出："强调艺术中的等级观念和读者、观众的文化分类（例如：高雅人士、中流人物、下里巴人）观念，……其中势必蕴含着对标准的捍卫、确定这些标准的一种职业——也就是批评——的看法。"他通过对20世纪40至60年代批评变化的勾勒，说明"在这一切现象中，有一个文化的'民主化'问题。因此不能说什么东西高级或是低级。这是一种风格的融合"②。弗雷德·英格利斯也指出："塞拉·本哈比重新定义了民主的领域，认为其既是政治性的又同时具有文化性。"③余英时先生在一次演讲中也语重心长地告诫说："我希望大家不要把民主仅仅看作是一种

①俞樾：《重编七侠五义传序》，《古本小说集成》编辑委员会编：《古本小说集成》影印广百宋斋石印本《七侠五义》卷首，上海古籍出版社，1994年版。

②丹尼尔·贝尔著，赵一凡等译：《资本主义文化矛盾》，生活·读书·新知三联书店，1989年版，第178、180页。

③弗雷德·英格利斯著，韩启群、张鲁宁、樊淑英译：《文化》，南京大学出版社，2008年版，第146页。

数量的政治，或者仅是一个政治体制，而应该把它看作是一种生活方式或文化型态。”①如此等等。笔者采用这一概念，也正是从文化型态的角度立论的。

回到本论题中来，让我们先从“平话”的定义说起。

“平话”亦作“评话”。何谓“平话”？一般解释谓：“平”是“评”的简写，有评论、评议之意，合起来即讲史而加以评论②。袁行霈主编《中国文学史》采用的则是丁锡根《宋元平话集·前言》中的解释：“‘平话’的含义，盖指以平常口语讲述而不加弹唱；作品间或穿插诗词，也只用于念诵，不施于歌唱。另外，称之为‘平’，当是强调讲史话本虽脱胎于史书，而语言风格却摆脱艰深的文言而趋于平易。”③这种“平常口语”的使用和“平易”的文风，从文化精神上看，正是一种“平民”立场的体现。这种平民立场，使它在叙述形态上，不是“专制主义”的，而是“民主协商”的，尽管时常以“看官听说”的方式进行说教，但“说话人”是站在平等的立场上与听众对话，在其“看官”的尊称中，就包含着对听众的尊重。换句话说，他不是将自己的价值观念和行为标准硬性强加给接受者，而是通过具体事例的导引，以“民主化”的叙述策略，让其自然而然、心悦诚服地接受。因而不是“独白型”的，而是“对话型”的。

就叙事者“说话人”而言，与普通文本的“作者”也有很大的区别。王德威先生引巴特(Roland Barthes)的话说，说话人的声音

①余英时：《人文·民主·思想》，海豚出版社，2011年版，第54页。

②胡士莹：《话本小说概论》，中华书局，1980年版，第166—167页。

③袁行霈主编：《中国文学史》第三卷，高等教育出版社，2014年第3版，第207页。

是“一个集体的、匿名的声音,其源头是一般人的知识的总合”①。因之相对于“作者”而言,它富有“公共性格”或曰“大众化的性格”,与“作者”的私人创作界限分明。职此之故,我们可以引申说,说话人在一定程度上代表的是平民的“利益和价值”,体现的是平民的社会诉求和审美趣味,所以其“民主化”的立场和倾向,十分明确。鲁迅先生说《三侠五义》“为市井细民写心”,正可视作是对它的“话语诉求”的揭示和“公共性格”的彰显。所以,“平话”是由“平民”自己创造出来的文化。正因为大众掌有了叙事权,所以它也是对文人话语权的抵制,呈现出一种文化的多元性,在叙事风格和美学趣味上,打破了正统文学所遵循的“雅正观”。本书所谓的“民主化叙事”,即是对这种大众叙事特征的一种描述,对其文化身份、文化性格和文化精神的一种揭示。

也正因为《三侠五义》在叙事上保留了“说话”的特点,富有文化精神上的“民主化”倾向,故能“别开生面”,“精神百倍”,在民间具有很强的吸引力,受到大众的热捧。这在前引问竹主人《忠烈侠义传序》中,已有提示。入迷道人也有同样的评价:

> 虽系演义,无深文;喜其笔墨淋漓,叙事尚免冗泛。②

一言以蔽之,套用前引俞樾之评来说,正可谓:“如此笔墨,方许作平话小说;如此平话小说,方算得天地间另是一种笔墨。”③

---

①王德威:《想像中国的方法——历史·小说·叙事》,生活·读书·新知三联书店,1998年版,第82页。

②(清)入迷道人:《忠烈侠义传序》,朱一玄编,朱天吉校:《明清小说资料选编》,南开大学出版社,2006年版,第361页。

③(清)俞樾:《重编七侠五义传序》,《古本小说集成》编辑委员会编:《古本小说集成》影印广百宋斋石印本《七侠五义》卷首,上海古籍出版社,1994年版。

最后，对《三侠五义》系列小说的结构形式稍作论述。

“集锦式”的联缀结构，是中国古代小说经常采用的一种结构形式。此处不妨将鲁迅先生评《儒林外史》的话移来，作为我们对此类结构特点的描述：

> 全书无主干，仅驱使各种人物，行列而来，事与其来俱起，亦与其去俱讫，虽云长篇，颇同短制；如集诸碎锦，合为贴子。①

《三侠五义》在源流上是上承《水浒传》而来的，对人物的描写，最易形成《水浒》式的连缀结构。但它及后续之书却很好地解决了这一矛盾，其中的主要人物多半贯穿于三部小说之中，而三部小说也共同组成了一个连贯的故事，首尾相衔，结构完整，虽名列为三，实乃一个整体。

具体说，它们吸取了公案小说的结构形式，即用一位清官作为线索，以除盗平叛为全书主干，串连起所有的侠义之士。这样的结构形式，就使得来自于四面八方的侠客不至于如同盘中散沙或断线之珠，各自为体，互不干连。如果我们硬要给它的结构形式命名的话，曾朴的“珠花”一词，再恰当不过了。

这一比喻性的概念，出自曾朴对胡适批评的回应。胡适曾评《孽海花》——“合之可至无穷之长，分之可成无数短篇写生小说。”（胡适《再寄陈独秀答钱玄同》）。曾朴在十年后出版修改本《孽海花》时，针对胡适的责难答道：

> 但他说我的结构和《儒林外史》等一样，这句话，我却不敢承认，只为虽然同是联缀多数短篇成长篇的方式，然组织

---

①鲁迅：《中国小说史略》，《鲁迅全集》第九卷，人民文学出版社，1981 年版，第 221 页。

法彼此截然不同。譬如穿珠，《儒林外史》等是直穿的，拿着一根线，穿一颗算一颗，一直穿到底，是一根珠练；我是蟠曲回旋着穿的，时收时放，东西交错，不离中心，是一朵珠花。譬如植物学里说的花序，《儒林外史》等是上升花序或下降花序，从头开去，谢了一朵，再开一朵，开到末一朵为止。我是伞形花序，从中心干部一层一层地推展出各种形象来，互相连接，开成一朵球一般的大花。《儒林外史》等是谈话式，谈乙事不管甲事，就渡到丙事，又把乙事丢了，可以随便进止；我是波澜有起伏，前后有照应，有擒纵，有顺逆，不过不是整个不可分的组织，却不能说它没有复杂的结构。①

曾氏的这段夫子自道，完全适用于对《三侠五义》系列小说的分析。陈平原教授结合曾朴的说法，给"珠花式"结构类型作出如下定义：

所谓"珠花式结构类型"，就是整部小说有个结构上的中心，有相对完整的故事或贯穿始终的人物。或者说，追求长篇小说情节上的统一性，防止变成互不关联的片段的连缀。②

《三侠五义》系列小说，正有此特点。

其在故事的讲述中，有一个中心情节，以保障结构的整体性和统一性。人物的行动虽然时有游离于这一中心情节的现象，如时常穿插一些侠客们单个儿的行侠仗义小故事，但作者总是能够做到时放时收、进止有度，最终还是让他们全部回到"平叛"这一中心事件上来。同时，又有一中心人物"总领一切"，不至于使他

①曾朴：《修改后要说的几句话》，丁锡根编著：《中国历代小说序跋集》，人民文学出版社，1996年版，第1746页。

②陈平原：《中国现代小说的起点——清末民初小说研究》，北京大学出版社，2005年版，第130页。

们像散兵游勇一样，群龙无首。这样，整部小说就有了“中心情节”和“中心人物”。这一“中心”的建立，正乃该系列小说“结构意识”的明显反映，从而构成一颗完整的“珠花”，做到“波澜有起伏，前后有照应”①。说书者驾驭故事的能力，编写者修饰润色的功夫，于此可见一斑。难怪文光楼主人赞该系列小说云：“前后一气，脉络贯通。”②

当然，这一结构上的完整性，并非原平话本身具有的，它得自于后来的修改润色。近人石庵指出：

> 《七侠五义》余观其原本，笔墨甚冗琐，远不及近日所刊行者。盖近日所刊，实经俞曲园先生编次删改也。余曾取二书相较观之，其删改之处，每行中不到十数字，而其笔墨遂大改变。文章之道，真不可以言传哉！③

但他同时也以举例说明的方式评道：即使“盗冠告发”一段，虽较之《水浒传》花石纲“实无逊色”，然“惟笔墨不及《水浒》之老练简洁耳”。此虽就语言立论，但在结构上，也复如此。所谓的完整性，也只是相对而言，在鲁迅看来，还是有些“稚弱”。这也是该系列小说终未成为“经典”的原因所在。

同时，我们也要看到，这种多次的删改修饰，也是“民间叙事”向“文人叙事”的转换。在前边的论述中，我们虽对“民间叙事”表示出极大的好感和赞赏，但就结构而言，不经文人的参与，无法达

---

①陈平原：《中国现代小说的起点——清末民初小说研究》，北京大学出版社，2005 年版，第 130 页。

②(清)文光楼主人：《小五义序》，丁锡根编著：《中国历代小说序跋集》，人民文学出版社，1996 年版，第 1552 页。

③朱一玄编，朱天吉校：《明清小说资料选编》，南开大学出版社，2006 年版，第 365 页。

到完整，这是毋庸讳言的，也并不是以此压彼或以一方为准来排斥另一方。这里要特别指出的是，这种文人的参与和创作，不是对前者的简单抛弃，而是仍保持了前者的“叙述声音”和“叙述形式”。二者的融会，形成了该系列小说独特的叙述风格。另外，这一增损和修饰，也是“说唱”文体向“章回”文体的转变①。这一转变在中国小说史上，并不鲜见。从这一意义上看，该系列小说或许也可称之为“累积型”的作品。

①李家瑞：《从石玉昆的龙图公案说到三侠五义》，朱一玄编，朱天吉校：《明清小说资料选编》，南开大学出版社，2006 年版，第 362—363 页。

结　语

“侠”的文献记载，可分为“历史之侠”和“文学之侠”两大类。为了与“历史之侠”中的“侠”作出区别，特提出“文化之侠”的概念。所谓文化之侠，主要出自文学创造。简言之，是一种“文化的建构”和“观念的具象”。如果说，“历史之侠”的叙事遵循的是一种“实录”原则，那么，文学中的“文化之侠”遵循的则是一种“寓言”原则。为摆脱侠之思想来源的争议，特在征引众家之说的基础之上，提出侠的多元构成观和相互影响论，重在窥探“侠”的文化成分。

侠义精神在中国古代小说史上经历了一个不断扩展和重新建构的过程。就文言侠义小说而言，唐代是一大转捩点。这一转变主要呈现在李德裕的如下表述中：“义非侠不立，侠非义不成。”义与侠，合二为一，并成为“侠”的行为规范和人格标志。就白话侠义小说而言，其转变则要等到这种文体成熟时的宋代。自宋以降，在“侠”的文化精神中加进了“忠”的概念，“忠义双全”成了“侠”的最高标的，“侠”于是向“英雄”靠拢。仿照李德裕的话说：“英雄非侠不立，侠非英雄不成。”“侠”与“英雄”，合二为一。不论文言侠义小说抑或白话侠义小说，其中侠客走的都是一条由“不轨于正义”向“轨于正义”、由“以武犯禁”向“以武护法”转变的道路，经历的都是一条“化血气为德性，转鄙俚为菁华”的侠格整合之路。此用《世说新语》所划之门类来说,可称作“自新”。《世说·自新》所载之周处、戴渊二事,在侠义小说史上具有举足轻重之地位,对后世影响颇大。

侠之谓侠,最简单地说,一在“平不平之事”,此即“替天行道”者是也;二在“杀该杀之人”,此即“代天申诛”者是也。不论“替天”抑或“代天”,都有主持正义、扶弱惩恶之功用。

侠文化在历经千年的嬗变过程中,通过小说这一载体,发展出两条明晰的线索:“侠”与政治文化(“忠”)的结合,最终产生出“为国为民”的“侠之大者”;“侠”与情文化的结合,最终产生出“侠骨柔情”的“英雄儿女”。侠与政治的结合,既是“江湖伦理”与“政治伦理”的结合,也是“大传统文化”对“小传统文化”的改造。依此而观,侠义公案的合流,实则是侠文化史上“江湖文化”与“庙堂文化”的容受。这种结合不是简单的相加或拼凑,而是“忠”中有“义”,“义”中见“忠”。在忠的“能指”中有义的“所指”,在义的“能指”中有忠的“所指”。

侠在男女关系上,经历了一个由“断爱”到“有情”,从“无情”到“情深”的发展演化过程。这一转化大约在明清之际完成。是冯梦龙首次将“情/侠”连为一词,《好逑传》在这方面有开创之功,它的另一书名——《侠义风月传》,清楚地显示出二者的并重与合一。这种转化打通了“侠义”与“风月”的障壁,沟通了“儿女”与“英雄”的联系,颠覆了“儿女情长,英雄气短”普遍观念。《好逑传》虽在理路上是上承《诗经》传统而来的,但在文化谱系上已明确将“君子好逑”转换成了“义侠好逑”,并以“婚姻”的表现形式,暗喻了二者结合的成立。《聊斋志异》又将这种结合作了性别的置换,于是“君子好逑”一变而为“女子好逑”。清中叶出现的《绿牡丹》,在侠义小说史上,有着重要的意义,它是以儿女之情,写忠义之事，有将两线合流的趋势。《儿女英雄传》更是有意识地把“儿女心肠”与“英雄肝胆”结合起来的作品。其书名，显是上承《侠义风月传》而来的，“儿女”对应的是“风月”，“英雄”对应的是“侠义”。“二凤”（何玉凤和张金凤）从隐喻的角度看，实则是一身二分的两个女子，二人互为自我。二凤共嫁一夫，是借“婚姻”的形式，将二人合而为一。何玉凤的人生轨迹，清楚地画出一条情侠女子从“行游”到“回家”的路。这一回家之路具有代表性和典范性。

《三侠五义》是作为侠义小说的类型代表和成熟典型而登上侠义小说史的。从其内在的文化理路上看，侠客对清官的“依附”，遵奉的是“报”的文化传统。“报”，是构成中国社会关系的一个“重要基础”，是中国人的“交往理性”和“人情法则”。这种行为的“交互性原则”，是指导侠之行为的价值取向和交往理性，从而构成侠义小说的内在理路和文化文法。那种把侠客帮助官府视为“甘做朝廷鹰犬”的观点，恰恰忽略了“报”的伦理规则，忽略了“清官”身上所具有的“侠”性。所谓“同气相求”，是二者结合的内在机制。

《三侠五义》在人物塑造上，最值得我们关注的是被胡适高度赞扬的写人法则。我们只要对此作一现代意义的转换，就可发现其中隐含的“他者性原则”。这可为当前“主体性”的反思，提供一种本土资源。同样，只要对《三侠五义》的“平话”文体作一现代的透视和转换，就会发现在平话的叙述立场和趣味设定上，隐含着对艺术“区隔”的颠覆和话语权力的消解，其中不无一种“叙述的民主化”倾向。这里所谓的“民主化”，并非一个政治概念，而是就其内在的文化立场和文化精神而言的。就“平话”使用的“平常口语”和其固有的“平易”文风来看，在文化精神上，正是一种“平民”

立场的体现。这种平民立场,使它在叙述形态上,不是“专制主义”的,而是“民主协商”的。

此外,本书还提出,唐代文化之所以活力四射,富于阳刚之气,与唐代流行的侠义之风,有着重大关系。唐代的“豪侠”小说之所以在唐中叶以迄唐末五代兴盛,与此时对豪侠义举的呼唤有关,欲以之提振社会文化日趋疲软的颓势。晚明将儒与侠,视作人之大端,其原因亦正在此。

加达默尔引施莱尔马赫的话说:“要解释的东西没有一个是可以一次就被理解的。”①何况笔者识见不广,学养有限,对论题的驾驭,常感力有不逮,兼之时间仓促,不当错讹之处,在所难免,谨祈方家及读者诸君,不吝赐教。

①汉斯-格奥尔格·加达默尔著,洪汉鼎译:《真理与方法》,上海译文出版社,1999年版,第248页。

参考文献

(汉)司马迁:《史记》,中华书局,1982 年第 2 版。

(汉)班固撰,(唐)颜师古注:《汉书》,中华书局,1962 年版。

(汉)许慎撰,(宋)徐铉校定:《说文解字》,中华书局,1963 年版。

(汉)荀悦、(晋)袁宏:《两汉纪》,中华书局,2002 年版。

(汉)郑玄注,(唐)孔颖达疏:《周礼正义》,北京大学出版社,2000 年版。

无名氏撰,程毅中点校:《燕丹子》,中华书局,1985 年版。

(魏)刘劭撰,王水校注:《人物志》,上海三联书店,2007 年版。

(南朝宋)范晔:《后汉书》,中华书局,2000 年版。

(南朝宋)刘义庆撰,徐震堮校笺:《世说新语校笺》,中华书局,1984 年版。

(梁)刘勰著,范文澜注:《文心雕龙注》,人民文学出版社,1978 年版。

(梁)萧统编,(唐)李善注:《文选》,上海古籍出版社,1986 年版。

(北齐)颜之推:《颜之推全集》,齐鲁书社,2004 年版。

(唐)刘知几撰,(清)浦起龙释:《史通通释》,上海古籍出版社,1978 年版。

(唐)裴铏:《传奇》,上海古籍出版社,1980年版。

(宋)郭茂倩编:《乐府诗集》,中华书局,1979年版。

(宋)李昉等编:《太平广记》,中华书局,1961年版。

(宋)李昉等编:《太平御览》,中华书局,1960年版。

(宋)欧阳修、宋祁:《新唐书》,中华书局,1975年版。

(宋)秦观:《淮海集》,上海古籍出版社,1994年版。

(宋)司马光著,(元)胡三省音注:《资治通鉴》,中华书局,1956年版。

(宋)孙光宪:《北梦琐言》,上海古籍出版社,1981年版。

(宋)张耒:《张耒集》,中华书局,1990年版。

(宋)洪迈:《容斋随笔》,上海古籍出版社,1996年版。

(宋)赵彦卫:《云麓漫钞》,辽宁教育出版社,1998年版。

(宋)朱熹:《四书章句集注》,中华书局,1983年版。

(明)陈继儒等:《小窗幽记(外二种)》,上海古籍出版社,2000年版。

(明)方汝浩:《禅真逸史》,浙江古籍出版社,1998年版。

(明)冯梦龙:《古今小说》,人民文学出版社,1956年版。

(明)冯梦龙:《警世通言》,人民文学出版社,1956年版。

(明)冯梦龙:《醒世恒言》,人民文学出版社,1956年版。

(明)胡应麟:《少室山房笔丛》,中华书局,1958年版。

(明)李贽:《焚书·续焚书》,中华书局,1975年版。

(明)凌濛初:《拍案惊奇》,上海古籍出版社,1982年版。

(明)凌濛初:《二刻拍案惊奇》,上海古籍出版社,1983年版。

(明)凌稚隆、李光缙:《史记评林》,天津古籍出版社,1998年版。

(明)陆人龙:《型世言》,上海古籍出版社,2001年版。

(明)施耐庵、罗贯中:《容与堂本水浒传》,上海古籍出版社,1988年版。

(明)汤显祖:《汤显祖全集》,北京古籍出版社,1999年版。

(明)天然痴叟:《石点头》,中州古籍出版社,1985年版。

(明)王世贞、(清)郑官应编,(清)任渭长插图:《剑侠图传全集》,河北人民出版社,1987年版。

(明)周清原:《西湖二集》,人民文学出版社,1989年版。

(清)陈澧:《东塾读书记(外一种)》,生活·读书·新知三联书店,1998年版。

(清)董诰等编:《全唐文》,中华书局,1983年版。

(清)方东树:《昭昧詹言》,人民文学出版社,1961年版。

(清)龚自珍:《龚自珍全集》,上海人民出版社,1975年版。

(清)古吴娥川主人编次:《银瓶梅争春园　世无匹》,华夏出版社,1995年版。

(清)顾炎武著,黄汝成集释:《日知录集释》,上海古籍出版社,2006年版。

(清)金圣叹评点,文子生校点:《第五才子书施耐庵水浒传》,中州古籍出版社,1985年版。

(清)李慈铭著,由云龙辑:《越缦堂读书记》,中华书局,2006年版。

(清)李渔:《李渔全集》,浙江古籍出版社,1991年版。

(清)名教中人编次:《好逑传》,上海古籍出版社,1994年版。

(清)蒲松龄著,张友鹤辑校:《〈聊斋志异〉会校会注会评本》,上海古籍出版社,1986年版。

(清)全祖望撰,朱铸禹汇校集注:《全祖望集汇校集注》,上海古籍出版社,2000年版。

(清)石玉昆述,王述校点:《三侠五义》,人民文学出版社,2000年版。

(清)石玉昆述,赵景深校订:《三侠五义》,上海古籍出版社,1980年版。

(清)石玉昆述,俞樾重编:《七侠五义》,宝文堂书店,1980年版。

(清)石玉昆述,王述校点:《小五义》,人民文学出版社,2001年版。

(清)石玉昆:《续小五义》,贵州人民出版社,1981年版。

(清)王夫之:《读通鉴论》,中华书局,1975年版。

(清)王先慎撰,钟哲点校:《韩非子集解》,中华书局,1998年版。

(清)文康:《儿女英雄传》,西湖书社,1981年版。

(清)无名氏著,蔡国梁标校:《绿牡丹全传》,上海古籍出版社,1986年版。

(清)惜阴堂主人、青心才人编次:《二度梅全传　金云翘传》,华夏出版社,1995年版。

(清)徐珂编:《清稗类钞》,中华书局,1984年版。

(清)俞万春著,俞国林点校:《荡寇志》,中华书局,2004年版。

(清)章学诚著,叶瑛校注:《文史通义校注》,中华书局,1985年版。

(清)曾国藩:《足本曾文正公全集》,东方文学社发行,1935年版。

清光绪初浙江书局辑刊:《二十二子》,上海古籍出版社影印本,1986年版。

《十三经注疏》,上海古籍出版社影印世界书局缩印阮刻本,

1997年版。

四库全书研究所整理:《钦定四库全书总目》,中华书局,1997年版。

《中国文学参考资料小丛书》,古典文学出版社,1957年版。

中国戏曲研究院编:《中国古典戏曲论著集成》,中国戏剧出版社,1959年版。

顾颉刚:《史林杂识》,香港中华书局,1963年版。

马幼垣:《中国小说史集稿》,时报文化出版事业有限公司,1970年版。

刘纫尼等译:《中国思想与制度论集》,联经出版事业公司,1976年版。

北京大学中文系编:《中国小说史略》,人民文学出版社,1978年版。

陈寅恪:《元白诗笺证稿》,上海古籍出版社,1978年版。

东海大学哲学系主编:《中国文化论集》,幼狮文化事业公司,1979年版。

胡士莹:《话本小说概论》,中华书局,1980年版。

谭正璧编:《三言二拍资料》,上海古籍出版社,1980年版。

鲁迅:《鲁迅全集》,人民文学出版社,1981年版。

《清朝野史大观》,上海书店,1981年版。

孟森:《明清史讲义》,中华书局,1981年版。

逯钦立辑校:《先秦汉魏晋南北朝诗》,中华书局,1982年版。

陶希圣:《辩士与游侠》,台湾商务印书馆,1982年版。

《笔记小说大观》,江苏广陵古籍刻印社,1983年版。

吕思勉:《秦汉史》,上海古籍出版社,1983年版。

陈鼓应:《老子注译及评介》,中华书局,1984年版。

冯友兰:《三松堂学术文集》,北京大学出版社,1984年版。

朱一玄、刘毓忱编:《水浒传资料汇编》,百花文艺出版社,1984年第2版。

费孝通:《乡土中国》,生活·读书·新知三联书店,1985年版。

崔奉源:《中国古典短篇侠义小说研究》,台北联经出版事业公司,1986年版。

田毓英:《西班牙骑士与中国侠》,台湾商务印书馆,1986年版。

王资鑫:《〈水浒〉与武打艺术》,江苏古籍出版社,1986年版。

陈汝衡:《说书史话》,人民文学出版社,1987年版。

王度庐:《鹤惊昆仑》,吉林文史出版社,1987年版。

曹亦冰:《侠义公案小说史》,浙江古籍出版社,1998年版。

陈颖:《中国英雄侠义小说通史》,江苏教育出版社,1998年版。

胡适:《胡适古典文学研究论集》,上海古籍出版社,1988年版。

王海林:《中国武侠小说史略》,北岳文艺出版社,1988年版。

王俊年编:《中国近代文学论文集(小说卷)》,中国社会科学出版社,1988年版。

陈平原等编:《二十世纪中国小说理论资料》,北京大学出版社,1989年版。

梁守中:《武侠小说话古今》,香港中华书局,1990年版。

张赣生:《民国通俗小说论稿》,重庆出版社,1991年版。

陈山:《中国武侠史》,上海三联书店,1992年版。

刘岱总主编:《中国文化新论》,生活·读书·新知三联书店,

1992 年版。

陈平原:《小说史:理论与实践》,北京大学出版社,1993 年版。

淡江大学中文系编:《侠与中国文化》,台湾学生书局,1993 年版。

侯忠义、刘世德:《中国文言小说史稿》,北京大学出版社,1993 年版。

李剑国:《唐五代志怪传奇叙录》,南开大学出版社,1993 年版。

古本小说集成编辑委员会编:《古本小说集成》,上海古籍出版社,1994 年版。

石昌渝:《中国小说源流论》,生活·读书·新知三联书店,1994 年版。

吴志达:《中国文言小说史》,齐鲁书社,1994 年版。

叶洪生:《武侠小说谈艺录——叶洪生论剑》,台北联经出版事业公司,1994 年版。

龚鹏程、林保淳编:《廿四史侠客资料汇编》,台湾学生书局,1995 年版。

郭英德、张铭心主编:《啸傲江湖——豪强侠客》,广西教育出版社,1995 年版。

徐斯年:《侠的踪迹——中国武侠小说史论》,人民文学出版社,1995 年版。

丁锡根编著:《中国历代小说序跋集》,人民文学出版社,1996 年版。

张亮采:《中国风俗史》,东方出版社,1996 年版。

侯忠义、李勤学主编:《中国古代珍稀本小说续》,春风文艺出版社,1997 年版。

林辰主编,大连明清小说研究中心校点:《才子佳人小说集成》(1—5),辽宁古籍出版社,1997年版。

萧相恺:《宋元小说史》,浙江古籍出版社,1997年版。

三毛等:《诸子百家看金庸》,明窗出版社,1997年版。

曹亦冰:《侠义公案小说史》,浙江古籍版社,1998年版。

曹正文:《侠客行——纵谈中国武侠》,云龙出版社,1998年版。

陈平原:《中国现代学术之建立——以章太炎、胡适之为中心》,北京大学出版社,1998年版。

彭卫:《古道侠风》,中国青年出版社,1998年版。

王德威:《想像中国的方法——历史·小说·叙事》,生活·读书·新知三联书店,1998年版。

《武侠小说论卷》,明河社出版有限公司,1998年版。

卞孝萱、周群主编:《唐宋传奇经典》,上海书店出版社,1999年版。

陈墨:《金庸小说与中国文化》,百花洲文艺出版社,1999年版。

程毅中:《宋元小说研究》,江苏古籍出版社,1999年版。

戈春源:《刺客史》,上海文艺出版社,1999年版。

上海古籍出版社编:《汉魏六朝笔记小说大观》,上海古籍出版社,1999年版。

王立:《伟大的同情——侠文学的主题史研究》,学林出版社,1999年版。

严家炎:《金庸小说论稿》,北京大学出版社,1999年版。

郑春元:《侠客史》,上海文艺出版社,1999年版。

程毅中辑注:《宋元小说家话本集》,齐鲁书社,2000年版。

王度庐:《宝剑金钗》,群众出版社,2000 年版。

武润婷:《中国近代小说演变史》,山东人民出版社,2000 年版。

周绍良:《唐传奇笺证》,人民文学出版社,2000 年版。

吕薇芬、张燕瑾主编:《二十世纪中国文学研究·清代文学研究》,北京出版社,2001 年版。

上海古籍出版社编:《宋元笔记小说大观》,上海古籍出版社,2001 年版。

徐复观:《中国人性论史》,生活·读书·新知三联书店,2001 年版。

汪涌豪:《中国游侠史》,复旦大学出版社,2001 年版。

陈平原:《千古文人侠客梦》,新世界出版社,2002 年版。

陈平原、王德威、尚伟编:《晚清与晚明:历史传承与文化创新》,湖北教育出版社,2002 年版

黄俊杰编:《传统中华文化与现代价值的激荡》,社会科学文献出版社,2002 年版。

孔凡礼点校:《过庭录》,中华书局,2002 年版。

金庸:《金庸作品集》,广州出版社,花城出版社,2002 年版。

吴晓东、计璧瑞编:《2000 北京金庸小说国际研讨会论文集》,北京大学出版社,2002 年版。

陈平原:《看图说话——小说绣像阅读札记》,生活·读书·新知三联书店,2003 年版。

冯文楼:《四大奇书的文本文化学阐释》,中国社会科学出版社,2003 年版。

林保淳:《古典小说中的类型人物》,里仁书局,2003 年版。

陶东风、金元浦、高丙中主编:《文化研究(第 4 辑)》,中央编

译出版社,2003年版。

余虹、杨恒达、杨慧琳主编:《问题(2)》,中国人民大学出版社,2003年版。

余英时:《士与中国文化》,上海人民出版社,2003年版。

曹布拉:《金庸小说的文化意蕴》,浙江人民出版社,2004年版。

陈平原:《中国小说叙事模式的转变》,上海人民出版社,2004年版。

陈平原:《中国散文小说史》,上海人民出版社,2004年版。

葛涛、谷红梅选编:《金庸其书》,社会科学文献出版社,2004年版。

李亦园:《宗教与神话》,广西师范大学出版社,2004年版。

唐芸洲:《七剑十三侠》,北京十月文艺出版社,2004年版。

余英时:《现代儒学的回顾与展望》,生活·读书·新知三联书店,2004年版。

余英时:《朱熹的历史世界——宋代士大夫政治文化研究》,生活·读书·新知三联书店,2004年版。

张灏:《烈士精神与批判意识——谭嗣同思想分析》,广西师范大学出版社,2004年版。

陈平原:《中国现代小说的起点——清末民初小说研究》,北京大学出版社,2005年版。

孔庆东:《金庸评传》,郑州大学出版社,2005年版。

梁启超著,夏晓红辑:《饮冰室合集集外文》,北京大学出版社,2005年版。

李泽厚:《实用理性与乐感文化》,生活·读书·新知三联书店,2005年版。

陶东风、金元浦、高丙中主编:《文化研究(第5辑)》,广西师范大学出版社,2005年版。

陶东风、金元浦、高丙中主编:《文化研究(第6辑)》,广西师范大学出版社,2006年版。

赵汀阳:《没有世界观的世界》,中国人民大学出版社,2005年版。

陈弱水:《公共意识与中国文化》,新星出版社,2006年版。

程毅中:《明代小说丛稿》,人民文学出版社,2006年版。

高洪钧编著:《冯梦龙集笺注》,天津古籍出版社,2006年版。

黄光国:《儒家关系主义——文化反思与典范重建》,北京大学出版社,2006年版。

胡适:《中国章回小说考证》,安徽教育出版社,2006年第2版。

李亦园、杨国枢主编:《中国人的性格》,江苏教育出版社,2006年版。

梁启超:《中国之武士道》,中国档案出版社,2006年版。

唐君毅:《中国文化之精神价值》,江苏教育出版社,2006年版。

文崇一、萧新煌主编:《中国人:观念与行为》,江苏教育出版社,2006年版。

余国藩:《〈红楼梦〉、〈西游记〉与其他》,生活·读书·新知三联书店,2006年版。

杨国枢主编:《中国人的心理》,江苏教育出版社,2006年版。

朱一玄编,朱天吉校:《明清小说资料选编》,南开大学出版社,2006年版。

段怀清编:《传统与现代性》,浙江大学出版社,2007年版。

冯友兰:《中国哲学史新编》,人民出版社,2007年第2版。

马幼垣:《水浒论衡》,生活·读书·新知三联书店,2007年版。

上海古籍出版社编:《清代笔记小说大观》,上海古籍出版社,2007年版。

汪聚应:《唐代侠风与文学》,中国社会科学出版社,2007年版。

余嘉锡:《余嘉锡论学杂著》,中华书局,2007年第2版。

龚鹏程:《中国小说史论》,北京大学出版社,2008年版。

龚鹏程:《侠的精神文化史论》,山东画报出版社,2008年版。

黄俊杰编:《中国经典诠释传统》,华东师范大学出版社,2008年版。

王立、刘卫英编:《中国古代侠义复仇史料萃编》,齐鲁书社,2009年版。

孙康宜、宇文所安主编:《剑桥中国文学史》,生活·读书·新知三联书店,2013年版。

徐复观:《中国思想史论集》,九州出版社,2014年版。

袁行霈主编:《中国文学史》,高等教育出版社,2014年第3版。

汪聚应辑校:《唐人豪侠小说集》,中华书局,2014年版。

王学泰:《游民文化与中国社会》(增修版),山西人民出版社,2014年版。

陈寅恪:《柳如是别传》,生活·读书·新知三联书店,2015年版。

葛兆光:《宅兹中国——重建有关“中国”的历史论述》,中华书局,2015年版。

黎东方:《细说明朝》,商务印书馆,2015 年版。

黎东方:《细说清朝》,商务印书馆,2015 年版。

刘勇强:《话本小说叙论——文本诠释与历史建构》,北京大学出版社,2015 年版。

张兵主编:《五百种武侠小说博览》,上海辞书出版社,2015 年版。

钱穆:《从中国历史来看中国民族性及中国文化》,中华书局,2016 年版。

王立:《武侠文化通论》,人民出版社,2016 年版。

杨联陞:《中国文化中“报”、“保”、“包”之意义》,中华书局,2016 年版。

杨联陞:《汉学书评》,商务印书馆,2016 年版。

蔡爱国:《清末民初侠义小说论》,九州出版社,2017 年版。

廖保平:《私窥江湖》,生活·读书·新知三联书店,2017 年版。

罗威尔主编:《知中·以侠之名》,中信出版集团,2017 年版。

曹亚瑟主编,舒飞廉注评:《犹闻侠骨香——江湖小品赏读》,中州古籍出版社,2018 年版。

新垣平:《剑桥倚天屠龙史》,万卷出版公司,2018 年版。

葛兆光:《思想史研究课堂讲录》,生活·读书·新知三联书店,2019 年版。

[美]韦勒克、沃伦著,刘象愚译:《文学理论》,生活·读书·新知三联书店,1984 年版。

[美]刘若愚著,周清霖、唐发饶译:《中国之侠》,上海三联书店,1991 年版。

孔繁敏译:《日本学者研究中国史论著选译》,中华书局,1993

年版。

[美]弗农·J·诺尔贝、卡尔文·S·霍尔著,李廷揆译:《心理学家及其概念指南》,商务印书馆,1998年版。

[德]汉斯-格奥尔格·加达默尔著,洪汉鼎译:《真理与方法》,上海译文出版社,1999年版。

[美]夏志清:《中国古典小说导论》,江西人民出版社,2001年版。

[美]郝大维、安乐哲著,何金莉译:《通过孔子而思》,北京大学出版社,2005年版。

[英]托马斯·卡莱尔著,周祖达译:《论英雄、英雄崇拜和历史上的英雄业绩》,商务印书馆,2005年版。

[美]艾梅兰等著,罗琳译:《竞争的话语——明清小说中的正统性、本真性所生成之意义》,江苏人民出版社,2005年版。

[美]乔万尼·萨利托著,冯克利、阎克文译:《民主新论》,上海人民出版社,2015年版。

[日]小南一郎著,童岭译,[日]伊藤令子校:《唐代传奇小说论》,北京大学出版社,2015年版。

[加]卜正民著,方骏、王秀丽、罗天佑译,方骏校:《纵乐的困惑——明代的商业与文化》,广西师范大学出版社,2016年版。

[美]梅维恒主编,马小悟、张治、刘文楠译:《哥伦比亚中国文学史》,新星出版社,2016年版。

[法]程艾蓝著,冬一、戎恒颖译:《中国思想史》,河南大学出版社,2018年版。

[美]浦安迪著:《中国叙事学》,北京大学出版社,2018年第2版。